凌濛初批评本初刻拍案惊奇 上

〔明〕凌濛初 编著 批评

岳麓书社·长沙

明 吴彬 《岁华纪胜图册·秋千》（局部）

元 任仁发 《张果见明皇图》（局部）

清 樊沂《金陵五景图·秦淮渔唱》

清 佚名 《虎图》

清 黄慎 《炼丹图》

清 袁耀 《扬州四景图·万松叠翠》

出版说明

"三言"问世,文坛震惊,其后模拟之作蜂起,陆续涌现出许多白话短篇小说集,其中创作时间最近且成就最高的,当属凌濛初的"二拍"。凌濛初(1580—1644),字玄房,号初成,又名凌波,别号即空观主人,乌程(今浙江湖州)人。明毅宗崇祯初年,以副贡生任上海县丞,官至徐州通判。敌视李自成领导的农民起义军,曾上《剿寇十策》。后在房村镇压农民起义军时,被围困呕血而死。

《初刻拍案惊奇》本名《拍案惊奇》,成书于天启七年(1627),内分四十卷四十篇,"初刻"相对日后的"二刻"而言。与冯梦龙的"三言"取材自话本及说部不同,凌濛初的"二拍"几乎全是个人创作,这一点在中国古代文学史上可谓空前。关于创作缘由,作者在《拍案惊奇序》中交代:"独龙子犹氏所辑《喻世》等诸言,颇存雅道,时著良规,一破今时陋习,而宋元旧种,亦被搜括殆尽。……因取古今来杂碎事可新听睹、佐谈谐者,演而畅之,得若干卷。其事之真与饰,名之实与赝,各参半。文不足征,意殊有属。"这种独立创作更便于时代画卷的绘制。

凌濛初生活的晚明时代,国家政治上风雨飘摇,商品经济却空前繁荣,这使得人口流动与道德思想皆处在不被严格管控的状态,如《转运汉遇巧洞庭红　波斯胡指破鼍龙壳》中，文若虚落魄之际入伙了一个专做海外生意的商队，以一两银子购得洞庭红橘百斤而遭人笑话，至吉零国却因物以稀为贵而获利近千两。继续航行途中，文若虚于荒岛之上见一巨型龟壳，因好奇使水手拖行至船上又遭同行嘲笑，至波斯国却被识货者以五万两买去，并道破其乃无价之宝。这样的发迹变泰故事以海外生意为背景，其间既有对商品交易的特征描述，又有对商人交易场景的刻画，可谓当时海外贸易往来的缩影。

此外，《初刻拍案惊奇》中对侠客形象的塑造，亦让人印象深刻。《程元玉店肆代偿钱　十一娘云岗纵谭侠》中，侠女韦十一娘见行商程元玉忠厚老成，颇有义气，知其有厄便拔剑相助。她隐居深山，剑术高强，来去神秘，论古今剑侠之道，直言剑术所诛者当为虐民贪贿的官吏、剥削军饷的将帅、为奸祸国的权相、屈才徇私的试官，言辞慷慨激昂、正气凛然。另一篇《刘东山夸技顺城门　十八兄奇踪村酒肆》则用先抑后扬的笔法，先写刘东山自夸射箭天下无双而引来一少年的捉弄戏耍，三年后二人于酒肆重逢，又带出一位年纪更轻、武艺更高的十八兄。这一番递进，直道出"强中更有强中手，莫向人前夸大口"的道理。罗立群先生在《中国武侠小说史》中评价道："这篇小说的笔法、取意颇为后世武侠小说家效仿，梁羽生、金庸、古龙等人在创作中都间接或直接地受到它的影响。"

鲁迅先生在《中国小说史略》中评价《拍案惊奇》"叙述平板、引证贫辛"，认为不及"三言"，但"二拍"中对"耳目之内，日用起居"的描写与记载，对我们了解明代社会人情具有补史的价值。

此次出版，以上海古籍出版社影印之明崇祯年间尚友堂刊行的《初刻拍案惊奇》为底本，精心标点分段，不做删减，以期为读者提供一个反映作品原貌的足本。

本书原有大量眉批与夹批，一般认为是凌濛初以"即空观主人"的笔名所作，对读者阅读理解小说文本具有一定的价值。此次出版，仍保留这些批语，原夹批以红色小号字置于文中相应位置，原眉批则改为侧批，以达到一目了然、尽量反映底本原貌的目的。

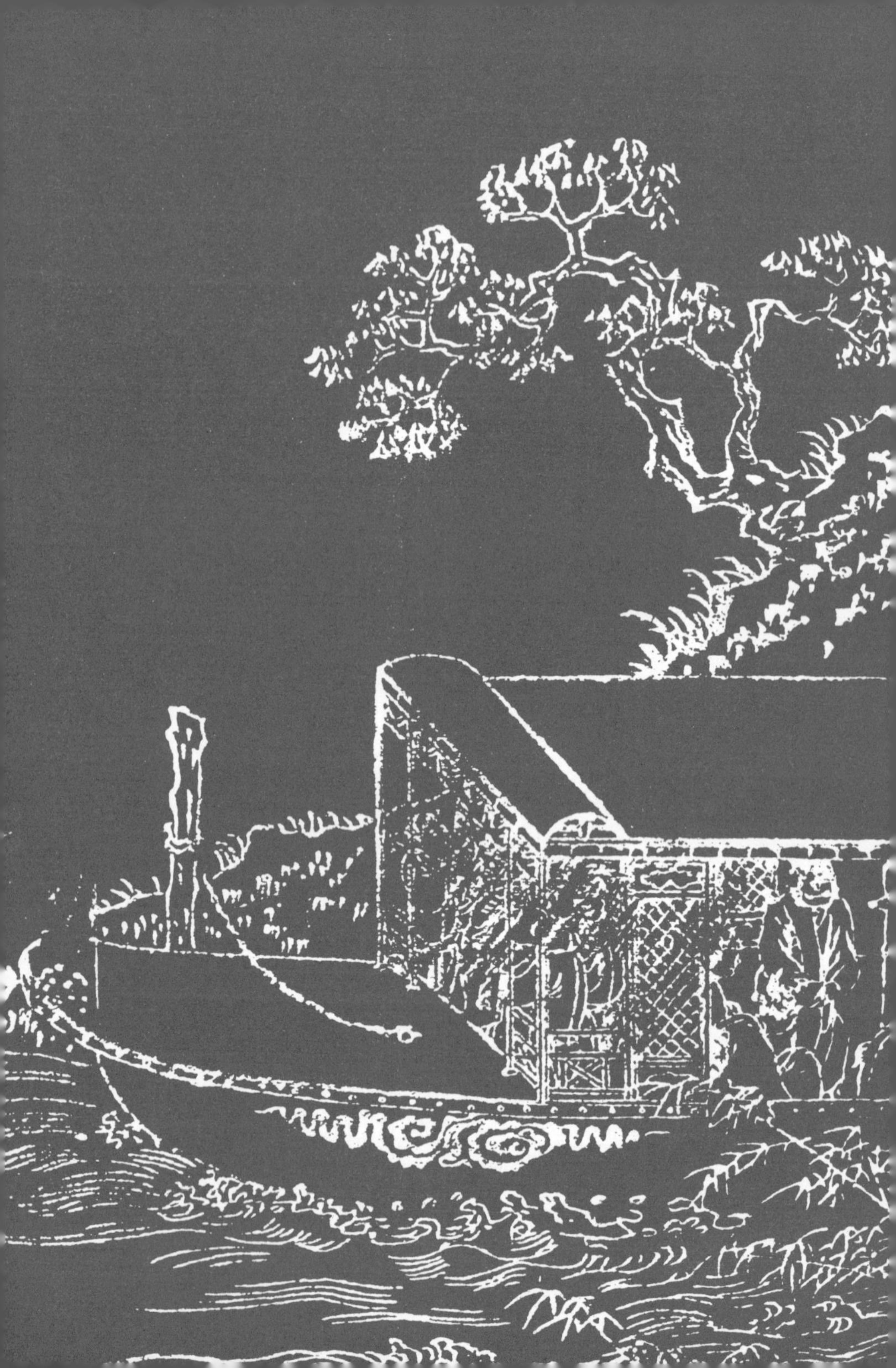

目录

上册

拍案惊奇序 /001

拍案惊奇凡例 /002

卷 之 一　转运汉遇巧洞庭红
　　　　　波斯胡指破鼍龙壳 /001

卷 之 二　姚滴珠避羞惹羞
　　　　　郑月娥将错就错 /027

卷 之 三　刘东山夸技顺城门
　　　　　十八兄奇踪村酒肆 /053

卷 之 四　程元玉店肆代偿钱
　　　　　十一娘云冈纵谭侠 /067

卷 之 五　感神媒张德容遇虎
　　　　　凑吉日裴越客乘龙 /085

卷 之 六　酒下酒赵尼媪迷花
　　　　　机中机贾秀才报怨 /101

卷 之 七　唐明皇好道集奇人
　　　　　武惠妃崇禅斗异法 /129

卷 之 八	乌将军一饭必酬	
	陈大郎三人重会	/147
卷 之 九	宣徽院仕女秋千会	
	清安寺夫妇笑啼缘	/165
卷 之 十	韩秀才乘乱聘娇妻	
	吴太守怜才主姻簿	/181
卷 十 一	恶船家计赚假尸银	
	狠仆人误投真命状	/201
卷 十 二	陶家翁大雨留宾	
	蒋震卿片言得妇	/227
卷 十 三	赵六老舐犊丧残生	
	张知县诛枭成铁案	/245
卷 十 四	酒谋财于郊肆恶	
	鬼对案杨化借尸	/265
卷 十 五	卫朝奉狠心盘贵产	
	陈秀才巧计赚原房	/281
卷 十 六	张溜儿熟布迷魂局	
	陆蕙娘立决到头缘	/299
卷 十 七	西山观设箓度亡魂	
	开封府备棺追活命	/317
卷 十 八	丹客半黍九还	
	富翁千金一笑	/355

卷 十 九　李公佐巧解梦中言
　　　　　谢小娥智擒船上盗　　　/379

卷 二 十　李克让竟达空函
　　　　　刘元普双生贵子　　　　/401

下　册

卷 二十一　袁尚宝相术动名卿
　　　　　郑舍人阴功叨世爵　　　/437

卷 二十二　钱多处白丁横带
　　　　　运退时刺史当艄　　　　/453

卷 二十三　大姊魂游完宿愿
　　　　　小姨病起续前缘　　　　/473

卷 二十四　盐官邑老魔魅色
　　　　　会骸山大士诛邪　　　　/495

卷 二十五　赵司户千里遗音
　　　　　苏小娟一诗正果　　　　/517

卷 二十六　夺风情村妇捐躯
　　　　　假天语幕僚断狱　　　　/535

卷 二十七　顾阿秀喜舍檀那物
　　　　　崔俊臣巧会芙蓉屏　　　/557

卷 二十八　金光洞主谈旧迹
　　　　　玉虚尊者悟前身　　　　/581

卷 二十九　通闺闼坚心灯火
　　　　　闹闱闱捷报旗铃　　　　/597

003

卷 三 十	王大使威行部下	
	李参军冤报生前	/629
卷三十一	何道士因术成奸	
	周经历因奸破贼	/645
卷三十二	乔兑换胡子宣淫	
	显报施卧师入定	/685
卷三十三	张员外义抚螟蛉子	
	包龙图智赚合同文	/705
卷三十四	闻人生野战翠浮庵	
	静观尼昼锦黄沙弄	/723
卷三十五	诉穷汉暂掌别人钱	
	看财奴刁买冤家主	/753
卷三十六	东廊僧怠招魔	
	黑衣盗奸生杀	/777
卷三十七	屈突仲任酷杀众生	
	郓州司马冥全内侄	/795
卷三十八	占家财狠婿妒侄	
	延亲脉孝女藏儿	/811
卷三十九	乔势天师禳旱魃	
	秉诚县令召甘霖	/831
卷 四 十	华阴道独逢异客	
	江陵郡三拆仙书	/851

拍案惊奇序

语有之："少所见，多所怪。"今之人，但知耳目之外，牛鬼蛇神之为奇，而不知耳目之内，日用起居，其为谲诡幻怪非可以常理测者固多也。昔华人至异域，异域咤以牛粪金；随诘华之异者，则曰："有虫蠕蠕，而吐为彩缯锦绮，衣被天下。"彼舌挢而不信，乃华人未之或奇也。则所谓必向耳目之外，索谲诡幻怪以为奇，赘矣。

宋元时，有小说家一种，多采闾巷新事为宫闱承应谈资。语多俚近，意存劝讽。虽非博雅之派，要亦小道可观。近世承平日久，民佚志淫。一二轻薄恶少，初学抬笔，便思污蔑世界，广摭诬造，非荒诞不足信，则亵秽不忍闻。得罪名教，种业来生，莫此为甚！而且纸为之贵，无翼飞，不胫走。有识者为世道忧之，以功令厉禁，宜其然也。

独龙子犹氏所辑《喻世》等诸言，颇存雅道，时著良规，一破今时陋习，而宋元旧种，亦被搜括殆尽。肆中人见其行世颇捷，意余当别有秘本图出而衡之。不知一二遗者，皆其沟中之断芜，略不足陈已。因取古今来杂碎事可新听睹、佐谈谐者，演而畅之，得若干卷。其事之真与饰，名之实与赝，各参半。文不足征，意殊有属。凡耳目前怪怪奇奇，当亦无所不有，总以言之者无罪，闻之者足以为戒，则可谓云尔已矣。若谓此非今小史家所奇，则是舍吐丝蚕而问粪金牛，吾恶乎从罔象索之？

即空观主人题于浮樽

拍案惊奇凡例 计五则

一、每回有题，旧小说造句皆妙，故元人即以之为剧。今《太和正音谱》所载剧名，半犹小说句也。近来必欲取两回之不侔者，比而偶之，遂不免窜削旧题，亦是点金成铁。今每回用二句自相对偶，仿《水浒》《西游》旧例。

一、是编矢不为风雅罪人，故回中非无语涉风情，然止存其事之有者，蕴藉数语，人自了了；绝不作肉麻秽口，伤风化，损元气。此自笔墨雅道当然，非迂腐道学态也。

一、小说中诗词等类，谓之蒜酪。强半出自新构；间有采用旧者，取一时切景而及之，亦小说家旧例，勿嫌剽窃。

一、事类多近人情日用，不甚及鬼怪虚诞。正以画犬马难，画鬼魅易，不欲为其易而不足征耳。亦有一二涉于神鬼幽冥，要是切近可信，与一味架空说谎，必无是事者不同。

一、是编主于劝戒，故每回之中，三致意焉。观者自得之，不能一一标出。

崇祯戊辰初冬即空观主人识

卷之一

转运汉遇巧洞庭红
波斯胡指破鼍龙壳

波斯胡指破
鼉龍殼

卷之一　转运汉遇巧洞庭红　波斯胡指破鼍龙壳

词云：

日日深杯酒满，朝朝小圃花开。自歌自舞自开怀，且喜无拘无碍。　　青史几番春梦，_{可叹}红尘多少奇材。不须计较与安排，领取而今见在！

这首词乃宋朱希真所作，词寄《西江月》，单道着人生功名富贵，总有天数，不如图一个见前快活。试看往古来今，一部十七史中，多少英雄豪杰，该富的不得富，该贵的不得贵。能文的倚马千言，用不着时，几张纸盖不完酱瓿；能武的穿杨百步，_{能使英雄泪出。}用不着时，几筈箭煮不熟饭锅。极至那痴呆懵董生来有福分的，随他文学低浅，也会发科发甲，随他武艺庸常，也会大请大受。真所谓时也，运也，命也！俗语有两句道得好："命若穷，掘着黄金化做铜；命若富，拾着白纸变成布。"总来只听掌命司颠之倒之。所以吴彦高又有词云："造化小儿无定据，_{彻语。}翻来覆去，倒横直竖，眼见都如许！"僧晦庵亦有词云："谁不愿黄金屋？谁不愿千钟粟？算五行不是这般题目。枉使心机闲计较，儿孙自有儿孙福。"苏东坡亦有词云："蜗角虚名，蝇头微利，算来着甚干忙？事皆前定，谁弱又谁强？"这几位名人说来说去，都是一个意思。总不如古语云："万事分已定，浮生空自忙。"说话的，依你说来，不须能文善武，懒惰的也只消天掉下前程；不须经商立业，败坏的也只消天挣与家缘。却不把人间向上的心都冷了？看官有所不知，假如人家出了懒惰的人，也就是命中该贱；出了败坏的人，也就是命中该穷，此是常理。_{所谓君子道其常。}却又自有转眼贫富出人意外，把眼前事分毫算不得准的哩。

_{一问，有波澜，没破绽。}

且听说一人，乃是宋朝汴京人氏，姓金，双名维厚，乃是经纪行中人。少不得朝晨起早，晚夕眠迟，睡醒来，千思想，万算计，拣有便宜的才做。后来家事挣得从容了，他便思想一个久远方法：_{千年计。}手头用来用去的，只是那散碎银子；若是上两块头好银，便存着不动。约得百两，便熔成一大锭，把一综红线结成一绦，系在锭腰，放在枕边。夜来摩弄一番，方才睡下。_{痴景。}积了一生，整整熔成八锭，以后也就随来随去，再积不成百两，他也罢了。

_{闲语有致。}

金老生有四子。一日，是他七十寿诞，四子置酒上寿。金老见了四子跻跻跄跄，心中喜欢，便对四子说道："我靠皇天覆庇，虽则劳碌一生，家事尽可度日。况我平日留心，有熔成八大锭银子永不动用的，在我枕边，见将绒线做对儿结着。今将拣个好日子分与尔等，每人一对，做个镇家之宝。"四子喜谢，尽欢而散。

_{所谓为儿孙作马牛。}

是夜金老带些酒意，点灯上床，醉眼模糊，望去八个大锭，白晃晃排在枕边。摸了几摸，_{痴景。}哈

哈地笑了一声,睡下去了。睡未安稳,只听得床前有人行走脚步响,心疑有贼;又细听着,恰像欲前不前相让一般。床前灯火微明,揭帐一看,只见八个大汉身穿白衣,腰系红带,曲躬而前,曰:"某等兄弟,天数派定,宜在君家听令。今蒙我翁过爱,抬举成人,不烦役使,珍重多年,冥数将满。待翁归天后,再觅去向。今闻我翁目下将以我等分役诸郎君。我等与郎君辈原无前缘,故此先来告别,往某县某村王姓某者投托。后缘未尽,还可一面。"语毕,回身便走。金老不知何事,吃了一惊。翻身下床,不及穿鞋,赤脚赶去。远远见八人出了房门。金老赶得性急,绊了房槛,扑的跌倒。飒然惊醒,乃是南柯一梦。急起挑灯明亮,点照枕边,已不见了八个大锭。细思梦中所言,句句是实。叹了一口气,哽咽了一会,道:"不信我苦积一世,却没分与儿子每受用,倒是别人家的?明明说有地方姓名,且慢慢跟寻下落则个。"一夜不睡。

次早起来,与儿子每说知。儿子中也有惊骇的,也有疑惑的。惊骇的道:"不该是我们手里东西,眼见得作怪。"疑惑的道:"老人家欢喜中说话,失许了我们,回想转来,一时间就不割舍得分散了,造此鬼话,也不见得。"金老看见儿子们疑信不等,急急要验个实话。遂访至某县某村,果有王姓某者。叩门进去,只见堂前灯烛荧煌,三牲福物,正

无儿孙福。

也是痴景。有前之痴,所以有今之痴。

愚贤不等,人情也。

也是痴景。

在那里献神。金老便开口问道:"宅上有何事如此?"家人报知,请主人出来。主人王老见金老,揖坐了,问其来因。金老道:"老汉有一疑事,特造上宅来问消息。今见上宅正在此献神,必有所谓,敢乞明示。"王老道:"老拙偶因寒荆小恙买卜,先生道移床即好。昨寒荆病中,恍惚见八个白衣大汉腰系红束,对寒荆道:'我等本在金家,今在彼缘尽,来投身宅上。'言毕,俱钻入床下。寒荆惊出了一身冷汗,身体爽快了。及至移床,灰尘中得银八大锭,（移床果好,先生有验。）多用红绒系腰,不知是那里来的。此皆神天福佑,故此买福物酬谢。今我丈来问,莫非晓得些来历么?"金老跌跌脚道:"此老汉一生所积,因前日也做了一梦,就不见了。梦中也道出老丈姓名居址的确,故得访寻到此。可见天数已定,老汉也无怨处。（怨也无用。）但只求取出一看,也完了老汉心事。"（痴心不改。）王老道:"容易。"笑嘻嘻地走进去,叫安童四人,托出四个盘来。每盘两锭,多是红绒系束,正是金家之物。金老看了,眼睁睁无计所奈,不觉扑簌簌掉下泪来。（痴景了。）抚摩一番道:"老汉直如此命薄,消受不得!"王老虽然叫安童仍旧拿了进去,心里见金老如此,老大不忍。（忠厚人宜其有此。）另取三两零银封了,送与金老作别。金老道:"自家的东西尚无福,何须尊惠!"再三谦让,必不肯受。王老强纳在金老袖中,金老欲待摸出还了,一时摸个不着,面儿通红,又被王老央不过,只得作揖别了。直至家中,对儿子们一一把前事说了,大家叹息了一回。因言王老好处,临行送银三两。满袖摸遍,并不见有,只说路中掉了。却元来金老推逊时,王老往袖里乱塞,落在着外面一层袖中。袖有断线处,在王老家摸时,已自在脱线处落出在门槛边了。客去扫门,仍旧是王老拾得。可见一饮一啄,莫非前定。不该是他的东西,不要说八百两,就是三两也得不去。该是他的东西,不要说八百两,就是三两也推不出。原有的倒无了,原无的倒有了,并不由人计较。

而今说一个人在实地上行,步步不着,极贫极苦的,却在渺渺茫茫做梦不到的去处,得了一主没头没脑钱财,变成巨富。从来稀有,亘古新闻。有诗为证,诗曰:

分内功名匣里财,不关聪慧不关呆。
果然命是财官格,海外犹能送宝来。

话说国朝成化年间,苏州府长洲县阊门外有一人,姓文名实,字若虚。生来心思慧巧,做着便能,学着便会。琴棋书画,吹弹歌舞,件件粗通。幼年间,曾有人相他有巨万之富。不差。他亦自恃才能,不十分去营求生产,坐吃山空,将祖上遗下千金家事,看看消下来。以后晓得家业有限,看见别人经商图利的,时常获利几倍,便也思量做些生意,却又百做百不着。

一日,见人说北京扇子好卖,他便合了一个伙计,置办扇子起来。上等金面精巧的,先将礼物求了名人诗画,免不得是沈石田、文衡山、祝枝山拓了几笔,便值上两数银子;中等的,自有一样乔人，一只手学写了这几家字画，也就哄得人过，将假当真的买了，他自家也兀自做得来的；下等的无金无字画，将就卖几十钱，也有对合利钱，是看得见的。拣个日子装了箱儿，到了北京。岂知北京那年，自交夏来，日日淋雨不晴，并无一毫暑气，发市甚迟。交秋早凉，虽不见及时，幸喜天色却晴，有妆晃子弟要买把苏做的扇子，袖中笼着摇摆。来买时，开箱一看，只叫得苦。元来北京历沴却在七八月，更加日前雨湿之气，斗着扇上胶墨之性，弄做了个"合而言之"，揭不开了。用力揭开，东粘一层，西缺一片，但是有字有画值价钱者，一毫无用。止剩下等没字白扇，是不坏的，能值几何？将就卖了做盘费回家，本钱一空。频年做事，大概如此。不但自己折本，但是搭他作伴，连伙计也弄坏了。故此人起他一个混名，叫做"倒运汉"。不数年，把个家事干圆洁净了，连妻子也不曾娶得。终日间靠着些东涂西抹，东挨西撞，也济不得甚事。但只是嘴头子诌得来，会说会笑，朋友家喜欢他有趣，游耍去处少他不得；也只好趁口，不是做家的。况且他是大模大样过来的，帮闲行里，又不十分入得队。有怜他的，要荐他坐馆教学，又有诚实人家嫌他是个杂板令。高不凑，低不就。打从帮闲的、处馆的两项人见了他，也就做鬼脸，把"倒运"两字笑他，不在话下。

字画作祟也。

卷之一　转运汉遇巧洞庭红　波斯胡指破鼍龙壳

一日，有几个走海泛货的邻近，做头的无非是张大、李二、赵甲、钱乙一班人，共四十余人，合了伙将行。他晓得了，自家思忖道："一身落魄，生计皆无。便附了他们航海，看看海外风光，也不枉人生一世。况且他们定是不却我的，省得在家忧柴忧米，也是快活。"正计较间，恰好张大踱将来。元来这个张大名唤张乘运，专一做海外生意，眼里认得奇珍异宝，又且秉性爽慨，肯扶持好人，所以乡里起他一个混名叫张识货。文若虚见了，便把此意一一与他说了。张大道："好，好。我们在海船里头不耐烦寂寞，若得兄去，在船中说说笑笑，有甚难过的日子？我们众兄弟料想多是喜欢的。只是一件，我们多有货物将去，兄并无所有，觉得空了一番往返，也可惜了。待我们大家计较，多少凑些出来助你，将就置些东西去也好。"文若虚便道："多谢厚情，只怕没人如兄肯周全小弟。"张大道："且说说看。"一竟自去了。

恰遇一个瞽目先生敲着"报君知"走将来，文若虚伸手顺袋里摸了一个钱，扯他一卦问问财气看。先生道："此卦非凡，有百十分财气，不是小可。"文若虚自想道："我只要搭去海外耍耍混过日子罢了，那里是我做得着的生意？要甚么赍助？就赍助得来，能有多少？便直恁地财爻动？这先生也是混帐。"只见张大气忿忿走来，说道："说着钱，便无缘。

> 无聊之极，造化来了。

> 难得此人。

这些人好笑,说道你去,无不喜欢;说到助银,没一个则声。人情也。今我同两个好的弟兄,拼凑得一两银子在此,也办不成甚货,凭你买些果子,船里吃罢。口食之类,是在我们身上。"若虚称谢不尽,接了银子。张大先行,道:"快些收拾,就要开船了。"若虚道:"我没甚收拾,随后就来。"手中拿了银子,看了又笑,笑了又看,道:"置得甚货么?"信步走去,只见满街上筐篮内盛着卖的:

红如喷火,巨若悬星。皮未靸,尚有余酸;霜未降,不可多得。元殊苏井诸家树,亦非李氏千头奴。较广似曰难兄,比福亦云具体。

乃是太湖中有一洞庭山,地暖土肥,与闽广无异。所以广橘福橘,播名天下。洞庭有一样橘树绝与他相似,颜色正同,香气亦同。止是初出时,味略少酢,后来熟了,却也甜美,比福橘之价十分之一,名曰"洞庭红"。若虚看见了,便思想道:"我一两银子买得百斤有余,在船可以解渴,又可分送一二,答众人助我之意。"买成,装上竹篓,雇一闲的,并行李挑了下船。众人都拍手笑道:"文先生宝货来也!"文若虚羞惭无地,只得吞声上船,再也不敢提起买橘的事。

开得船来,渐渐出了海口,只见:

银涛卷雪,雪浪翻银。湍转则日月似惊,浪动则星河如覆。

三五日间,随风漂去,也不觉过了多少路程。忽至一个地方,舟中望去，人烟凑聚，城郭巍峨，晓得是到了甚么国都了。舟人把船撑入藏风避浪的小港内，钉了桩橛，下了铁锚，缆好了。船中人多上岸，打一看，元来是来过的所在，名曰吉零国。元来这边中国货物拿到那边，一倍就有三倍价。换了那边货物，带到中国也是如此。一往一回，却不便有八九倍利息，所以人都拼死走这条路。众人多是做过交易的，各有熟识经纪、歇家、通事人等，各自上岸找寻发货去了，只留文若虚在船中看船，路径不熟，也无走处。

正闷坐间，猛可想起道："我那一篓红橘，自从到船中，不曾开看，莫不人气蒸烂了？趁着众人不在，看看则个。"可怜叫那水手在舱板底下翻将起来，打开了篓看时，面上多是好好的。放心不下，索性搬将出来，都摆在艎板上面。也是合该发迹，时来福凑。摆得满船红焰焰的，远远望来，就是万点火光，一天星斗。岸上走的人，都拢将来问道："是甚么好东西呀？"文若虚只不答应。看见中间有个把一点头的，拣了出来，掐破就吃。岸上看的一发多了，惊笑道："元来是吃得的！"就中有个好事的，便来问价："多少一个？"文若虚不省得他们说话，船上人却晓得，就扯个谎哄他，竖起一个指头，说："要一钱一颗。"那问的人揭开长衣，露出那兜罗锦红裹肚来，一手摸出银钱一个来，道："买一个尝尝。"文若虚接了银钱，手中等等看，约有两把重，心下想道："不知这些银子，要买多少，也不见秤秤，且先把一个与他看样。"拣个大些的，红得可爱的，递一个上去。只见那个人接上手，撷了一撷道："好东西呀！"扑地就劈开来，香气扑鼻。连旁边闻着的许多人，大家喝一声采。那买的不知好歹，看见船上吃法，也学他去了皮，却不分囊，一块塞在口里，甘水满咽喉，连核都不吐，吞下去了。

^{好吃法}哈哈大笑道:"妙哉!妙哉!"又伸手到裹肚里,摸出十个银钱来,说:"我要买十个进奉去。"文若虚喜出望外,拣十个与他去了。那看的人见那人如此买去了,也有买一个的,也有买两个、三个的,都是一般银钱。买了的,都千欢万喜去了。

元来彼国以银为钱,上有文采。有等龙凤文的,最贵重,其次人物,又次禽兽,又次树木,最下通用的是水草:却都是银铸的,分两不异。适才买橘的,都是一样水草纹的,他道是把下等钱买了好东西去了,所以欢喜,也只是要小便宜肚肠,与中国人一样。须臾之间,三停里卖了二停。有的不带钱在身边的,老大懊悔,急忙取了钱转来。文若虚已此剩不多了,拿一个班道:"而今要留着自家用,不卖了。"其人情愿再增一个钱,四个钱买了二颗。口中哓哓说:"悔气!来得迟了。"旁边人见他增了价,就埋怨道:"我每还要买个,如何把价钱增长了他的?"买的人道:"你不听得他方才说,兀自不卖了?"正在议论间,只见首先买十颗的那一个人,骑了一匹青骢马,飞也似奔到船边,下了马,分开人丛,对船上大喝道:"不要零卖!不要零卖!是有的俺多要买。俺家头目要买去进克汗哩。"看的人听见这话,便远远走开,站住了看。文若虚是个伶俐的人,看见来势,已此瞧科在眼里,晓得是个好主顾了。连忙把篓里尽数倾出来,止剩五十余颗。数了一数,又拿起班来说道:"适间讲过要留着自用,不得卖了。今肯加些价钱,再让几颗去罢。适间已卖出两个钱一颗了。"其人在马背上拖下一大囊,摸出钱来,另是一样树木纹的,说道:"如此钱一个罢了。"文若虚道:"不情愿,只照前样罢了。"那人笑了一笑,又把手去摸出一个龙凤纹的来道:"这样的一个如何?"文若虚又道:"不情愿,

卷之一　转运汉遇巧洞庭红　波斯胡指破鼍龙壳

只要前样的。"那人又笑道："此钱一个抵百个，料也没得与你，只是与你要。你不要俺这一个，却要那等的，是个傻子！你那东西，肯都与俺了，俺再加你一个那等的，也不打紧。"文若虚数了一数，有五十二颗，准准的要了他一百五十六个水草银钱。那人连竹篓都要了，又丢了一个钱，把篓拴在马上，笑吟吟地一鞭去了。看的人见没得卖了，一哄而散。

文若虚见人散了，到舱里把一个钱秤一秤，有八钱七分多重。秤过数个都是一般。总数一数，共有一千个差不多。把两个赏了船家，毕竟是有福人手段。其余收拾在包里了。笑一声道："那盲子好灵卦也！"照应妙。欢喜不尽，只等同船人来对他说笑则个。

说话的，你说错了。那国里银子这样不值钱，如此做买卖，那久惯漂洋的带去多是绫罗缎匹，何不多卖了些银钱回来，一发百倍了？看官有所不知：驳得细，方知近实。那国里见绫罗等物，都是以货交兑。我这里人也只是要他货物，才有利钱。若是卖他银钱时，他都把龙凤、人物的来交易，作了好价钱，分两也只得如此，反不便宜。如今是买吃口东西，他只认做把低钱交易，我却只管分两，所以得利了。说话的，你又说错了。依你说来，那航海的，何不只买吃口东西，只换他低钱，岂不有利？用着重本钱，置他货物怎地？看官，又不是这话：也是此人偶然有此横财，带去着了手；若是有心第二遭再带去，三五日不遇巧，等得希烂。那文若虚运未通时卖扇子就是榜样。扇子还是放得起的，尚且如此，何况果品？是这样执一论不得的。

> 透极。

闲话休题。且说众人领了经纪主人到船发货，文若虚把上头事说了一遍。众人都惊喜道："造化！造化！我们同来，到是你没本钱的先得了手也！"张大便拍手道："人都道他倒运，而今想是运转了！" 便对文若虚道："你这些银钱此间置货，作价不多，除是转发在伙伴中，回他几百两中国货物，上去打换些土产珍奇，带转去有大利钱，也强如虚藏此银钱在身边，无个用处。"文若虚道："我是倒运的，将本求财，从无一遭不连本送的。今承诸公挈带，做此无本钱生意，偶然侥幸一番，真是天大造化了，如何还要生利钱，妄想甚么？万一如前再做折了，难道再有洞庭红这样好卖不成？"众人多道："我们用得着的是银子，有的是货物。彼此通融，大家有利，有何不可？"文若虚道："一年吃蛇咬，三年怕草索。说着货物，我就没胆气了。只是守了这些银钱回去罢。"众人齐拍手道："放着几倍利钱不取，可惜！可惜！"随同众人一齐上去，到了店家交货明白，彼此兑换。约有半月光景，文若虚眼中看过了若干好东好西，他已自志得意满，不放在心上。

> 又准。

> 知足之人，宜其有后福。

众人事体完了，一齐上船，烧了神福，吃了酒，开洋。行了数日，忽然间天变起来。但见：

乌云蔽日，黑浪掀天。蛇龙戏舞起长空，鱼鳖惊惶潜水底。艨艟泛泛，只如栖不定的数点寒鸦；岛屿浮浮，便似没不煞的几双水鹅。舟中是方扬的米簸，舷外是正熟的饭锅。总因风伯太无情，以致篙师多失色。

那船上人见风起了，扯起半帆，不问东西南北，随风势漂去。隐隐望见一岛，便带住篷脚，只看着岛边驶来。看看渐近，恰是一个无人的空岛。但见：

树木参天，草莱遍地。荒凉径界，无非些兔迹狐踪；坦迤土壤，料不是龙潭虎窟。混茫内，未识应归何国辖；开辟来，不知曾否有人登。

船上人把船后抛了铁锚，将桩橛泥犁上岸去钉停当了，对舱里道："且安心坐一坐，候风势则个。"

那文若虚身边有了银子，恨不得插翅飞到家里，巴不得行路，却如此守风呆坐，心里焦燥。对众人道："我且上岸去岛上望望则个。"众人道："一个荒岛，有何好看？"文若虚道："总是闲着，何碍？"众人都被风颠得头晕，个个是呵欠连天，不肯同去。文若虚便自一个抖擞精神，跳上岸来。只因此一去，有分交：

千年败壳精灵显，一介穷神富贵来。

若是说话的同年生，并时长，有个未卜先知的法儿，便双脚走不动,也拄个拐儿随他同去一番,也不枉的。

却说文若虚见众人不去,偏要发个狠,扳藤附葛,直走到岛上绝顶,那岛也苦不甚高,不费甚大力,只是荒草蔓延,无好路径,到得上边打一看时,四望漫漫,身如一叶,不觉凄然掉下泪来。心里道:"想我如此聪明,一生命蹇。家业消亡,剩得只身,直到海外。虽然侥幸有得千来个银钱在囊内,知他命里是我的不是我的?今在绝岛中间,未到实地,性命也还是与海龙王合着的哩!"正在感怆,只见望去远远草丛中一物突高;移步往前一看,却是床大一个败龟壳。大惊道:"不信天下有如此大龟!世上人那里曾看见?说也不信的。我自到海外一番,不曾置得一件海外物事,今我带了此物去,也是一件希罕的东西,与人看看,省得空口说着,道是苏州人会调谎。又且一件,锯将开来,一盖一板,奇想,非苏州人不能。各置四足,便是两张床,却不奇怪!"遂脱下两只裹脚接了,穿在龟壳中间,打个扣儿,拖了便走。又巧。

走至船边,船里人见他这等模样,都笑道:"文先生那里又驮了纤来?"文若虚道:"好教列位得知,这就是我海外的货了。"众人抬头一看,却便似一张无柱有底的硬脚床。吃惊道:"好大龟壳!你拖来何干?"文若虚道:"也是罕见的,带了他去。"众人笑道:"好货不置一件,要此何用?"有的道:"也有用处。有甚么天大的疑心事,灼他一卦,只没

浑语俱趣。

有这样大龟药。"又有的道："医家要煎龟膏，拿去打碎了煎起来，也当得几百个小龟壳。"文若虚道："不要管有用没用，只是希罕，又不费本钱，便带了回去。"当时叫个船上水手，一抬抬下舱来。初时山下空阔，还只如此；舱中看来，一发大了。若不是海船，也着不得这样狼犺东西。众人大家笑了一回，说道："到家时有人问，只说文先生做了偌大的乌龟买卖来了。"文若虚道："不要笑我，好歹有一个用处，决不是弃物。"随他众人取笑，文若虚只是得意。取些水来内外洗一洗净，抹干了，却把自己钱包行李都塞在龟壳里面，两头把绳一绊，却当了一个大皮箱了。自笑道："兀的不眼前就有用起了？"众人都笑将起来，道："好算计！好算计！文先生到底是个聪明人。"

当夜无词。次日风息了，开船一走。不数日，又到了一个去处，却是福建地方了。才住定了船，就有一伙惯伺候接海客的小经纪牙人，攒将拢来，你说张家好，我说李家好，拉的拉，扯的扯，嚷个不住。船上众人拣一个一向熟识的跟了去，其余的也就住了。

众人到了一个波斯胡人店中坐定。里面主人见说海客到了，连忙先发银子，唤厨户，包办酒席几十桌，分付停当，然后踱将出来。这主人是个波斯国里人，姓个古怪姓，是玛瑙的"玛"字，叫名玛宝哈，专一与海客兑换珍宝货物，不知有多少万数本钱。众人走海过的，都是熟主熟客，只是文若虚不曾认得。抬眼看时，元来波斯胡住得在中华久了，衣帽言动都与中华不大分别；只是剃眉剪须，深眼高鼻，有些古怪。出来见了众人，行宾主礼，坐定了。两杯茶罢，站起身来，请到一个大厅上。只见酒筵多完备了，且是摆得济楚。元来旧规，海船一到，主人家先折过这一番款待，然后发货讲价的。主人家手执着一付法浪菊花盘盏，拱一拱手道："请列位货单一看，好定坐席。"

看官，你道这是何意？元来波斯胡以利为重，只看货单上有奇珍异宝值得上万者，就送在先席。余者看货轻重，挨次坐去，不论年纪，不论尊卑，一向做下的规矩。船上众人，货物贵的贱的，多的少的，你知我知，各自心照，差不多领了酒杯，各自坐了。单单剩得文若虚一个，呆呆站在那里。可怜主人道："这位老客长不曾会面，想是新出海外的，置货不多了。"众人大家说道："这是我们好朋友，到海外耍去的。身边有银子，却不曾肯置货。今日没奈何，只得屈他在末席坐了。"文若虚满面羞惭，坐了末位。主人坐在横头。饮酒中间，这一个说道我有猫儿眼多少，那一个说道我有祖母绿多少，你夸我逞。文若虚一发嘿嘿无言，自心里也微微有些懊悔道："我前日该听他们劝，置些货来的是。今枉有几百银子在囊中，说不得一句说话。"又自叹了口气道："我原是一些本钱没有的，今已大幸，不可不知足。"自思自忖，无心发兴吃酒。众人却猜拳行令，吃得狼藉。主人是个积年，看出文若虚不快活的意思来，不好说破，虚劝了他几杯酒，众人都起身道："酒勾了，天晚了，趁早上船去，明日发货罢。"别了主人去了。

主人撤了酒席，收拾睡了。明日起个清早，先

当今之世，不独波斯胡为然矣。

走到海岸船边来拜这伙客人。主人登舟,一眼瞧去,那舱里狼狼犺犺这件东西,早先看见了。吃了一惊道:"这是那一位客人的宝货?昨日席上并不曾见说起,莫不是不要卖的?"众人都笑指道:"此敝友文兄的宝货。"中有一人衬道:"又是滞货。"主人看了文若虚一看,满面挣得通红,带了怒色,埋怨众人道:"我与诸公相处多年,如何恁地作弄我?教我得罪于新客,把一个末座屈了他,是何道理!"一把扯住文若虚,对众客道:"且慢发货,容我上岸谢过罪着。"众人不知其故。有几个与文若虚相知些的,又有几个喜事的,觉得有些古怪,共十余人,赶了上来,重到店中,看是如何。只见主人拉了文若虚,把交椅整一整,不管众人好歹,纳他头一位坐下了,道:"适间得罪得罪,且请坐一坐。"文若虚也心中镇铎,忖道:"不信此物是宝贝,这等造化不成?"

　　主人走了进去,须臾出来,又拱众人到先前吃酒去处,又早摆下几桌酒,为首一桌,比先更齐整。把盏向文若虚一揖,就对众人道:"此公正该坐头一席。你每桩自一船的货,也还赶他不来。先前失敬失敬。"众人看见,又好笑,又好怪,半信不信的一带儿坐了。酒过三杯,主人就开口道:"敢问客长,适间此宝可肯卖否?"文若虚是个乖人,趁口答应道:"只要有好价钱,为甚不卖?"那主人听得肯卖,不觉喜从天降,笑逐颜开,起身道:"果然肯卖,但凭分付价钱,不敢吝惜。"文若虚其实不知值多少,讨少了,怕不在行;讨多了,怕吃笑。忖了一忖,面红耳热,颠倒讨不出价钱来。张大便与文若虚丢个眼色,将手放在椅子背上,竖着三个指头,再把第二个指空中一撇,道:"索性讨他这些。"文若虚摇头,竖一指道:"这些我还讨不出口在这里。"却被主人看见道:"果是多少价钱？"张大捣一个鬼道:"依文先生手势，敢像要一万哩！"主人呵呵大笑道:"这是不要卖，哄我而已。此等宝物，岂止此价钱！"众人见说，大家目睁口呆，都立起了身来，扯文若虚去商议道:"造化！造化！想是值得多哩。我们实实不知如何定价，文先生不如开个大口，凭他还罢。"文若虚终是碍口识羞，待说又止。众人道:"不要不老气！"主人又催道:"实说说何妨？"文若虚只得讨了五万两。主人还摇头道:"罪过，罪过。没有此话。"扯着张大私问他道:"老客长们海外往来，不是一番了。人都叫你是张识货，岂有不知此物就里的？必是无心卖他，奚落小肆罢了。"张大道:"实不瞒你说，这个是我的好朋友，同了海外玩耍的，故此不曾置货。适间此物，乃是避风海岛，偶然得来，不是出价置办的，故此不识得价钱。若果有这五万与他，勾他富贵一生，他也心满意足了。"主人道:"如此说，要你做个大大保人，当有重谢，万万不可翻悔！"遂叫店小二拿出文房四宝来，主人家将一张供单绵料纸折了一折，拿笔递与张大道:"有烦老客长做主，写个合同文书，好成交易。"张大指着同来一人道:"此位客人褚中颖写得好。"把纸笔让与他。褚客磨得墨浓，展好纸，提起笔来写道：

立合同议单张乘运等。今有苏州客人文实，海外带来大龟壳一个，投至波斯玛宝哈店。愿出银五万两买成。议定立契之后，一家交货，一家交银，各无翻悔。有翻悔者，罚契上加一。合同为照。

卷之一　转运汉遇巧洞庭红　波斯胡指破鼉龙壳

一样两纸，后边写了年月日，下写张乘运为头，一连把在坐客人十来个写去，褚中颖因自己执笔，写了落末。年月前边，空行中间，将两纸凑着，写了骑缝一行，两边各半，乃是"合同议约"四字，下写"客人文实，主人玛宝哈"，各押了花押。单上有名，从后头写起。写到张乘运，道："我们押字钱重些，这买卖才弄得成。"主人笑道："不敢轻，不敢轻。"

写毕，主人进内，先将银一箱抬出来道："我先交明白了用钱，还有说话。"众人攒将拢来。主人开箱，却是五十两一包，共总二十包，整整一千两。双手交与张乘运道："凭老客长收明，分与众位罢。"众人初然吃酒写合同，大家撺哄鸟乱，心下还有些不信的意思；如今见他拿出精晃晃白银来做用钱，方知是实。文若虚恰像梦里醉里，话都说不出来，呆呆地看。逼真光景。得意事乍来都如此。张大扯他一把道："这用钱如何分散，也要文兄主张。"文若虚方说一句道："且完了正事慢处。"只见主人笑嘻嘻的对文若虚说道："有一事要与客长商议，价银现在里面阁儿上，都是向来兑过的，一毫不少，只消请客长一两位进去，将一包过一过目，兑一兑为准，其余多不消兑得。却又一说，此银数不少，搬动也不是一时功夫，况且文客官是个单身，如何好将下船去，又要泛海回还，有许多不便处。"文若虚想了一想道："见教得极是。而今却待怎么？"主人道："依着愚见，文客官目下回去未得。小弟此间有一个缎匹铺，有本三千两在内。其前后大小厅屋楼房，共百余间，也是个大所在，价值二千两，离此半里之地。愚见就把本店货物及房屋文契，作了五千两，尽行交与文客官，就留文客官在此住下了，做此生意。其银也做几遭搬了过去，不知不觉。日后文客官要回

021

去，这里可以托心腹伙计看守，便可轻身往来。不然小店交出不难，文客官收贮却难也。愚意如此。"说了一遍，说得文若虚与张大跌足道："果然是客纲客纪，句句有理。"文若虚道："我家里原无家小，况且家业已尽了，就带了许多银子回去，没处安顿。依了此说，我就在这里立起个家缘来，有何不可？此番造化，一缘一会，都是上天作成的，只索随缘做去。便是货物房产价钱未必有五千，总是落得的。"便对主人说："适间所言，诚是万全之算，小弟无不从命。"

主人便领文若虚进去阁上看，又叫张、褚二人："一同来看看。其余列位不必了，请略坐一坐。"他四人去了。众人不进去的，个个伸头缩颈，你三我四说道："有此异事！有此造化！早知这样，懊悔岛边泊船时节也不去走走，或者还有宝贝，也不见得。"_{愚人事后之见，大率如此。}有的道："这是天大的福气，撞将来的，如何强得？"

正欣羡间，文若虚已同张、褚二客出来了。众人都问："进去如何了？"张大道："里边高阁，是个土库，放银两的所在，都是桶子存着。适间进去看了，十个大桶，每桶四千；又五个小匣，每个一千，共是四万五千。已将文兄的封皮记号封好了，只等交了货，就是文兄的了。"_{垂涎}主人出来道："房屋文书、缎匹帐目，俱已在此，凑足五万之数了。且到船上取货去。"一拥都到海船来。

文若虚于路对众人说："船上人多，切勿明言！小弟自有厚报。"众人也只怕船上人知道，要分了用钱去，各各心照。文若虚到了船上，先向龟壳中把自己包裹被囊取出了。手摸一摸壳，口里暗道："侥幸！侥幸！"主人便叫店内后生二人来抬此壳，分付道："好生抬进去，不要放在外边。"船上人见抬了此壳去，便道："这个滞货也脱手了，不知卖了多少？"文若虚只不做声，一手提了包裹，往岸上就走。这起初同上来的几个，又赶到岸上，将龟壳从头至尾细细看了一遍，又向壳内张了一张，捞了一捞，面面相觑道："好处在那里？"

主人仍拉了这十来个一同上去。到店里，说道："而今且同文客官看了房屋铺面来。"众人与主人一同走到一处，正是闹市中间，一所好大房子。门前正中是个铺子，旁有一弄，走进转个湾，是两扇大石板门，门内大天井，上面一所大厅，厅上有一匾，题曰"来琛堂"。堂旁有两椸侧屋。屋内三面有橱，橱内都是绫罗各色缎匹。以后内房，楼房甚多。文若虚暗道："得此为住居，王侯之家不过如此矣。况又有缎铺营生，利息无尽，便做了这里客人罢了，还思想家里做甚？"就对主人道："好却好，只是小弟是个孤身，毕竟还要寻几房使唤的人才住得。"主人道："这个不难，都在小店身上。"

文若虚满心欢喜，同众人走归本店来。主人讨茶来吃了，说道："文客官今晚不消船里去，就在铺中住下了。使唤的人铺中现有，逐渐再讨便是。"众客人多道："交易事已成，不必说了，只是我们毕竟有些疑心，此壳有何好处，值价如此？还要主人见教一个明白。"文若虚道："正是，正是。"主人笑道："诸公枉了海上走了多遭，这些也不识得！列位岂不闻说龙有九子乎？内有一种是鼍龙，其皮可以幔鼓，声闻百里，所以谓之鼍鼓。鼍龙万岁，到底蜕下此壳成龙。此壳有二十四肋，按天上二十四气，每肋中间节内有大珠一颗。若是肋未完全时节，成不得龙，蜕不得壳。也有生捉得他来，只好将皮幔鼓，其肋中也未有东西。直待二十四肋，肋肋完全，节节珠满，然后蜕了此壳变龙而去。故此是天然蜕下，气候俱到，肋节俱完的，与生擒活捉、寿数未满的不同，所以有如此之大。这个东西，我们肚中虽晓得，知他几时蜕下？又在何处地方守得他着？壳不值钱，其珠皆有夜光，乃无价宝也！今天幸遇巧，得之无心耳。"众人听罢，似信不信。只见主人走将进去了一会，笑嘻嘻的走出来，袖中取出一西洋布的包来，说道："请诸公看看。"解开来，只见一团绵裹着寸许大一颗夜明珠，光彩夺目。讨个黑漆的盘，放在暗处，其珠滚一个不定，闪闪烁烁，约有尺余亮处。众人看了，惊得目睁口呆，伸了舌头收不进来。主人回身转来，对众逐个致谢道："多蒙列位作成了。只这一颗，拿到咱国中，就值方才的价钱了；其余多是尊惠。"众人个个心惊，却是说过的话又不好翻悔得。主人见众人有些变色，取了珠子，急急走到里边，又叫抬出一个缎箱来。除了文若虚，每人送与缎子二端，说道："烦劳了列位，做两件道袍穿穿，也见小肆中薄意。"袖中又摸出细珠十数串，每送一串道："轻鲜，轻鲜，备归途一茶罢了。"文若虚处另是粗些的珠子四串，缎子八匹，道是："权且做几件衣服。"文若虚同众人欢喜作谢了。

　　主人就同众人送了文若虚到缎铺中，叫铺里伙计后生们都来相见，说道："今番是此位主人了。"主人自别了去，道："再到小店中去去来。"只见须臾间数十个脚夫扛了好些扛来，把先前文若虚封记的十桶五匣都发来了。文若虚搬在一个深密谨慎的卧房里头去处，出来对众人道："多承列位挈带，有此一套意外富贵，感谢不尽。"走进去把自家包裹内所卖洞庭红的银钱倒将出来，每人送他十个，止有张大与先前出银助他的两三个,分外又是十个,此人元不酸。道:"聊表谢意。"

此时文若虚把这些银钱看得不在眼里了。众人却是快活,称谢不尽。文若虚又拿出几十个来,对张大说:"有烦老兄将此分与船上同行的人,每位一个,聊当一茶。小弟住在此间,有了头绪,慢慢到本乡来。此时不得同行,就此为别了。"张大道:"还有一千两用钱,未曾分得,却是如何?须得文兄分开,方没得说。"文若虚道:"这到忘了。"就与众人商议,将一百两散与船上众人,余九百两照现在人数,另外添出两股,派了股数,各得一股。张大为头的,褚中颖执笔的,多分一股。众人千欢万喜,没有说话。内中一人道:"只是便宜了这回回,文先生还该起个风,要他些不敷才是。"文若虚道:"不要不知足,看我一个倒运汉,做着便折本的,造化到来,平空地有此一主财爻。可见人生分定,平心甚。不必强求。我们若非这主人识货,也只当得废物罢了;还亏他指点晓得,如何还好昧心争论?"众人都道:"文先生说得是。存心忠厚,所以该有此富贵。"大家千恩万谢,各各赍了所得东西,自到船上发货。

从此,文若虚做了闽中一个富商,就在那边取了妻小,立起家业。数年之间,才到苏州走一遭,会会旧相识,依旧去了。至今子孙繁衍,家道殷富

忠厚甚,宜其有此福也。

不绝。正是：

运退黄金失色，时来顽铁生辉。
莫与痴人说梦，思量海外寻龟。

卷之二

姚滴珠避羞惹羞
郑月娥将错就错

鄭月娥將錯就錯

诗云：

自古人心不同，尽道有如其面，
假饶容貌无差，毕竟心肠难变。

话说人生只有面貌最是不同，盖因各父母所生，千枝万派，那能勾一模一样的？就是同父合母的兄弟，同胞双生的儿子，道是相像得紧，毕竟仔细看来，自有些少不同去处。却又作怪，尽有途路各别、毫无干涉的人，蓦地有人生得一般无二、假充得真的。从来正书上面说，孔子貌似阳虎以致匡人之围，是恶人像了圣人；传奇上边说，周坚死替赵朔以解下宫之难，是贱人像了贵人：是个解不得的道理。

按《西湖志余》上面，宋时有一事，也为面貌相像，骗了一时富贵，享用十余年，后来事败了的。却是靖康年间，金人围困汴梁，徽、钦二帝蒙尘北狩，一时后妃公主被虏去的甚多。内中有一个公主名曰柔福，乃是钦宗之女，当时也被掳去。后来高宗南渡称帝，改号建炎。四年，忽有一女子诣阙自陈，称是柔福公主，自虏中逃归，特来见驾。高宗心疑道："许多随驾去的臣宰尚不能逃，公主鞋弓袜小，如何脱离得归来？"颁诏令旧时宫人看验，个个说道："是真的，一些不差，"及问他宫中旧事，对答来皆合；几个旧时的人，他都叫得姓名出来。只是众人看见一双足，却大得不像样，都道："公主当时何等小足，今却这等，止有此不同处。"以此回覆圣旨。高宗临轩亲认，却也认得，诘问他道："你为何恁般一双脚了？"女子听得，啼哭起来，道："这些臊羯奴聚逐便如牛马一般。今乘间脱逃,赤脚奔走,到此将有万里。岂能尚保得一双纤足,如旧时模样耶?"高宗听得,甚是惨然;颁诏特加号福国长公主,下降高世繁,做了驸马都尉。其时汪龙溪草制,词曰:

> 说得惨痛有理。

彭城方急,鲁元尝困于面驰;江左既兴,益寿宜充于禁脔。

那鲁元是汉高帝的公主,在彭城失散,后来复还的。益寿是晋驸马谢混的小名,江左中兴,元帝公主下降的。故把来比他两人甚为切当。自后夫荣妻贵,恩赉无算。

其时高宗为母韦贤妃在虏中,年年费尽金珠求赎,遥尊为显仁太后,和议既成,直到绍兴十二年自虏中回銮,听见说道:"柔福公主进来相见。"太后大惊道:"那有此话?柔福在虏中受不得苦楚,死已多年,是我亲看见的。那得又有一个柔福?是何人假出来的?"发下旨意,着法司严刑究问。法司奉旨,提到人犯,用起刑来。那女子熬不得,只得将真情招出道:"小的每本是汴梁一个女巫。靖康之乱,有宫中女婢逃出民间,见了小的每,误认做了柔福娘娘,口中厮唤。小的每惊问,他便说小的每与娘娘面貌一般无二。因此小的每有了心,日逐将宫中旧事问他,他日日衍说得心下习熟了,故大胆冒名自陈，贪享这几时富贵，道是永无对证的了。谁知太后回銮，也是小的每福尽灾生，一死也不枉了。"问成罪名。高宗见了招伏，大骂："欺君贼婢！"立时押付市曹处决，抄没家私入官。总算前后锡赉之数，也有四十七万缗钱。虽然没结果，却是十余年间，也受用得勾了。只为一个容颜厮像，一时骨肉旧人都认不出来，若非太后复还，到底被他瞒过，那个再有疑心的？就是死在太后未还之先，也是他便宜多了。天理不容，自然败露。

今日再说一个容貌厮像弄出好些奸巧希奇的一场官司来。正是：

　　　　自古唯传伯仲偕，谁知异地巧安排。
　　　　试看一样滴珠面，惟有人心再不谐。

话说国朝万历年间，徽州府休宁县苏田乡姚氏有一女，名唤滴珠，年方十六，生得如花似玉，美冠一方。父母俱在，家道殷富，宝惜异常，娇养过度。凭媒说合，嫁与屯溪潘甲为妻。看来世间听不得的最是媒人的口。他要说了穷，石崇也无立锥之地；他要说了富，范丹也有万顷之财。正是富贵随口定，美丑趁心生，再无一句实话的。那屯溪潘氏虽是个旧姓人家，却是个破落户，家道艰难，外靠男子出外营生，内要女人亲操井臼，吃不得闲饭过日的了。这个潘甲虽是人物也有几分像样，已自弃儒为商。况且公婆甚是狠戾，动不动出口骂詈，毫没些好歹。滴珠父母误听媒人之言，道他是好人家，把一块心头的肉嫁了过来。少年夫妻却也过得恩爱，只是看了许多光景，心下好生不然，如常偷掩泪眼。潘甲晓得意思，把些好话偎他过日子。

却早成亲两月，潘父就发作儿子道："如此你贪我爱，夫妻相对，白白过世不成？如何不想去做生意？"潘甲无奈，与妻滴珠说了，两个哭一个不住，说了一夜话。次日潘父就逼儿子出外去了。滴珠独自一个，越越凄惶，有情无绪。况且是个娇养的女儿，新来的媳妇，摸头路不着，没个是处，终日闷闷过了。潘父潘母看见媳妇这般模样，时常急聒，骂道："这婆娘想甚情人？害相思病了！"滴珠生来在父母身边如珠似玉，何曾听得这般声气？不敢回言，只得忍着气，背地哽哽咽咽，哭了一会罢了。

一日，因滴珠起得迟了些个，公婆朝饭要紧，猝地答应不迭。潘公开口骂道："这样好吃懒做的淫妇，睡到这等日高才起来！看这自由自在的模样，除非去做娼妓，倚门卖俏，撺哄子弟，方得这样快活像意。若要做人家，是这等不得！"滴珠听了，便道："我是好人家儿女，便做道有些不是，直得如此作贱说我！"大哭一场，没分诉处。到得夜里睡不着，越思量越恼，道："老无知！这样说话，须是公道上去不得。我忍耐不过，且跑回家去告诉爹娘。明明与他执论，看这话是该说的不该说的！亦且借此为名，赖在家多住几时，也省了好些气恼。"算计定了。侵晨未及梳洗，将一个罗帕兜头扎了，一口气跑到渡口来。说话的若是同时生，并年长，晓得他这去不尴尬，拦腰抱住，擗胸扯回，也不见得后边若干事件来。只因此去，天气却早，虽是已有行动的了，人踪尚稀，渡口悄然。这地方有一个专一做不好事的光棍，名唤汪锡，绰号"雪里蛆"，是个冻饿不怕的意思。也是姚滴珠合当悔气，撞着他独自个溪中乘了竹筏来到渡口。望见了个花朵般后生妇人，独立岸边,又见头不梳裹,满面泪痕,晓得有些古怪。在筏上问道:"娘子要渡溪么?"滴珠道:"正要过去。"汪锡道:"这等,上我筏来。"一口叫:"放仔细些!"一手去接他下来。上得筏,一篙撑开,撑到一个僻静去处,问道:"娘子,你是何等人家?独自一个要到那里去?"滴珠道:"我自要到苏田娘家去。你只送我到渡口上岸,我自认得路,管我别事做甚?"汪锡道:"我看娘子头不梳,面不洗,泪眼汪汪,独身自走,必有蹊跷作怪的事。说得明白,才好渡你。"滴珠在个水中央了,又且心里急要回去,只得把丈夫不在家了、如何受气的上项事,一头说,一头哭,告诉了一遍。汪锡听了,便心下一想,转身道:"这等说,却渡你去不得。你起得没好意了,放你上岸,你或是逃去,或是寻死,或是被别人拐了去,后来查出是我渡的,我却替你吃没头官司。"滴珠道:"胡说!我自是娘家去,如何是逃去?若我寻死路,何不投水,却过了渡去自尽不成?我又认得娘家路,没得怕人拐我!"汪锡道:"却是信你不过,你既要娘家去,我舍下甚近,你且上去我家中坐了,等我走去对你家说了,叫人来接你去,却不两边放心得下?"滴珠道:"如此也好。"正是女流之辈,无大见识,亦且一时无奈,拗他不过,还只道好心,随了他来。

上得岸时,转湾抹角,到了一个去处。引进几重门户,里头房室甚是幽静清雅。但见:

明窗静几,锦帐文茵。庭前有数种盆花,座内有几张素椅。壁间纸画周之冕,桌上砂壶时大彬。窄小蜗居,虽非富贵王侯宅;清闲螺径,也异寻常百姓家。

元来这个所在是这汪锡一个囤子,专一设法良家妇女到此,认作亲戚,拐那一等浮浪子弟、好扑花行径的,引他到此,勾搭上了,或是片时取乐,或是迷了的,便做个外宅居住,赚他银子无数。若是这妇女无根蒂的,他等有贩水客人到,肯出一主大钱,就卖了去为娼。已非一日。今见滴珠行径,就起了个不良之心,骗他到此。那滴珠是个好人家儿女,心里尽爱清闲,只因公婆凶悍,不要说日逐做烧火、煮饭、熬锅、打水的事,只是油盐酱醋,他也拌得头疼了,见了这个干净精致所在,不知一个好歹,心下到有几分喜欢。那汪锡见他无有慌意,反添喜状,便觉动火。走到跟前,双膝跪下求欢。滴珠就变了脸起来:"这如何使得?我是好人家儿女,你元说留我到此坐着,报我家中;青天白日,怎地拐人来家,要行局骗?若逼得我紧,我如今真要自尽了!"说罢,看见桌上有点灯铁签,捉起来望喉间就刺。汪锡慌了手脚,道:"再从容说话,小人不敢了。"元来汪锡只是拐人骗财,利心为重,色上也不十分要紧,恐怕真个做出事来,没了一场好买卖。吃这一惊,把那一点勃勃的春兴,丢在爪哇国里去了。

他走到后头去好些时,叫出一个老婆子来,道:"王嬷嬷,你陪这里娘子坐坐,我到他家去报一声就来。"滴珠叫他转来,说明白了地方及父母名姓,

可怜甚。

叮嘱道："千万早些叫他们来，我自有重谢。"〔可怜甚〕汪锡去了，那老嬷嬷去掇盆脸水，拿些梳头家火出来，叫滴珠梳洗。立在旁边呆看，插口问道："娘子何家宅眷？因何到此？"滴珠把上项事，是长是短，说了一遍。那婆子就故意跌跌脚道："这样老杀才不识人！有这样好标致娘子做了媳妇，〔来了〕折杀了你不羞，还舍得出毒口骂他，也是个没人气的！如何与他一日相处？"滴珠说着心事，眼中滴泪。婆子便问道："今欲何往？"滴珠道："今要到家里告诉爹娘一番，就在家里权避几时，待丈夫回家再处。"婆子就道："官人几时回家？"滴珠又垂泪道："做亲两月，就骂着逼出去了，知他几时回来？没个定期。"婆子道："好没天理！花枝般一个娘子，叫他独守，又要骂他。〔来了〕娘子，你莫怪我说。你而今就回去得几时，少不得要到公婆家去的。你难道躲得在娘家一世不成？这腌臜烦恼是日长岁久的，如何是了？"滴珠道："命该如此，也没奈何了。"婆子道："依老身愚见，只教娘子快活享福，终身受用。"滴珠道："有何高见？"婆子道："老身往来的是富家大户公子王孙，有的是斯文俊俏少年子弟。娘子，你不消问得的，只是看得中意的，拣上一个。等我对他说成了，他把你似珍宝一般看待，十分爱惜。吃自在食，着自在衣，纤手不动，呼奴使婢，也不枉了这一个花枝模样，强如守空房、做粗作、淘闲气万万倍了。"那滴珠是受苦不过的人，况且小小年纪，妇人水性，又想了夫家许多不好处，听了这一片话，心里动了，〔不由不动 可怜之甚〕便道："使不得，有人知道了，怎好？"〔软了〕婆子道："这个所在，外人不敢上门，神不知，鬼不觉，是个极密的所在。你住两日起来，天上也不要去了。"滴珠道："适间已叫那撑筏的，报家里去了。"婆子道："那是我的干儿，怎地不晓事，去报这样冷信。"正说之间，只见一个人在外走进来，一手揪住王婆道："好！好！青天白日，要哄人养汉，我出首去。"〔有妆点〕滴珠吃了一惊，仔细看来，却就是撑筏的那一个汪锡。滴珠见了道："曾到我家去报不曾？"〔可怜〕汪锡道："报你家的鸟！我听得多时了也。王嬷嬷的言语是娘子下半世的受用，万全之策，凭娘子斟酌。"滴珠叹口气道："我落难之人，走入圈套，没奈何了。只不要误了我的事。"〔软了〕婆子道："方才说过的，凭娘子自拣，两相情愿，如何误得你？"滴珠一时没主意，听了哄语，又且房室精致，床帐齐整，恰便似：

因过竹院逢僧话，偷得浮生半日闲。

放心的悄悄住下。那婆子与汪锡两个殷殷勤勤，代替伏侍，要茶就茶，要水就水，惟恐一些不到处。那滴珠一发喜欢忘怀了。

过得一日，汪锡走出去，撞见本县商山地方一个大财主，叫得吴大郎。那大郎有百万家私，极是个好风月的人。因为平日肯养闲汉，认得汪锡，便问道："这几时有甚好乐地么？"汪锡道："好教朝奉得知，我家有个表侄女新寡，且是生得娇媚，尚未有个配头，这却是朝奉店里货，只是价钱重哩。"大郎道："可肯等我一看否？"汪锡道："不难，只是好人家害羞，待我先到家，与他堂中说话，你劈面撞进来，看个停当便是。"吴大郎会意了。

汪锡先回来，见滴珠坐在房中，默默呆想。汪锡便道："小娘子便到堂中走走，如何闷坐在房里？"王婆子在后面听得了，也走出来道："正是。娘子外头来坐。"滴珠依言，走在外边来。汪锡就把房门带上了，滴珠坐了道："嬷嬷，还不如等我归去休。"〔迟了。〕嬷嬷道："娘子不要性急，我们只是爱惜娘子人材，〔好语动人。〕不割舍得你吃苦，所以劝你。你再耐烦些，包你有好缘分到也。"正说之间，只见外面闯进一个人来。你道他怎生打扮？但见：

　　头带一顶前一片后一片的竹简巾儿，旁缝一对左一块右一块的蜜蜡金儿，身上穿一件细领大袖青绒道袍儿，脚下着一双低跟浅面红绫僧鞋儿。若非宋玉墙边过，定是潘安车上来。

一直走进堂中道："小汪在家么？"滴珠慌了，急掣身起，已打了个照面，急奔房门边来，不想那门先前出来时已被汪锡暗拴了，急没躲处。那王婆笑道："是吴朝奉，便不先开个声！"〔虔婆腔。〕对滴珠道："是我家老主顾，不妨。"又对吴大郎道："可相见这位娘子。"吴大郎深深唱个喏下去，滴珠只得回了礼。偷眼看时，恰是个俊俏可喜的少年郎君，心里早看上了几分了。吴大郎上下一看，只见不施脂粉，淡雅梳妆，自然内家气象，与那胭花队里的迥别。他是个在行的，知轻识重，如何不晓得？也自酥了半边，道："娘子请坐。"那滴珠终久是好人家出来的，有些羞耻，只叫王嬷嬷道："我们进去则个。"嬷嬷道："慌做甚么？"就同滴珠一面进去了。〔妙在再不逆他。〕

　　出来对吴大郎道："朝奉看得中意否？"吴大郎道："嬷嬷作成作成，不敢有忘。"王婆道："朝奉有的是银子，兑出千把来，娶了回去就是。"大郎道："又不是衙衙人家，如何要得许多？"嬷嬷道："不多。你看了这个标致模样，今与你做个小娘子，难道消不得千金？"大郎道："果要千金，也不打紧。只是我大孺人狠，专会作贱人，我虽不怕他，怕难为这小娘子，_{是怕老婆人声口。}有些不便，取回去不得。"婆子道："这个何难？另税一所房子住了，两头做大可不是好？前日江家有一所花园空着，要典与人，老身替你问问看，如何？"大郎道："好便好，只是另住了，要家人使唤丫鬟伏侍，另起烟爨，这还小事；少不得瞒不过家里了，终日厮闹，赶来要同住，却了不得。"婆子道："老身更有个见识，朝奉拿出聘礼，娶下了，就在此间成了亲。每月出几两盘缠，替你养着，自有老身伏侍陪伴。朝奉在家，推个别事出外，时时到此来往，密不通风，有何不好？"大郎笑道："这个却妙，这个却妙。"议定了财礼银八百两，衣服首饰办了送来，自不必说，也合着千金。每月盘缠连房钱银十两，逐月交付。大郎都应允，慌忙去拿银子了。

　　王婆转进房里来，对滴珠道："适才这个官人，生得如何？"元来滴珠先前虽然怕羞，走了进去，心中却还舍不得，躲在黑影里张来张去，看得分明。吴大郎与王婆一头说话，一眼觑着门里，有时露出半面，若非是有人在面前，又非是一面不曾识，两下里就做起光来了。滴珠见王婆问他，他就随口问道："这是那一家？"王婆道："是徽州府有名的商山吴家，他又是吴家第一个财主'吴百万'吴大朝奉。他看见你，好不喜欢哩！他要娶你回去，有些不便处；他就要娶你在此间住下，你心下如何？"滴珠一了喜欢这个干净卧房，又看上了吴大郎人物，听见说就在此间住，就像是他家里一般的，心下到有十分中意了。道："既到这里，但凭妈妈，只要方便些，不露风声便好。"_{要紧。}婆子道："如何得露风声？只是你久后相处，不可把真情与他说，看得低了。只认我表亲，暗地快活便了。"

只见吴大郎抬了一乘轿,随着两个俊俏小厮,捧了两个拜匣,竟到汪锡家来。把银子交付停当了,就问道:"几时成亲?"婆子道:"但凭朝奉尊便,或是拣个好日,或是不必拣日,就是今夜也好。"吴大郎道:"今日我家里不曾做得工夫,不好造次住得。明日我推说到杭州进香取帐,过来住起罢了。拣甚么日子?"吴大郎只是色心为重,等不得拣日。若论婚姻大事,还该寻一个好日辰。今卤莽乱做,不知犯何凶煞,以致一两年内,就拆散了。冷话,有致有谑趣。这是后话。

却说吴大郎交付停当,自去了,只等明日快活。婆子又与汪锡计较定了,来对滴珠说:"恭喜娘子,你事已成了。"就拿了吴家银子四百两,妙在此。笑嘻嘻的道:"银八百两,你取一半,我两人分一半做媒钱。"摆将出来,摆得桌上白晃晃的。滴珠可也喜欢。说话的,你说错了,这光棍牙婆见了银子,如苍蝇见血,怎还肯人心天理分这一半与他?看官,有个缘故。他一者要在滴珠面前夸耀富贵,买下他心;二者总是在他家里,东西不怕他走趱那里去了,少不得逐渐哄的出来,仍旧元在。若不与滴珠些东西,后来吴大郎相处了,怕他说出真情,要倒他们的出来,反为不美。这正是老虔婆神机妙算。

吴大郎次日果然打扮得一发精致,来汪锡家成亲。他怕人知道,也不用傧相,也不动乐人,只托汪锡办下两桌酒,请滴珠出来同坐,吃了进房。滴珠起初害羞,不肯出来;后来被强不过,勉强略坐得一坐,推个事故走进房去,扑地把灯吹息,先自睡了,却不关门。婆子道:"还是女儿家的心性,害羞,须是我们凑他趣则个。"移了灯,照吴大郎进房去,仍旧把房中灯点起了,自家走了出去,把门拽上。吴大郎是个精细的人,把门拴了,移灯到床边,揭帐一看,只见兜头面睡着,不敢惊动他,老手轻轻地脱了衣服,吹息了灯,衬进被窝里来。滴珠叹了一口气,缩做一团,如画。被吴大郎甜言媚语,轻轻款款,扳将过来,腾的跨上去,滴珠颤笃笃的承受了。高高下下,往往来来,弄得滴珠浑身快畅,遍体酥麻。元来滴珠虽然嫁了丈夫两月,那是不在行的新郎,不曾得知这样趣味。吴大郎风月场中招讨使,被窝里事多曾占过先头的。温柔软款,自不必说。滴珠只恨相见之晚。两个千恩万爱,过了一夜。明日起来,王婆、汪锡都来叫喜,吴大郎各各赏赐了他。自此与姚滴珠快乐,隔个把月才回家去走走,又来住宿不题。

　　说话的,难道潘家不见了媳妇就罢了,凭他自在那里快活不成?看官,话有两头,却难这边说一句,那边说一句。如今且听说那潘家,自从那日早起不见媳妇煮朝饭,潘婆只道又是晏起,走到房前厉声叫他,见不则声,走进房里,把窗推开了,床里一看,并不见滴珠踪迹。骂道:"这贱淫妇那里去了?"出来与潘公说了。潘公道:"又来作怪!"料道是他娘家去,急忙走到渡口问人来。有人说道:"绝大清早有一妇人渡河去,有认得的,道是潘家媳妇上筏去了。"潘公道:"这妮子!昨日说了他几句,就待告诉他爹娘去。恁般心性泼刺!且等他娘家住,不要去接他采他,看他待要怎的?"忿忿地跑回去与潘婆说了。

　　将有十来日,姚家记挂女儿,办了几个盒子,做了些点心,差一男一妇,到潘家来问一个信。潘公道:"他归你家十来日了,如何到来这里问信?"那送礼的人吃了一惊,道:"说那里话?我家姐姐自到你家来，才得两月多，我家又不曾来接，他为何自归？因是放心不下，叫我们来望望。如何反如此说？"潘公道："前日因有两句口面，他使一个性子，跑了回家。有人在渡口见他的。他不到你家，到那里去？"那男女道："实实不曾回家，不要错认了。"潘公炮燥道："想是他来家说了甚么谎，您家要悔赖了别嫁人，故妆出圈套，反来问信么？"那男女道："人在你家不见了，颠倒这样说，这事必定跷蹊。"潘公听得"跷蹊"两字，大骂："狗男女！我少不得当官告来，看你家赖了不成！"那男女见不是势头，盒盘也不出，仍旧挑了，走了回家，一五一十的对家主说了。姚公姚妈大惊，啼哭起来道："这等说，我那儿敢被这两个老杀才逼死了？打点告状，替他要人去。"一面来与个讼师商量告状。

那潘公、潘婆死认定了姚家藏了女儿，叫人去接了儿子来家。两家都进状，都准了。那休宁县李知县行提一干人犯到官。当堂审问时，你推我，我推你。知县大怒，先把潘公夹起来。潘公道："现有人见他过渡的。若是投河身死，须有尸首，明白是他家藏了赖人。"知县道："说得是。不见了人十多日，若是死了，岂无尸首踪影？毕竟藏着的是。"放了潘公，再把姚公夹起来。姚公道："人在他家，去了两月多，自不曾归家来。若是果然当时走回家，这十来日间潘某何不着人来问一声，看一看下落？人长六尺，天下难藏。小的若是藏过了，后来就别嫁人，也须有人知道，难道是瞒得过的？老爷详察则个。"知县想了一想，道："也说得是。如何藏得过？便藏了，也成何用？多管是与人有奸，约的走了。"<small>也疑得是</small>
潘公道："小的媳妇虽是懒惰娇痴，小的闱门也严谨，却不曾有甚外情。"知县道："这等，敢是有人拐的去了，<small>更是</small>或是躲在亲眷家，

041

也不见得。"便对姚公说："是你生得女儿不长进；况来踪去迹毕竟是你做爷的晓得，你推不得干净。要你跟寻出来，同缉捕人役五日一比较。"就把潘公父子讨了个保，姚公肘押了出来。

> 不该放松潘公。

姚公不见了女儿，心中已自苦楚，又经如此冤枉，叫天叫地，没个道理。只得帖个寻人招子，许下赏钱，各处搜求，并无影响。且是那个潘甲不见了妻子，没出气处，只是逢五逢十就来禀官比较捕人，

> 冤哉。

未免连姚公陪打了好些板子。此事闹动了一个休宁县，城郭乡村，无不传为奇谈。亲戚之间，尽为姚公不平，却没个出豁。

却说姚家有个极密的内亲，叫做周少溪。偶然在浙江衢州做买卖，闲游柳陌花街。只见一个娼妇，站在门首献笑，好生面熟。仔细一想，却与姚滴珠一般无二。心下想道："家里打了两年没头官司，他却在此！"要上前去问个的确，却又忖道："不好，不好。问他未必肯说真情。打破了网，娼家行径没根蒂的，连夜走了，那里去寻？

> 有此天然奇巧，亦宿因也。

不如报他家中

> 此人去得。

知道，等他自来寻访。"元来衢州与徽州虽是分个浙、直，却两府是联界的。苦不多日，到了，一一与姚公说知。姚公道："不消说得，必是遇着歹人，转贩为娼了。"叫其子姚乙密地拴了百来两银子，到衢州去赎身。又商量道："私下取赎，未必成事。"又在休宁县告明缘由，使用些银子，给了一张广缉

文书在身，倘有不谐，当官告理。姚乙听命，姚公就央了周少溪作伴，一路往衢州来。那周少溪自有旧主人，替姚乙另寻了一个店楼，安下行李。周少溪指引他到这家门首来，正值他在门外。姚乙看见果然是妹子，连呼他小名数声；那娼妇只是微微笑看，却不答应。姚乙对周少溪道："果然是我妹子。只是连连叫他，并不答应，却像不认得我的。难道他在此快乐了，把个亲兄都不招揽了？"周少溪道："你不晓得，凡娼家龟鸨，必是生狠的。你妹子既来历不明，他家必紧防漏泄，训戒在先，所以他怕人知道，不敢当面认帐。"姚乙道："而今却怎么通得个信？"周少溪道："这有何难？你做个要嫖他的，设了酒，将银一两送去，外加轿钱一包，抬他到下处来，看个备细。是你妹子，密地相认了，再做道理。不是妹子，睡他娘一晚，放他去罢！"姚乙道："有理，有理。"周少溪在衢州久做客人，都是熟路，去寻一个小闲来，拿银子去，霎时一乘轿抬到下处。那周少溪忖道："果是他妹子，不好在此陪得。"推个事故，走了出去。姚乙也道是他妹子，有些不便，却也不来留周少溪。只见那轿里袅袅婷婷，走出一个娼妓来。但见：

  一个道是妹子来，双眸注望；一个道是客官到，满面生春。一个疑道："何不见他走近身，急认哥

周到。亦是周少溪之教也。

此人去得。

此人事事精密，真老江湖。

043

哥？"一个疑道："何不见他迎着轿，忙呼姐姐？"

却说那姚乙向前看看，分明是妹子。那娼妓却笑容可掬，佯佯地道了个万福。姚乙只得请坐了，不敢就认，问道："姐姐，尊姓大名，何处人氏？"那娼妇答道："姓郑，小字月娥，是本处人氏。"姚乙看他说出话来一口衢音，声气也不似滴珠，已自疑心了。那郑月娥就问姚乙道："客官何来？"姚乙道："在下是徽州府休宁县荪田姚某，父某人，母某人。"恰像那个查他的脚色，三代籍贯都报将来。也还只道果是妹子，他必然承认，所以如此。那郑月娥见他说话牢叨，笑了一笑道："又不曾盘问客官出身，何故通三代脚色？"姚乙满脸通红，情知不是滴珠了。

摆上酒来，三杯两盏，两个对吃。郑月娥看见姚乙只管相他面庞一会，又自言自语一会，心里好生疑惑。开口问道："奴自不曾与客官相会，只是前日门前见客官走来走去，见了我指手点脚的，我背地同姊妹暗笑。今承宠召过来，却又屡屡相觑，却像有些委决不下的事，是什么缘故？"姚乙把言语支吾，不说明白。那月娥是个久惯接客乖巧不过的人，看此光景，晓得有些尴尬，只管盘问。姚乙道："这话也长，且到床上再说。"两个人各自收拾上床睡了，免不得云情雨意，做了一番的事。那月娥又

姊妹声口。

把前话提起，姚乙只得告诉他：家里事如此如此，这般这般。"因见你厮像，故此假做请你，认个明白，那知不是。"月娥道："果然像否？"姚乙道："举止外像，一些不差，就是神色里边，有些微两样处。除是至亲骨肉，终日在面前的，用意体察，才看得出来，也算是十分像的了。若非是声音各别，连我方才也要认错起来。"月娥道："既是这等厮像，我就做你妹子罢。"姚乙道："又来取笑。"月娥道："不是取笑，我与你熟商量。你家不见了妹子，如此打官司，不得了结，毕竟得妹子到了官方住。我是此间良人家儿女，在姜秀才家为妾，大娘不容，后来连姜秀才贪利忘恩，竟把来卖与这郑妈妈家了。那龟儿、鸨儿，不管好歹，动不动非刑拷打。我被他摆布不过，正要想个计策脱身。你如今认定我是你失去的妹子，我认定你是哥哥，两口同声当官去告理，一定断还归宗。我身既得脱，仇亦可雪。到得你家，当了你妹子，官事也好完了，岂非万全之算？"姚乙道："是到是，只是声音大不相同。且既到吾家，认做妹子，必是亲戚族属逐处明白，方像真的，这却不便。"月娥道："人只怕面貌不象，那个声音随他改换，如何做得准？你妹子相失两年，假如真在衢州，未必不与我一般乡语了。亲戚族属，你可教导得我的。况你做起事来，还等待官司发落，日子长远，有得与你相处，乡音也学得你些。家里

〔月娥亦是奇人，有此奇想奇胆。〕

事务，日逐教我熟了，有甚难处？"姚乙心里先只要家里息讼要紧，细思月娥说话尽可行得，便对月娥道："吾随身带有广缉文书，当官一告，断还不难。只是要你一口坚认到底，却差池不得的。"月娥道："我也为自身要脱离此处，_{主意。}趁此机会，如何好改得口？只是一件，你家妹夫是何等样人？我可跟得他否？"_{要紧。}姚乙道："我妹夫是个做客的人，也还少年老实，你跟了他也好。"_{混帐话。}月娥道："凭他怎么，毕竟还好似为娼。况且一夫一妻，又不似先前做妾，也不误了我事了。"姚乙又与他两个赌一个誓信，说："两个同心做此事，各不相负；_{要紧。}如有破泄者，神明诛之！"两人说得着，已觉道快活，又弄了一火，搂抱了睡到天明。

　　姚乙起来，不梳头就走去寻周少溪，连他都瞒了，对他说道："果是吾妹子，如今怎处？"周少溪道："这㤗䘚人家不长进，替他私赎，必定不肯。待我去纠合本乡人在此处的十来个，做张呈子到太守处呈了，人众则公，亦且你有本县广缉滴珠文书可验，怕不立刻断还？只是你再送几两银子过去，与他说道：'还要留在下处几日。'使他不疑，我们好做事。"姚乙一一依言停当了。周少溪就合着一伙徽州人同姚乙到府堂，把前情说了一遍。姚乙又将县间广缉文书当堂验了。太守立刻签了牌，将郑家乌龟、老妈都拘将来。郑月娥也到公庭，一个认哥

俱绝顶议论。

忙中冷趣，亦热趣。

哥，一个认妹子。那众徽州人除周少溪外，也还有个把认得滴珠的，齐声说道："是。"那乌龟分毫不知一个情由，劈地价来，没做理会，口里乱嚷。太守只叫："掌嘴！"又研问他是那里拐来的。乌龟不敢隐讳，招道："是姜秀才家的妾，小的八十两银子讨的是实，并非拐的。"太守又去拿姜秀才。姜秀才情知理亏，躲了不出见官。太守断姚乙出银四十两还他乌龟身价，领妹子归宗。那乌龟买良为娼，问了应得罪名，连姜秀才前程都问革了。郑月娥一口怨气先发泄尽了。乐哉。姚乙欣然领回下外，等衙门文卷叠成，银子交库给主，及零星使用，多完备了，然后起程。这几时落得与月娥同眠同起，见人说是兄妹，背地自做夫妻。乐哉。枕边絮絮叨叨，把说话见识都教道得停停当当了。

　　在路不则一日，将到苏田，有人见他兄妹一路来了，拍手道："好了，好了，这官司有结局了。"有的先到他家里报了的，父母俱迎出门来。那月娥妆做个认得的模样，大剌剌走进门来，呼爷叫娘，都是姚乙教熟的。况且娼家行径，机巧灵变，一些不错。姚公道："我的儿！那里去了这两年？累煞你爹也！"月娥假作哽咽痛哭，免不得说道："爹妈这几时平安么？"姚公见他说出话来，便道："去了两年，声音都变了。"姚妈伸手过来，拽他的手出来，捻了两捻道："养得一手好长指甲了，去时没有的。"大家哭了一会，只有姚乙与月娥心里自明白。姚公是两年间官司累怕了，他见说女儿来了，心里放下了一个大疙瘩，那里还辨仔细？况且十分相像，分毫不疑。体悉尽情。至于来踪去迹，他已自晓得在娼家赎归，不好细问得。巴到天明，就叫儿子姚乙同了妹子到县里来见官。

　　知县升堂，众人把上项事，说了一遍。知县缠了两年，已自明白，问滴珠道："那个拐你去的，是何等人？"假滴珠道："是一个不知姓名的男子，不由分说，逼卖与衢州姜秀才家。姜秀才转卖了出来，这先前人不知去向。"知县晓得事在衢州，隔省难以追求，只要完事，不去根究了。（也是）就抽签去唤潘甲并父母来领。那潘公、潘婆到官来，见了假滴珠道："好媳妇呀！就去了这些时。"潘甲见了道："惭愧！也还有相见的日子。"各各认明了，领了回去。出得县门，两亲家两亲妈，各自请罪，认个悔气。都道一桩事完了。

隔了一晚，次日，李知县升堂，正待把潘甲这宗文卷注销立案，只见潘甲又来告道："昨日领回去的，不是真妻子。"那知县大怒道："刁奴才！你累得丈人家也勾了，如何还不肯休歇？"喝令扯下去打了十板。（冤哉）那潘甲只叫冤屈。知县道："那衢州公文明白，你舅子亲自领回，你丈人、丈母认了不必说，你父母与你也当堂认了领去的，如何又有说话？"潘甲道："小人争讼，只要争小人的妻，不曾要别人的妻。（其词甚直）今明明不是小人的妻，小人也不好要得，老爷也不好强小人要得。若必要小人将假作真，小人情愿不要妻子了。"知县道："怎见得不是？"潘甲道："面貌颇相似，只是小人妻子相与之间，有好些不同处了。"知县道："你不要呆！敢是做过了娼妓一番，身分不比良家了。"潘甲道："老爷，不是这话。不要说日常夫妻间私语一句也不对，至于肌体隐微，有好些不同。小人心下自明白，怎好与老爷说得？若果然是妻子，小人与他才得两月夫妻，就分散了，巴不得见他，难道到说不是来混争闲非不成？老爷青天详察，主鉴不错。"知县见他说这一篇有情有理，大加惊诧，又不好自认断错，密密分付潘甲道："你且从容，不要性急。就是父母亲戚面前，俱且糊涂，不可说破，（妙，妙）

我自有处。"

李知县分付该房写告示出去遍贴，说道："姚滴珠〔好着〕已经某月某日追寻到官，两家各息词讼，无得再行告扰！"却自密地悬了重赏，着落应捕十余人，四下分缉，若看了告示，有些动静，即便体察，拿来回话。

不说这里探访。且说姚滴珠与吴大郎相处两年，大郎家中看看有些知道，不肯放他等闲出来，踪迹渐来得稀了。滴珠身伴要讨个丫鬟伏侍，曾对吴大郎说，转托汪锡。汪锡拐带惯了的，那里想出银钱去讨？因思个便处，要弄将一个来。日前见歙县汪汝鸾家有个丫头，时常到溪边洗东西，想在心里。

一日，汪锡出外行走，闻得县前出告示，道滴珠已寻见之说，急忙里来对王婆说："不知那一个顶了缺，我们这个货，稳稳是自家的了。"王婆不信，要看个的实。一同来到县前，看了告示。汪锡未免指手划脚，点了又点，念与王婆听。早被旁边应捕看在眼里，尾了他去。到了僻静处，只听得两个私下道："好了，好了，而今睡也睡得安稳了。"应捕〔果中妙计〕魆地跳将出来道："你们干得好事！今已败露了，还走那里去？"汪锡慌了手脚道："不要恐吓我！且到店中坐坐去。"一同王婆，邀了应捕，走到酒楼上坐了吃酒。汪锡推讨嗄饭，一道烟走了。单剩个王婆与应捕坐了多时，酒肴俱不来，走下问时，汪锡已去久了。应捕就把王婆拴将起来道："我与你去见官。"王婆跪下道："上下饶恕，随老身到家中取钱谢你。"那应捕只是见他们行迹跷蹊，故把言语吓着，其实不知甚么根由。怎当得虚心病的，露出马脚来。应捕料得有些滋味，押了他不舍，随去到得汪锡家里叩门。一个妇人走将出来开了。那应捕一看，着惊道："这是前日衢州解来的妇人！"猛然想道："这个必是真姚滴珠了。"也不说破，吃了茶，凭他送了些酒钱罢了。王婆自道无事，放下心了。

应捕明日竟到县中出首。知县添差应捕十来人，急命拘来。公差如狼似虎，到汪锡家里，门口发声喊，打将进去。急得王婆悬梁高了，把滴珠登时捉到公庭。知县看了道："便是前日这一个。"又飞一签令唤潘甲与妻子同来。那假的也来了，同在县堂，真个一般无二。知县莫辨，因令潘甲自认。潘甲自然明白，与真滴珠各说了些私语，知县唤起来研问明白。真滴珠从头供称被汪锡哄骗情由，说了一遍。知县又问："曾引人奸骗你不？"滴珠心上有吴大郎，只不说出，但道："不知姓名。"又叫那假滴珠上来，供称道："身名郑月娥，自身要报私仇，姚乙要完家讼，因言貌像伊妹，商量做此一事。"知县急拿汪锡，已此在逃了，做个照提，叠成文卷，连人犯解府。

却说汪锡自酒店逃去之后，撞着同伙程金一同作伴，走到歙县地方，正见汪汝鸾家丫头在溪边洗裹脚，一手扯住他道："你是我家使婢，逃了出来，却在此处！"便夺他裹脚，拴了就走。要扯上竹筏，那丫头大喊起来。汪锡将袖子掩住他口，丫头尚自呜哩呜喇的喊。程金便一把叉住喉咙，叉得手重，口头又不得通气，一霎呜呼哀哉了。地方人走将拢来，两个都擒住了，送到县里。那歙县方知县问了程金绞罪,汪锡充军,解上府来。正值滴珠一起也解到。一同过堂之时,真滴珠大喊道:"这个不是汪锡?"那太守姓梁,极是个正气的,见了两宗文卷,都为汪锡,大怒道:"汪锡是首恶,如何只问充军?"喝交皂隶,重责六十板,当下绝气。真滴珠给还原夫宁家,假滴珠官卖,姚乙认假作真,倚官拐骗人口,也问了一个太上老。只有吴大郎广有世情,闻知事发,上下使用,并无名字干涉,不致惹着,朦胧过了。

潘甲自领了姚滴珠仍旧完聚。那姚乙定了卫所,发去充军,拘妻签解。姚乙未曾娶妻,只见那郑月娥晓得了,大哭道:"这是我自要脱身泄气,造成此谋,谁知反害了姚乙?今我生死跟了他去,也不枉了一场话攦。"姚公心下不舍得儿子,听得此话,即便买出人来,诡名纳价,赎了月娥,改了姓氏,随了儿子做军妻解去。后来遇赦还乡,遂成夫妇。这也是郑月娥一点良心不泯处。姑嫂两个到底有些厮像,徽州至今传为笑谈。有诗为证:

  一样良家走岐路,又同岐路转良家。
  面庞怪道能相似,相法看来也不差。

好个郑月娥。

也快活。

卷之三 刘东山夸技顺城门
十八兄奇踪村酒肆

十八兄齊院
寸圓筆

诗云：

弱为强所制，不在形巨细。
蜘蛆带是甘，何曾有长喙？

话说天地间，有一物必有一制，夸不得高，恃不得强。这首诗所言"蜘蛆"是甚么？就是那赤足蜈蚣，俗名"百脚"，又名百足之虫。这"带"又是甚么？是那大蛇，其形似带一般，故此得名。岭南多大蛇，长数十丈，专要害人。那边地方里居民，家家蓄养蜈蚣，有长尺余者，多放在枕畔或枕中。若有蛇至，蜈蚣便喷喷作声。放他出来，他鞠起腰来，首尾着力，一跳有一丈来高，便搭住在大蛇七寸内，用那铁钩也似一对钳来钳住了，吸他精血，至死方休。这数十丈长、斗来大的东西，反缠死在尺把长、指头大的东西手里，所以古语道"蜘蛆甘带"，盖谓此也。

汉武帝延和三年，西胡月支国献猛兽一头，形如五六十日新生的小狗，不过比狸猫般大，拖一个黄尾儿。那国使抱在手里，进门来献。武帝见他生得猥琐，笑道："此小物，何谓猛兽？"使者对曰："夫威加于百禽者，不必计其大小。是以神麟为巨象之王，凤凰为大鹏之宗，亦不在巨细也。"武帝不信，乃对使者说："试叫他发声来朕听。"使者乃将手一指，此兽舐唇摇首一会，猛发一声，便如平地上起一个霹雳，两目闪烁，放出两道电光来。武帝登时颠出亢金椅子，急掩两耳，颤一个不住。侍立左右及羽林摆立仗下军士，手中所拿的东西悉皆震落。武帝不悦，即传旨意，教把此兽付上林苑中，待群虎食之。上林苑令遵旨，只见拿到虎圈边放下，群虎一见，皆缩做一堆，双膝跪倒。上林苑令奏闻，武帝愈怒，要杀此兽。明日连使者与猛兽皆不见了。猛悍到了虎豹，却乃怕此小物。所以人之膂力强弱，智术长短，没个限数。正是：

强中更有强中手，莫向人前夸大口。

当时有一个举子，不记姓名地方。他生得膂力过人，武艺出众。一生豪侠好义，真正路见不平，拔刀相助。他进京会试，不带仆从，恃着一身本事，鞴着一匹好马，腰束弓箭短剑，一鞭独行。一路收拾些雉兔野味，到店肆中宿歇，便安排下酒。

一日在山东路上，马跑得快了，赶过了宿头。至一村庄，天已昏黑，自度不可前进。只见一家人家开门在那里，灯光射将出来。举子下了马，一手牵着，挨近看时，只见进了门，便是一大空地，空地上有三四块太湖石叠着，正中有三间正房，有两间厢房，一老婆子坐在中间绩麻。听见庭中马足之声，起身来问。举子高声道："妈妈，小生是失路借宿的。"那老婆子道："官人，不方便，老身做不得主。"听他言词中间，带些凄惨。举子有些疑心，便问道："妈妈，你家男人多在那里去了？如何独自一个在这里？"老婆子道："老身是个老寡妇，夫亡多年，只有一子，在外做商人去了。"举子道："可有

旁批：亦是豪人本色。

媳妇？"老婆子蹙着眉头道："是有一个媳妇，赛得过男子，尽挣得家住。只是一身大气力，雄悍异常，且是气性粗急，一句差池，经不得一指头，擦着便倒。老身虚心冷气，看他眉头眼后，常是不中意，受他凌辱。所以官人借宿，老身不敢做主。"说罢，泪如雨下。举子听得，不觉双眉倒竖，两眼圆睁道："天下有如此不平之事！恶妇何在？我为尔除之。"遂把马拴在庭中太湖石上了，拔出剑来。老婆子道："官人不要太岁头上动土，我媳妇不是好惹的。他不习女工针指，每日午饭已毕，便空身走去山里寻几个獐鹿兽兔还家，腌腊起来，卖与客人，得几贯钱。常是一二更天气才得回来。日逐用度，只靠着他这些，所以老身不敢逆他。"举子按下剑，入了鞘，道："我生平专一欺硬怕软，替人出力。谅一个妇女，到得那里？既是妈妈靠他度日，我饶他性命，不杀他，只痛打他一顿，教训他一番，使他改过性子便了。"老婆子道："他将次回来了，只劝官人莫惹事的好。"举子气忿忿地等着。只见门外一大黑影，一个人走将进来，将肩上叉口也似一件东西往庭中一摔，叫道："老嬷，快拿火来，收拾行货。"老婆子战兢兢地道："是甚好物事呀？"把灯一照，吃了一惊，乃是一只死了的斑斓猛虎。说时迟，那时快，那举子的马在火光里，看见了死虎，惊跳不住起来。那人看见，便道："此马何来？"举子暗里看时，却是一

好货。

个黑长妇人,见他模样,又背了个死虎来,忖道:"也是个有本事的。"心里就有几分惧他。忙走去带开了马,缚住了,走向前道:"小生是失路的举子,趱过宿头,幸到宝庄,见门尚未阖,斗胆求借一宿。"那妇人笑道:"老嬷好不晓事!既是个贵人,如何更深时候,叫他在露天立着?"指着死虎道:"贱婢今日山中遇此泼花团,争持多时,才得了当。归得迟些个,有失主人之礼,贵人勿罪。"举子见他语言爽恺,礼度周全,暗想道:"也不是不可化诲的。"连声道:"不敢,不敢。"妇人走进堂,提一把椅来,对举子道:"该请进堂里坐,只是妇姑两人,都是女流,男女不可相混,屈在廊下一坐罢。"又掇张桌来,放在面前,点个灯来安下。然后下庭中来,双手提了死虎,到厨下去了。须臾之间,烫了一壶热酒,托出一个大盘来,内有热腾腾的一盘虎肉,一盘鹿脯,又有些腌腊雉兔之类五六碟,道:"贵人休嫌轻亵则个。"举子见他殷勤,接了自斟自饮。须臾间酒尽肴完,举子拱手道:"多谢厚款。"那妇人道:"惶愧,惶愧。"便将了盘来收拾桌上碗盏。举子乘间便说道:"看娘子如此英雄,举止恁地贤明,怎么尊卑分上觉得欠些个?"那妇人将盘一搠,且不收拾,怒目道:"适间老死魅曾对贵人说些甚谎么?"举子忙道:"这是不曾,只是看见娘子称呼词色之间,甚觉轻倨,不像个婆媳妇道理。及见娘子待

看此光景,必是老婆子无眼珠,不识豪杰性,非其妇之过也。举子元觉多事,饶舌矣。

客周全，才能出众，又不像个不近道理的，故此好言相问一声。"那妇人见说，一把扯了举子的衣袂，一只手移着灯，走到太湖石边来道："正好告诉一番。"举子一时间挣扎不脱，暗道："等他说得没理时，算计打他一顿。"只见那妇人倚着太湖石，就在石上拍拍手道："前日有一事，如此如此，这般这般，是我不是，是他不是？"道罢，便把一个食指向石上一划道："这是一件了。"划了划，只见那石皮乱爆起来，已自抠去了一寸有余深。连连数了三件，划了三划，那太湖石上便似锥子凿成了一个"川"字，斜看来又是"三"字，足足皆有寸余，就像镌刻的一般。那举子惊得浑身汗出，满面通红，连声道："都是娘子的是。"把一片要与他分个皂白的雄心，好像一桶雪水当头一淋，气也不敢抖了。

妇人说罢，擎出一张匡床来与举子自睡，又替他喂好了马。却走进去与老婆子关了门，息了火睡了。举子一夜无眠，叹道："天下有这等大力的人！早是不曾与他交手，不然，性命休矣。"巴到天明，鞴了马，作谢了，再不说一句别的话，悄然去了。自后收拾了好些威风，再也不去惹闲事管，也只是怕逢着哼嘿似他的吃了亏。

今日说一个恃本事说大话的，吃了好些惊恐，惹出一场话柄来。正是：

虎为百兽尊，百兽伏不动。
若逢狮子吼，虎又全没用。

话说国朝嘉靖年间，北直隶河间府交河县一人姓刘名钦，叫做刘东山，在北京巡捕衙门里当一个缉捕军校的头。此人有一身好本事，弓马熟娴，发矢再无空落，人号他连珠箭。随你异常狠盗，逢着他便如瓮中捉鳖，手到拿来，因此也积趱得有些家事。年三十余，觉得心里不耐烦做此道路，告脱了，在本县去别寻生理。

一日，冬底残年，赶着驴马十余头到京师转卖，约卖得一百多两银子。交易完了，至顺城门（即宣武门）雇骡归家。在骡马主人店中，遇见一个邻舍张二郎入京来，同在店买饭吃。二郎问道："东山何往？"东山把前事说了一遍，道："而今在此雇骡，今日宿了，明日走路。"二郎道："近日路上好生难行，良乡、郑州一带，盗贼出没，白日劫人。老兄带了偌多银子，没个做伴，独来独往，只怕着了道儿，放仔细些！"东山听罢，不觉须眉开动，唇齿奋扬，把两只手捏了拳头，做一个开弓的手势，哈哈大笑道："二十年间，张弓追讨，矢无虚发，不曾撞个对手。今番收场买卖，定不到得折本。"店中满座听见他高声大喊，尽回头来看。也有问他姓名的，道："久仰，久仰。"二郎自觉有些失言，到未必失言。作别出店去了。

也是豪人本色。

东山睡到五更头，爬起来，梳洗结束，将银子紧缚裹肚内，扎在腰间，肩上挂一张弓，衣外跨一把刀，两膝下藏矢二十簇，拣一个高大的健骡，腾地骑上,一鞭前走。走了三四十里,来到良乡,只见后头有一人奔马赶来,遇着东山的骡,便按辔少驻。东山举目觑他,却是一个二十岁左右的美少年,且是打扮得好。得见:

黄衫毡笠,短剑长弓。箭房中新矢二十余枝,马额上红缨一大簇。裹腹闹装灿烂,是个白面郎君。恨人紧辔喷嘶,好匹高头骏骑!

东山正在顾盼之际,那少年遥叫道:"我们一起走路则个。"就向东山拱手道:"造次行途,愿问高姓大名。"东山答道:"小可姓刘名钦,别号东山,人只叫我是刘东山。"少年道:"久仰先辈大名,如雷贯耳,小人有幸相遇。今先辈欲何往?"东山道:"小可要回本籍交河县去。"少年道:"恰好,恰好。小人家住临淄,也是旧族子弟,幼年颇曾读书,只因性好弓马,把书本丢了。三年前带了些资本,往京贸易,颇得些利息。今欲归家婚娶,正好与先辈作伴同路行去,放胆壮些。直到河间府城,然后分路。有幸,有幸。"东山一路看他腰间沉重,语言温谨,相貌俊逸,身材小巧,谅道不是歹人,且路上有伴,不至寂寞,心上也欢喜,道:"当得相陪。"是夜一同下了旅店,同一处饮食歇宿,如兄若弟,甚是相得。

明日,并辔出涿州。少年在马上问道:"久闻先辈最善捕贼,一生捕得多少?也曾撞着好汉否?"东山正要夸逞自家手段,<small>小伎俩破绽</small>这一问揉着痒处,且量他年小可欺,便佟口道:"小可生平两只手一张弓,拿尽绿林中人,也不记其数,并无一个对手。这些鼠辈，何足道哉！而今中年心懒，故弃此道路。倘若前途撞着，便中拿个把儿你看手段！"少年但微微冷笑道："元来如此。"就马上伸手过来，说道："借肩上宝弓一看。"东山在骡上递将过来，少年左手把住，右手轻轻一拽就满，连放连拽，就如一条软绢带。东山大惊失色，也借少年的弓过来看看。那少年的弓，约有二十斤重，东山用尽平生之力，面红耳赤，不要说扯满，只求如初八夜头的月，再不能勾。东山惶恐无地，吐舌道："使得好硬弓也！"便向少年道："老弟神力，何至于此！非某所敢望也。"少年道："小人之力，何足称神？先辈弓自太软耳。"东山赞叹再三，少年极意谦谨。晚上又同宿了。

笑者不可测也。

至明日又同行，日西时过雄县，少年拍一拍马，那马腾云也似前面去了。东山望去，不见了少年。他是贼窠中弄老了的，见此行止，如何不慌？私自道："天教我这番倒了架也！倘是个不良人，这样神力，如何敌得？势无生理。"心上正如十五个吊桶打水，七上八落的。没奈何，迤迤行去。行得一二铺，遥望见少年在百步外，正弓挟矢，扯个满月，向东山道："久闻足下手中无敌，今日请先听箭风。"言未罢，飕的一声，东山左右耳根但闻肃肃如小鸟前后飞过，只不伤着东山。又将一箭引满，正对东山之面，大笑道："东山晓事人，腰间骡马钱快送我罢，

趣甚。

休得动手。"东山料是敌他不过，先自慌了手脚，只得跳下鞍来，解了腰间所系银袋，双手捧着，膝行至少年马前，_{可怜可怜}叩头道："银钱谨奉，好汉将去，只求饶命！"少年马上伸手提了银包，大喝道："要你性命做甚？快走！快走！你老子有事在此，_{趣甚}不得同儿子前行了。"掇转马头，向北一道烟跑，但见一路黄尘滚滚，霎时不见踪影。

东山呆了半晌，捶胸跌足起来道："银钱失去也罢，_{也是豪人本色}叫我如何做人？一生好汉名头，到今日弄坏，真是张天师吃鬼迷了。可恨！可恨！"垂头丧气，有一步没一步的，空手归交河。到了家里，与妻子说知其事，大家懊恼一番。夫妻两个商量，收拾些本钱，在村郊开个酒铺，卖酒营生，再不去张弓挟矢了。又怕有人知道，坏了名头，也不敢向人说着这事，_{名根重如此，其意亦可怜}只索罢了。

过了三年，一日，正值寒冬天道，有词为证：

霜瓦鸳鸯，风帘翡翠，今年早是寒少。矮钉明窗，侧开朱户，断莫乱教人到。重阴未解，云共雪商量不少。青帐垂毡要密，红幕放围宜小。——词寄《天香前》

却说冬日间，东山夫妻正在店中卖酒，只见门前来了一伙骑马的客人，共是十一个。个个骑的是自輨的高头骏马，鞍辔鲜明；身上俱紧束短衣，腰带弓矢刀剑。次第下了马，走入肆中来，解了鞍舆。刘东山接着，替他赶马归槽。后生自去剉草煮豆，不在话下。内中只有一个未冠的人，年纪可有十五六岁，身长八尺，独不下马，对众道："弟十八自向对门住休。"众人都答应一声道："咱们在此少住，便来伏侍。"只见其人自走出门去了。

　　十人自来吃酒，主人安排些鸡、豚、牛、羊肉来做下酒。须臾之间，狼飡虎咽，算来吃勾有六七十斤的肉，倾尽了六七坛的酒，又教主人将酒肴送过对门楼上，与那未冠的人吃。众人吃完了店中东西，还叫未畅，遂开皮囊，取出鹿蹄、野雉、烧兔等物，笑道："这是我们的东道，可叫主人来同酌。"东山推逊一回，才来坐下。把眼去逐个瞧了一瞧，瞧到北面左手那一人，毡笠儿垂下，遮着脸不甚分明。猛见他抬起头来，东山仔细一看，吓得魂不附体，只叫得苦。你道那人是谁？正是在雄县劫了骡马钱去的那一个同行少年。东山暗想道："这番却是死也！我些些生计，怎禁得他要起？况且前日一人尚不敢敌，今人多如此，想必个个是一般英雄，如何是了？"心中忐忐的跳，真如小鹿儿撞，面向酒杯，不敢则一声。众人多起身与主人劝酒。坐定一回，只见北面左手坐的那一个少年把头上毡笠一掀，呼主人道："东山别来无恙么？往昔承挈同行周旋，至今想念。"东山面如土色，不觉双膝跪下道："望好汉恕罪！"少年跳离席间，也跪下去，扶起来，挽了他手道："快莫要作此状！快莫要作此状！羞死人。昔年俺们众兄弟在顺城门店中，闻卿自夸手段天下无敌。众人不平，却教小弟在途间作此一番轻薄事，与卿作耍，取笑一回。然负卿之约，

塞翁祸福。

趣甚。

可怜

不到得河间。魂梦之间，还记得与卿并辔任丘道上。感卿好情，今当还卿十倍。"言毕，即向囊中取出千金，放在案上，〔到底也为东山是好汉相惜耳，非真以途间之情也。〕向东山道："聊当别来一敬，快请收进。"东山如醉如梦，呆了一晌，怕又是取笑，一时不敢应承。〔吓怕了〕那少年见他迟疑，拍手道："大丈夫岂有欺人的事？东山也是个好汉，直如此胆气虚怯！难道我们弟兄直到得真个取你的银子不成？快收了去。"刘东山见他说话说得慷慨，料不是假，方才如醉初醒，如梦方觉，不敢推辞。走进去与妻子说了，就叫他出来同收拾了进去。

安顿已了，两人商议道："如此豪杰，如此恩德，不可轻慢。我们再须杀牲开酒，索性留他们过宿顽耍几日则个。"东山出来称谢，就把此意与少年说了，少年又与众人说了。大家道："既是这位弟兄故人，有何不可？只是还要去请问十八兄一声。"便一齐走过对门，与未冠的那一个说话。东山随了去看，这些人见了那个未冠的，甚是恭谨。那未冠的待他众人甚是庄重。众人把主人要留他们过宿顽耍的话说了，那未冠的说道："好，好，不妨。只是酒醉饭饱，不要贪睡，负了主人殷勤之心；少有动静，俺腰间两刀有血吃了。"众人齐声道："弟兄们理会得。"东山一发莫测其意。

众人重到肆中，开怀再饮，又携酒到对门楼上。众人不敢陪，只是十八兄自饮。算来他一个吃的酒肉，比得店中五个人。十八兄吃阑，自探囊中取出一个纯银笊篱来，煽起炭火做煎饼自啖，连啖了百余个，收拾了，大踏步出门去，不知所向。直到天色将晚，方才回来，重到对门住下，竟不到刘东山家来。众人自在东山家吃耍，走去对门相见，十八兄也不甚与他们言笑，大是倨傲。

东山疑心不已，背地扯了那同行少年问他道："你们这个十八兄,是何等人?"少年不答应,反去与众人说了,各各大笑起来。不说来历,但高声吟诗曰:"杨柳桃花相间出,不知若个是春风?"吟毕,又大笑。住了三日,俱各作别了,结束上马。未冠的在前,其余众人在后,一拥而去。东山到底不明白,却是骤得了千来两银子,手头从容,又怕生出别事来,^{吓怕了}搬在城内,另做营运去了。后来见人说起此事,有识得的道:"详他两句语意,是个'李'字;况且又称十八兄,想必未冠的那人姓李,是个为头的了。看他对众人说话,他恐防有人暗算,故在对门,两处住了,好相照察。亦且不与十人作伴同食,有个尊卑的意思。夜间独出,想又去做甚么勾当来,却也没处查他的确。"

那刘东山一生英雄,遇此一番,过后再不敢说一句武艺上头的话,弃弓折箭,只是守着本分营生度日,后来善终。可见人生一世,再不可自恃高强。那自恃的,只是不曾逢着狠主子哩。有诗单说这刘东山道:

生平得尽弓矢力,直到下场逢大敌。
人世休夸手段高,霸王也有悲歌日。

又有诗说这少年道:

英雄从古轻一掷,盗亦有道真堪述。
笑取千金偿百金,途中竟是好相识。

卷之四 程元玉店肆代偿钱
十一娘云冈纵谭侠

十一娘雲岡絞諡做

赞曰：

红线下世，毒哉仙仙。隐娘出没，跨黑白卫。香丸袅袅，游刃香烟。崔妾白练，夜半忽失。侠姬条裂，宅众神耳。贾妻断婴，离恨以豁。解洵娶妇，川陆毕具。三鬟携珠，塔户严扃。车中飞度，尺余一孔。

这一篇赞，都是序着从前剑侠女子的事。从来世间有这一家道术，不论男女，都有习他的。虽非真仙的派，却是专一除恶扶善；功行透了的，也就借此成仙。所以好事的，类集他做《剑侠传》；又有专把女子类成一书，做《侠女传》。前面这赞上说的，多是女子。

那红线就是潞州薛嵩节度家小青衣，因为魏博节度田承嗣养三千外宅儿男，要吞并潞州，薛嵩日夜忧闷。红线闻知，弄出剑术手段，飞身到魏博，夜漏三时，往返七百里，取了他床头金盒归来。明日，魏博搜捕金盒，一军忧疑，这里却教了使人送还他去。田承嗣一见惊慌，知是剑侠，恐怕取他首级，把邪谋都息了。后来，红线说出前世是个男子，因误用医药杀人，故此罚为女子，今已功成，修仙去了。这是红线的出处。

那隐娘姓聂，魏博大将聂锋之女。幼年撞着乞食老尼，摄去教成异术。后来嫁了丈夫，各跨一蹇驴，一黑一白。蹇驴是卫地所产，故又叫做"卫"。用时骑着，不用时就不见了，元来是纸做的。他先前在魏帅左右，魏帅与许帅刘昌裔不和，要隐娘去取他首级。不想那刘节度善算，算定隐娘夫妻该入境，先叫卫将早至城北候他。约道："但是一男一女，骑黑白二驴的便是。可就传我命拜迎。"隐娘到许，遇见如此，服刘公神明，便弃魏归许。魏帅知道，先遣精精儿来杀他，反被隐娘杀了。又使妙手空空儿来。隐娘化为蠛蠓，飞入刘节度口中，教刘节度将于阗国美玉围在颈上。那空空儿三更来到，将匕首项下一划。被玉遮了，其声铿然，划不能透。空空儿羞道不中，一去千里，再不来了。刘节度与隐娘俱得免难。这是隐娘的出处。

那香丸女子同一侍儿住观音里，一书生闲步，见他美貌心动。旁有恶少年数人，就说他许多淫邪不美之行，书生贱之。及归家与妻言及，却与妻家有亲，是个极高洁古怪的女子，亲戚都是敬畏他的。书生不平，要替他寻恶少年出气，未行，只见女子叫侍儿来谢道："郎君如此好心，虽然未行，主母感恩不尽。"就邀书生过去，治酒请他独酌。饮到半中间，侍儿负一皮袋来，对书生道："是主母相赠的。"开来一看，乃是三四个人头，颜色未变，都是书生平日受他侮害的仇人。书生吃了一惊，怕有累及，急要逃去。侍儿道："莫怕，莫怕！"怀中取出一包白色有光的药来，用小指甲挑些些弹在头断处，只见头渐缩小，变成李子大。侍儿一个个撮在口中吃了，吐出核来，也是李子。侍儿吃罢，又对书生道："主母也要郎君替他报仇，杀这些恶少年。"书生谢道："我如何干得这等事？"侍儿进一香丸道："不劳郎君动手，但扫净书房，焚此香于炉中，看香烟那里去，就跟了去，必然成事。"又将先前皮袋与他道："有人头尽纳在此中，仍旧随烟归来，不要惧怕。"书生依言做去，只见香烟袅袅，行处有光，墙壁不碍。每到一处，遇一恶少年，烟绕颈三匝，头已自落，其家不知不觉，书生便将头入皮袋中。如此数处，烟袅袅归来，书生已随了来。到家尚未三鼓，恰如做梦一般。事完，香丸飞去。侍儿已来取头弹药，照前吃了。对书生道："主母传语郎君：这是畏关。此关一过，打点共做神仙便了。"后来不知所往。这女子、书生都不知姓名，只传得有《香丸志》。

那崔妾是：唐贞元年间，博陵崔慎思应进士举，京中赁房居住。房主是个没丈夫的妇人，年止三十余，有容色。慎思遗媒道意，要纳为妻。妇人不肯，道："我非宦家之女，门楣不对，他日必有悔，只可做妾。"遂随了慎思。二年，生了一子。问他姓氏，只不肯说。一日，崔慎思与他同上了床，睡至半夜，忽然不见。崔生疑心有甚奸情事了，不胜忿怒，遂走出堂前。走来走去，正自徬徨，忽见妇人在屋上走下来，白练缠身，右手持匕首，左手提一个人头，对崔生道："我父昔年被郡守枉杀，求报数年未得，今事已成，不可久留。"遂把宅子赠了崔生，逾墙而去。崔生惊惶。少顷又来，道是再哺孩子些乳去。须臾出来，道："从此永别。"竟自去了。崔生回房看看，儿子已被杀死。他要免心中记挂，故如此。所以说"崔妾白练"的话。

那侠妪的事，乃元雍妾修容自言：小时，里中盗起，有一老妪来对他母亲说道："你家从来多阴德，虽有盗乱，不必惊怕，吾当藏过你等。"袖中取出黑绫二尺，裂作条子，教每人臂上系着一条，道："但随我来！"修容母子随至一道院，老妪指一个神像道："汝等可躲在他耳中。"叫修容母子闭了眼背了他进去。小小神像，他母子住在耳中，却像一间房子，毫不窄隘。老妪朝夜来看，饮食都是他送来。这神像耳孔，只有指头大小，但是饮食到来，耳孔便大起来。后来盗平，仍如前负了归家。修容要拜为师，誓修苦行，报他恩德。老妪说："仙骨尚微。"不肯收他，后来不知那里去了。

所以说"侠妪神耳"的说话。

那贾人妻的,与崔慎思妾差不多。但彼是余干县尉王立,调选流落,遇着美妇,道是元系贾人妻子,夫亡十年,颇有家私,留王立为婿,生了一子。后来,也是一日提了人头回来,道:"有仇已报,立刻离京。"去了复来,说是:"再乳婴儿,以豁离恨。"抚毕便去。回灯褰帐,小儿身首已在两处。所以说"贾妻断婴"的话,却是崔妾也曾做过的。

那解洵是宋时武职官,靖康之乱,陷在北地,孤苦零落。亲戚怜他,替他另娶一妇为妻。那妇人妆奁丰厚,洵得以存活。偶逢重阳日,想起旧妻坠泪。妇人问知欲归本朝,便替他备办水陆之费,毕具,与他同行。一路水宿山行,防闲营护,皆得其力。到家,其兄解潜军功累积,已为大帅,相见甚喜,赠以四婢。解洵宠爱了,与妇人渐疏。妇人一日酒间责洵道:"汝不记昔年乞食赵魏时事乎?非我,已为饿莩。今一旦得志,便尔忘恩,非大丈夫所为。"洵已有酒意,听罢大怒,奋起拳头,连连打去。妇人忍着冷笑。洵又唾骂不止。妇人忽然站起,灯烛皆暗,冷气袭人,四妾惊惶仆地。少顷,灯烛复明。四妾才敢起来,看时,洵已被杀在地上,连头都没了。妇人及房中所有,一些不见踪影。解潜闻知,差壮勇三千人各处追捕,并无下落。这叫做"解洵娶妇"。

那三鬟女子,因为潘将军失却玉念珠,无处访寻,却是他与朋侪作戏,取来挂在慈恩寺塔院相轮上面。后潘家悬重赏,其舅王超问起,他许取还。时寺门方开,塔户尚锁,只见他势如飞鸟,已在相轮上,举手示超,取了念珠下来,王超自去讨赏。明日女子已不见了。

那车中女子又是怎说？因吴郡有一举子入京应举，有两少年引他到家，坐定，只见门迎一车进内，车中走出一女子，请举子试技。那举子只会着靴在壁上行得数步。女子叫座中少年，各呈妙技：有的在壁上行，有的手掾椽子行，轻捷却像飞鸟。举子惊服，辞去。数日后，复见前两少年来借马，举子只得与他。明日，内苑失物，唯收得驮物的马，追问马主，捉举子到内侍省勘问。驱入小门，吏自后一推：倒落深坑数丈。仰望屋顶七八丈，唯见一孔，才开一尺有多。举子苦楚间，忽见一物如鸟，飞下到身边，看时却是前日女子。把绢重系举子肮膊讫，绢头系女子身上，女子腾身飞出宫城。去门数十里乃下，对举子云："君且归，不可在此！"举人乞食寄宿，得达吴地。这两个女子，便都有些盗贼意思，不比前边这几个报仇雪耻、救难解危，方是修仙正路。然要晓世上有此一种人，所以历历可纪，不是脱空的说话。

而今再说一个有侠术的女子，救着一个落难之人，说出许多剑侠的议论，从古未经人道的，真是精绝。有诗为证：

念珠取却犹为戏，若似车中便累人。
试听韦娘一度话，须知正直乃为真。

话说徽州府有一商人，姓程名德瑜，表字元玉。禀性简默端重，不妄言笑，忠厚老成。专一走川、陕做客贩货，大得利息。一日，收了货钱，待要归家，与带去仆人收拾停当，行囊丰满，自不必说。自骑一匹马，仆人骑了牲口，起身行路。来过文阶道中，与一伙做客的人同落一个饭店，买酒饭吃。正吃之间，只见一个妇人骑了驴儿，也到店前下了，走将进来。程元玉抬头看时，却是三十来岁的模样，面颜也尽标致。只是装束气质，带些武气，却是雄纠纠的。饭店中客人，个个颠头耸脑，看他说他，胡猜乱语，只有程元玉端坐不瞧。那妇人都看在眼里，吃罢了饭，忽然举起两袖，抖一抖道："适才忘带了钱来，今饭多吃过了主人的，却是怎好？"那店中先前看他这些人，都笑将起来。有的道："元来是个骗饭吃的。"有的道："敢是真个忘了？"有的道："看他模样，也是个江湖上人，不像个本分的，骗饭的事也有。"那店家后生，见说没钱，一把扯住不放。店主又发作道："青天白日，难道有得你吃了饭不还钱不成！"妇人只说："不带得来，下次补还。"店主道："谁认得你！"正难分解，只见程元玉便走上前来，说道："看此娘子光景，岂是要少这数文钱的？必是真失带了出来。如何这等逼他？"就把手腰间去摸出一串钱来道："该多少，都是我还了就是。"店家才放了手，算一算帐，取了钱去。那妇人走到程元玉跟前，再拜道："公是个长者，愿闻高姓大名，好加倍奉还。"程元玉道："些些小事，何足挂齿！还也不消还得，姓名也不消问得。"那女人道："休如此说！公去前面，当有小小惊恐，妾将在此处出些力气报公，所以必要问姓名，万勿隐讳。若要晓得妾的姓名，但记着韦十一娘便是。"程元玉见他说话有些尴尬，不解

皮相者多。

知己。

果是长者。

其故，只得把名姓说了。妇人道："妾在城西去探一个亲眷，少刻就到东来。"跨上驴儿，加上一鞭，飞也似去了。

程元玉同仆人出了店门，骑了牲口，一头走，一头疑心。细思适间之话，好不蹊跷。随又忖道："妇人之言，何足凭准！况且他一顿饭钱，尚不能预备，就有惊恐，他如何出力相报得？"以口问心，行了几里。只见途间一人，头带毡笠，身背皮袋，满身灰尘，是个惯走长路的模样，或在前，或在后，参差不一，时常撞见。程元玉在马上问他道："前面到何处可以宿歇？"那人道："此去六十里，有杨松镇，是个安歇客商的所在，近处却无宿头。"程元玉也晓得有个杨松镇，就问道："今日晏了些，还可到得那里么？"那人抬头把日影看了一看道："我到得，你到不得。"程元玉道："又来好笑了。我每是骑马的，反到不得，你是步行的，反说到得，是怎的说？"那人笑道："此间有一条小路，斜抄去二十里，直到河水湾，再二十里，就是镇上。若你等在官路上走，迂迂曲曲，差了二十多里，故此到不及。"程元玉道："果有小路快便，相烦指示同行，到了镇上买酒相谢。"那人欣然前行道："这等，都跟我来。"

那程元玉只贪路近，又见这厮是个长路人，信着不疑，把适间妇人所言惊恐都忘了。与仆人策马，跟了那人前进那一条路来。初时平坦好走，走得一

<small>小贪极误大事。</small>

里多路，地上渐渐多是山根顽石，驴马走甚不便；再行过去，有陡峻高山遮在面前，绕山走去，多是深密林子，仰不见天。程元玉主仆俱慌，埋怨那人道："如何走此等路？"那人笑道："前边就平了。"程元玉不得已，又随他走，再度过一个冈子，一发比前崎岖了。程元玉心知中计，叫声："不好！不好！"急掣转马头回走。忽然那人嗒哨一声，山前涌出一干人来：

狰狞相貌，劣撅身躯。无非月黑杀人，不过风高放火。盗亦有道，大曾偷习儒者虚声；师出无名，也会剽窃将家实用。人间偶而呼为盗，世上于今半是君。

程元玉见不是头，自道必不可脱。慌慌忙忙，下了马，躬身作揖道："所有财物，但凭太保取去；只是鞍马衣装，须留下做归途盘费则个。"那一伙强盗听了说话，果然只取包裹来，搜了银两去了。程元玉急回身寻时，那马散了缰，也不知那里去了；仆人躲避，一发不知去向。凄凄惶惶，剩得一身，拣个高冈立着，四围一望，不要说不见强盗出没去处，并那仆马消息，杳然无踪。四无人烟，且是天色看看黑将下来，急景。没个道理。叹一声道："我命休矣！"

正急得没出豁，只听得林间树叶窣窣价声响。程元玉回头看时，却是一个人攀藤附葛而来，甚是轻便。走到面前，是个女子。程元玉见了个人，心下已放下了好些惊恐。正要开口问他，那女子忽然走到程元玉面前来，稽首道："儿乃韦十一娘弟子青霞是也。吾师知公有惊恐，特教我在此等候。吾师只在前面,公可往会。"程元玉听得说是韦十一娘,又与惊恐之说相合,心下就有些望他救答意思,略放胆大些了。随着青霞前往,行不到半里,那饭店里遇着的妇人来了,迎着道:"公如此大惊,不早来相接,甚是有罪!公货物已取还,仆马也在,不必忧疑。"程元玉是惊坏了的,一时答应不出。十一娘道:"公今夜不可前去。小庵不远,且到庵中一饭,就在此寄宿罢了。前途也去不得。"程元玉不敢违,随了去。

过了两个冈子,前见一山陡绝,四周并无联属,高峰插于云外。韦十一娘以手指道:"此是云冈,小庵在其上。"引了程元玉,攀萝附木,一路走上。到了陡绝处,韦与青霞共来扶掖,数步一歇。程元玉气喘当不得,他两个就如平地一般。程元玉抬头看高处,恰似在云雾里;及到得高处,云雾又在下面了。约有十数里,方得石磴。磴有百来级,级尽方是平地。有茅堂一所,甚是清雅。请程元玉坐了,十一娘又另唤一女童出来,叫做缥云,整备茶果、山蔌、松醪,请元玉吃。又叫整饭,意甚殷勤。程元玉方才性定,欠身道:"程某自不小心,落了小人圈套。若非夫人相救,那讨性命?只是夫人有何法术制得他,讨得程某货物转来?"十一娘道:"吾是剑侠,非凡人也。适间在饭店中,见公修雅,不像他人轻薄,故此相敬。及看公面上

_{非有术也住此地面不得。}

气色有滞，当有忧虞，故意假说乏钱还店，以试公心。见公颇有义气，所以留心，在此相候，以报公德。适间鼠辈无礼，已曾晓谕过他了。"程元玉见说，不觉欢喜敬羡。他从小颇看史鉴，晓得有此一种法术。便问道："闻得剑术起自唐时，到宋时绝了。故自元朝到国朝，竟不闻有此事。夫人在何处学来的？"十一娘道："此术非起于唐，亦不绝于宋。自黄帝受兵符于九天玄女，便有此术。其臣风后习之，所以破得蚩尤。帝以此术神奇，恐人妄用，且上帝立戒甚严，不敢宣扬，但拣一二诚笃之人，口传心授。故此术不曾绝传，也不曾广传。后来张良募来击秦皇，梁王遣来刺袁盎，公孙述使来杀来、岑，李师道用来杀武元衡，皆此术也。此术既不易轻得，唐之藩镇羡慕仿效，极力延致奇踪异迹之人，一时罔利之辈，不顾好歹，皆来为其所用，所以独称唐时有此。不知彼辈诸人，实犯上帝大戒，后来皆得惨祸。所以彼时先师，复申前戒，大略：不得妄传人，妄杀人；不得替恶人出力害善人；不得杀人而居其名。<small>右押衙所以不从卢杞也。</small>此数戒最大。故赵元昊所遣刺客，不敢杀韩魏公；苗傅、刘正彦所遣刺客，不敢杀张德远，也是怕犯前戒耳。"程元玉道："史称黄帝与蚩尤战，不说有术；张良所募力士，亦不说术；梁王、公孙术、李师道所遣，皆说是盗，如何是术？"十一娘道："公言差矣！此正吾道所谓不居其名也。蚩尤生有异像，且挟奇术，岂是战阵可以胜得？秦始皇万乘之主，仆从仪卫，何等威焰？且秦法甚严，谁敢击他？也没有击了他，可以脱身的。至如袁盎官居近侍，来、岑身为大帅，武相位在台衡，或取之万众之中，直戕之辇毂之下，非有神术，怎做得成？且武元衡之死，并其颅骨也取了去，那时慌忙中，谁人能有此闲工夫？史传元自明白，公不曾详玩其旨耳。"程元玉道："史书上果是如此。假如太史公所传刺客，想正是此术？至荆轲刺秦王，说他剑术疏，前边这几个刺客，多是有术的了？"十一娘道："史迁非也。秦诚无道，亦是天命真主，纵有剑术，岂可轻施？至于专诸、聂政诸人，不过义气所使，是个有血性好汉，原非有术。若这等都叫做剑术，世间拼死杀人，自身不保的，尽是术了！"程元玉道："昆仑摩勒如何？"十一娘道："这是粗浅的了。聂隐娘、红线方是至妙的。摩勒用形，但能涉历险阻，试他矫健手段。隐娘辈用神，其机玄妙，鬼神莫窥，针孔可度，皮郭可藏，倏忽千里，往来无迹，岂得无术？"程元玉道："吾看《虬髯客传》，说他把仇人之首来吃了，剑术也可以报得私仇的？"十一娘道："不然。虬髯之事寓言，非真也。就是报仇，也论曲直。若曲在我，也是不敢用术报得的。"程元玉道："假如术家所谓仇，必是何等为最？"十一娘道："仇有几等，皆非私仇。世间有做守令官，虐使小民，贪其贿，又害其命的；世间有做上司官，张大威权，专好谄奉，反害正直的；世间有做将帅，只剥军饷，不勤武事，败坏封疆的；世间有做宰相，树置心腹，专害异己，使贤奸倒置的；世间有做试官，私通关节，贿赂徇私，黑白混淆，使不才侥幸，才士屈抑的：此皆吾术所必诛者也！至若舞文的滑吏、武断的土

俱是绝妙议论。

才见此道可以修仙，正以平心故。

恐世间再不诛之人也少。

豪，自有刑宰主之，忤逆之子、负心之徒，自有雷部司之，不关我事。"程元玉曰："以前所言几等人，曾不闻有显受刺客剑仙杀戮的。"十一娘笑道："岂可使人晓得的？凡此之辈，杀之之道非一。重者或径取其首领及其妻子，不必说了；次者或入其咽，断其喉，或伤其心腹，其家但知为暴死，不知其故；又或用术摄其魂，使他颠蹶狂谬，失志而死；或用术迷其家，使他丑秽迭出，愤郁而死。其有时未到的，但假托神异梦寐，使他惊惧而已。"程元玉道："剑可得试令吾一看否？"十一娘道："大者不可妄用，且怕惊坏了你。小者不妨试试。"乃呼青霞、缥云二女童至，分付道："程公欲观剑，可试为之。就此悬崖旋制便了。"二女童应诺。十一娘袖中摸出两个丸子，向空一掷，其高数丈，才坠下来，二女童即跃登树枝梢上，以手接着，毫发不差。各接一丸来一拂，便是雪亮的利刃。程元玉看那树枝，樛曲倒悬，下临绝壑，窅不可测。试一俯瞰，神魂飞荡，毛发森竖，满身生起寒粟子来。十一娘言笑自如，二女童运剑为彼此击刺之状。初时犹自可辨，到得后来，只如两条白练，半空飞绕，并不看见有人。有顿饭时候，然后下来，气不喘，色不变。程元玉叹道："真神人也！"

时已夜深，乃就竹榻上施衾褥，命程在此宿卧，仍加以鹿裘覆之。十一娘与二女童作礼而退，自到石室中去宿了。时方八月天气，程元玉拥裘伏衾，还觉寒凉，盖缘居处高了。

天未明，十一娘已起身，梳洗毕。程元玉也梳洗了，出来与他相见了，谢他不尽。十一娘道："山居简慢，恕罪则个。"又供了早膳。复叫青霞操弓矢下山寻野味作昼馔。青霞去了一会，无一件将来，回说："天气早，没有。"再叫缥云去。坐谭未久，缥云提了一雉一兔上山来。十一娘大喜，叫青霞快整治供客。程元玉疑问道："雉兔山中岂少？何乃难得如此？"十一娘道："山中元不少，只是潜藏难求。"程元玉笑道："夫人神术，何求不得，乃难此雉兔？"十一娘道："公言差矣！吾术岂可用来伤物命以充口腹乎？不唯神理不容，也如此小用不得。雉兔之类，原要挟弓矢、尽人力取之方可。"程元玉深加叹服。

须臾，酒至数行。程元玉请道："夫人家世，愿得一闻。"十一娘踟蹰沉吟道："事多可愧。然公是忠厚人，言之亦不妨。妾本长安人，父母贫，携妾取寓平凉，手艺营生。父亡，独与母居。又二年，将妾嫁同里郑氏子，母又转嫁了人去。郑子佻达无度，喜侠游，妾屡屡谏他，遂至反目，因弃了妾，同他一伙无籍人到边上立功去，竟无音耗回来了。伯子不良，把言语调戏我，我正色拒之。一日，潜走到我床上来，我提床头剑刺之，着了伤走了。我因思我是一个妇人，既与夫不相得，弃在此间，又与伯同居不便，况且今伤了他，住在此不得了。曾有个赵道姑自幼爱我，他有神术，道我可传得。因是父母在，不敢自由，而今只索投他去。次日往见道姑，道姑欣然接纳。又道：'此地不可居。吾山中有庵，可往住之。'就挈我登一峰巅，较此处还险峻，有一团瓢在上，就住其中，教我法术。至暮，径下山去，只留我独宿，戒我道：'切勿饮酒及淫色。'我想道：'深山之中，那得有此两事？'口虽答应，心中不然，遂宿在团瓢中床上。至更余，有一男子逾墙而入，貌绝美。我遽惊起，问他不答，叱他不退。其人直前将拥抱我，我不肯从，其人求益坚。我抽剑欲击他，他也出剑相刺。他剑甚精利，我方初学，自知不及，只得丢了剑，哀求他道："妾命薄，久已灰心，何忍乱我？且师有明戒，誓不敢犯。'其人不听，以剑加我颈，逼要从他。我引颈受之，曰：'要死便死，吾志不可夺！'其人收剑，笑道：'可知子心不变矣！'仔细一看，不是男子，元来就是赵道姑，作此试我的。因此道我心坚，尽把术来传了。我术已成，彼自远游，我便居此山中了。"程元玉听罢，愈加钦重。

日已将午，辞了十一娘要行。因问起昨日行装仆马，十一娘道："前途自有人送还，放心前去。"出药一囊送他，道："每岁服一丸，可保一年无病。"送程下山，直至大路方别。才别去，行不数步，昨日群盗将行李仆马已在路旁等候奉还。程元玉将银钱分一半与他，死不敢受；减至一金做酒钱，也必不肯。问是何故？群盗道："韦家娘子有命，虽千里之外，不敢有违；违了他的，他就知道。我等性命要紧，不敢换货用。"程元玉再三叹息，仍旧装束好了，主仆取路前进，此后不闻十一娘音耗，已是十余年。

一日，程元玉复到四川。正在栈道中行，有一少年妇人，从了一个秀士行走，只管把眼来瞧他。程元玉仔细看来，也像个素相识的，却是再想不起，不知在那里会过。只见那妇人忽然叫道："程丈别来无恙乎？还记得青霞否？"程元玉方悟是韦十一娘的女童，乃与青霞及秀士相见。青霞对秀士道："此间便是吾师所重程丈，我也多曾与你说过的。"秀士

元玉到底是个好人。

疑此辈即其帐下人耳。

再与程叙过礼。程问青霞道:"尊师今在何处？此位又是何人？"青霞道:"吾师如旧。吾丈别后数年,妾奉师命嫁此士人。"程问道:"还有一位缥云何在？"青霞道:"缥云也嫁人了。吾师又另有两个弟子了。我与缥云,但逢着时节,才去问省一番。"程又问道:"娘子今将何往？"青霞道:"有些公事在此要做,不得停留。"说罢作别。看他意态甚是匆匆,一竟去了。

过了数日,忽传蜀中某官暴卒。某官性诡激好名,专一暗地坑人夺人。那年进场做房考,又暗通关节,卖了举人,屈了真才,有像十一娘所说必诛之数。程元玉心疑道:"分明是青霞所说做的公事了。"却不敢说破,此后再也无从相闻。此是吾朝成化年间事。秣陵胡太史汝嘉有《韦十一娘传》。诗云:

> 侠客从来久,韦娘论独奇。
> 双丸虽有术,一剑本无私。
> 贤佞能精别,恩仇不浪施。
> 何当时假腕,铲尽负心儿！

卷之五

感神媒张德容遇虎
凑吉日裴越客乘龙

亥言日裏越塞
季龍

诗曰：

> 每说婚姻是宿缘，定经月老把绳牵。
> 非徒配偶难差错，时日犹然不后先。

话说婚姻事皆系前定，从来说月下老赤绳系足，虽千里之外，到底相合；若不是因缘，眼面前也强求不得的。就是因缘了，时辰未到，要早一日，也不能勾；时辰已到，要迟一日，也不能勾。多是氤氲大使暗中主张，非人力可以安排也。

唐朝时有一个弘农县尹，姓李。生一女，年已及笄，许配卢生。那卢生生得伟貌长髯，风流倜傥，李氏一家尽道是个快婿。一日，选定日子，赘他入宅。

当时有一个女巫，专能说未来事体，颇有应验，与他家往来得熟，其日因为他家成婚行礼，也来看看耍子。李夫人平日极是信他的，就问他道："你看我家女婿卢郎，官禄厚薄如何？"女巫道："卢郎不是那个长髯后生么？"李母道："正是。"女巫道："若是这个人，不该是夫人的女婿。夫人的女婿，不是这个模样。"李夫人道："吾女婿怎么样的？"女巫道："是一个中形白面，一些髭髯也没有的。"李夫人失惊道："依你这等说起来，我小姐今夜还嫁人不成哩！"女巫道："怎么嫁不成？今夜一定嫁人。"李夫人道："好胡说！既是今夜嫁得成，岂有不是卢郎的事？"女巫道："连我也不晓得缘故。"道言未了，只听得外面鼓乐喧天，卢生来行纳采礼，正在堂前拜跪。李夫人拽着女巫的手，向后堂门缝里指着卢生道："你看这个行礼的，眼见得今夜成亲了，怎么不是我女婿？好笑！

好笑！"那些使女养娘们见夫人说罢，大家笑道："这老妈妈惯扯大谎，这番不准了。"女巫只不做声。

须臾之间，诸亲百眷都来看成婚盛礼。元来唐时衣冠人家婚礼，极重合卺之夜，凡属两姓亲朋，无有不来的。就中有引礼、赞礼之人，叫做"傧相"，都不是以下人做，就是至亲好友中间，有礼度熟闲、仪容出众、声音响亮的，众人就推举他做了，是个尊重的事。其时卢生同了两个傧相，堂上赞拜。礼毕，新人入房。卢生将李小姐灯下揭巾一看，吃了一惊，打一个寒噤，叫声："阿呀！"往外就走。亲友问他，并不开口，直走出门，跨上了马，连加两鞭，飞也似去了。

> 来得可骇可愕。

宾友之中，有几个与他相好的，要问缘故；又有与李氏至戚的，怕有别话错了时辰，要成全他的，多来追赶。有的赶不上，罢了；有赶着的，问他劝他，只是摇手道："成不得！成不得！"也不肯说出缘故来，抵死不肯回马。众人计无所出，只得走转来，把卢生光景说了一遍。那李县令气得目睁口呆，大喊道："成何事体！成何事体！"自思女儿一貌如花，有何作怪？今且在众亲友面前说明，好教他们看个明白。因请众亲戚都到房门前，叫女儿出来拜见。就指着道："这个便是许卢郎的小女，岂有惊人丑貌？今卢郎一见就走，若不教他见见众位，到底认做个怪物了！"众人抬头一看，果然丰姿治丽，绝世无双。这些亲友也有说是卢郎无福的，也有说卢郎无缘的，也有道日子差池犯了凶煞的，议论一个不定。李县令气忿忿地道："料那厮不能成就，我也不伏气与他了。我女儿已奉见宾客，今夕嘉礼不可虚废。宾客里面有愿聘的，便赴今夕佳期。有众亲在此作证明，都可做大媒。"只见傧相之中，有一个走近前来，不慌不忙道："小子不才，愿事门馆。"众人定睛看时，那人姓郑，也是拜过官职的了。面如傅粉，唇若涂朱，下颏上真个一根髭须也不曾生，且是标致。众人齐喝一声采道："如此小姐，正该配此才郎！况且年貌相等，门阀相当。"就中推两位年高的为媒，另择一个年少的代为傧相，请出女儿，交拜成礼，且应佳期。一应未备礼仪，婚后再补。是夜竟与郑生成了亲。郑生容貌果与女巫之言相合，方信女巫神见。

＊太便宜了。

成婚之后，郑生遇着卢生，他两个原相交厚的，问其日前何故如此。卢生道："小弟揭巾一看，只见新人两眼通红，大如朱盏，牙长数寸，爆出口外两边。那里是个人形？与殿壁所画夜叉无二。胆俱吓破了，怎不惊走？"郑生笑道："今已归小弟了。"卢生道："亏兄如何熬得？"郑生道："且请到弟家，请出来与兄相见则个。"卢生随郑生到家，李小姐梳妆出拜，天然绰约，绝非房中前日所见模样，懊悔无及。后来闻得女巫先曾有言，如此如此，晓得是有个定数，叹住罢了。正合着古语两句道：

有缘千里能相会，无缘对面不相逢。

而今再说一个唐时故事。乃是乾元年间，有一个吏部尚书，姓张名镐。有第二位小姐，名唤德容。那尚书在京中任上时，与一个仆射姓裴名冕的，两个往来得最好。裴仆射有第三个儿子，曾做过蓝田县尉的，叫做裴越客。两家门当户对，张尚书就把这个德容小姐许下了他亲事，已拣定日子成亲了。

却说长安西市中有个算命的老人，是李淳风的族人，叫做李知微，星数精妙。凡看命起卦，说人吉凶祸福，必定断下个日子，时刻不差。一日，有个姓刘的，是个应袭荫子，到京理荫求官，数年不得，这一年已自钻求要紧关节，叮嘱停当，吏部试判已毕，道是必成。闻西市李老之名，特来请问。李老卜了一卦，笑道："今年求之不得，来年不求自得。"刘生不信，只见吏部出榜，为判上落了字眼，果然无名。到明年又在吏部考试，他不曾央得人情，抑且自度书判中下，未必合式，又来西市问李老。李老道："我旧岁就说过的，君官必成，不必忧疑。"刘生道："若得官，当在何处？"李老道："禄在大梁地方。得了后，你可再来见我，我有话说。"吏部榜出，果然选授开封县尉。刘生惊喜，信之如神，又去见李老。李老道："君去为官，不必清俭，只消恣意求取，自不妨得。临到任满，可讨个差使，再

贪人正中下怀。

入京城，还与君推算。"刘生记着言语，别去到任。那边州中刺史见他旧家人物，好生委任他。刘生想着李老之言，广取财贿，毫无避忌。上下官吏都喜欢他，再无说话。到得满任，贮积千万。遂见刺史，讨个差使。刺史依允，就教他部着本州租税解京。到了京中，又见李老。李老道："公三日内即要迁官。"刘生道："此番进京，实要看个机会，设法迁转。却是三日内，如何能勾？况未是那升迁日期，这个未必准了。"李老道："决然不差，迁官也就在彼郡。得了后，可再来相会，还有说话。"刘生去了，明日将州中租赋到左藏库交纳。正到库前，只见东南上偌大一只五色鸟飞来库藏屋顶住着，文彩辉煌，百鸟喧噪，弥天而来。刘生大叫："奇怪！奇怪！"一时惊动了内官宫监，大小人等，都来看嚷。有识得的道："此是凤凰也！"那大鸟住了一会，听见喧闹之声，即时展翅飞起，百鸟渐渐散去。此话闻至天子面前，龙颜大喜。传出敕命来道："那个先见的，于原身官职加升一级改用。"内官查得真实，却是刘生先见，遂发下吏部，迁授浚仪县丞。果是三日，又就在此州。刘生愈加敬信李老，再来问此去为官之方。李老云："只须一如前政。"刘生依言，仍旧恣意贪取，又得了千万。任满赴京听调，又见李老。李老曰："今番当得一邑正官，分毫不可妄取了。慎之！慎之！"刘生果授寿春县宰。他是两任得惯了

又妙。

091

的手脚,那里忍耐得住?到任不久,旧性复发,把李老之言,丢过一边。偏生前日多取之言好听,当得个谨依来命;今日不取之言迂阔,只推道未可全信。不多时上官论劾追赃,削职了。又来问李老道:"前两任只叫多取,今却叫不可妄取,都有应验,是何缘故?"李老道:"今当与公说明,公前世是个大商,有二千万资财,死在汴州,其财散在人处。公去做官,原是收了自家旧物,不为妄取,所以一些无事。那寿春一县之人,不曾欠公的,岂可过求?如今强要起来,就做坏了。"刘生大伏,惭悔而去。凡李老之验,如此非一,说不得这许多,而今且说正话。

> 人情大抵然也。

> 乃知今时之官,多是前世有得,散在人处的。

那裴仆射家拣定了做亲日期,叫媒人到张尚书家来通信道日。张尚书闻得李老许多神奇灵应,便叫人接他过来,把女儿八字与婚期,教他合一合,看怕有甚么冲犯不宜。李老接过八字,看了一看,道:"此命喜事不在今年,亦不在此方。"尚书道:"只怕日子不利,或者另改一个也罢,那有不在今年之理?况且男女两家,都在京中,不在此方,更在何处?"李老道:"据看命数已定,今年决然不得成亲,吉日自在明年三月初三日。先有大惊之后,方得会合,却应在南方。冥数已定,日子也不必选,早一日不成,迟一日不得。"尚书似信不信的道:"那有此话?"叫管事人封个赏封,谢了去。刚出得门,裴家就来接了去,也为婚事将近,要看看休咎。李老到了裴家，占了一卦道："怪哉！怪哉！此卦恰与张尚书家的命数，正相符合。"遂取文房四宝出来，写了一柬道：

三月三日，不迟不疾。
水浅舟胶，虎来人得。
惊则大惊，吉则大吉。

裴越客看了，不解其意，便道："某正为今年尚书府亲事只在早晚，问个吉凶。这'三月三日'之说，何也？"李老道："此正是婚期。"裴越客道："日子已定了，眼见得不到那时了。不准，不准！"李老道："郎君不得性急。老汉所言，万无一误。"裴越客道："'水浅舟胶，虎来人得'，大略是不祥的说话了。"李老道："也未必不祥，应后自见。"作别过了。

正待要欢天喜地指日成亲，只见补阙拾遗等官，为选举不公，交章论劾吏部尚书。奉圣旨：谪贬张镐为宸州司户，即日就道。张尚书叹道："李知微之言，验矣！"便教媒人回覆裴家，约定明年三月初三，到宸州成亲。自带了家眷，星夜到贬处去了。元来唐时大官谪贬甚是萧条，亲眷避忌，不十分肯与往来的，怕有朝廷不测，时时忧恐。张尚书也不把裴家亲事在念了。裴越客得了张家之信，吃了一惊，暗暗道："李知微好准卦！毕竟要依他的日子了。"真是到手佳期却成虚度，闷闷不乐过了年节。一开新年，便打点束装，前赴宸州成婚。

那越客是豪奢公子，规模不小。坐了一号大座船，满载行李辎重，家人二十多房，养娘七八个，安童七八个，择日开船。越客恨不得肋生双翅，脚下腾云，一眨眼便到虔州。行了多日，已是二月尽边，皆因船只狼犺，行李沉重，一日行不上百来里路，还有搁着浅处弄了几日才弄得动的，还差虔州三百里远近。越客心焦，恐怕张家不知他在路上，不打点得，错过所约日子。一面舟行，一面打发一个家人在岸路驿中讨了一匹快马，先到虔州报信。家人星夜不停，报入虔州来。

那张尚书身在远方，时怀忧闷，况且不知道裴家心下如何，未知肯不嫌路远来赴前约否。正在思忖不定，得了此报，晓得裴郎已在路上将到，不胜之喜。走进衙中，对家眷说了，俱各欢喜不尽。

<small>远客情况，自然如此。</small>

此时已是三月初二日了，尚书道："明日便是吉期，如何来得及？但只是等裴郎到了，再定日未迟。"是夜因为德容小姐佳期将近，先替他簪了髻，设宴在后花园中，会集衙中亲丁女眷，与德容小姐添妆把盏。那花园离衙斋将有半里，虔州是个山深去处。虽然衙斋左右多是些丛林密箐，与山林之中无异，可也幽静好看。那德容小姐同了衙中姑姨姊妹，尽意游玩。酒席既阑，日色已暮，都起身归衙。众女眷或在前，或在后，大家一头笑语，一头行走。正在喧哄之际，一阵风过，竹林中腾地跳出一个猛虎来，擒了德容小姐便走。众女眷吃了一惊，各各逃窜。那虎已自跳入蘖荟之处，不知去向了。

<small>要惊要哭。</small>

众人性定，奔告尚书得知，合家啼哭得不耐烦。

那时夜已昏黑，虽然聚得些人起来，四目相视，束手无策。无非打了火把，四下里照得一照，知他在何路上可以救得？干闹嚷了一夜，一毫无干。到得天晓，张尚书噙着眼泪，点起人夫，去寻骸骨。漫山遍野，无处不到，并无一些下落。张尚书又恼又苦，不在话下。

原无策可施。

且说裴越客已到庽州界内石阡江中。那江中都是些山根石底，重船到处触碍，一发行不得。已是三月初二日了，还差几十里路。越客道："似此行去，如何赶得明日到？"心焦背热，与船上人发极嚷乱。船上人道："这是用不得性的！我们也巴不得到了讨喜酒吃，谁耐烦在此延挨？"裴越客道："却是明日是吉期，这等担阁怎了？"船上人道："只是船重得紧，所以只管搁浅。若要行得快，除非上了些岸，等船轻了好行。"越客道："有理，有理。"他自家着了急的，叫住了船，一跳便跳上了岸，招呼众家人起来。那些家人见主人已自在岸上了，谁敢不上？一走就走了二十多人起来，那船早自轻了。越客在前，众家人在后，一路走去。那船好转动，不比先前，自在江中相傍着行。

所谓老婆心急也。

行得四五里，天色将晚。看见岸旁有板屋一间，屋内有竹床一张，越客就走进屋内，叫安童把竹床上扫拂一扫拂，坐了歇一歇气再走。这许多僮仆，都站立左右，也有站立在门外的。正在歇息，只听

095

得树林中飕飕的风响。于时一线月痕和着星光，虽不甚明白，也微微看得见，约莫风响处，有一物行走甚快。将到近边，仔细看去，却是一个猛虎背负一物而来。众人惊惶，连忙都躲在板屋里来。其虎看看至近，众人一齐敲着板屋呐喊，也有把马鞭子打在板上，振得一片价响。那虎到板屋侧边，放下了背上的东西，抖抖身子，听得众人叫喊，像似也有些惧怕，大吼一声，飞奔入山去了。

> 这虎也枉辛苦了一番。

众人在屋缝里张着，看那放下的东西，恰像个人一般，又恰像在那里有些动。等了一会，料虎去远了，一齐捏把汗，出来看时，却是一个人，口中还微微气喘。来对越客说了，越客分付众人救他，慌忙叫放船拢岸。众人扛扶其人上了船，叫快快解了缆开去，恐防那虎还要寻来。船开了半响，越客叫点起火来看。舱中养娘们各拿蜡烛点起，船中明亮。看那人时，却是：

　　眉湾杨柳，脸绽芙蓉。喘吁吁吐气不齐，战兢兢惊神未定。头垂发乱，是个醉扶上马的杨妃；目闭唇张，好似死乍还魂的杜丽。面庞约可十七八，美艳从来无二三。

越客将这女子上下看罢，大惊说道："看他容颜衣服，决不是等闲村落人家的。"叫众养娘好生看视。

众养娘将软褥铺衬,抱他睡在床上,解看衣服,尽被树林荆刺抓破,且喜身体毫无伤痕。一个养娘替他将乱发理清梳通了,挽起一髻,将一个手帕替他扎了。拿些姜汤灌他,他微微开口,咽下去了。又调些粥汤来灌他。弄了三四更天气,看看苏醒,神安气集。忽然抬起头来,开目一看,看见面前的人一个也不认得,哭了一声,依旧眠倒了。这边养娘们问他来历、缘故及遇虎根由,那女子只不则声,凭他说来说去,竟不肯答应一句。

渐渐天色明了,岸上有人走动,这边船上也着水夫上纤。此时离州城只有三十里了。听得前面来的人,纷纷讲说道:"张尚书第二位小姐,昨夜在后花园中游赏,被虎扑了去,至今没寻尸骸处。"有的道:"难道连衣服都吃尽了不成?"水夫闻得此言,想着夜来的事,有些奇怪,商量道:"船中那话儿莫不正是?"就着一个下船来,把路上人家的说话,禀知越客。越客一发惊异道:"依此说话,被虎害的正是我定下的娘子了。这船中救得的,可是不是?"连忙叫一个知事的养娘来,分付他道:"你去对方才救醒的小娘子说,问可是张家德容小姐不是。"养娘依言去问,只见那女子听得叫出小名来,便大哭将起来,道:"你们是何人,晓得我的名字?"养娘道:"我们正是裴官人家的船,正为来赴小姐佳期,船行的迟,怕赶日子不迭,所以官人只得上岸行走,谁知却救了小姐上船,也是天缘分定。"那 一点至诚可鉴。

小姐方才放下了心，便说："花园遇虎，一路上如腾云驾雾，不知行了多少路，自拼必死，被虎放下地时，已自魂不附体了。后来不知如何却在船上。"养娘把救他的始末说了一遍。来覆越客道："正是这个小姐。"越客大喜，写了一书，差一个人飞报到州里尚书家来。

尚书正为女儿骸骨无寻，又且女婿将到，伤痛无奈，忽见裴家苍头有书到，愈加感切。拆开来看，上写道：

趋赴嘉礼，江行舟涩。从陆倍道，忽遇虎负爱女至。惊逐之顷，虎去而人不伤。今完善在舟，希示进止！子婿裴越客百拜。

写得简到。

尚书看罢，又惊又喜。走进衙中说了，满门叹异。尚书夫人便道："从来罕闻奇事。想是为吉日赶不及了，神明所使。今小姐既在裴郎船上了，还可赶得今朝成亲。"尚书道："有理，有理。"就叫鞴一匹快马，带了仪从，不上一个时辰，赶到船上来。翁婿相见，甚喜。见了女儿，又悲又喜，安慰了一番。尚书对裴越客道："好教贤婿得知，今日之事，旧年间李知微已断定了，说成亲毕竟要今日。昨晚老夫见贤婿不能勾就到，道是决赶不上今日这吉期，谁想有此神奇之事，把小女竟送到尊舟？如今若等尊舟到州城，水路难行，定不能勾。莫若就在尊舟，结了花烛，成了亲事，明日慢慢回衙，这吉期便不挫过了。"裴越客见说，便想道："若非岳丈之言，_{极善体贴。}小婿几乎忘了旧年李知微题下六句。首二句道：'三月三日，不迟不疾。'若是小婿在舟行时，只疑迟了，而今虎送将来，正应着今日。中二句道：'水浅舟胶，虎来人得。'小婿起初道不祥之言，谁知又应着这奇事。后来二句：'惊则大惊，吉则大吉。'果然这一惊不小，谁知反因此凑着吉期。李知微真半仙了！"张尚书就在船边分派人，唤起傧相，办下酒席，先在舟中花烛成亲，合卺饮宴。礼毕，张尚书仍旧鞴马先回，等他明日舟到，接取女儿女婿。

是夜，裴越客遂同德容小姐就在舟中共入鸳帏欢聚。少年夫妇，极尽于飞之乐。明日舟到，一同上岸，拜见丈母诸亲。尚书夫人及姑姨姊妹、合衙人等，看见了德容小姐，恰似梦中相逢一般，欢喜极了，反有堕下泪来的。人人说道："只为好日来不及，感得神明之力，遣个猛虎做媒，把百里之程顷刻送到。从来无此奇事。"这话传出去，个个奇骇，道是新闻。民间各处，立起个虎媒之祠。但是有婚姻求合的，虔诚祈祷，无有不应。至今黔峡之间，香火不绝。于时有六句口号：_{这又奇。}

> 仙翁知微，判成定数。
> 虎是神差，佳期不挫。
> 如此媒人，东道难做。

卷之六

酒下酒赵尼媪迷花
机中机贾秀才报怨

温莲花酒下洒趙尼

诗曰：

色中饿鬼是僧家，尼扮繇来不较差。
况是能通闺阁内，但教着手便勾叉。

话说三姑六婆，最是人家不可与他往来出入。盖是此辈功夫又闲，心计又巧，亦且走过千家万户，见识又多，路数又熟。不要说有些不正气的妇女，十个着了九个儿，就是一些针缝也没有的，他会千方百计弄出机关，智赛良、平，辩同何、贾，无事诱出有事来。所以宦户人家有正经的，往往大张告示，不许出入。其间一种最狠的，又是尼姑。他借着佛天为由，庵院为囮，可以引得内眷来烧香，可以引得子弟来游耍。见男人问讯称呼，礼数毫不异僧家，接对无妨；到内室念佛看经，体格终须是妇女，交搭更便。从来马泊六、撮合山，十桩事到有九桩是尼姑做成、尼庵私会的。

只说唐时有个妇人狄氏，家世显宦，其夫也是个大官，称为夫人。夫人生得明艳绝世，名动京师。京师中公侯戚里人家妇女，争宠相骂的，动不动便道："你自逞标致，好歹到不得狄夫人，乃敢欺凌我！"美名一时无比，却又资性贞淑，言笑不苟，极是一个有正经的妇人。于时西池春游，都城士女欢集，王侯大家，油车帘幕，络绎不绝。狄夫人兔不得也随俗出游。有个少年风流在京候选官的,叫做滕生,同在池上,看见了这个绝色模样,惊得三魂飘荡,七魄飞扬,随来随去,目不转睛。狄氏也抬起眼来,看见滕生风流行动,他一边无心的,却不以为意。争奈滕生看得痴了,恨不得寻口冷水,连衣服都吞他的在肚里去。问着旁边人,知是有名美貌的狄夫人。车马散了,滕生怏怏归来,整整想了一夜。自是行忘止,食忘餐,却像掉下了一件甚么东西的,无时无刻不在心上。熬煎不过,因到他家前后左右,访问消息,晓得平日端洁,无路可通。滕生想道:"他平日岂无往来亲厚的女眷?若问得着时,或者寻出机会来。"仔细探访,只见一日他门里走出一个尼姑来。滕生尾着去,问路上人,乃是静乐院主慧澄,惯一在狄夫人家出入的。滕生便道:"好了,好了。"连忙跑到下处,将银十两封好了,急急赶到静乐院来。问道:"院主在否?"慧澄出来,见是一个少年官人,请进奉茶。稽首毕,便问道:"尊姓大名?何劳贵步?"滕生通罢姓名,道:"别无他事,久慕宝房清德,少备香火之资,特来随喜。"袖中取出银两递过来。慧澄是个老世事,一眼瞅去,觉得沉重,料道有事相央,口里推托"不当",手里已自接了,谢道:"承蒙厚赐,必有所言。"滕生只推没有别话,表意而已,别了回寓。慧澄想道:"却不奇怪!这等一个美少年,想我老尼什么?送此厚

破绽来了。

礼，又无别话。"一时也委决不下。

　　只见滕生每日必来院中走走，越见越加殷勤，往来渐熟了。慧澄一日便问道："官人含糊不决，必有什么事故，但有见托，无不尽力。"滕生道："说也不当，料是做不得的。但只是性命所关，或者希冀老师父万分之一出力救我，事若不成，拼个害病而死罢了。"慧澄见说得尴尬，便道："做得做不得，且说来！"滕生把西池上遇见狄氏，如何标致，如何想慕，若得一了凤缘，万金不惜，说了一遍。慧澄笑道："这事却难，此人与我往来，虽是标致异常，却毫无半点瑕疵，如何动得手？"滕生想一想，问道："师父既与他往来，晓得他平日好些甚么？"慧澄道："也不见他好甚东西。"滕生又道："曾托师父做些甚么否？"慧澄道："数日前托我寻些上好珠子，说了两三遍。只有此一端。"滕生大笑道："好也！好也！天生缘分。我有个亲戚是珠商，有的是好珠。我而今下在他家，随你要多少是有的。"即出门雇马，如飞也似去了。

　　一会，带了两袋大珠来到院中，把与慧澄看道："珠值二万贯，今看他标致分上，让他一半，万贯就与他了。"慧澄道："其夫出使北边，他是个女人在家，那能凑得许多价钱？"滕生笑道："便是四五千贯也罢，再不，千贯数百贯也罢。若肯圆成好事，一个钱没有也罢了。"慧澄也笑道："好痴话！

> 滕生亦是有心人，宜其遂所愿。

> 精细之极。

> 真有心人。
> 妙甚。

> 值得如此。

既有此珠，我与你仗苏、张之舌，六出奇计，好歹设法来院中走走。此时再看机会，弄得与你相见一面，你自放出手段来，成不成看你造化，不关我事。"滕生道："全仗高手救命则个。"

慧澄笑嘻嘻地提了两囊珠子，竟望狄夫人家来。与夫人见礼毕，夫人便问："囊中何物？"慧澄道："是夫人前日所托寻取珠子，今有两囊上好的，送来夫人看看。"解开囊来，狄氏随将手就囊中取起来看，口里啧啧道："果然好珠！"看了一看，爱玩不已。问道："要多少价钱？"慧澄道："讨价万贯。"狄氏惊道："此只讨得一半价钱，极是便宜的。但我家相公不在，一时凑不出许多来，怎么处？"慧澄扯狄氏一把道："夫人，且借一步说话。"狄氏同他到房里来。慧澄道："夫人爱此珠子，不消得钱，此是一个官人要做一件事的。"说话的，难道好人家女眷面前，好直说得道送此珠子求做那件事一场不成？看官，不要性急，你看那尼姑巧舌，自有宛转。当时狄氏问道："此官人要做何事？"慧澄道："是一个少年官人，因仇家诬枉，失了官职，只求一关节到吏部辨白是非，求得复任，情愿送此珠子。我想夫人兄弟及相公伯叔辈，多是显要，夫人想一门路指引他，这珠子便不消钱了。"狄氏道："这等，你且拿去还他，待我慢慢想一想，有了门路再处。"慧澄道："他事体急了，拿去，他又寻了别人，那里

鱼吞芳饵。

还捞得他珠子转来？不如且留在夫人这里，对他只说有门路，明日来讨回音罢。"狄氏道："这个使得。"慧澄别了，就去对滕生一一说知。滕生道："今将何处？"慧澄道："他既看上珠子，收下了，不管怎地，明日定要设法他来看手段！"滕生又把十两银子与他了，叫他明日早去。

狠手。

那边狄氏别了慧澄，再把珠子细看，越看越爱。便想道："我去托弟兄们，讨此分上不难，这珠眼见得是我的了。"元来人心不可有欲；一有欲心被人窥破，便要落人圈套。假如狄氏不托尼姑寻珠，便无处生端；就是见了珠子，有钱则买，无钱便罢，一则一，二则二，随你好汉，动他分毫不得。只为欢喜这珠子，又凑不出钱，便落在别人机彀中，把一个冰清玉洁的弄得没出豁起来。

好格言。

却说狄氏明日正思量这事，那慧澄也来了，问道："夫人思量事体可成否？"狄氏道："我昨夜为他细想一番，门路都有，管取停当。"慧澄道："却有一件难处，万贯事体，非同小可，只凭我一个贫姑，秤起来，肉也不多几斤的。说来说去，宾主不相识，便道做得事来，此人如何肯信？"狄氏道："是到也是，却待怎么呢？"慧澄道："依我愚见，夫人只做设斋到我院中，等此官人只做无心撞见，两下觌面照会，这使得么？"狄氏是个良人心性，见说要他当面见生人，耳根通红起来，摇手道："这如何使得！"慧澄也变起脸来道："有甚么难事？不过等他自说一番缘故，这里应承做得，使他别无疑心，方才的确。若夫人道见面使不得，这事便做不成，只索罢了，不敢相强。"狄氏又想了一想道："既是老师父主见如此，想也无妨。后二日我亡兄忌日，我便到院中来做斋，便只叫他立谈一两句，就打发去，须防耳目不雅。"慧澄道："本意原只如此，说罢了正话，留他何干？自不须断当得。"慧澄期约已定，转到院中，滕生已先在，把上项事一一说了。滕生拜谢道："仪、秦之辩，不过如此矣！"

> 妙在淡他，使无可疑。

　　巴到那日，慧澄清早起来，端正斋筵。先将滕生藏在一个人迹不到的静室中，桌上摆设精致酒肴，把门掩上了。慧澄自出来外厢支持，专等狄氏。正是：

安排扑鼻香芳饵，专等鲸鲵来上钩。

　　狄氏到了这日晡时，果然盛妆而来。他恐怕惹人眼目，连僮仆都打发了去，只带一个小丫鬟进院来。见了慧澄，问道："其人来未？"慧澄道："未来。"狄氏道："最好。且完了斋事。"慧澄替他宣扬意旨，祝赞已毕，叫一个小尼领了丫鬟别处顽耍。对狄氏道："且到小房一坐。"引狄氏转了几条暗衖，至小室前，搴帘而入。只见一个美貌少年独自在内，

> 要紧。

满桌都是酒肴,吃了一惊,便欲避去。慧澄便捣鬼道:"正要与夫人对面一言,官人还不拜见!"滕生卖弄俊俏,连忙趋到跟前,劈面拜下去。狄氏无奈,只得答他。慧澄道:"官人感夫人盛情,特备一卮酒谢夫人。夫人鉴其微诚,万勿推辞!"狄氏欲待起身,抬起眼来,元是西池上曾面染过的。看他生得少年,万分清秀可喜,心里先自软了,带着半羞半喜,呐出一句道:"有甚事,但请直说。"慧澄挽着狄氏衣袂道:"夫人坐了好讲,如何彼此站着?"滕生满斟着一杯酒,笑嘻嘻的唱个肥喏,双手捧将过来安席。狄氏不好却得,只得受了,一饮而尽。慧澄接着酒壶,也斟下一杯。狄氏会意,只得也把一杯回敬。眉来眼去,狄氏把先前矜庄模样都忘怀了。又问道:"官人果要补何官?"滕生便把眼瞅慧澄一瞅道:"师父在此,不好直说。"慧澄道:"我便略回避一步。"跳起身来就走,扑地把小门关上了。

说时迟,那时快,滕生便移了己坐,挨到狄氏身边,双手抱住道:"小子自池上见了夫人,朝思暮想,看看待死,只要夫人救小子一命。夫人若肯周全,连身躯性命也是夫人的了,甚么得官不得官放在心上?"双膝跪将下去。狄氏见他模样标致,言词可怜,千夫人万夫人的哀求,真个又惊又爱。欲要叫喊,料是无益;欲要推脱,怎当他两手紧紧抱

紧紧慢慢,俱有绝妙胜着。

已着手了。

住，就跪的势里，一直抱将起来，走到床前，放倒在床里，便去乱扯小衣。狄氏也一时动情，淫兴难遏，没主意了。虽也左遮右掩，终久不大阻拒，任他舞弄起来。那滕生是少年在行，手段高强，弄得狄氏遍体酥麻，阴精早泄。元来狄氏虽然有夫，并不曾经着这般境界，欢喜不尽。云雨既散，挈其手道："子姓甚名谁？若非今日，几虚做了一世人。自此夜夜当与子会。"滕生说了姓名，千恩万谢。恰好慧澄开门进来，狄氏羞惭不语。慧澄道："夫人勿怪！这官人为夫人几死，贫姑慈悲为本，设法夫人救他一命，胜造七级浮图。"狄氏道："你哄得我好！而今要在你身上，夜夜送他到我家来便罢。"慧澄道："这个当得。"当夜散去。

旁注：不由不动兴矣。 好说话。 包送。

此后每夜便开小门放滕生进来，并无虚夕。狄氏心里爱得紧，只怕他心上不喜欢，极意奉承；滕生也尽力支陪，打得火块也似热的。过得数月，其夫归家了，略略踪迹稀些。然但是其夫出去了，便叫人请他来会。又是年余，其夫觉得有些风声，防闲严切，不能往来。狄氏思想不过，成病而死。

本等好好一个妇人，却被尼姑诱坏了身体，又送了性命。然此还是狄氏自己水性，后来有些动情，没正经了，故着了手。而今还有一个正经的妇人，中了尼姑毒计，到底不甘，与夫同心合计，弄得尼姑死无葬身之地。果是快心，罕闻罕见。正合着《普门品》云：

咒咀诸毒药，所欲害身者。
念彼观音力，还着于本人。

话说婺州有一个秀才，姓贾，青年饱学，才智过人。有妻巫氏，姿容绝世，素性贞淑。两口儿如鱼似水，你敬我爱，并无半句言语。那秀才在大人家处馆读书，长是半年不回来；巫娘子只在家里做生活，与一个侍儿叫做春花过日。那娘子一手好针线绣作，曾绣一幅观音大士，绣得庄严色相，俨然如生。他自家十分得意，叫秀才拿到褙裱店里裱着，见者无不赞叹。裱成画轴，取回来挂在一间洁净房里，朝夕焚香供养。

只因一念敬奉观音，那条街上有一个观音庵，庵中有一个赵尼姑，时常到他家来走走。秀才不在家时，便留他在家做伴两日。赵尼姑也有时请他到庵里坐坐，那娘子本分，等闲也不肯出门，一年也到不得庵里一两遭。

一日春间，因秀才不在，赵尼姑来看他。闲话了一会，起身送他去。赵尼姑道："好天气，大娘便同到外边望望。"也是合当有事，信步同他出到自家门首，探头门外一看，只见一个人，谎子打扮的，在街上摆来，被他劈面撞见。巫娘子连忙躲了进来，

好笋缝。

掩在门边，赵尼姑却立定着。元来那人认得赵尼姑的，说道："赵师父，我那处寻你不到，你却在此。我有话和你商量则个。"尼姑道："我别了这家大娘来和你说。"便走进与巫娘子作别了。这边巫娘子关着门，自进来了。

且说那叫赵尼姑这个谎子打扮的人，姓卜名良，乃是婺州城里一个极淫荡不长进的，看见人家有些颜色的妇人，便思勾搭上场，不上手不休；亦且淫滥之性，不认美恶，都要到手。所以这些尼姑，多有与他往来的：有时做他牵头，有时趁着绰趣。这赵尼姑有个徒弟，法名本空，年方二十余岁，尽有姿容。那里算得出家？只当老尼养着一个粉头一般，陪人歇宿，得人钱财，但只是瞒着人做。这个卜良就是赵尼姑一个主顾。

<small>往往有之，岂止一庵？</small>

当日赵尼姑别了巫娘子赶上了他，问道："卜官人，有甚说话？"卜良道："你方才这家，可正是贾秀才家？"赵尼姑道："正是。"卜良道："久闻他家娘子生得标致，适才同你出来掩在门里的，想正是他了。"赵尼姑道："亏你聪明，他家也再无第二个。不要说他家，就是这条街上，也没再有似他标致的。"卜良道："果然标致，名不虚传！几时再得见见，看个仔细便好。"赵尼姑道："这有何难！二月十九日观音菩萨生辰，街上迎会，看的人，人山人海，你便到他家对门楼上，赁间房子住下了。他

独自在家里,等我去约他出来,门首看会,必定站立得久。那时任凭你窗眼子张着,可不看一个饱?"卜良道:"妙,妙!"

到了这日,卜良依计到对门楼上住下,一眼望着贾家门里。只见赵尼姑果然走进去,约了出来。那巫娘子一来无心,二来是自己门首,只怕街上有人瞧见,怎提防对门楼上暗地里张他?卜良从头至尾看见,仔仔细细,直待进去了,方才走下楼来。恰好赵尼姑也在贾家出来了,两个遇着。赵尼姑笑道:"看得仔细么?"卜良道:"看到看得仔细了,空想无用,越看越动火,怎生到手便好?"赵尼姑道:"阴沟洞里思量天鹅肉吃!他是个秀才娘子,等闲也不出来,你又非亲非族,一面不相干,打从那里交关起?只好看看罢了。"一头说,一头走到了庵里。

卜良进了庵,便把赵尼姑跪一跪道:"你在他家走动,是必在你身上想一个计策,勾他则个。"赵尼姑摇头道:"难,难,难!"卜良道:"但得尝尝滋味,死也甘心。"赵尼姑道:"这娘子不比别人,说话也难轻说的。若要引动他春心与你往来,一万年也不能勾!若只要尝尝滋味,好歹硬做他一做,也不打紧,却是性急不得。"卜良道:"难道强奸他不成?"赵尼姑道:"强是不强,不由得他不肯。"卜良道:"妙计安在?我当筑坛拜将。"赵尼姑道:"从古道

可恨。

要知若肯出来,有一面便容易交关矣。其言可畏如此。

狠甚。

'慢橹摇船捉醉鱼'，除非弄醉了他，凭你施为。你道好么？"卜良道："好到好，如何使计弄他？"赵尼姑道："这娘子点酒不闻的，他执性不吃，也难十分强他。若是苦苦相劝，他疑心起来，或是嗔怒起来，毕竟不吃，就没奈他何。纵然灌得他一杯两盏，易得醉，易得醒，也脱哄他不得。"卜良道："而今却是怎么？"赵尼姑道："有个法儿算计他，你不要管。"卜良毕竟要说明，赵尼姑便附耳低言："如此如此，这般这般，你道好否？"卜良跌脚大笑道："妙计，妙计！从古至今，无有此法。"赵尼姑道："只有一件，我做此事哄了他，他醒后认真起来，必是怪我，不与我往来了，却是如何？"卜良道："只怕不到得手，既到了手，他还要认甚么真？翻得转面孔？凭着一味甜言媚语哄他，从此做了长相交也不见得。倘若有些怪你，我自重重相谢罢了。敢怕替我滚热了，我还要替你讨分上哩。"赵尼姑道："看你嘴脸！"两人取笑了一回，各自散了。

周到之极。

自此，卜良日日来庵中问信，赵尼姑日日算计要弄这巫娘子。隔了几日，赵尼姑办了两盒茶食来贾家探望巫娘子，巫娘子留他吃饭。赵尼姑乘着机会，扯着些闲言语，便道："大娘子与秀才官人两下青春，成亲了多时，也该有喜信生小官人了。"巫娘子道："便是呢！"赵尼姑道："何不发个诚心，祈求一祈求？"巫娘子道："奴在自绣的观音菩萨面前，朝夕焚香，也曾暗暗祷祝，不见应验。"赵尼姑 _{有照应。}道："大娘年纪小，不晓得求子法。求子嗣须求白衣观音，自有一卷《白衣经》，不是平时的观音，也不是《普门品观音经》。那《白衣经》有许多灵验，小庵请的这卷，多载在后边，可惜不曾带来与大娘看。不要说别处，只是我婺州城里城外，但是印施的，念诵的，无有不生子，真是千唤千应，万唤万应的。"巫娘子道："既是这般有灵，奴家有烦师父替我请一卷到家来念。"赵尼姑道："大娘不曾晓得念，这不是就好念得起的。须请大娘到庵中，在白衣大士菩萨面前亲口许下卷数。待贫姑通了诚，先起个卷头，替你念起几卷，以后到大娘家，把念法传熟了，然后大娘逐日自念便是。"巫娘子道："这个却好。待我先吃两日素，到庵中许愿起经罢。"赵尼姑道："先吃两日素，足见大娘虔心。起经以后，但是早晨未念之先，吃些早素，念过了吃荤也不妨的。"巫娘子道："元来如此，这却容易。"巫娘子与他约定日期到庵中，先把五钱银子与他做经衬斋供之费。赵尼姑自去，早把这个消息通与卜良知道了。

那巫娘子果然吃了两日素，到第三日起个五更，打扮了，领了丫鬟春花，趁早上人稀，步过观音庵来。看官听着，但是尼庵、僧院，好人家儿女不该 _{可怜一片真心。}轻易去的。说话的，若是同年生，并时长，在旁边听得，拦门拉住，不但巫娘子完名全节，就是赵尼

姑也保命全躯。只因此一去,有分交:

旧室娇姿,污流玉树。
空门孽质,血染丹枫。

这是后话,且听接上前因。那赵尼姑接着巫娘子,千欢万喜,请了进来坐着。奉茶过了,引他参拜了白衣观音菩萨。巫娘子自己暗暗地祷祝,赵尼姑替他通诚,说道:"贾门信女巫氏,情愿持诵白衣观音经卷,专保早生贵子,吉祥如意者!"通诚已毕,赵尼姑敲动木鱼,就念起来。先念了《净口业真言》,次念《安土地真言》,启请过,先拜佛名号多时,然后念经,一气念了二十来遍。说这赵尼姑奸狡,晓得巫娘子来得早,况且前日有了斋供,家里定是不吃早饭的,特地故意忘怀,也不拿东西出来,也不问起曾吃不曾吃,只管延挨,要巫娘子忍这一早饿对付他。那巫娘子是个娇怯怯的,空心早起,随他拜了佛多时,又觉劳倦,又觉饥饿,不好说得,只叫丫鬟春花,与他附耳低言道:"你看厨下有些热汤水,斟一碗来。"赵尼姑看见,故意问道:"只管念经完正事,却忘了大娘曾吃早饭未。"巫娘子道:"来得早了,实是未曾。"赵尼姑道:"你看我老昏么!不曾办得早饭。办不及了,怎么处?把昼斋早些罢。"巫娘子道:"不瞒师父说,肚里实是饥

可恨极矣。

了。随分甚么点心，先吃些也好。"赵尼姑故意谦逊了一番，走到房里一会，又走到灶下一会，然后叫徒弟本空托出一盘东西、一壶茶来。巫娘子已此饿得肚转肠鸣了。摆上一台好些时新果品，多救不得饿，只有热腾腾的一大盘好糕。巫娘子取一块来吃，又软又甜，况是饥饿头上，不觉一连吃了几块；小师父把热茶冲上，吃了两口，又吃了几块糕，再冲茶来吃。吃不到两三口，只见巫氏脸儿通红，天旋地转，打个呵欠，一堆软倒在椅子里面。赵尼姑假意吃惊道："怎的来！想是起得早了，头晕了，扶他床上睡一睡起来罢。"就同小师父本空连椅连人扛到床边，抱到床上放倒了头，眠好了。

毒甚。

你道这糕为何这等利害？元来赵尼姑晓得巫娘子不吃酒，特地对付下这个糕。乃是将糯米磨成细粉，把酒浆和匀，烘得极干，再研细了，又下酒浆。如此两三度，搅入一两样不按君臣的药末，馇起成糕。一见了热水。药力酒力俱发作起来，就是做酒的酵头一般。别人且当不起，巫娘子是吃糟也醉的人，况且又是清早空心，乘饿头上，又吃得多了，热茶下去，发作上来，如何当得？正是：由你奸似鬼，吃了老娘洗脚水。

赵尼姑用此计较，把巫娘子放番了。那春花丫头见家主婆睡着，偷得浮生半日闲，小师父引着他自去吃东西顽耍去了，那里还来照管？赵尼姑忙在暗处叫出卜良来，道："雌儿睡在床上了，凭你受用去！不知怎么样谢我？"那卜良关上房门，揭开帐来一看，只见酒气喷人，巫娘子两脸红得可爱，就如一朵醉海棠一般，越看越标致了，卜良淫兴如火，先去亲个嘴，巫娘子一些不知，就便轻轻去了裤儿，露出雪白的下体来。卜良腾的爬上身去，急将两腿挨开，把阳物插入牝中乱抽起来，自夸道："惭愧，也有这一日也！"巫娘子软得身体动弹不得，朦胧昏梦中，虽是略略有些知觉，还错认做家里夫妻做事一般，不知一个皂白，可怜。凭他轻薄颠狂了一会。到得兴头上，巫娘子醉梦里也哼哼囔囔。卜良乐极，紧紧抱住，叫声"心肝肉，我死也"，一泄如注。行事已毕，巫娘子兀自昏眠未醒，可怜。卜良就一手搭在巫娘子身上，做一头偎着脸。

　　睡不多时，巫娘子药力已散，有些醒来，见是一个面生的人一同睡着，吃了一惊，惊出一身冷汗。叫道："不好了！"急坐起来，那时把害的酒意都惊散了。大叱道："你是何人？敢污良人！"卜良也自有些慌张了，连忙跪下讨饶道："望娘子慈悲，恕小子无礼则个。"巫娘子见裤儿脱下，晓得着了道儿，口不答应，提起裤儿穿了，一头喊叫春花，一头跳下床便走。卜良恐怕有人见，不敢随来，兀在房里躲着。

　　巫娘子开了门，走出房又叫春花。春花也为起

掩其不知，罪过更重，所以有杀身之报。

得早了，在小师父房里打盹，听得家主婆叫响，呵欠连天，走到面前。巫娘子骂道："好奴才！我在房里睡了，你怎不相伴我？"巫娘子没处出气，狠狠要打，赵尼姑走来相劝。巫娘子见了赵尼姑，一发恼恨，将春花打了两掌，道："快收拾回去！"春花道："还要念经。"巫娘子道："多嘴奴才！谁要你管！"气得面皮紫涨，也不理赵尼姑，也不说破，一径出庵，一口气同春花走到家里。开门进去，随手关了门，闷闷坐着。

定性了一回，问春花道："我记得饿了吃糕，如何在床上睡着？"春花道："大娘吃了糕，呷了两口茶，便自倒在椅子上。是赵师父与小师父同扶上床去的。"巫娘子道："你却在何处？"春花道："大娘睡了，我肚里也饿，先吃了大娘剩的糕，后到小师父房里吃茶；有些困倦，打了一个盹，听得大娘叫，就来了。"巫娘子道："你看见有甚么人走进房来？"春花道："不见甚么人，无非只是师父们。"巫娘子嘿嘿无言，自想睡梦中光景，有些恍惚记得，又将手摸摸自己阴处，见是粘粘涎涎的，叹口气道："罢了，罢了！谁想这妖尼如此奸毒！把我洁净身体与这个甚么天杀的点污了，如何做得人？"噙着泪眼，暗暗恼恨，欲要自尽，还想要见官人一面，割舍不下，只去对着自绣的菩萨哭告道："弟子有恨在心，望菩萨灵感报应则个。"祷罢，哽哽咽咽，思想丈夫，哭了一场，没情没绪睡了，春花正自不知一个头脑。

且不说这边巫娘子烦恼。那边赵尼姑见巫娘子带着怒色，不别而行，晓得卜良着了手。走进房来，见卜良还眠在床上，把指头咬在口里，呆呆地想着光景。赵尼姑见了行径，惹起老骚，连忙骑在卜良身上道："还不谢谢媒人！"连踏是蹭蹬将起来，伸手去摸他阳物。怎奈卜良方才泄得过,不能再举。老尼急了,把卜良咬了一口道:"却便宜了你,倒急煞了我!"卜良道:"感恩不尽,夜间尽情陪你罢,况且还要替你商量个后计。"赵尼姑道:"你说只要尝滋味,又有甚么后计?"卜良道:"既得陇,复望蜀,人之常情;既尝着了滋味,如何还好罢得?方才是勉强的,毕竟得他欢欢喜喜,自情自愿往来,方为有趣。"赵尼姑道:"你好不知足!方才强做了他,他一天怒气,别也不别去了。不知他心下如何,怎好又想后会?直等再看个机会,他与我原不断往来,就有商量了。"卜良道:"也是,也是。全仗神机妙算。"是夜卜良感激老尼,要奉承他欢喜,躲在庵中,与他纵其淫乐,不在话下。

可恨。

却说贾秀才在书馆中,是夜得其一梦。梦见身在家中,一个白衣妇人走入门来,正要上前问他,见他竟进房里。秀才大踏步赶来,却走在壁间挂的绣观音轴上去了,秀才抬头看时,上面有几行字。仔细看了,从头念去,上写道:

　　口里来的口里去,报仇雪耻在徒弟。

念罢,掇转身来,见他娘子拜在地下。他一把扯起,撒然惊觉。自想道:"此梦难解,莫不娘子身上有些疾病事故,观音显灵相示?"次日就别了主人家,离了馆门，一路上来，详解梦语不出，心下忧疑。到得家中叩门，春花出来开了。贾秀才便问："娘子何在？"春花道："大娘不起来，还眠在床上。"秀才道："这早晚如何不起来？"春花道："大娘有些不快活，口口叫着官人啼哭哩！"秀才见说，慌忙走进房来。只见巫娘子望见官人来了，一毂辘跳将起来。秀才看时，但见蓬头垢面，两眼通红，走起来，一头哭，一头扑地拜在地上。秀才吃了一惊道："如何作此模样？"一手扶起来。巫娘子道："官人与奴做主则个。"秀才道："是谁人欺负你？"巫娘子打发丫头灶下烧茶做饭去了，（精细。）便哭诉道："奴与官人匹配以来，并无半句口面，半点差池。今有大罪在身，只欠一死。只等你来，说个明白，替奴做主，死也瞑目。"秀才道："有何事故，说这等不祥的话？"巫娘子便把赵尼姑如何骗他到庵念经，如何哄他吃糕软醉，如何叫人乘醉奸他说了，又哭倒在地。

秀才听罢，毛发倒竖起来，喊道："有这等异事！"便问道："你晓得那个是何人？"娘子道："我那晓得？"秀才把床头剑拔出来，在桌上一击道："不杀尽此辈，何以为人！但只是既不晓得其人，若不精细，必有漏脱。还要想出计较来。"娘子道："奴告诉官人已过。奴事已毕，借官人手中剑来，即此就死，更无别话。"秀才道："不要短见，此非娘子（可怜，可敬。）

自肯失身。这是所遭不幸，娘子立志自明。今若轻身一死，有许多不便。"娘子道："有甚不便也顾不得了。"秀才道："你死了，你娘家与外人都要问缘故。若说了出来，你落得死了，丑名难免，抑且我前程罢了。若不说出来，你家里族人又不肯干休于我，我自身也理不直，冤仇何时而报？"娘子道："若要奴身不死，除非妖尼、奸贼多死得在我眼里，还可忍耻偷生。"秀才想了一会道："你当时被骗之后见了赵尼，如何说了？"娘子道："奴着了气，一径回来了，不与他开口。"秀才道："既然如此，此仇不可明报。若明报了，须动官司口舌，毕竟难掩真情。众口喧传，把清名点污。我今心思一计，要报得无些痕迹，一个也走不脱方妙。"低头一想，忽然道："有了，有了。此计正合着观世音梦中之言。妙！妙！"娘子道："计将安出？"秀才道："娘子，你要明你心事，报你冤仇，须一一从我；若不肯依我，仇也报不成，心事也不得明白。"娘子道："官人主见，奴怎敢不依？只是要做得停当便好。"秀才道："赵尼姑面前，既是不曾说破，不曾相争，他只道你一时含羞来了，妇人水性，未必不动心。你今反要去赚得赵尼姑来，便有妙计。"附耳低言道："如此如此，这般这般，此乃万全胜算。"巫娘子道："计较虽好，只是羞人。今要报仇，说不得了。"夫妻计议已定。

秀才也狠，其智数是可败赵尼而有余。

卷之六　酒下酒赵尼媪迷花　机中机贾秀才报怨

明日，秀才藏在后门静处，巫娘子便叫春花到庵中去请赵尼姑来说话。赵尼姑见了春花，又见说请他，便暗道："这雌儿想是尝着甜头，熬不过，转了风也。"摇摇摆摆，同春花飞也似来了。赵尼姑见了巫娘子，便道："日前得罪了大娘，又且简慢了，休要见怪！"巫娘子叫春花走开了，捏着赵尼姑的手轻问道："前日那个是甚么人？"赵尼姑见有些意思，就低低道："是此间极风流底卜大郎，叫做卜良，有情有趣，少年女娘见了，无有不喜欢他的。他慕大娘标致得紧，日夜来拜求我。我怜他一点诚心，难打发他，又见大娘孤单在家，未免清冷。少年时节便相处着个把，也不虚度了青春，故此做成这事。那家猫儿不吃荤？多在我老人家肚里。大娘不要认真，落得便快活快活。等那个人菩萨也似敬你，宝贝也似待你，有何不可？"巫娘子道："只是该与我熟商量，不该做作我，而今事已如此，不必说了。"妙甚。赵尼姑道："你又不曾认得他，若明说，你怎么肯？今已是一番过了，落得图个长往来好。"巫娘子道："枉出丑了一番，不曾看得明白。模样如何？情性如何？既然爱我，你叫他到我家再会会看。果然人物好，便许他暗地往来也使得。"妙妙。赵尼姑暗道中了机谋，不胜之喜，并无一些疑心。自然若无可疑。便道："大娘果然如此，老身今夜就叫他来便了。这个人物尽着看，是好的。"巫娘子道："点上灯时，我

> 巫娘子光景，慧甚。

> 说得动情，非有主意者，谁不为其所惑？

就自在门内等他,咳嗽为号,领他进房。"

赵尼姑千欢万喜,回到庵中,把这消息通与卜良。那卜良听得头颠尾颠,恨不得金乌早坠,玉兔飞升。到得傍晚,已自在贾家门首探头探脑,恨不得就将那话儿拿下来,望门内撩了进去。看看天晚,只见扑的把门关上了。卜良疑是尼姑捣鬼,却放心不下。正在踌躇,那门里咳嗽一声,卜良外边也接应咳嗽一声,轻轻的一扇门开了。卜良咳嗽一声,里头也咳嗽一声,卜良将身闪入门内。门内数步,就是天井。星月光来,朦胧看见巫娘子身躯。卜良上前当面一把抱住道:"娘子恩德如山。"巫娘子怀着一天愤气,故意不行推拒,也将两手紧紧驱着,只当是拘住他。卜良急将口来亲着,将舌头伸过巫娘子口中乱搅;巫娘子两手越驱得紧了,唑吮他舌头不住。卜良兴高了,阳物翘然,舌头越伸过来;巫娘子性起,趷踔一口,咬住不放。卜良痛极,放手急挣,已被巫娘子啃下五七分一段舌头来。卜良慌了,望外急走。

亦以掩其不知之法偿之。

巫娘子吐出舌尖在手,急关了门。走到后门寻着了秀才道:"仇人舌头咬在此了。"秀才大喜。取了舌头,把汗巾包了。带了剑,趁着星月微明,竟到观音庵来。那赵尼姑料道卜良必定成事,宿在贾家,已自关门睡了。只见有人敲门,那小尼是年纪小的,倒头便睡,任人擂破了门,也不会醒。老尼

狠哉!

心上有事，想着卜良与巫娘子，欲心正炽，那里就睡得去？听得敲门，心疑卜良了事回来，忙呼小尼，不见答应，便自家爬起来开门。才开得门，被贾秀才拦头一刀，劈将下来。老尼望后便倒，鲜血直冒，呜呼哀哉了。贾秀才将门关了，提了剑，走将进来寻人。心里还道："倘若那卜良也走在庵里，一同结果他。"见佛前长明灯有火点着，四下里一照，不见一个外人，只见小尼睡在房里，也是一刀，早气绝了。连忙把灯挑亮，却就灯下解开手巾，取出那舌头来，将刀撬开小尼口里，放在里面。妙妙！打灭了灯，拽上了门，竟自归家。对妻子道："师徒皆杀，仇已报矣。"巫娘子道："这贼只损得舌头，不曾杀得。"秀才道："不妨，不妨！自有人杀他。妙妙！而今已后，只做不知，再不消题起了。"

却说那观音庵左右邻，看见日高三丈，庵中尚自关门，不见人动静，疑心起来。走去推门，门却不拴，一推就开了。见门内杀死老尼，吃了一惊；又寻进去，见房内又杀死小尼。一个是劈开头的，一个是斫断喉咙的。慌忙叫了地方坊长、保正人等，多来相视看验，好报官府。地方齐来检看时，只见小尼牙关紧闭，嚼着一件物事，取出来，却是人的舌头。地方人道："不消说是奸情事了。只不知凶身是何人，且报了县间再处。"于是写下报单，正值知县升堂，当堂递了。知县说："这要挨查凶身不难，但看城内城外有断舌的，必是下手之人。快行各乡各图，五家十家保甲，一挨查就见明白。"出令不多时，果然地方送出一个人来。

元来卜良被咬断舌头，情知中计，心慌意乱，一时狂走，不知一个东西南北，迷了去向。恐怕人追着，拣条僻巷躲去。住在人家门檐下，蹲了一夜。天亮了，认路归家。也是天理合该败露，只在这条巷内东认西认,走来走去,急切里认不得大路,又不好开口问得人。^{妙!}街上人看见这个人踪迹可疑,已自瞧科了几分。须臾之间,喧传尼庵事体、县官告示,便有个把好事的人盘问他起来。口里含糊,满牙关多是血迹。地方人一时哄动,走上了一堆人,围住他道:"杀人的不是他是谁?"不由分辨,一索子捆住了,拉到县里来。县前有好些人认得他的,道:"这个人原是个不学好的人,眼见得做出事来。"

县官升堂,众人把卜良带到。县官问他,只是口里呜哩呜喇,一字也听不出。县官叫掌嘴数下,要他伸出舌头来看,已自没有尖头了,血迹尚新。县官问地方人道:"那狗才姓甚名谁?"众人有平日恨他的,把他姓名及平日所为奸盗诈伪事,是长是短,一一告诉出来。县官道:"不消说了,这狗才必是谋奸小尼,老尼开门时,先劈倒了,然后去强奸小尼,小尼恨他,咬断舌尖,这狗才一时怒起,就杀了小尼。有甚么得讲?"卜良听得,指手划脚要辩时,那里有半个字囫囵?县官大怒道:"如此奸人,累甚么纸笔?况且口不成语,凶器未获,难以成招。选大样板子一顿打死罢!"喝教:"打一百!"那卜良是个游花插趣的人,那里熬得刑惯?打至五十以上,已自绝了气了。县官着落地方,责令尸亲领尸。尼姑尸首,叫地方盛贮烧埋。立宗

^{方知妙巧。}

文卷，上批云：

卜良，吾舌安在？知为破舌之缘。尼僧，好颈谁当？遂作刎颈之契。毙之足矣，情何疑焉？立案存照。

县官发落公事了讫，不在话下。

那贾秀才与巫娘子见街上人纷纷传说此事，夫妻两个暗暗称快。那前日被骗及今日下手之事，到底并无一个人晓得。此是贾秀才识见高强，也是观世音见他虔诚，显此灵通，指破机关，既得报了仇恨，亦且全了声名。那巫娘子见贾秀才干事决断，贾秀才见巫娘子立志坚贞，越相敬重。后人评论此事，虽则报仇雪耻，不露风声，算得十分好了，只是巫娘子清白身躯毕竟被污，外人虽然不知，自心到底难过。只为轻与尼姑往来，以致有此。有志女人，不可不以此为鉴。

诗云：

好花零落损芳香，只为当春漏隙光。
一句良言须听取，妇人不可出闺房！

_{正经话，女人之良箴也。}

卷之七

唐明皇好道集奇人

武惠妃崇禅斗异法

唐明皇好道集奇人

诗曰：

燕市人皆去，函关马不归。
若逢山下鬼，环上系罗衣。

这一首诗，乃是唐朝玄宗皇帝时节一个道人李遐周所题。那李遐周是一个有道术的，开元年间，玄宗召入禁中，后来出住玄都观内。天宝末年，安禄山豪横，远近忧之；玄宗不悟，宠信反深。一日，遐周隐遁而去，不知所往，但见所居壁上，题诗如此如此。时人莫晓其意，直至禄山反叛，玄宗幸蜀，六军变乱，贵妃缢死，乃有应验。后人方解云："燕市人皆去"者，说禄山尽起燕蓟之众为兵也；"函关马不归"者，大将哥舒潼关大败，匹马不还也；"若逢山下鬼"者，"山下鬼"是"嵬"字，蜀中有"马嵬驿"也；"环上系罗衣"者，贵妃小字玉环，马嵬驿时，高力士以罗巾缢之也。道家能前知如此。盖因玄宗是孔升真人转世，所以一心好道，一时有道术的，如张果、叶法善、罗公远诸仙众异人皆来聚会，往来禁内，各显神通，不一而足。那李遐周区区算术小数，不在话下。

且说张果，是帝尧时一个侍中。得了胎息之道，张果见。可以累日不食，不知多少年岁。直到唐玄宗朝，隐于恒州中条山中。出入常乘一个白驴，日行数万里。到了所在，住了脚，便把这驴似纸一般折叠起来，其厚也只比张纸,放在巾箱里面。若要骑时,把水一喷,即便成驴。至今人说八仙有张果老骑驴,正谓此也。

开元二十三年,玄宗闻其名,差一个通事舍人,姓裴名晤,驰驿到恒州来迎。那裴晤到得中条山中,看见张果齿落发白,一个搊搜老叟,有些嫌他,未免气质傲慢。张果早已知道,与裴晤行礼方毕,忽然一交跌去,只有出的气,没有入的气,已自命绝了。裴晤着了忙道:"不争你死了,我这圣旨却如何回话?"又转想道:"闻道神仙专要试人,或者不是真死也不见得,我有道理。"便焚起一炉香来,对着死尸跪了,致心念诵,把天子特差求道之意,宣扬一遍。只见张果渐渐醒转来。那裴晤被他这一惊,晓得有些古怪,不敢相逼,星夜驰驿,把上项事奏过天子。玄宗愈加奇异,道裴晤不了事,另命中书舍人徐峤赍了玺书,安车奉迎。那徐峤小心谨慎,张果便随峤到东都,于集贤院安置行李,乘轿入宫见玄宗。玄宗见是个老者,便问道:"先生既已得道,何故齿发衰朽如此?"张果道:"衰朽之年,学道未得,故见此形相。可羞!可羞!今陛下见问,莫若把齿发尽去了还好。"说罢,即就御前把须发一顿捋拔干净;又捏了拳头,把口里乱敲,将几个半残不完的零星牙齿逐个敲落,满口血出。玄宗大惊道:"先生何故如此?且出去歇息一会。"张果出来了,玄宗想道:"这老儿古怪。"即时传命召来。只见张果摇摇摆摆走将来,面貌虽是先前的,却是一

神仙戏人如此。

裴晤也通得。

头纯黑头发，须髯如漆，雪白一口好牙齿，比少年的还好看些。玄宗大喜，留在内殿赐酒。饮过数杯，张果辞道："老臣量浅，饮不过二升。有一弟子，可吃得一斗。"玄宗令召来。张果口中不知说些甚的，只见一个小道士在殿檐上飞下来，约有十五六年纪，且是生得标致。上前叩头，礼毕，走到张果面前打个稽首，言词清爽，礼貌周备。玄宗命坐。张果道："不可，不可。弟子当侍立。"小道士遵师言，鞠躬旁站。玄宗愈看愈喜，便叫斟酒赐他，杯杯满，盏盏干，饮勾一斗，弟子并不推辞。张果便起身替他辞道："不可更赐，他加不得了。若过了度，必有失处，惹得龙颜一笑。"玄宗道："便大醉何妨？恕卿无罪。"立起身来，手持一玉觥，满斟了，将到口边逼他。刚下口，只见酒从头顶涌出，把一个小道冠儿涌得歪在头上，跌了下来。道士去拾时，脚步踉跄，连身子也跌倒了，玄宗及在旁嫔御，一齐笑将起来。仔细一看，不见了小道士，止有一个金榼在地，满盛着酒。细验这榼，却是集贤院中之物，一榼止盛一斗。玄宗大奇。

　　明日要出咸阳打猎，就请张果同去一看。合围既罢，前驱擒得大角鹿一只，将付庖厨烹宰。张果见了道："不可杀！不可杀！此是仙鹿，已满千岁。昔时汉武帝元狩五年，在上林游猎，臣曾侍从，生获此鹿，后来不忍杀，舍放了。"玄宗笑道："鹿甚多矣，焉知即此鹿？且时迁代变，前鹿岂能保猎人不擒过，留到今日？"张果道："武帝舍鹿之时，将铜牌一片，扎 驳得也是。

在左角下为记，试看有此否？"玄宗命人验看，在左角下果得铜牌，有二寸长短，两行小字，已模糊黑暗，辨不出了。玄宗才信。就问道："元狩五年，是何甲子？到今多少年代了？"张果道："元狩五年，岁在癸亥。武帝始开昆明池，到今甲戌岁，八百五十二年矣。"玄宗宣命太史官查推长历，果然不差。于是晓得张果是个千来岁的人，群臣无不钦服。

一日，秘书监王回质、太常少卿萧华两人同往集贤院拜访，张果迎着坐下，忽然笑对二人道："人生娶妇，娶了个公主，好不怕人！"两人见他说得没头脑，两两相看，不解其意。正说之间，只见外边传呼："有诏书到！"张果命人忙排香案等着。元来玄宗有个女儿，叫做玉真公主，从小好道，不曾下降于人。盖婚姻之事，民间谓之"嫁"，皇家谓之"降"；民间谓之"娶"，皇家谓之"尚"。玄宗见张果是个真仙出世，又见女儿好道，意思要把女儿下降张果，等张果尚了公主，结了仙姻仙眷，又好等女儿学他道术，可以双修成仙。计议已定，颁下诏书。中使赍了到集贤院张果处，开读已毕，张果只是哈哈大笑，不肯谢恩。中使看见王、萧二公在旁，因与他说天子要降公主的意思，叫他两个撺掇。二公方悟起初所说，便道："仙翁早已得知，在此说过了的。"中使与二公大家相劝一番，张果只

原可笑。

是笑不止，中使料道不成，只得去回覆圣旨。

玄宗见张果不允亲事，心下不悦，便与高力士商量道："我闻堇汁最毒，饮之立死。若非真仙，必是下不得口。好歹把这老头儿试一试。"时值天大雪，寒冷异常。玄宗召张果进宫，把堇汁下在酒里，叫宫人满斟暖酒，与仙翁敌寒。张果举觞便饮，立尽三卮，醺然有醉色。四顾左右，咂咂舌道："此酒不是佳味！"打个呵欠，倒头睡下。玄宗只是瞧着不做声。过了一会，醒起来道："古怪，古怪！"袖中取出小镜子一照，只见一口牙齿，都焦黑了。看见御案上有铁如意，命左右取来，将黑齿逐一击下，随收在衣带内了，取出药一包来，将少许擦在口中齿穴上，又倒头睡了。这一觉不比先前，且是睡得安稳，有一个多时辰，才爬起来，满口牙齿多已生完，比先前更坚且白。玄宗越加敬异，赐号通玄先生，却是疑心他来历。

其时有个归夜光，善能视鬼。玄宗召他来，把张果一看，夜光并不见甚么动静。又有个邢和璞，善算。有人问他，他把算子一动，便晓得这人姓名，穷通寿夭，万不失一。玄宗一向奇他，便教道："把张果来算算。"和璞拿了算子，拨上拨下，拨个不耐烦，竭尽心力，耳根通红，不要说算他别的，只是个寿数也算他不出。其时又有一个道士叶法善，也多奇术。玄宗便把张果来私问他。法善道："张果出

第二番了。

叶法善见。

135

> 接缝甚妙。

处,只有臣晓得,却说不得。"玄宗道:"何故?"法善道:"臣说了必死,故不敢说。"玄宗定要他说。法善道:"除非陛下免冠跣足救臣,臣方得活。"玄宗许诺。法善才说道:"此是混沌初分时一个白蝙蝠精。"刚说得罢,七窍流血,未知性命如何,已见四肢不举。玄宗急到张果面前,免冠跣足,自称有罪。张果看见皇帝如此,也不放在心上,慢慢的说道:"此儿多口过,不谪治他,怕败坏了天地间事。"玄宗哀请道:"此朕之意,非法善之罪,望仙翁饶恕则个。"张果方才回心转意,叫取水来,把法善一噀,法善即时复活。

而今且说这叶法善,表字道元,先居处州松阳县,四代修道。法善弱冠时,曾游括苍白马山,石室内遇三神人,锦衣宝冠,授以太上密旨。自是诛荡精怪,扫瞰凶妖,所在救人。入京师时,武三思擅权,法善时常察听妖祥,保护中宗、相王及玄宗,大为三思所忌,流窜南海。

玄宗即位,法善在海上乘白鹿,一夜到京。在玄宗朝,凡有吉凶动静,法善必预先奏闻。一日吐番遣使进宝,函封甚固。奏称:"内有机密,请陛下自开,勿使他人知之。"廷臣不知来意真伪,是何缘故,面面相觑,不敢开言。惟有法善密奏道:"此是凶函,宣令番使自开。"玄宗依奏降旨。番使领旨,不知好歹,扯起函盖,函中弩发,番使中箭而死。

乃是番家见识，要害中华天子，设此暗机于函中，连番使也不知道，却被法善参透，不中暗算，反叫番使自着了道儿。

开元初，正月元宵之夜，玄宗在上阳宫观灯。尚方匠人毛顺心巧用心机，施逞技艺，结构彩楼三十余间，楼高一百五十尺，多是金翠珠玉镶嵌。楼下坐着，望去楼上，满楼都是些龙凤螭豹百般鸟兽之灯。一点了火，那龙凤螭豹百般鸟兽，盘旋的盘旋，跳踯的跳踯，飞舞的飞舞，千巧万怪，似是神工，不像人力。玄宗看毕大悦，传旨："速召叶尊师来同赏。"去了一会，才召得个叶法善楼下朝见。玄宗称夸道："好灯！"法善道："灯盛无比。依臣看将起来，西凉府今夜之灯也差不多如此。"玄宗道："尊师几时曾见过来？"法善道："适才在彼，因蒙急召，所以来了。"玄宗怪他说得诧异，故意问道："朕如今即要往彼看灯，去得否？"法善道："不难。"就叫玄宗闭了双目，叮嘱道："不可妄开。开时有失。"玄宗依从。法善喝声道："疾！"玄宗足下，云冉冉而起，已同法善在霄汉之中。须臾之间，足已及地。法善道："而今可以开眼看了。"玄宗闪开龙目，只见灯连亘数十里，车马骈阗，士女纷杂，果然与京师无异。玄宗拍掌称盛，猛想道："如此良宵，恨无酒吃。"法善道："陛下随身带有何物？"玄宗道："止有镂铁如意在手。"法善便持往酒家，当了一壶酒、几个碟来，与玄宗对吃完了，还了酒家家火。玄宗道："回去罢。"法善复令闭目，腾空而起。少顷，已在楼下御前。去时歌曲尚未终篇，已行千里有余。玄宗疑是道家幻术障眼法儿，未必真到得西凉。猛可思量道："却才把如意当酒，这是实事可验。"明日差个中使，托名他事到凉州密访镂铁如意，果然在酒家，说道："正月十五夜有个道人，拿了当酒吃的。"始信看灯是真。

是年八月中秋之夜，月色如银，万里一碧。玄宗在宫中赏月，笙歌进酒。凭着白玉栏杆，仰面看着，浩然长想。有词为证：

桂花浮玉，正月满天街，夜凉如洗。风泛须眉透骨寒，人在水晶宫里。蛇龙偃寒，观阙嵯峨，缥缈笙歌沸。霜华满地，欲跨彩云飞起——词寄《酹江月》

> 如此想头，原自玄幻。

玄宗不觉襟怀旷荡，便道："此月普照万方，如此光灿，其中必有非常好处。见说嫦娥窃药，奔在月宫，既有宫殿，定可游观。只是如何得上去？"急传旨宣召叶尊师，法善应召而至。玄宗问道："尊师有道术可使朕到月宫一游否？"法善道："这有何难？就请御驾启行。"说罢，将手中板笏一掷，现出一条雪链也似的银桥来，那头直接着月内。法善就扶着玄宗，踱上桥去，且是平稳好走，随走过处，桥便随灭。走得不上一里多路，到了一个所在，露下沾衣，寒气逼人，面前有座玲珑四柱牌楼。抬头看时，上面有个大匾额，乃是六个大金字。玄宗认着是"广寒清虚之府"六字，便同法善从大门走进来。看时，庭前是一株大桂树，扶疏遮荫，不知覆着多少里数。桂树之下，有无数白衣仙女，乘着白鸾在那里舞。

这边庭阶上，又有一伙仙女，也如此打扮，各执乐器一件，在那里奏乐，与舞的仙女相应。看见玄宗与法善走进来，也不惊异，也不招接，吹的自吹，舞的自舞。玄宗呆呆看着，法善指道："这些仙女，名为'素娥'，身上所穿白衣，叫做'霓裳羽衣'，所奏之曲，名曰《紫云曲》。"玄宗素晓音律，将两手按节，把乐声一一嘿记了。后来到宫中，传与杨太真，就名《霓裳羽衣曲》，流于乐府，为唐家希有之音，这是后话。好个趣皇帝。

玄宗听罢仙曲，怕冷欲还。法善驾起两片彩云，稳如平地，不劳举步，已到人间。路过潞州城上，细听樵楼更鼓，已打三点。那月色一发明朗如昼，照得潞州城中纤毫皆见。但只夜深人静，四顾悄然。法善道："臣侍陛下夜临于此，此间人如何知道？适来陛下习听仙乐，何不于此试演一曲？"玄宗道："甚妙，甚妙。只方才不带得所用玉笛来。"法善道："玉笛何在？"玄宗道："在寝殿中。"法善道："这个不难。"将手指了一指，玉笛自云中坠下。玄宗大喜，接过手来，想着月中拍数，照依吹了一曲；又在袖中摸出数个金钱，洒将下去了，乘月回宫。至今传说唐明皇游月宫，正此故事。

那潞州城中，有睡不着的，听得笛声嘹亮，似觉非凡。有爬起来听的，却在半空中吹响，没做理会。次日，又有街上拾得金钱的，报知府里。府里

  官员道是非常祥瑞，上表奏闻。十来日，表到御前。玄宗看表道："八月望夜，有天乐临城，兼获金钱，此乃国家瑞兆，万千之喜。"玄宗心下明白，不觉大笑。自此敬重法善，与张果一般，时常留他两人在宫中，或下棋，或斗小法，赌胜负为戏。

> 献谀者好扯谈。

  一日，二人在宫中下棋。玄宗接得鄂州刺史表文一道，奏称："本州有仙童罗公远，广有道术。"盖因刺史迎春之日，有个白衣人身长丈余，形容怪异，杂在人丛之中观看，见者多骇走。旁有小童喝他道："业畜！何乃擅离本处，惊动官司？还不速去！"其人并不敢则声，提起一把衣服，如飞走了。府吏看见小童作怪，一把擒住，来到公燕之所，具白刺史。刺史问他姓名，小童答道："姓罗，名公远，适见守江龙上崖看春，某喝令回去。"刺史不信道："怎见得是龙？须得吾见真形方可信。"小童道："请待后日。"至期，于水边作一小坑，深才一尺，去江岸丈余，引江水入来。刺史与郡人毕集，见有一白鱼，长五六寸，随流至坑中，跳跃两遍，渐渐大了。有一道青烟如线，在坑中起，一霎时，黑云满空，天色昏暗。小童道："快都请上了津亭。"正走间，电光闪烁，大雨如泻。须臾少定，见一大白龙起于江心，头与云连，有顿饭时方灭。刺史看得真实，随即具表奏闻，就叫罗公远随表来朝见帝。

> 罗公远见。

  玄宗把此段话与张、叶二人说了，就叫公远与二人相见。二人见了大笑道："村童晓得些甚么？"二人各取棋子一把，捏着拳头，问道："此有何物？"公远笑道："都是空手。"及开拳，两人果无一物，棋子多在公远手中。两人方晓得这童儿有些来历。玄宗就叫他坐在法善之下。天气寒冷，团团围炉而坐。此时剑南出一种果子，叫做"日熟子"，一日一熟，到京都是不鲜的了。张、叶两人每日用仙法，遣使取来，过午必至，所以玄宗常有新鲜的到口。是日至夜不来，二人心下疑惑，商量道："莫非罗君有缘故？"尽注目看公远。元来公远起初一到炉边，便把火箸插在灰中。见他们疑心了，才笑嘻嘻的把火箸提了起来。不多时使者即到，法善诘问："为何今日偏迟？"使者道："方欲到京，火焰连天，无路可过。适才火息了，然后来得。"众人多惊伏公远之法。

　　却说当时杨妃未入宫之时，有个武惠妃专宠。玄宗虽崇奉道流，那惠妃却笃信佛教，各有所好。惠妃信的释子，叫做金刚三藏，也是个奇人，道术与叶、罗诸人算得敌手。玄宗驾幸功德院，忽然背痒。罗公远折取竹枝，化作七宝如意，进上爬背。玄宗大悦，转身对三藏道："上人也能如此否？"三藏道："公远的幻化之术，臣为陛下取真物。"袖中摸出一个七宝如意来献上。玄宗一手去接得来，手中先所执公远的如意，登时仍化作竹枝。玄宗回宫

（旁注）
不谓张叶两人也皮相，岂其故欲试之乎？

神仙自相戏如此。

妃好释子，岂武氏家风乎？

与武惠妃说了，惠妃大喜。

玄宗要幸东洛，就对惠妃说道："朕与卿同行，却叫叶罗二尊师、金刚三藏从去，试他斗法，以决两家胜负，何如？"武惠妃欢喜道："臣妾愿随往观。"传旨排銮驾。不则一日，到了东洛。时方修麟趾殿，有大方梁一根，长四五丈，径头六七尺，眠在庭中。玄宗对法善道："尊师试为朕举起来。"法善受诏作法，方木一头揭起数尺，一头不起。玄宗道："尊师神力，何乃只举得一头？"法善奏道："三藏使金刚神众压住一头，故举不起。"元来法善故意如此说，要武妃面上好看，等三藏自逞其能，然后胜他。果然武妃见说，暗道佛法广大，不胜之喜。三藏也只道实话，自觉有些快活。惟罗公远低着头，只是笑。玄宗有些不伏气，又对三藏道："法师既有神力，叶尊师不能及。今有个澡瓶在此，法师能咒得叶尊师入此瓶否？"三藏受诏置瓶，叫叶法善依禅门法，敷坐起来，念动咒语，未及念完，法善身体欻欻就瓶；念得两遍，法善已至瓶嘴边，翕然而入。玄宗心下好生不悦。过了一会，不见法善出来，又对三藏道："法师既使其入瓶，能使他出否？"三藏道："进去烦难，出来是本等法。"就念起咒来。咒完不出，三藏急了，不住口一气数遍，并无动静。玄宗惊道："莫不尊师没了？"变起脸来。武妃大惊失色，三藏也慌了，只有罗公远扯开口一味笑。玄

神仙也周全世情。

耍得趣甚。

宗问他道："而今怎么处？"公远笑道："不消陛下费心，法善不远。"三藏又念咒一会，不见出来。正无计较，外边高力士报道："叶尊师进。"玄宗大惊道："铜瓶在此，却在那里来？"急召进问之。法善对道："宁王邀臣吃饭，正在作法之际，面奏陛下，必不肯放，恰好借入瓶机会，到宁王家吃了饭来。若不因法师一咒，须去不得。"玄宗大笑。武妃、三藏方放下心了。

趣极。

法善道："法师已咒过了，而今该贫道还礼。"随取三藏紫铜钵盂，在围炉里面烧得内外都红。法善捏在手里，弄来弄去，如同无物。忽然双手捧起来，照着三藏光头扑地合上去，三藏失声而走。玄宗大笑。公远道："陛下以为乐，不知此乃道家末技，叶师何必施逞！"玄宗道："尊师何不也作一法，使朕一快？"公远道："请问三藏法师，要如何作法术？"三藏道："贫僧请收固袈裟，试令罗公取之。不得，是罗公输；取得，是贫僧输。"玄宗大喜，一齐同到道场院，看他们做作。

又趣极。

公远更胜在不自衒。

三藏结立法坛一所，焚起香来。取袈裟贮在银盒内，又安数重木函，木函加了封锁，置于坛上。三藏自在坛上打坐起来。玄宗、武妃、叶师多看见坛中有一重菩萨，外有一重金甲神人，又外有一重金刚围着，贤圣比肩，环绕甚严。三藏观守，目不暂舍。公远坐绳床上，言笑如常，不见他作甚行径。

143

众人都注目看公远，公远竟不在心上。有好多一会，玄宗道："何太迟迟？莫非难取？"公远道："臣不敢自夸其能，也不知取得取不得，只叫三藏开来看看便是。"玄宗闻言，便叫三藏开函取袈裟。三藏看见重重封锁，一毫未动，心下喜欢，及开到银盒，叫一声："苦！"已不知袈裟所向，只是个空盒。三藏吓得面如土色，半晌无言。玄宗拍手大笑。公远奏道："请令人在臣院内，开柜取来。"中使领旨去取，须臾，袈裟取到了。玄宗看了，问公远道："朕见菩萨尊神，如此森严，却用何法取出？"公远道："菩萨力士，圣之中者；甲兵诸神，道之小者；至于太上至真之妙，非术士所知。适来使玉清神女取之，虽有菩萨金刚，连形也不得见他的，取若坦途，有何所碍？"玄宗大悦，赏赐公远无数。叶公、三藏皆伏公远神通。

玄宗欲从他学隐形之术，公远不肯，道："陛下真人降化，保国安民，万乘之尊，学此小术何用？"玄宗怒骂之。公远即走入殿柱中，极口数玄宗过失。玄宗愈加怒发，令破柱取他。柱既破，又见他走入玉础中。就把础破为数十片，片片有公远之形，却没奈他何。玄宗谢了罪，忽然又立在面前。玄宗恳求至切，公远只得许了。虽则传授，不肯尽情。玄宗与公远同做隐形法时，果然无一人知觉。若是公远不在，玄宗自试，就要露出些形来，或是

每见公远高处。

衣带，或是幞头脚，宫中人定寻得出。玄宗晓得他传授不尽，多将金帛赏赉，要他喜欢。有时把威力吓他道："不尽传，立刻诛死。"公远只不作准。玄宗怒极，喝令："绑出斩首！"刀斧手得旨，推出市曹斩讫。

玄宗呆甚。

　　隔得十来日，有个内官叫做辅仙玉，奉差自蜀道回京，路上撞遇公远骑驴而来。笑对内官道："官家作戏，忒没道理！"袖中出书一封道："可以此上闻！"又出药一包寄上，说道："官家问时，但道是'蜀当归'。"语罢，忽然不见。仙玉还京奏闻，玄宗取书览看，上面写是"姓维名厶退"，一时不解。仙玉退出，公远已至。玄宗方悟道："先生为何改了名姓？"公远道："陛下曾去了臣头，所以改了。"玄宗稽首谢罪，公远道："作戏何妨？"走出朝门，自此不知去向。直到天宝末禄山之难，玄宗幸蜀，又于剑门奉迎銮驾。护送至成都，拂衣而去。后来肃宗即位灵武，玄宗自疑不能归长安，肃宗以太上皇奉迎，然后自蜀还京。方悟"蜀当归"之寄，其应在此。与李遐周之诗，总是道家前知妙处。有诗为证：

好道秦王与汉王，岂知治道在经常？
纵然法术无穷幻，不救杨家一命亡。

卷之八　乌将军一饭必酬
　　　　陈大郎三人重会

烏將軍一飯必酬

卷之八　乌将军一饭必酬　陈大郎三人重会

诗曰：

每讶衣冠多盗贼，谁知盗贼有英豪？
试观当日及时雨，千古流传义气高。

话说世人最怕的是个"强盗"二字，做个骂人恶语。不知这也只见得一边。若论起来，天下那一处没有强盗：假如有一等做官的，误国欺君，侵剥百姓，虽然官高禄厚，难道不是大盗？有一等做公子的，倚靠着父兄势力，张牙舞爪，诈害乡民，受投献，窝赃私，无所不为，百姓不敢声冤，官司不敢盘问，难道不是大盗？有一等做举人秀才的，呼朋引类，把持官府，起灭词讼，每有将良善人家拆得烟飞星散的，难道不是大盗？只论衣冠中，尚且如此，何况做经纪客商、做公门人役？三百六十行中人尽有狼心狗行、狠似强盗之人在内，自不必说。所以当时李涉博士遇着强盗，有诗云：

暮雨潇潇江上村，绿林豪客夜知闻。
相逢何用藏名姓？世上于今半是君。

这都是叹笑世人的话。世上如此之人，就是至亲切友，尚且反面无情，何况一饭之恩，一面之识？倒不如《水浒传》上说的人，每每自称好汉英雄，偏

骂得痛快。

要在绿林中挣气，做出世人难到的事出来。盖为这绿林中也有一贫无奈，借此栖身的；也有为义气上杀了人，借此躲难的；也有朝廷不用，沦落江湖，因而结聚的。虽然只是歹人多，其间仗义疏财的，到也尽有。当年赵礼让肥，反得粟米之赠；张齐贤遇盗，更多金帛之遗：都是古人实事。

且说近来苏州有个王生，是个百姓人家。父亲王三郎，商贾营生，母亲李氏，又有个婶母杨氏却是孤孀无子的，几口儿一同居住。王生自幼聪明乖觉，婶母甚是爱惜他。不想年纪七八岁时，父母两口相继而亡。多亏得这杨氏殡葬完备，就把王生养为己子，渐渐长成起来，转眼间又是十八岁了。商贾事体，是件伶俐。

一日，杨氏对他说道："你如今年纪长大，岂可坐吃箱空？我身边有的家资，并你父亲剩下的，尽勾营运。待我凑成千来两，你到江湖上做些买卖，也是正经。"王生欣然道："这个正是我们本等。"杨氏就收拾起千金东西，交付与他。

王生与一班为商的计议定了，说南京好做生意，先将几百两银子置了些苏州货物。拣了日子，雇下一只长路的航船，行李包裹多收拾停当。别了杨氏起身，到船烧了神福利市，就便开船。一路无话。

不则一日，早到京口，趁着东风过江。到了黄天荡内，忽然起一阵怪风，满江白浪掀天，不知把船打到一个甚么去处。天已昏黑了，船上人抬头一望，只见四下里多是芦苇，前后并无第二只客船。王生和那同船一班的人正在慌张，忽然芦苇里一声锣响，划出三四只小船来。每船上各有七八个人，一拥的跳过船来。王生等喘做一块，叩头讨饶，那伙人也不来和你说话，也不来害你性命，只把船中所有金银货物，尽数卷掳过船，叫声"聒噪"，双桨齐发，飞也似划将去了。满船人惊得魂飞魄散，目睁口呆。王生不觉的大哭起来，道："我直如此命薄！"就与同行的商量道："如今盘缠行李俱无，到南京何干？不如各自回家，再作计较。"唧唧哝哝了一会，天色渐渐明了。那时已自风平浪静，拨转船头望镇江进发。到了镇江，王生上岸，往一个亲眷人家借得几钱银子做盘费，到了家中。

杨氏见他不久就回，又且衣衫零乱，面貌忧愁，已自猜个八九了。只见他走到面前，唱得个喏，便哭倒在地。杨氏问他仔细，他把上项事说了一遍。杨氏慰安他道："儿嚛，这也是你的命。又不是你不老成花费了，何须如此烦恼？且安心在家两日，再凑些本钱出去，务要趁出前番的来便是。"王生道："已后只在近处做些买卖罢，不担这样干系远处去了。"杨氏道："男子汉千里经商，怎说这话！"

住在家一月有余，又与人商量道："扬州布好卖。松江置买了布到扬州，就带些银子籴了米豆回来，甚是有利。"杨氏又凑了几百两银子与他。到松江买了百来筒布，独自写了一只满风梢的船，身边又带了几百两籴米豆的银子，合了一个伙计，择日起行。

到了常州，只见前边来的船，只只气叹口渴，道："挤坏了！挤坏了！"忙问缘故，说道："无数粮船，阻塞住丹阳路。自青羊铺直到灵口，水泄不通。买卖船莫想得进。"王生道："怎么好？"船家道："难道我们上前去看他挤不成？打从孟河走他娘罢。"王生道："孟河路怕恍惚。"船家道："拼得只是日里行，何碍？不然守得路通，知在何日？"因遂依了船家，走孟河路。果然是天青日白时节，出了孟河。方欢喜道："好了，好了。若在内河里，几时能挣得出来？"正在快活间，只见船后头水响，一只三橹八桨船，飞也似赶来。看看至近，一挠钩搭住，十来个强人手执快刀、铁尺、金刚圈，跳将过来。元来孟河过东去，就是大海，日里也有强盗的，惟有空船走得。今见是买卖船，又悔气恰好撞着了，怎肯饶过？尽情搬了去。怪船家手里还捏着橹，一铁尺打去，船家抛橹不及。王生慌忙之中把眼瞅去，认得就是前日黄天荡里一班人。王生口里喊道："大王！前日受过你一番了，今日如何又在此相遇？我前世直如此少你的！"那强人内中一个长大的说道："果然如此，还他些做盘缠。"就把一个小小包裹撩将过来，掉开了船，一道烟反望前边江里去了。

> 不要欢喜过了。

> 王生胆大，宜有后福。

王生只叫得苦，拾起包裹，打开看时，还有十来两零碎银子在内。噙着眼泪冷笑道："且喜这番不要借盘缠，侥幸！侥幸！"就对船家说道："谁叫你走此路，弄得我如此？回去了罢。"船家道："世情变了，白日打劫，谁人晓得？"只得转回旧路，到了家中。杨氏见来得快，又一心惊。王生泪汪汪地走到面前，哭诉其故。难得杨氏是个大贤之人，又眼里识人，自道侄儿必有发迹之日，并无半点埋怨，只是安慰他，教他守命，再做道理。

过得几时，杨氏又凑起银子，催他出去，道：

"两番遇盗,多是命里所招。命该失财,便是坐在家中,也有上门打劫的。不可因此两番,堕了家传行业!"王生只是害怕。杨氏道:"侄儿疑心,寻一个起课的问个吉凶,讨个前路便是。"果然寻了一个先生到家,接连占卜了几处做生意,都是下卦,惟有南京是个上上卦。又道:"不消到得南京,但往南京一路上去,自然财爻旺相。"杨氏道:"我的儿,'大胆天下去得,小心寸步难行。'苏州到南京不上六七站路,许多客人往往来来,当初你父亲、你叔叔都是走熟的路,你也是悔气,偶然撞这两遭盗,难道他们专守着你一个,遭遭打劫不成?占卜既好,只索放心前去。"王生依言,仍旧打点动身。也是他前数注定,合当如此。正是:

达识之妇。

筐底东西命里财,皆由鬼使共神差。
强徒不是无因至,巧弄他们送福来。

王生行了两日,又到扬子江中。此日一帆顺风,真个两岸万山如走马,直抵龙江关口。然后天晚,上岸不及了,打点湾船。他每是惊弹的鸟,傍着一只巡哨号船边拴好了船,自道万分无事,安心歇宿。到得三更,只听一声锣响,火把齐明,睡梦里惊醒。急睁眼时,又是一伙强人,跳将过来,照前搬个罄尽。看自己船时,不在原泊处所,已移在大江阔处来了。火中仔细看他们抢掳，认得就是前两番之人。王生硬着胆，扯住前日还他包裹这个长大的强盗，跪下道："大王！小人只求一死！"大王道："我等誓不伤人性命，你去罢了，如何反来歪缠？"王生哭道："大王不知，小人幼无父母，全亏得婶娘重托，出来为商。刚出来得三次，恰是前世欠下大王的，三次都撞着大王夺了去，叫我何面目见婶娘？也那里得许多银子还他？就是大王不杀我时，也要跳在江中死了，决难回去再见恩婶之面了。"说得伤心，大哭不住。那大王是个有义气的，觉得可怜他，便道："我也不杀你，银子也还你不成，我有道理。我昨晚劫得一只客船，不想都是打捆的苎麻，且是不少，我要他没用。我取了你银子，把这些与你做本钱去，也勾相当了。"王生出于望外，称谢不尽。那伙人便把苎麻乱抛过船来，王生与船家慌忙并叠，不及细看，约莫有二三百捆之数。强盗抛完了苎麻，已自胡哨一声，转船去了。船家认着江中小港门，依旧把船移进宿了。

候天大明，王生道："这也是有人心的强盗，料道这些苎麻也有差不多千金了。他也是劫了去不好发脱，故此与我。我如今就是这样发行去卖，有人认出，反为不美；不如且载回家，打过了捆，改了样式，再去别处货卖么！"仍旧把船开江。下水船

亦精细，亦老成。

快,不多时,到了京口闸,一路到家。

见过婶婶,又把上项事一一说了。杨氏道:"虽没了银子,换了偌多苎麻来,也不为大亏。"便打开一捆来看。只见一层一层解到里边,捆心中一块硬的,缠束甚紧,细细解开,乃是几层绵纸,包着成锭的白金。随开第二捆,捆捆皆同,一船苎麻,共有五千两有余。乃是久惯大客商,江行防盗,假意货苎麻,暗藏在捆内,瞒人眼目的。谁知被强盗不问好歹劫来,今日却富了王生。那时杨氏与王生叫声:"惭愧!"虽然受两三番惊恐,却平白地得此横财,比本钱加倍了,不胜之喜。自此以后,出去营运,遭遭顺利。不上数年,遂成大富之家。这个然是王生之福,却是难得这大王一点慈心。可见强盗中未尝没有好人。

如今再说一个,也是苏州人,只因无心之中,结得一个好汉,后来以此起家,又得夫妻重会。有诗为证:

说时侠气凌霄汉,听罢奇文冠古今。
若得世人皆仗义,贪泉自可表清心。

却说景泰年间,苏州府吴江县有个商民,复姓欧阳,妈妈是本府崇明县曾氏,生下一女一儿。儿年十六岁,未婚;那女儿二十岁了,虽是小户人家,到也生得有些姿色,就赘本村陈大郎为婿。家道不富不贫,在门前开小小的一片杂货店铺,往来交易,陈大郎和小舅两人管理。他们翁婿夫妻郎舅之间,你敬我爱,做生意过日。忽遇寒冬天道,陈大郎往苏州置些货物,在街上行走,只见纷纷洋洋,下着国家祥瑞。古人有诗说得好,道是：

尽道丰年瑞，丰年瑞若何？
长安有贫者，宜瑞不宜多！

那陈大郎冒雪而行，正要寻一个酒店沽酒暖寒，忽见远远地一个人走将来。你道是怎生模样？但见：

身上紧穿着一领青服，腰间暗悬着一把钢刀。形状带些威雄，面孔更无细肉，两颊无非不亦悦，遍身都是德辅如。

那个人生得身长七尺，膀阔三停，大大一个面庞，大半被长须遮了。可煞作怪，没有须的所在，又多有毛，长寸许，剩却眼睛外，把一个嘴脸遮得缝地也无了。正合着古人笑话："髭髯不仁，侵扰乎其旁而不已，于是面之所余无几。"陈大郎见了，吃了一惊，心中想道："这人好生古怪！只不知吃饭时如何处置这些胡须，露得个口出来？"又想道："我有道理，拼得费钱把银子，请他到酒店中一坐，便看出他的行动来了。"他也只是见他异样，要作个耍，连忙躬身向前唱喏，那人还礼不迭。陈大郎道："小可欲邀老丈酒楼小叙一杯。"那人是个远来的，况兼落雪天气，又饥又寒，听见说了，喜逐颜开。连忙道："素昧平生，何劳厚意！"陈大郎捣个鬼道："小可见老丈骨格非凡，必是豪杰，敢扳一话。"那人道："却是不当。"口里如此说，却不推辞。两人一同上酒楼来。

陈大郎便问酒保打了几角酒，回了一腿羊肉，又摆上些鸡鱼肉菜之类。陈大郎正要看他动口，就举杯来相劝。只见那人接了酒盏放在桌上，向衣袖取出一对小小的银扎钩来，挂在两耳，将须毛分开扎起，拔刀切肉，恣其饮啖。又嫌杯小，问酒保讨个大碗，连吃了几壶，然后讨饭。饭到，又吃了十来碗。陈大郎看得呆了。那人起身拱手道："多谢兄长厚情，愿闻姓名乡贯。"陈大郎道："在下姓陈名某，本府吴江县人。"那人一一记了。陈大郎也求他姓名，他不肯还个明白，只说："我姓乌，浙江人。他日兄长有事到敝省，或者可以相会。承兄盛德，必当奉报，不敢有忘。"陈大郎连称不敢。当下算还酒钱，那人千恩万谢，出门作别自去了。陈大郎也只道是偶然的说话，那里认真？归来对家中人说了，也有信他的，也有疑他说谎的，俱各笑了一场。不在话下。

又过了两年有余。陈大郎只为做亲了数年，并不曾生得男女，夫妻两个发心，要往南海普陀洛伽山观音大士处烧香求子，尚在商量未决。忽一日，欧公有事出去了，只见外边一个人走进来叫道："老欧在家么？"陈大郎慌忙出来答应，却是崇明县的褚敬桥。施礼罢，便问："令岳在家否？"陈大郎道："少出。"褚敬桥道："令亲外太妈陆氏身体违和，特地叫我寄信，请你令岳母相伴几时。"大郎闻言，便进来说与曾氏知道。曾氏道："我去便要去，只是

陈大郎元自不酸。

好法。

你岳父不在，眼下不得脱身。"便叫过女儿、儿子，分付道："外婆有病，你每姊弟两人，可到崇明去伏侍几日。待你父亲归家，我就来换你们便了。"当下商议已定，便留褚敬桥吃了午饭，央他先去回覆。

又过了两日，姊弟二人收拾停当，叫下一只艎船起行。那曾氏又分付道："与我上覆外婆，须要宽心调理。可说我也就要来的。虽则不多日路，你两人年小，各要小心。"二人领诺，自望崇明去了。只因此一去，有分教：

> 既知年少，不宜使如此轻出。

绿林此日逢娇冶，红粉从今踏险危。

却说陈大郎自从妻、舅去后十日有余，欧公已自归来，只见崇明又央人寄信来，说道："前日褚敬桥回覆道，教外甥们就来，如何至今不见？"那欧公夫妻和陈大郎，都吃了一大惊，便道："去已十日了，怎说不见？"寄信的道："何曾见半个影来？你令岳母到也好了，只是令爱、令郎是甚缘故？"陈大郎忙去寻那载去的船家问他，船家道："到了海滩边，船进去不得，你家小官人与小娘子说道：'上岸去，路不多远，我们认得的。你自去罢。'此时天色将晚，两个急急走了去，我自摇船回了，如何不见？"那欧公急得无计可施，便对妈妈道："我在此看家，你可同女婿探望丈母，就访访消息归来。"

他每两个心中慌得无措,听得说了,便一刻也迟不得,急忙备了行李,雇了船只。第二日早早到了崇明,相见了陆氏妈妈,问起缘由,方知病体已渐痊可,只是外甥儿女毫不知些踪迹。那曾氏便是"心肝肉"的放声大哭起来。陆氏及邻舍妇女们惊来问信的,也不知陪了多少眼泪。

　　陈大郎是个性急的人,敲台拍凳的怒道:"我晓得,都是那褚敬桥寄甚么鸟信!是他趁伙打劫,用计拐去了。"便不管三七二十一,忿气走到褚家。那褚敬桥还不知甚么缘由,劈面撞着,正要问个来历,被他劈胸揪住,喊道:"还我人来,还我人来!"就要扯他到官。此时已闹动街坊人,齐拥来看。那褚敬桥面如土色,嚷道:"有何得罪,也须说个明白!"大郎道:"你还要白赖!我好好的在家里,你寄甚么信,把我妻子、舅子拐在那里去了?"褚敬桥拍着胸膛道:"真是冤天屈地,要好成歉。吾好意为你寄信,你妻子自不曾到,今日这话,却不是祸从天上来!"大郎道:"我妻、舅已自来十日了,怎不见到?"敬桥道:"可又来!我到你家寄信时,今日算来十二日了。次日傍晚到得这里以后,并不曾出门。此时你家妻、舅还在家未动身,我在何时拐骗?如今四邻八舍都是证见,若是我十日内曾出门到那里,这便都算是我的缘故。"众人都道:"那有这事!这不撞着拐子,就撞着强盗了。不可冤屈了平人!"

无路可寻,不觉迁怒。

陈大郎情知不关他事，只得放了手，忍气吞声跑回曾家。就在崇明县进了状词；又到苏州府进了状词，批发本县捕衙缉访；又各处粉墙上贴了招子，许出赏银二十两；又寻着原载去的船家，也拉他到巡捕处，讨了个保，押出挨查。仍旧到崇明与曾氏共住了二十余日，并无消息。不觉的残冬将尽，新岁又来，两人只得回到家中。欧公已知上项事了，三人哭做一堆，自不必说。别人家多欢欢喜喜过年，独有他家烦烦恼恼。

一个正月，又匆匆的过了，不觉又是二月初头，依先没有一些影响。陈大郎猛然想着道："去年要到普陀进香，只为要求儿女，如今不想连儿女的母亲都不见了，我直如此命蹇！今月十九日是观音菩萨生日，何不到彼进香还愿？一来祈求的观音报应；二来看些浙江景致，消遣闷怀，就便做些买卖。"算计已定，对丈人说过，托店铺与他管了，收拾行李，取路望杭州来。过了杭州钱塘江，下了海船，到普陀上岸，三步一拜，拜到大士殿前。焚香顶礼已过，就将分离之事通诚了一番，重复叩头道："弟子虔诚拜祷，伏望菩萨大慈大悲，救苦救难，广大灵感，使夫妻再得相见！"拜罢下船，就泊在岩边宿歇。睡梦中见观音菩萨口授四句诗道：

合浦珠还自有时，惊危目下且安之。
姑苏一饭酬须重，人海茫茫信可期。

善写情。

陈大郎飒然惊觉，一字不忘。他虽不甚精通文理，这几句却也解得。叹口气道："菩萨果然灵感！依他说话，相逢似有可望。但只看如此光景，那得能勾？"心下怏怏，那一饭的事，早已不记得了。

清早起来，开船归家。行不得数里，海面忽地起一阵飓风，吹得天昏地暗，连东西南北都不见了。舟人牢把船舵，任风飘去。须臾之间，飘到一个岛边，早已风恬日朗。那岛上有小喽啰数百，正在那里使枪弄棒，比箭抢拳。一见有海船飘到，正是老鼠在猫口边过，如何不吃？便一伙的都抢下船来，将一船人身边银两行李尽数搜出。那多是烧香客人，所有不多，不满众意，提起刀来吓他要杀。陈大郎情急了，大叫："好汉饶命！"那些喽啰听得是东路声音，便问道："你是那里人？"陈大郎战兢兢道："小人是苏州人。"喽啰们便说道："既如此，且绑到大王面前发落，不可便杀。"因此连众人都饶了，齐齐绑到聚义厅来。陈大郎此时也不知是何主意，总之，这条性命，一大半是阎王家的了。闭着泪眼，口里只念："救苦救难观世音菩萨！"只见那厅上一个大王，慢慢地踱下厅来，将大郎细看了一看，大惊道："元来是吾故人到此，快放了绑！"陈大郎听得此话，才敢偷眼看那大王时节，正是两年前遇着多须多毛、酒楼上请他吃饭这个人。喽啰连忙解脱绳索，大王便扯一把交椅过来，推他坐了，纳头便拜道："小孩儿每不知进退，误犯仁兄，望乞恕

日前东道做着了。

罪！"陈大郎还礼不迭，说道："小人触冒山寨，理合就戮，敢有他言！"大王道："仁兄怎如此说？小可感仁兄雪中一饭之恩，于心不忘。屡次要来探访仁兄，只因山寨中多事不便。日前曾分付孩儿们，凡遇苏州客商，不可轻杀。今日得遇仁兄，天假之缘也。"陈大郎道："既蒙壮士不弃小人时，乞将同行众人包裹行李见还，早回家乡，誓当衔环结草。"大王道："未曾尽得薄情，仁兄如何就去？况且有一事要与仁兄慢讲。"回头分付小喽啰：宽了众人的绑，还了行李货物，先放还乡。众人欢天喜地，分明是鬼门关上放将转来，把头似捣蒜的一般，拜谢了大王，又谢了陈大郎，只恨爹娘少生了两只脚，如飞的开船去了。

　　大王便叫摆酒与陈大郎压惊。须臾齐备，摆上厅来。那酒肴内，山珍海错也有，人肝人脑也有。大王定席之后，饮了数杯，陈大郎开口问道："前日仓卒有慢，不曾备细请教得壮士大名，伏乞详示。"大王道："小可生在海边，姓乌名友，少小就有些膂力，众人推我为尊，权主此岛。因见我须毛太多，称我做乌将军。前日由海道到崇明县，得游贵府，与仁兄相会。小可不是铺啜之徒，感仁兄一饭，盖因我辈钱财轻，义气重，兄若非尘埃之中，深知小可，一个素不相识之人，如何肯欣然款纳？所谓'士为知己者死'，仁兄果我之知己耳！"大郎闻言，

〔大郎也有些义气。〕

〔岂知只是要看他吃饭耶？〕

又惊又喜,心里想道:"好侥幸也!若非前日一饭,今日连性命也难保。"又饮了数杯,大王开言道:"动问仁兄,宅上有多少人口?"大郎道:"只有岳父母、妻子、小舅,并无他人。"大王道:"如今各平安否?"大郎下泪道:"不敢相瞒,旧岁荆妻、妻弟一同往崇明探亲,途中有失,至今不知下落。"大王道:"既是这等,尊嫂定是寻不出了。小可这里有个妇女也是贵乡人,年貌与兄正当,小可欲将他来奉仁兄箕帚,意下如何?"大郎恐怕触了大王之怒,不敢推辞。大王便大喊道:"请将来!请将来!"只见一男一女,走到厅上。大郎定睛看时,元来不是别人,正是妻子与小舅,禁不住相持痛哭了一场。大王便教增了筵席,三人坐了客位。大王坐了主位,说道:"仁兄知尊嫂在此之故否?旧岁冬间,孩儿每往崇明海岸无人处,做些细商道路,见一男一女傍晚同行,拿着前来。小可问出根由,知是仁兄宅眷,忙令各馆别室,不敢相轻。于今两月有余。急忙里无个缘便,心中想道:'只要得邀仁兄一见,便可用小力送还。'今日不期而遇,天使然也!"三人感谢不尽。

那妻子与小舅私对陈大郎说道:"那日在海滩上望得见外婆家了,打发了来船。姊弟正走间,遇见一伙人,捆缚将来,道是性命休矣!不想一见大王,查问来历,我等一一实对,便把我们另眼相看,我们也不知其故。今日见说,却记得你前年间曾言

旁注:问得蹊跷。

旁注:要紧。

旁注:船家不说谎。

苏州所遇，果非虚话了。"陈大郎又想道："好侥幸也！前日若非一饭，今日连妻子也难保。"

酒罢起身，陈大郎道："妻父母望眼将穿。既蒙壮士厚恩完聚，得早还家为幸。"大王道："既如此，明日送行。"当夜送大郎夫妇在一个所在，送小舅在一个所在，各歇宿了。次日，又治酒相饯，三口拜谢了要行。大王又教喽啰托出黄金三百两，白银一千两，彩段货物在外，不计其数。陈大郎推辞了几番道："重承厚赐，只身难以持归。"大王道："自当相送。"大郎只得拜受了。大王道："自此每年当一至。"大郎应允。大王相送出岛边，喽啰们已自驾船相等。他三人欢欢喜喜，别了登舟。那海中是强人出没的所在，怕甚风涛险阻！只两日，竟由海道中送到崇明上岸，海船自去了。

他三人竟走至外婆家来，见了外婆，说了缘故，老人家肉天肉地的叫，欢喜无极。陈大郎又叫了一只船，三人一同到家。欧公欧妈，见儿女、女婿都来，还道是睡里梦里！大郎便将前情告诉了一遍，各各悲欢了一场。欧公道："此果是乌将军义气，然若不遇飓风，何缘得到岛中？普陀大士真是感应！"大郎又说着大士梦中四句诗，举家叹异。

从此大郎夫妻年年到普陀进香，都是乌将军差人从海道迎送，每番多则千金，少则数百，必致重负而返。陈大郎也年年往他州外府，觅些奇形异物奉承，乌将军又必加倍相答。遂做了吴中巨富之家，乃一饭之报也。后人有诗赞曰：

胯下曾酬一饭金，谁知剧盗有情深？
世间每说奇男子，何必儒林胜绿林！

卷之九 宣徽院仕女秋千会
清安寺夫妇笑啼缘

清安寺夫婦
笑峰録

卷之九　宣徽院仕女秋千会　清安寺夫妇笑啼缘

诗曰：

闻说氤氲使，专司夙世缘。
岂徒生作合，惯令死重还。
顺局不成幻，逆施方见权。
小儿称造化，于此信其然。

话说人世婚姻前定，难以强求，不该是姻缘的，随你用尽机谋，坏尽心术，到底没收场。及至该是姻缘的，虽是被人扳障，受人离间，却又散的弄出合来，死的弄出活来。从来传奇小说上边，如《倩女离魂》，活的弄出魂去，成了夫妻；如《崔护谒浆》，死的弄转魂来，成了夫妻。奇奇怪怪，难以尽述。

只如《太平广记》上边说，有一个刘氏子，少年任侠，胆气过人，好的是张弓挟矢、驰马试剑、飞觞蹴鞠诸事。交游的人，总是些剑客、博徒、杀人不偿命的亡赖子弟。一日游楚中，那楚俗习尚，正与相投。就有那一班儿意气相投的人，成群聚党，如兄若弟往来。有人对他说道："邻人王氏女，美貌当今无比。"刘氏子就央座中人为媒去求聘他。那王家道："虽然此人少年英勇，却闻得行径古怪，有些不务实，恐怕后来惹出事端，误了女儿终身。"坚执不肯。那女儿久闻得此人英风义气，到有几分慕

> 此等话可息人妄想胡行。

> 姻缘在此。

他，只碍着爹娘做主，无可奈何。那媒人回覆了刘氏子，刘氏子是个猛烈汉子，道："不肯便罢，大丈夫怕没有好妻！愁他则甚？"一些不放在心上。

又到别处闲游了几年。其间也就说过几家亲事，高不凑，低不就，一家也不曾成得，仍旧到楚中来。那邻人王氏女虽然未嫁，已许下人了；刘氏子闻知也不在心上。这些旧时朋友见刘氏子来了，都来访他，仍旧联肩叠背，日里合围打猎，猎得些獐鹿雉兔，晚间就烹炮起来，成群饮酒，没有三四鼓不肯休歇。

> 豪举可想。

一日打猎归来，在郭外十余里一个林子里，下马少憩。只见树木阴惨，境界荒凉，有六七个土堆，多是雨淋泥落，尸棺半露，也有棺木毁坏，尸骸尽见的。众人看了道："此等地面，亏是日间，若是夜晚独行，岂不怕人！"刘氏子道："大丈夫神钦鬼伏，就是黑夜，有何怕惧？你看我今日夜间，偏要到此处走一遭。"众人道："刘兄虽然有胆气，怕不能如此。"刘氏子道："你看我今夜便是。"众人道："以何物为信？"刘氏子就在古墓上取墓砖一块，提起笔来，把同来众人名字多写在上面，说道："我今带了此砖去，到夜间我独自送将来。"指着一个棺木道："放在此棺上，明日来看便是。我送不来，我输东道，请你众位；我送了来，你众位输东道，请我。见放着砖上名字，挨名派分，不怕少了一个。"众人都笑道："使得，使得。"说罢，只听得天上隐隐雷响，一齐上马回到刘氏子下处。又将射猎所得，烹宰饮酒。

霎时间雷雨大作，几个霹雳，震得屋宇都是动的。众人戏刘氏子道："刘兄，日间所言，此时怕铁好汉也不敢去。"刘氏子道："说那里话？你看我雨略住就走。"果然阵头过，雨小了，刘氏子持了日间墓砖出门就走。众人都笑道："你看他那里演帐演帐，回来捣鬼，我们且落得吃酒。"果然刘氏子使着酒性，一口气走到日间所歇墓边，笑道："你看这伙懦夫！不知有何惧怕，便道到这里来不得。"此时雷雨已息，露出星光微明，正要将砖放在棺上，只见棺上有一件东西蹲踞在上面。刘氏子摸了一摸道："奇怪！是甚物件？"暗中手捻捻看，却像是个衣衾之类裹着甚东西。两手合抱将来，约有七八十斤重。笑道："不拘是甚物件，且等我背了他去，与他们看看，等他们就晓得，省得直到明日才信。"他自恃膂力，要吓这班人，便把砖放了，一手拖来，背在背上，大踏步便走。　　大胆。

到得家来，已是半夜。众人还在那里呼红叫六的吃酒，听得外边脚步响，晓得刘氏子已归，恰像负着重东西走的。正在疑惑间，门开处，刘氏子直到灯前，放下背上所负在地。灯下一看，却是一个簇新衣服的女人死尸。可也奇怪，挺然卓立，更不僵仆。一座之人猛然抬头见了，个个惊得屁滚尿流，有的逃躲不及。刘氏子再把灯细细照着死尸面孔，只见脸上脂粉新施，形容甚美，只是双眸紧闭，口中无气，正不知是甚么缘故。众人都怀惧怕道："刘兄恶取笑，不当人子！怎么把一个死人背在家里来吓人？快快仍背了出去！"刘氏子大笑道："此乃吾妻也！我今夜还要与他同衾共枕，怎么舍得负了出去？"说罢，就裸起双袖，一抱抱将上床来，与他做了一头，口对了口，果然做一被睡下了。他也只要在众人面前卖弄胆壮，故意如此做作。众人又怕又笑，说道："好无赖贼，直如此大胆不怕！拼得输东道与你罢了，何必做出此渗濑勾当？"刘氏子凭众人自说，只是不理，自睡了，众人散去。

<small>顽皮极，亦趣极。</small>

刘氏子与死尸睡到了四鼓，那死尸得了生人之气，口鼻里渐渐有起气来，刘氏子骇异，忙把手摸他心头，却是温温的。刘氏子道："惭愧！敢怕还活转来？"正在疑虑间，那女人四肢已自动了。刘氏子越吐着热气接他，果然翻个身活将起来，道："这是那里？我却在此！"刘氏子问其姓名，只是含羞不说。

<small>奇事。</small>

须臾之间，天大明了。只见昨夜同席这干人有几个走来道："昨夜死尸在那里？元来有这样异事。"刘氏子且把被遮着女人，问道："有何异事？"那些人道："元来昨夜邻人王氏之女嫁人，梳妆已毕，正要上轿，忽然急心疼死了。未及殡殓，只听

得一声雷响，不见了尸首，_{雷震尸起，自}_{是常事。}至今无寻处。昨夜兄背来死尸，敢怕就是？"刘氏子大笑道："我背来是活人，何曾是死尸！"_{更趣！}众人道："又来调喉！"刘氏子扯开被与众人看时，果然是一个活人。众人道："又来奇怪！"因问道："小娘子谁氏之家？"那女子见人多了，便说出话来，道："奴是此间王家女。因昨夜一个头晕，跌倒在地，不知何缘在此？"刘氏子又大笑道："我昨夜元说道是吾妻，今说将来，便是我昔年求聘的了。我何曾吊谎？"众人都笑将起来道："想是前世姻缘，我等当为撮合。"_{三笑皆有豪趣。}

此话传闻出去，不多时王氏父母都来了，看见女儿是活的，又惊又喜。那女儿晓得就是前日求亲的刘生，便对父母说道："儿身已死，还魂转来，却遇刘生。昨夜虽然是个死尸，已与他同寝半夜，也难另嫁别人了，爹妈做主则个。"众人都撺掇道："此是天意，不可有违！"_{适遂所愿。}王氏父母遂把女儿招了刘氏子为婿，后来偕老。可见天意有定，如此作合。倘若这夜不是暴死、大雷，王氏女已是别家媳妇了；又非刘氏子试胆作戏，就是因雷失尸，也有何涉？只因是夙世前缘，故此奇奇怪怪，颠之倒之，有此等异事。

这是个父母不肯许的，又有一个父母许了又悔的，也弄得死了活转来，一念坚贞，终成夫妇。留下一段佳话，名曰《秋千会记》。正是：

精诚所至，金石为开。

贞心不寐，死后重谐。

这本话乃是元朝大德年间的事。那朝有个宣徽院使叫做孛罗，是个色目人，乃故相齐国公之子。生自相门，穷极富贵，第宅宏丽，莫与为比。却又读书能文，敬礼贤士，一时公卿间，多称诵他好处。他家住在海子桥西，与金判奄都剌、经历东平王荣甫三家相联，通家往来。宣徽私居后，有花园一所，名曰杏园，取"春色满园关不住，一枝红杏出墙来"之意。那杏园中花卉之奇，亭榭之好，诸贵人家所不能仰望。每年春，宣徽诸妹诸女，邀院判、经历两家宅眷，于园中设秋千之戏，盛陈饮宴，欢笑竟日；各家亦隔一日设宴还答，自二月末至清明后方罢，谓之"秋千会"。

于时有个枢密院同佥帖木儿不花的公子，叫做拜住，骑马在花园墙外走过。只闻得墙内笑声，在马上欠身一望，正见墙内秋千竞就，欢哄方浓。遥望诸女，都是绝色。拜住勒住了马，潜身在柳阴中，恣意偷觑，不觉多时。那管门的老园公听见墙外有马铃响，走出来看，只见这一个骑马郎君呆呆地对墙里觑着。园公认得是同佥公子，走报宣徽，宣徽急叫人赶出来。那拜住才撞见园公时，晓得有人知觉，恐怕不雅，已自打上一鞭，去得远了。

拜住归家来，对着母夸说此事，盛道宣徽诸女个个绝色，母亲解意，便道："你我正是门当户对，只消遣媒求亲，自然应允，何必望空羡慕？"就央个媒婆到宣徽家来说亲。宣徽笑道："莫非是前日骑马看秋千的？吾正要择婿，教他到吾家来看看。才貌若果好，便当许亲。"媒婆归报同佥，同佥大喜，便叫拜住盛饰仪服，到宣徽家来。

　　宣徽相见已毕,看他丰神俊美,心里已有几分喜欢。但未知内蕴才学如何,思量试他,遂对拜住道:"足下喜看秋千,何不以此为题,赋《菩萨蛮》一调?老夫要请教则个。"拜住请笔砚出来,一挥而就。词曰:

　　红绳画板柔荑指,东风燕子双双起。夸俊要争高,更将裙系牢。　　牙床和困睡,一任金钗坠。推起枕来迟,纱窗月上时。

宣徽见他才思敏捷,韵句铿锵,心下大喜,分付安排盛席款待。筵席完备,待拜住以子侄之礼,送他侧首坐下,自己坐了主席。饮酒中间,宣徽想道:"适间咏秋千词,虽是流丽,然或者是那日看过秋千,便已有此题咏,今日偶合着题目的。不然如何恁般来得快?真个七步之才也不过如此。待我再试他一试看。"恰好听得树上黄莺巧啭,就对拜住道:"老夫再欲求教,将《满江红》调赋《莺》一首。望不吝珠玉,意下如何?"拜住领命,即席赋成,拂拭剡藤,挥洒晋字,呈上宣徽,词曰:

　　嫩日舒晴,韶光艳、碧天新霁。正桃腮半吐,莺声初试。孤枕乍闻弦索悄,曲屏时听笙簧细。爱绵蛮、柔舌韵东风,愈娇媚。　　幽梦醒,闲愁泥。残杏褪,重门闭。巧音芳韵,十分流丽。入柳穿花来又去,欲求好友真无计。望上林,何日得双栖?心迢递。

宣徽看见词翰两工，心下已喜，及读到末句，晓得是见景生情，暗藏着求婚之意。不觉拍案大叫道："好佳作！真吾婿也！老夫第三夫人有个小女，名唤速哥失里，堪配君子，待老夫唤出相见则个。"就传云板请三夫人与小姐上堂。当下拜住拜见了岳母，

> 此却是夷俗矣。

又与小姐速哥失里相见了，正是秋千会里女伴中最绝色者。拜住不敢十分抬头，已自看得较切，不比前日墙外影响，心中喜乐不可名状。相见罢，夫人同小姐回步。

却说内宅女眷，闻得堂上请夫人、小姐时，晓得是看中了女婿。别位小姐都在门背后缝里张着，

> 最是女眷要看得紧。

看见拜住一表非俗，个个称羡。见速哥失里进来，私下与他称喜道："可谓门阑多喜气，女婿近乘龙也。"合家赞美不置。拜住辞谢了宣徽，回到家中，与父母说知，就择吉日行聘。礼物之多，词翰之雅，喧传都下，以为盛事。谁知好事多磨，风云不测，台谏官员看见同佥富贵豪宕，上本参论他赃私。奉圣旨发下西台御史勘问，免不得收下监中。那同佥是个受用的人，怎吃得牢狱之苦？不多几日生起病来。元来元朝大臣在狱有病，例许题请释放。同佥幸得脱狱，归家调治，却病得重了，百药无效，不上十日，呜呼哀哉，举家号痛。谁知这病是惹的牢瘟，同佥既死，阖门染了此症，没几日就断送一个，一月之内弄个尽绝，止剩得拜住一个不死。却又被

西台追赃入官，家业不勾赔偿，真个转眼间冰消瓦解，家破人亡。

宣徽好生不忍，心里要收留拜住回家成亲，教他读书，以图出身。与三夫人商议，那三夫人是个女流之辈，只晓得炎凉世态，那里管甚么大道理？心里怫然不悦。元来宣徽别房虽多，惟有三夫人是他最宠爱的，家里事务都是他主持。所以前日看上拜住，就只把他的女儿许了，也是好胜处。今日见别人的女儿，多与了富贵之家，反是他女婿家里凋弊了，好生不伏气，一心要悔这头亲事，便与女儿速哥失里说知。速哥失里不肯，哭谏母亲道："结亲结义，一与订盟，终不可改。儿见诸姊妹家荣盛，心里岂不羡慕？但寸丝为定，鬼神难欺。岂可因他贫贱，便想悔赖前言？非人所为。儿誓死不敢从命！"宣徽虽也道女儿之言有理，怎当得三夫人撒娇撒痴，把宣徽的耳朵掇了转来，那里管女儿肯不肯，别许了平章阔阔出之子僧家奴。拜住虽然闻得这事，心中懊恼，自知失势，不敢相争。

那平章家择日下聘，比前番同金之礼更觉隆盛。三夫人道："争得气来，心下方才快活。"只见平章家，拣下吉期，花轿到门。速哥失里不肯上轿，众夫人、众姊妹各来相劝。速哥失里大哭一场，含着眼泪，勉强上轿。到得平章家里，傧相念了诗赋，启请新人出轿。伴娘开帘，等待再三，不见抬身。

前日以为私厚，今日以为下稍。

好个女儿，即此立心，天缘定矣。

攒头轿内看时，叫声："苦也！"元来速哥失里在轿中偷解缠脚纱带，缢颈而死，已此绝气了。慌忙报与平章，连平章没做道理处，叫人去报宣徽。那三夫人见说，儿天儿地哭将起来。急忙叫人追轿回来，急解脚缠，将姜汤灌下去，牙关紧闭，眼见得不醒。三夫人哭得昏晕了数次，无可奈何，只得买了一副重价的棺木，尽将平日房奁首饰珠玉及两番夫家聘物，尽情纳在棺内入殓，将棺木暂寄清安寺中。

> 爱极生痴，何益于事？

且说拜住在家，闻得此变，情知小姐为彼而死。晓得柩寄清安寺中，要去哭他一番。是夜来到寺中，见了棺柩，不觉伤心，抚膺大恸，真是哭得三生诸佛都垂泪，满房禅侣尽长吁。哭罢，将双手扣棺道："小姐阴灵不远，拜住在此。"只听得棺内低低应道："快开了棺，我已活了。"拜住听得明白，欲要开时，将棺木四围一看，漆钉牢固，难以动手。乃对本房主僧说道："棺中小姐，元是我妻屈死。今棺中说道已活，我欲开棺，独自一人难以着力，须求师父们帮助。"僧道："此宣徽院小姐之棺，谁敢私开？开棺者须有罪。"拜住道："开棺之罪，我一力当之，不致相累，况且暮夜无人知觉。若小姐果活了，放了出来，棺中所有，当与师辈共分；若是不活，也

> 有此语，便开棺得成了。

等我见他一面，仍旧盖上，谁人知道？"那些僧人见说共分所有，他晓得棺中随殓之物甚厚，也起了利心；亦且拜住兴头时与这些僧人也是门徒施主，

不好违拗。便将一把斧头，把棺盖撬将开来。只见划然一声，棺盖开处，速哥失里便在棺内坐了起来。见了拜住，彼此喜极，拜住便说道："小姐再生之庆，果是冥数，也亏得寺僧助力开棺。"小姐便脱下手上金钏一对及头上首饰一半，谢了僧人，剩下的还直数万两。拜住与小姐商议道："本该报宣徽得知，只是恐怕有变。而今身边有财物，不如瞒着远去，只央寺僧买些漆来，把棺木仍旧漆好，不说出来。神不知，鬼不觉，此为上策。"寺僧受了重贿，无有不依，照旧把棺木漆得光净牢固，并不露一些风声。拜住遂挈了速哥失里，走到上都寻房居住。那时身边丰厚，拜住又寻了一馆，教着蒙古生数人，复有月俸，家道从容，尽可过日。夫妻两个，你恩我爱，不觉已过一年。也无人晓得他的事，也无人晓得甚么宣徽之女、同金之子。

却说宣徽自丧女后，心下不快，也不去问拜住下落。好些时不见了他，只说是流离颠沛，连存亡不可保了。一日旨意下来，拜宣徽做开平尹，宣徽带了家眷赴任。那府中事体烦杂，宣徽要请一个馆客做记室，代笔札之劳。争奈上都是个极北夷方，那里寻得个儒生出来？访有多日，有人对宣徽道："近有个士人，自大都挈家寓此，也是个色目人，设帐民间，极有学问。府君若要觅西宾，只有此人可以充得。"宣徽大喜，差个人拿帖去，快请了来。

拜住看见了名帖，心知正是宣徽，忙对小姐说知了。穿着整齐，前来相见。宣徽看见，认得是拜住，吃了一惊，想道："我几时不见了他，道是流落死亡了，如何得衣服济楚，容色充盛如此？"不觉追念女儿，有些伤感起来。便对拜住道："昔年有负足下，反累爱女身亡，惭恨无极！<small>自然之情。</small>今足下何因在此？曾有亲事未曾？"拜住道："重蒙垂念，足见厚情。小婿不敢相瞒，令爱不亡，见同在此。"宣徽大惊道："那有此话！小女当日自缢，今尸棺见寄清安寺中，那得有个活的在此间？"拜住道："令爱小姐与小婿实是夙缘未绝，得以重生。今见在寓所，可以即来相见，岂敢有诳！"

宣徽忙走进去与三夫人说了，大家不信。拜住又叫人去对小姐说了，一乘轿竟抬入府衙里来。惊得合家人都上前来争看，果然是速哥失里。那宣徽与三夫人不管是人是鬼，且抱着头哭做了一团。哭罢，定睛再看，看去身上穿戴的，还是殓时之物，行步有影，衣衫有缝，言语有声，料想真是个活人了。那三夫人道："我的儿，就是鬼，我也舍不得放你了。"

只有宣徽是个读书人见识，终是不信。疑心道："此是屈死之鬼，所以假托人形，幻惑年少。"口里虽不说破，却暗地使人到大都清安寺问僧家的缘故。僧家初时抵赖，后见来人说道已自相逢厮认了，才把真心话一一说知。来人不肯便信，僧家把棺木撬开与他看，只见是个空棺，一无所有。回来报知宣徽道："此情是实。"宣徽道："此乃宿世前缘也！难得小姐一念不移，所以有此异事。早知如此，只该当初依我说，收养了女婿，怎见得有此多般？"三夫人见说，自觉没趣，懊悔无极，把女婿越看待

原难信。

理亦有之。

读书人拘疑如此。

得亲热，竟赘他在家中终身。

后来速哥失里与拜住生了三子。长子教化，仕至辽阳等处行中省左丞；次子忙古歹，幼子黑厮，俱为内怯薛带御器械。教化与忙古歹先死，黑厮直做到枢密院使。天兵至燕，元顺帝御清宁殿，集三宫皇后太子同议避兵。黑厮与丞相失列门哭谏道："天下者，世祖之天下也，当以死守。"顺帝不听，夜半开建德门遁去，黑厮随入沙漠，不知所终。

平章府轿抬死女，清安寺漆整空棺。
若不是生前分定，几曾有死后重欢！

卷之十

韩秀才乘乱聘娇妻
吴太守怜才主姻簿

韓秀才乘亂聘嬌妻

卷之十　韩秀才乘乱聘娇妻　吴太守怜才主姻簿

诗曰：

嫁女须求女婿贤，贫穷富贵总由天。
姻缘本是前生定，莫为炎凉轻变迁！

话说人生一世，沧海变为桑田，目下的贵贱穷通都做不得准的。如今世人一肚皮势利念头，见一个人新中了举人、进士，生得女儿，便有人抢来定他为媳，生得男儿，便有人捱来许他为婿。万一官卑禄薄，一旦夭亡，仍旧是个穷公子、穷小姐，此时懊悔，已自迟了。尽有贫苦的书生，向富贵人家求婚，便笑他阴沟洞里思量天鹅肉吃；忽然青年高第，然后大家懊悔起来，不怨怅自己没有眼睛，便嗟叹女儿无福消受。所以古人会择婿的，偏拣着富贵人家不肯应允，却把一个如花似玉的爱女，嫁与那酸黄齑、烂豆腐的秀才，没有一人不笑他呆痴，道是："好一块羊肉，可惜落在狗口里了！"一朝天子招贤，连登云路，五花诰、七香车，尽着他女儿受用，然后服他先见之明。这正是：凡人不可貌相，海水不可斗量。只在论女婿的贤愚，不在论家势的贫富。当初韦皋、吕蒙正多是样子。

却说春秋时，郑国有一个大夫，叫做徐吾犯，父母已亡，止有一同胞妹子。那小姐年方十六，生得肌如白雪，脸似樱桃，鬓若堆鸦，眉横丹凤。吟得诗，

今时药石。

作得赋,琴棋书画,女工针指,无不精通。还有一件好处,那一双娇滴滴的秋波,最会相人。大凡做官的与他哥哥往来,他常在帘中偷看,便识得那人贵贱穷通,终身结果,分毫没有差错,所以一发名重当时。却有大夫公孙楚聘他为妇,尚未成婚。

常枭之妻母苗氏亦能相人。

那公孙楚有个从兄,叫做公孙黑,官居上大夫之职,闻得那小姐貌美,便央人到徐家求婚。徐大夫回他已受聘了。公孙黑原是不良之徒,便倚着势力,不管他肯与不肯,备着花红酒礼,笙箫鼓乐,送上门来。徐大夫无计可施,次日备了酒筵,请他兄弟二人来,听妹子自择。公孙黑晓得要看女婿,便浓妆艳服而来,又自卖弄富贵,将那金银彩缎,排列一厅。公孙楚只是常服,也没有甚礼仪。旁人观看的,都赞那公孙黑,暗猜道:"一定看中他了。"

有见识。

坦腹如不闻者,只此好。

一班肉眼。酒散,二人谢别而去。小姐房中看过,便对哥哥说道:"公孙黑官职又高,面貌又美,只是带些杀气,他年决不善终;不如嫁了公孙楚,虽然小小有些折挫,久后可以长保富贵。"大夫依允,便辞了公孙黑,许了公孙楚。择日成婚已毕。

那公孙黑怀恨在心,奸谋又起,忽一日穿了甲胄,外边用便服遮着,到公孙楚家里来,欲要杀他,夺其妻子。已有人通风与公孙楚知道,疾忙执着长戈赶出。公孙黑措手不及,着了一戈,负疼飞奔出门,便到宰相公孙侨处告诉。此时大夫都聚,商议此事，公孙楚也来了。争辨了多时，公孙侨道："公孙黑要杀族弟，其情未知虚实。却是论官职，也该让他；论长幼，也该让他。公孙楚卑幼，擅动干戈，律当远窜。"当时定了罪名，贬在吴国安置。公孙楚回家，与徐小姐抱头痛哭而行。公孙黑得意，越发耀武扬威了。外人看见，都懊怅徐小姐不嫁得他，就是徐大夫也未免世俗之见。小姐全然不以为意，安心等守。

却说郑国有个上卿游吉，该是公孙侨之后轮着他为相。公孙黑思想夺他权位，日夜蓄谋，不时就要作起反来。公孙侨得知，便疾忙乘其未发，差官数了他的罪恶，逼他自缢而死。这正合着徐小姐"不善终"的话了。

那公孙楚在吴国住了三载，赦罪还朝，就代了那上大夫职位，富贵已极，遂与徐小姐偕老。假如当日小姐贪了上大夫的声势，嫁着公孙黑，后来做了叛臣之妻，不免守几十年之寡。即此可见，目前贵贱都是论不得的。说话的，你又差了，天下好人也有穷到底的，难道一个个为官不成？俗语道得好："赊得不如现得。"何如把女儿嫁了一个富翁，且享此目前的快活。看官有所不知，就是会择婿的，也都要跟着命走。一饮一啄，莫非前定。却毕竟不如嫁了个读书人，到底不是个没望头的。

如今再说一个生女的富人，只为倚富欺贫，思负前约，亏得太守廉明，成其姻事。后来夫贵妻荣，遂成佳话。有诗一首为证：

> 当年红拂困闺中，有意相随李卫公。
> 日后荣华谁可及？只缘双目识英雄。

话说国朝正德年间，浙江台州府天台县有一秀士，姓韩名师愈，表字子文。父母双亡，也无兄弟，只是一身。他十二岁上就游庠的，养成一肚皮的学问，真个是：

才过子建，貌赛潘安。胸中博览五车，腹内广罗千古。他日必为攀桂客，目前尚作采芹人。

那韩子文虽是满腹文章，却当不过家道消乏，在人家处馆，勉强糊口；所以年过二九，尚未有亲。一日遇着端阳节近，别了主人家回来，住在家里了数日。忽然心中想道："我如今也好议亲事了。据我胸中的学问，就是富贵人家把女儿匹配，也不冤屈了他。却是如今世人谁肯？"又想了一回道："是便是这样说，难道与我一样的儒家，我也还对他的女儿不过？"当下开了拜匣，称出束脩银伍钱，做个封筒封了，放在匣内。教书僮拿了随着，信步走到王媒婆家里来。

那王媒婆接着，见他是个穷鬼，也不十分动火他的。吃过了一盏茶，便开口问道："秀才官人，几时回家的？甚风推得到此？"子文道："来家五日了。今日到此，有些事体相央。"便在家僮手中，接过封筒，双手递与王婆道："薄意伏乞笑纳，事成再有重谢。"王婆推辞一番便接了，道："秀才官人，敢是要说亲么？"子文道："正是。家下贫穷，不敢仰攀富户，但得一样儒家女儿，可备中馈、延子嗣足矣。积下数年束脩，四五十金聘礼也好勉强出得。乞妈妈与我访个相应的人家。"王婆晓得穷秀才说亲，自然高来不成，低来不就的，却难推拒他，只得回复道："既承官人厚惠，且请回家，待老婢子慢慢的寻觅。有了话头，便来回报。"那子文自回家去了。

一住数日，只见王婆走进门来，叫道："官人在家么？"子文接着，问道："姻事如何？"王婆道："为着秀才官人，鞋子都走破了，方才问得一家。乃是县前许秀才的女儿，年纪十七岁。那秀才前年身死，娘子寡居在家里，家事虽不甚富，却也过得。说起秀才官人，到也有些肯了。只是说道：'我女儿嫁个读书人，尽也使得。便我们妇人家，又不晓得文字，目今提学要到台州岁考，待官人考了优等，就出吉帖便是。'"子文自恃才高，思忖此事十有八九，对王婆道："既如此说，便待考过议亲不迟。"当下买几杯白酒，请了王婆。自别去了。

何可凭准？真妇女之见。

子文又到馆中，静坐了一月有余，宗师起马牌已到。那宗师姓梁，名士范，江西人。不一日，到了台州。那韩子文头上戴了紫菜的巾，身上穿了腐皮的衫，腰间系了芋艿的绦，脚下穿了木耳的靴，同众生员迎接入城。行香讲书已过，便张告示，先考府学及天台、临海两县。到期，子文一笔写完，甚是得意。出场来，将考卷誊写出来，请教了几个先达、几个朋友，无不叹赏。又自己玩了几遍，拍着桌子道："好文字！好文字！就做个案元帮补也不为过，何况优等？"又把文字来鼻头边闻一闻道："果然有些老婆香！"

却说那梁宗师是个不识文字的人，又且极贪，又且极要奉承乡官及上司。前日考过杭、嘉、湖，无一人不骂他的，几乎吃秀才们打了。曾编着几句

好个宗师！

口号道:"道前梁铺,中人姓富,出卖生儒,不误主顾。"又有一个对道:"公子笑欣欣,喜弟喜兄都入学;童生愁惨惨,恨祖恨父不登科。"又把《四书》成语,做着几股道:"君子学道公则悦,小人学道尽信书。不学诗,不学礼,有父兄在,如之何其废之!诵其诗,读其书,虽善不尊,如之何其可也!"那韩子文是个穷儒,那有银子钻刺?十日后发出案来,只见公子富翁都占前列了。你道那韩师愈的名字却在那里?正是:似"王"无一竖,如"川"却又眠。曾有一首《黄莺儿》词,单道那三等的苦处:

无辱又无荣,论文章是弟兄。鼓声到此如春梦。高才命穷,庸才运通。廪生到此便宜贡。且从容,一边站立,看别个赏花红。

那韩子文考了三等,气得眼睁口呆。把那梁宗师乌龟亡八的骂了一场,不敢提起亲事,那王婆也不来说了。只得勉强自解,叹口气道:

> 好扫兴。

取妻莫恨无良媒,书中有女颜如玉。

发落已毕,只得萧萧条条,仍旧去处馆,见了主人家及学生,都是面红耳热的,自觉没趣。

又过了一年有余,正遇着正德爷爷崩了,遗诏册立兴王。嘉靖爷爷就藩邸召入登基，年方一十五岁。妙选良家子女，充实掖庭。那浙江纷纷的讹传道："朝廷要到浙江各处点绣女。"那些愚民，一个个信了。一时间嫁女儿的，讨媳妇的，慌慌张张，不成礼体。只便宜了那些卖杂货的店家，吹打的乐人，服侍的喜娘，抬轿的脚夫，赞礼的傧相。还有最可笑的，传说道："十个绣女要一个寡妇押送。"赶得那七老八十的，都起身嫁人去了。但见：

<small>历来有之。然到底愚不可破，时时出一辙，何也？</small>

十三四的男儿，讨着二十四五的女子；十二三的女子，嫁着三四十的男儿。粗蠢黑的面孔，还恐怕认做了绝世芳姿；宽定宕的东西，还恐怕认做了含花嫩蕊。自言节操凛如霜，做不得二夫烈女；不久形躯将就木，再拼个一度春风。

当时无名子有一首诗，说得有趣：

一封丹诏未为真，三杯淡酒便成亲。
夜来明月楼头望，唯有嫦娥不嫁人。

<small>此元僧柏子庭之诗也。见《辍耕录》。</small>

那韩子文恰好归家，看民间如此慌张，便闲步出门来玩景。只见背后一个人，将子文忙忙的扯一把，回头看时，却是开典当的徽州金朝奉。对着子文施个礼，说道："家下有一小女，今年十六岁了，

若秀才官人不弃，愿纳为室。"说罢，也不管子文要与不要，摸出吉帖，望子文袖中乱摔。子文道："休得取笑。我是一贫如洗的秀才，怎承受得令爱起？"朝奉皱着眉道："如今事体急了，官人如何说此懈话？若略迟些，恐防就点了去。我们夫妻两口儿，止生这个小女，若远远地到北京去了，再无相会之期，如何割舍得下？官人若肯俯从，便是救人一命。"说罢便思量要拜下去。

子文分明晓得没有此事，他心中正要妻子，却不说破。慌忙一把搀起道："小生囊中只有四五十金，就是不嫌孤寒，聘下令爱时，也不能够就完姻事。"朝奉道："不妨，不妨。但是有人定下的，朝廷也就不来点了。只须先行谢吉之礼，待事平之后，慢慢的做亲。"子文道："这到也使得。却是说开，后来不要翻悔！"<small>要紧</small>那朝奉是情急的，就对天设起誓来，道："若有翻悔，就在台州府堂上受刑。"子文道："设誓倒也不必，只是口说无凭，请朝奉先回，小生即刻去约两个敝友，同到宝铺来。先请令爱一见，就求朝奉写一纸婚约，待敝友们都押了花字，一同做个证见。纳聘之后，或是令爱的衣裳，或是头发，或是指甲，告求一件，<small>此却不必。</small>藏在小生处，才不怕后来变卦。"那朝奉只要成事，满担应承道："何消如此多疑！使得，使得。一唯尊命，只求快些。"一头走，一头说道："专望！专望！"自回铺子里去了。

<small>精细。</small>

韩子文便望学中，会着两个朋友，乃是张四维、李俊卿，说了缘故，写着拜帖，一同望典铺中来。朝奉接着，奉茶寒温已罢，便唤出女儿朝霞到厅。你道生得如何？但见：

眉如春柳，眼似秋波。几片天桃脸上来，两枝新笋裙间露。即非倾国倾城色，自是超群出众人。

子文见了女子的姿容，已自欢喜。一一施礼已毕，便自进房去了。子文又寻个算命先生合一合婚，说道："果是大吉，只是将婚之前，有些闲气。"那金朝奉一味要成，说道："大吉便自十分好了，闲气自是小事。"便取出一幅全帖，上写着道：

立婚约金声，系徽州人。生女朝霞，年十六岁，自幼未曾许聘何人。今有台州府天台县儒生韩子文礼聘为妻，实出两愿。自受聘之后，更无他说。张、李二公，与闻斯言。嘉靖元年　月　日。
立婚约金声。
同议友人张安国、李文才。

写罢，三人都画了花押，付子文藏了。这也是子文见自己贫困，作此不得已之防，不想他日果有负约之事，这是后话。

当时便先择个吉日，约定行礼。到期，子文将所积束脩五十余金，粗粗的置几件衣服首饰，其余的都是现银，写着："奉申纳币之敬，子婿韩师愈顿首百拜。"又送张、李二人银各一两，就请他为媒，一同行聘，到金家铺来。那金朝奉是个大富之家，与妈妈程氏，见他礼不丰厚，虽然不甚喜欢，为是点绣女头里，只得收了，回盘甚是整齐。果然依了子文之言，将女儿的青丝细发，剪了一缕送来。子文一一收好，自想道："若不是这一番哄传，连妻子也不知几时定得，况且又有妻财之分。"心中甚是快活不题。

光阴似箭，日月如梭。暑往寒来，又是大半年光景。却早嘉靖二年，点绣女的讹传，已自息了。金氏夫妻见安平无事，不舍得把女儿嫁与穷儒，渐渐的懊悔起来。那韩子文行礼了一番，已把囊中所积束脩用个罄尽，所以还不说起做亲。

一日，金朝奉正在当中算帐，只见一个客人跟着一个十七八岁孩子走进铺来，叫道："姊夫姊姊在家么？"原来是徽州程朝奉，就是金朝奉的舅子，领着亲儿阿寿，打从徽州来，要与金朝奉合伙开当的。金朝奉慌忙迎接，又引程氏、朝霞都相见了。叙过寒温，便教暖酒来吃。程朝奉从容问道："外甥女如此长成得标致了，不知曾受聘未？本不该如此说，但犬子尚未有亲，姊夫不弃时，做个中表夫妻也好。"金朝奉叹口气道："便是呢，我女儿若把与内侄为妻，有甚不甘心处？只为旧年点绣女时，心里慌张，草草的将来许了一个什么韩秀才。那人是个穷儒，我看他满脸饿文，一世也不能够发迹。前年梁学道来，考了一个三老官，料想也中不成。教我女儿如何嫁得他？也只是我女儿没福，如今也没

到此还受三等之累。

处说了。"程朝奉沉吟了半晌，问道："姊夫姊姊，果然不愿与他么？"金朝奉道："我如何说谎？"程朝奉道："姊夫若是情愿把甥女与他，再也休题；若不情愿时，只须用个计策，要官府断离，有何难处？"金朝奉道："计将安出？"程朝奉道："明日待我台州府举一状词，告着姊夫。只说从幼中表约为婚姻，近因我羁滞徽州，姊夫就赖婚改适，要官府断与我儿便了。犬子虽则不才，也强如那穷酸饿鬼。"金朝奉道："好但好，只是前日有亲笔婚书及女儿头发在彼为证，官府如何就肯断与你儿？况且我先有一款不是了。"程朝奉道："姊夫真是不惯衙门事体！我与你同是徽州人，又是亲眷，说道从幼结儿女姻，也是容易信的。常言道：'有钱使得鬼推磨。'我们不少的是银子，匡得将来买上买下。再央一个乡官在太守处说了人情，婚约一纸，只须一笔勾消。剪下的头发，知道是何人的？那怕他不如我愿！既有银子使用，你也自然不到得吃亏的。"金朝奉拍手道："妙哉！妙哉！明日就做。"当晚酒散，各自安歇了。

若是昏官，原只须如此。

次日天明，程朝奉早早梳洗，讨些朝饭吃了。请个法家，商量定了状词，又寻一个姓赵的，写做了中证。同着金朝奉，取路投台州府来。这一来，有分教：

丽人指日归佳士，诡计当场受苦刑。

到得府前，正值新太守吴公弼升堂。不逾时抬出放告牌来，程朝奉随着牌进去。太守教义民官接了状词，从头看道：

告状人程元，为赖婚事：万恶金声，先年曾将亲女金氏许元子程寿为妻，六礼已备。讵恶远徙台州，背负前约。于去年　月间，擅自改许天台县儒生韩师愈。赵孝等证。人伦所系，风化攸关，恳乞天台明断，使续前姻。上告。

原告：程元，徽州府歙县人。

被犯：金声，徽州府歙县人；

　　　韩师愈，台州府天台县人。

干证：赵孝，台州府天台县人。

本府太爷施行！

太守看罢，便叫程元起来，问道："那金声是你甚么人？"程元叩头道："青天爷爷，是小人嫡亲姊夫。因为是至亲至眷，恰好儿女年纪相若，故此约为婚姻。"太守道："他怎么就敢赖你？"程元道："那金声搬在台州住了，小的却在徽州，路途先自遥远了。旧年相传点绣女，金声恐怕真有此事，就将来改适韩生。小的近日到台州探亲，正打点要完姻事，才知负约真情。他也只为情急，一时错做此事。小人却如何平白地肯让一个媳妇与别人了？若不经官府，那韩秀才如何又肯让与小人？万乞天台老爷做

会说。

主！"太守见他说得有些根据，就将状子当堂批准。分付道："十日内听审。"程元叩头出去了。

金朝奉知得状子已准，次日便来寻着张、李二生，故意做个慌张的景，说道："怎么好？怎么好？当初在下在徽州的时节，妻弟有个儿子，已将小女许嫁他，后来到贵府，正值点绣女事急，只为远水不救近火，急切里将来许了贵相知，原是二公为媒说合的。不想如今妻弟到来，已将在下的姓名告在府间，如何处置？"那二人听得，便怒从心上起，恶向胆边生，骂道："不知生死的老贼驴！你前日议亲的时节，誓也不知罚了许多！只看婚约是何人写的，如今却放出这个屁来！我晓得你嫌韩生贫穷，生此奸计。那韩生是个才子，须不是穷到底的。我们动了三学朋友去见上司，怕不打断你这老驴的腿！管教你女儿一世不得嫁人！"金朝奉却待分辨，二人毫不理他，一气走到韩家来，对子文说知缘故。秀才却也利害。

那子文听罢，气得呆了半晌，一句话也说不出。又定了一会，张、李二人只是气愤愤的要拉了子文合起学中朋友见官，到是子文劝他道："二兄且住！我想起来，那老驴既不愿联姻，就是夺得那女子来时，到底也不和睦。吾辈若有寸进，怕没有名门旧族来结丝萝？这一个富商，又非大家，直恁希罕！况且他有的是钱财，官府自然为他的。小弟家贫，也那有闲钱与他打官司？他年有了好处，不怕没大见识。

有报冤的日子。有烦二兄去对他说，前日聘金原是五十两，若肯加倍赔还，就退了婚也得。"二人依言。

子文就开拜匣取了婚书吉帖与那头发，一同的望着典铺中来。张、李二人便将上项的言语说了一遍。金朝奉大喜道："但得退婚，免得在下受累，那在乎这几十两银子！"当时就取过天平，将两个元宝共兑了一百两之数，交与张、李二人收着，就要子文写退婚书，兼讨前日婚约、头发。子文道："且完了官府的事情，再来写退婚书及奉还原约未迟。而今官事未完，也不好轻易就是这样还得。总是银子也未就领去不妨。"程朝奉又取二两银子，送了张、李二生，央他出名归息。二生就讨过笔砚，写了息词同着原告、被告、中证一行人进府里来。

吴太守方坐晚堂，一行人就将息词呈上。太守从头念一遍道：

劝息人张四维、李俊卿，系天台县学生。切徽人金声，有女已受程氏之聘，因迁居天台，道途修阻，女年及笄，程氏音问不通，不得已再许韩生，以致程氏斗争成讼。兹金声愿还聘礼，韩生愿退婚姻，庶不致寒盟于程氏。维等忝为亲戚，意在息争，为此上禀。

原来那吴太守是闽中一个名家，为人公平正直，不爱那有"贝"字的"财"，只爱那无"贝"字的"才"。自从

何处得来？

前日准过状子，乡绅就有书来，他心中已晓得是有缘故的了。当下看过息词，抬头看了韩子文风彩堂堂，已自有几分欢喜。便教："唤那秀才上来。"韩子文跪到面前，太守道："我看你一表人才，决不是久困风尘的。就是我招你为婿，也不枉了。你却如何轻聘了金家之女，今日又如何就肯轻易退婚？"那韩子文是个点头会意的人。他本等不做指望了，不想着太守心里为他，便转了口道："小生如何舍得退婚！前日初聘的时节，金声朝天设誓，犹恐怕不足为信，复要金声写了亲笔婚约，张、李二生都是同议的。如今现有'不曾许聘他人'句可证。受聘之后，又回却青丝发一缕，小生至今藏在身边，朝夕把玩，就如见我妻子一般。如今一旦要把萧郎做个路人看待，即如何甘心得过？程氏结姻，从来不曾见说。只为贫不敌富，所以无端生出是非。"说罢，便嚏下泪来。恰好那吉帖、婚书、头发都在袖中，随即一并呈上。

太守仔细看了，便教把程元、赵孝远远的另押在一边去。先开口问金声道："你女儿曾许程家么？"金声道："爷爷，实是许的。"又问道："既如此，不该又与韩生了。"金声道："只为点绣女事急，仓卒中，不暇思前算后，做此一事，也是出于无奈。"又问道："那婚约可是你的亲笔？"金声道："是。"又问道："那上边写道'自幼不曾许聘何人'，却怎么说？"金声道："当时只要成事，所以一一依他，原非实话。"太守见言词反覆，已自怒形于色。又问道："你与程元结亲，却是几年几月几日？"金声一时说不出来，想了一回，只得扭捏道是某年某月某日。

太守喝退了金声，又叫程元起来问道："你聘金家女儿，有何凭据？"程元道："六礼既行，便是凭据了。"又问道："原媒何在？"程元道："原媒自在徽州，不曾到此。"又道："你媳妇的吉帖，拿与我看。"程元道："一时失带在身边。"太守冷笑了一声，又问道："你何年何月何日与他结姻的？"程元也想了一回，信口诌道是某年某月某日。与金声所说日期，分毫不相合了。太守心里已自了然，便再唤那赵孝上来问道："你做中证，却是那里人？"赵孝道："是本府人。"又问道："既是台州人，如何晓得徽州事体？"赵孝道："因为与两家有亲，所以知道。"太守道："既如此，你可记得何年月日结姻的？"赵孝也约莫着说个日期，又与两人所言不相对了。原来他三人见投了息词，便道不消费得气力，把那答应官府的说话都不曾打得照会。谁想太爷一个个的盘问起来，那些衙门中人虽是受了贿赂，因惮太守严明，谁敢在旁边帮衬一句，自然露出马脚。

那太守就大怒道："这一班光棍奴才，敢如此欺公罔法！且不论没有点绣女之事，就是愚民惧怕时节，金声女儿若果有程家聘礼为证，也不消再借韩生做躲避之策了。如今韩生吉帖、婚书并无一毫虚谬；那程元却都是些影响之谈，况且既为完姻而来，岂有不与原媒同行之理？至于三人所说结姻年月日期，各自一样，这却是何缘故？那赵孝自是台州人，分明是你们要寻个中证，急切里再没有第三个徽州人可央，故此买他出来的。这都只为韩生贫穷，便

旁注：
只此一法，三人皆败。

天意也。

真明白。

起不良之心，要将女儿改适内侄。一时通同合计，造此奸谋，再有何说？"便伸手抽出签来，喝叫把三人各打三十板。三人连声的叫苦。韩子文便跪上禀道："大人既与小生做主，成其婚姻，这金声便是小生的岳父了。不可结了冤仇，伏乞饶恕！"太守道："金声看韩生分上，饶他一半；原告、中证，却饶不得。"当下各各受责。只为心里不打点得，不曾用得杖钱，一个个打得皮开肉绽，叫喊连天。那韩子文、张安国、李文才三人在旁边，暗暗的欢喜。这正应着金朝奉往年所设之誓。

韩生周全处。

太守便将息词涂坏，提笔判曰：

韩子贫惟四壁，求淑女而未能；金声富累千箱，得才郎而自弃。只缘择婿者，原乏知人之鉴，遂使图婚者，爱生速讼之奸。程门旧约，两两无凭；韩氏新姻，彰彰可据。百金即为婚具，幼女准属韩生。金声、程元、赵孝构衅无端，各行杖警！

判毕，便将吉帖、婚书、头发一齐付与韩子文。一行人辞了太守出来。程朝奉做事不成，羞惭满面，却被韩子文一路千老驴万老驴的骂，又道："做得好事！果然做得好事！我只道打来是不痛的。"程朝奉只得忍气吞声，不敢回答一句。又害那赵孝打了屈棒，免不得与金朝奉共出些遮羞钱与他，尚自喃喃呐呐的怨怅。这叫做"赔了夫人又折兵"。当下各自散讫。

韩子文经过了一番风波,恐怕又有甚么变卦,便疾忙将这一百两银子,备了些催装速嫁之类,择个吉日,就要成亲。仍旧是张李二生请期通信。金朝奉见太守为他,不敢怠慢,欲待与舅子到上司做些手脚,又少不得经由府县的,正所谓敢怒而不敢言,只得一一听从。花烛之后,朝霞见韩生气宇轩昂,丰神俊朗,才貌甚是相当,那里管他家贫?自然你恩我爱,少年夫妇,极尽颠鸾倒凤之欢,倒怨怅父亲多事。真是早知灯是火,饭熟已多时。自此无话。

次年,宗师田洪录科,韩子文又得吴太守一力举荐,拔为前列。春秋两闱,联登甲第,金家女儿已自做了夫人。丈人思想前情,惭悔无及。若预先知有今日,就是把女儿与他为妾也情愿了。有诗为证:

肉眼自然如此。

蒙正当年也困穷,休将肉眼看英雄!
堪夸仗义人难得,太守廉明即古洪。

卷十一 恶船家计赚假尸银 狠仆人误投真命状

惡虯害計謀
假屍錢

卷十一　恶船家计赚假尸银　狠仆人误投真命状

诗曰：

> 杳杳冥冥地，非非是是天。
> 害人终自害，狠计总徒然。

话说那杀人偿命，是人世间最大的事，非同小可。所以是真难假，是假难真。真的时节，纵然有钱可以通神，目下脱逃宪网，到底天理不容，无心之中自然败露。假的时节，纵然严刑拷掠，诬伏莫伸，到底有个辩白的日子。假饶误出误入，那有罪的老死牖下，无罪的却命绝于囹圄、刀锯之间，难道头顶上这个老翁是没有眼睛的么？所以古人说得好，道是：

> 湛湛青天不可欺，未曾举意已先知。
> 善恶到头终有报，只争来早与来迟。

说话的，你差了。这等说起来，不信死囚牢里，再没有个含冤负屈之人？那阴间地府也不须设得柱死城了！看官不知，那冤屈死的，与那杀人逃脱的，大概都是前世的事，若不是前世缘故，杀人竟不偿命，不杀人倒要偿命，死者、生者，怨气冲天，纵然官府不明，皇天自然鉴察。千奇百怪的，巧生出机会来了此公案。所以说道："人恶人怕天不怕，人善人欺天不欺。"又道是："天网恢恢，疏而不漏。"

古来清官察吏，不止一人，晓得人命关天，又且世情不测。尽有极难信的事，偏是真的；极易信的事，偏是假的。所以就是情真罪当的，还要细细体访几番，方能够狱无冤鬼。如今为官做吏的人，贪爱的是钱财，奉承的是富贵，把那"正直公平"四字撇却东洋大海。明知这事无可宽容，也将来轻轻放过；明知这事有些尴尬，也将来草草问成。竟不想杀人可恕，情理难容。那亲动手的奸徒，若不明正其罪，被害冤魂何时瞑目？至于扳诬冤枉的，却又六问三推，千般锻炼。严刑之下，就是凌迟碎剐的罪，急忙里只得轻易招成，搅得他家破人亡。害他一人，便是害他一家了。只做自己的官，毫不管别人的苦，我不知他肚肠阁落里边，也思想积些阴德与儿孙么？如今所以说这一篇，专一奉劝世上廉明长者：一草一木，都是上天生命，何况祖宗赤子！须要慈悲为本，宽猛兼行，护正诛邪，不失为民父母之意。不但万民感戴，皇天亦当佑之。

> 为有司者宜写一通，置之座右。

且说国朝有个富人王甲，是苏州府人氏，与同府李乙，是个世仇。王甲百计思量害他，未得其便。忽一日，大风大雨，鼓打三更，李乙与妻子吃过晚饭，熟睡多时。只见十余个强人，将红朱黑墨搽了脸，一拥的打将入来。蒋氏惊慌，急往床下躲避。只见一个长须大面的，把李乙头发揪住，一刀砍死，竟不抢东西，登时散了。蒋氏却在床下看得亲切，战抖抖的走将出来，穿了衣服，向丈夫尸首嚎啕大哭。此时邻人已都来看了，各各悲伤，劝慰了一番。蒋氏道："杀奴丈夫的，是仇人王甲。"众人道："怎见得？"蒋氏道："奴在床下，看得明白。那王甲原是仇人，又且长须大面，虽然搽墨，却是认得出的。若是别的强盗，何苦杀我丈夫，东西一毫不动？这凶身不是他是谁？有烦列位与奴做主。"众人道："他与你丈夫有仇，我们都是晓得的。况且地方盗发，我们该报官。明早你写纸状词，同我们到官首告便是，今日且散。"众人去了。蒋氏关了房门，又哽咽了一会，那里有心去睡？苦啾啾的捱到天明。央邻人买状式写了，取路投长洲县来。正值知县升堂放告，蒋氏直至阶前，大声叫屈。知县看了状子，问了来历，见是人命盗情重事，即时批准。地方也来递失状。知县委捕官相验，随即差了应捕擒捉凶身。

却说那王甲自从杀了李乙，自恃搽脸，无人看破，扬扬得意，毫不提防。不期一伙应捕，拥入家来，正是疾雷不及掩耳，一时无处躲避。当下被众人索了，登时押到县堂。知县问道："你如何杀了李乙？"王甲道："李乙自是强盗杀了，与小人何干？"知县问蒋氏道："你如何告道是他？"蒋氏道："小妇人躲在床底看见，认得他的。"知县道："夜晚间如何认得这样真？"蒋氏道："不但认得模样，还有一件真情可推。若是强盗，如何只杀了人便散了，不抢东西？此不是平日有仇的却是那个？"知县便叫地邻来问他道："那王甲与李乙果有仇否？"地邻尽说："果然有仇！那不抢东西，只杀了人，也是真的。"知县便喝叫把王甲夹起，那王甲是个富家出身，忍不得痛苦，只得招道："与李乙有仇，假妆强盗杀死是实。"知县取了亲笔

> 亦宜诘其从人，得一二证人者，他日可无驳理矣。

供招，下在死囚牢中。王甲一时招承，心里还想辩脱。思量无计，自忖道："这里有个讼师，叫做邹老人，极是奸滑，与我相好，随你十恶大罪，与他商量，便有生路。何不等儿子送饭时，教他去与邹老人商量？"

少顷，儿子王小二送饭来了。王甲说知备细，又分付道："倘有使用处，不可吝惜钱财，误我性命！"小二一一应诺，迳投邹老人家来，说知父亲事体，求他计策谋脱。老人道："令尊之事亲口供招，知县又是新到任的，自手问成。随你那里告辩，出不得县间初案，他也不肯认错翻招。你将二三百两与我，待我往南京走走，寻个机会，定要设法出来。"小二道："如何设法？"老人道："你不要管我，只交银子与我了，日后便见手段，而今不好先说得。"小二回去，当下凑了三百两银子，到邹老人家交付停当，随即催他起程。邹老人道："有了许多白物，好歹要寻出一个机会来。且宽心等待等待。"小二谢别而回，老人连夜收拾行李往南京进发。

不一日来到南京，往刑部衙门细细打听。说有个浙江司郎中徐公，甚是通融，抑且好客。当下就央了一封先容的荐书，备了一副盛礼去谒徐公。徐公接见了，见他会说会笑，颇觉相得。自此频频去见，渐厮熟来。正无个机会处，忽一日，捕盗衙门肘押海盗二十余人，解到刑部定罪。老人上前打听，知有两个苏州人在内。老人点头大喜,自言自语道:"计在此了。"次日整备筵席,写帖请徐公饮酒。不逾时酒筵完备,徐公乘轿而来,老人笑脸相迎。定席以后,说些闲话。饮至更深时分,老人屏去众人,便将百两银子托出,献与徐公。徐公吃了一惊,问其缘故。老人道:"今有舍亲王某,被陷在本县狱中,伏乞周旋。"徐公道:"苟可效力,敢不从命?只是事在彼处,难以为谋。"老人道:"不难,不难。王某只为与李乙有仇,今李乙被杀,未获凶身,故此遭诬下狱。昨见解到贵部海盗二十余人,内二人苏州人也。今但逼勒二盗,要他自认做杀李乙的,则二盗总是一死,未尝加罪,舍亲王某已沐再生之恩了。"徐公许诺,轻轻收过银子,亲放在扶手匣里面。唤进从人,谢酒乘轿而去。

严案所望救,百金即能动之。若预先央求,未必遽允。老人善于观变者也。

老人又密访着二盗的家属,许他重谢,先送过一百两银子。二盗也应允了。到得会审之时,徐公唤二盗近前,开口问道:"你们曾杀过多少人?"二盗即招某时某处杀某人;某月某日夜间到李家杀李乙。徐公写了口词,把诸盗收监,随即叠成文案。邹老人便使用书房行文书抄招到长洲县知会,就是他带了文案,别了徐公,竟回苏州,到长洲县当堂投了。知县拆开,看见杀李乙的已有了主名,便道王甲果然屈招。正要取监犯查放,忽见王小二进来叫喊诉冤,知县信之不疑,喝叫监中取出王甲,登

周匝。

时释放。蒋氏闻知这一番说话,没做理会处,也只道前日夜间果然自己错认了,只得罢手。

却说王甲得放还家,欢欢喜喜,摇摆进门。方才到得门首,忽然一阵冷风,大叫一声,道:"不好了!李乙哥在这里了!"蓦然倒地,叫唤不醒,霎时气绝,呜呼哀哉。有诗为证:

<small>快哉。</small>

胡脸阎王本认真,杀人偿命在当身。
暗中假换天难骗,堪笑多谋邹老人!

前边说的人命是将真作假的了,如今再说一个将假作真的。只为些些小事,被奸人暗算,弄出天大一场祸来。若非天道昭昭,险些儿死于非命。正是:

福善祸淫,昭彰天理。
欲害他人,先伤自己。

话说国朝成化年间,浙江温州府永嘉县有个王生,名杰,字文豪。娶妻刘氏,家中止有夫妻二人。生一女儿,年方二岁,内外安童养娘数口,家道亦不甚丰富。王生虽是业儒,尚不曾入泮,只在家中诵习,也有时出外结友论文。那刘氏勤俭作家,甚是贤慧,夫妻彼此相安。

忽一日，正遇暮春天气，二三友人拉了王生往郊外踏青游赏。但见：

迟迟丽日，拂拂和风。紫燕黄莺，绿柳丛中寻对偶；狂蜂浪蝶，夭桃队里觅相知。王孙公子，兴高时无日不来寻酒肆；艳质娇姿，心动处此时未免露闺情。须教残醉可重扶，幸喜落花犹未扫。

王生看了春景融和，心中欢畅，吃个薄醉，取路回家里来。只见两个家僮正和一个人门首喧嚷。原来那人是湖州客人，姓吕，提着竹篮卖姜，只为家僮要少他的姜价，故此争执不已。王生问了缘故，便对那客人道："如此价钱也好卖了，如何只管在我家门首喧嚷？好不晓事！"那客人是个憨直的人，便回话道："我们小本经纪，如何要打短我的？相公须放宽洪大量些，不该如此小家子相！"王生乘着酒兴，大怒起来，骂道："那里来这老贼驴！辄敢如此放肆，把言语冲撞我！"走近前来，连打了几拳，一手推将去。不想那客人是中年的人，有痰火病的，就这一推里，一交跌去，一时闷倒在地。正是：

身如五鼓衔山月，命似三更油尽灯。

原来人生最不可使性，况且这小人买卖，不过 格言。

争得一二个钱,有何大事?常见大人家强梁僮仆,每每借着势力,动不动欺打小民,到得做出事来,又是家主失了体面。所以有正经的,必然严行惩戒。只因王生不该自己使性动手打他,所以到底为此受累。这是后话。

却说王生当日见客人闷倒,吃了一大惊,把酒意都惊散了。连忙喝叫扶进厅来眠了,将茶汤灌将下去,不逾时苏醒转来。王生对客人谢了个不是,讨些酒饭与他吃了,又拿出白绢一匹与他,权为调理之资。那客人回嗔作喜,称谢一声,望着渡口去了。若是王生有未卜先知的法术,慌忙向前拦腰抱住,扯将转来,就养他在家半年两个月,也是情愿,不到得惹出飞来横祸。只因这一去,有分教:

还亏前倨后恭,然白绢却是过分,小心反成祸本。

　　双手撒开金线网,从中钓出是非来。

那王生见客人已去,心头尚自跳一个不住。走进房中与妻子说了,道:"几乎做出一场大事来。侥幸!侥幸!"此时天已晚了,刘氏便叫丫鬟摆上几样菜蔬,烫热酒与王生压惊。饮过数杯,只闻得外边叩门声甚急,王生又吃一惊,掌灯出来看时,即是渡头船家周四,手中拿了白绢、竹篮,仓仓皇皇,对王生说道:"相公,你的祸事到了。如何做出这人命来?"唬得王生面如土色,只得再问缘由。周四道："相公可认得白绢、竹篮么？"王生看了道："今日有个湖洲的卖姜客人到我家来，这白绢是我送他的，这竹篮正是他盛姜之物，如何却在你处？"周四道："下昼时节，是有一个湖州姓吕的客人，叫我的船过渡，到得船中，痰火病大发。将次危了，告诉我道被相公打坏了，他就把白绢、竹篮交付与我做个证据，要我替他告官，又要我到湖州去报他家属，前来伸冤讨命。说罢，瞑目死了。如今尸骸尚在船中，船已撑在门首河头了，且请相公自到船中看看，凭相公如何区处！"王生听了，惊得目睁口呆，手麻脚软，心头恰像有个小鹿儿撞来撞去的，口里还只得硬着胆道："那有此话？"背地教人走到船里看时，果然有一个死尸骸。王生是虚心病的，慌了手脚，跑进房中与刘氏说知。刘氏道："如何是好？"王生道："如今事到头来，说不得了。只是买求船家，要他乘此暮夜将尸首设法过了，方可无事。"王生便将碎银一包约有二十多两袖在手中，出来对船家说道："家长不要声张，我与你从长计议。事体是我自做得不是了，却是出于无心的。你我同是温州人，也须有些乡里之情，何苦到为着别处人报仇！况且报得仇来与你何益？不如不要提起，待我出些谢礼与你，求你把此尸载到别处抛弃了。黑夜里谁人知道？"船家道："抛弃在那里？倘若明日有人认出来，追究根原，连我也不得干净。"

原欠精细。

王生道："离此不数里，就是我先父的坟茔，极是僻静，你也是认得的。乘此暮夜无人，就烦你船载到那里，悄悄地埋了，人不知，鬼不觉。"周四道："相公的说话甚是有理，却怎么样谢我？"王生将手中之物出来与他，船家嫌少道："一条人命，难道只值得这些些银子？今日凑巧，死在我船中，也是天与我的一场小富贵。一百两银子是少不得的。"王生只要完事，不敢违拗，点点头，进去了一会，将着些现银及衣裳首饰之类，取出来递与周四道："这些东西，约莫有六十金了。家下贫寒，望你将就包容罢了。"周四见有许多东西，便自口软了，道："罢了，罢了。相公是读书之人，只要时常看觑我就是，不敢计较。"王生此时是情急的，正是：

> 得他心肯日，是我运通时。

心中已自放下几分，又摆出酒饭与船家吃了。随即叫过两个家人，分付他寻了锄头、铁钯之类。内中一个家人姓胡，因他为人凶狠，有些力气，都称他做胡阿虎。当下一一都完备了，一同下船到坟上来，拣一块空地，掘开泥土，将尸首埋藏已毕，又一同上船回家里来。整整弄了一夜，渐渐东方已发动了，随即又请船家吃了早饭，作别而去。王生教家人关了大门，各自散讫。

（旁批：主意在此。）

（旁批：此句反当不起祸未有艾也。）

王生独自回进房来，对刘氏说道："我也是个故家子弟，好模好样的，不想遭这一场，反被那小人逼勒。"说罢，泪如雨下。刘氏劝道："官人，这也是命里所招，应得受些惊恐，破此财物。不须烦恼！今幸得靠天，太平无事，便是十分侥幸了！辛苦了一夜，且自将息将息。"当时又讨些茶饭与王生吃了，各各安息不题。

过了数日，王生见事体平静，又买些三牲福物之类，拜献了神明、祖宗。那周四不时的来，假做探望，王生殷殷勤勤待他，不敢冲撞；些小借掇，勉强应承。周四已自从容了，卖了渡船，开着一个店铺。自此无话。

看官听说，王生到底是个书生，没甚见识。当日既然买嘱船家，将尸首载到坟上，只该聚起干柴，一把火焚了，无影无踪，却不干净？只为一时没有主意，将来埋在地中，这便是斩草不除根，萌芽春再发。

又过了一年光景，真个浓霜只打无根草，祸来只奔福轻人。那三岁的女儿，出起极重的痘子来，求神问卜，请医调治，百无一灵。王生只有这个女儿，夫妻欢爱，十分不舍，终日守在床边啼哭。一日，有个亲眷办着盒礼来望痘客，王生接见，茶罢，诉说患病的十分沉重，不久当危。那亲眷道："本县有个小儿科姓冯，真有起死回生手段。离此有三十里路，何不接他来看觑看觑？"王生道："领命。"当时天色已黑，就留亲眷吃了晚饭，自别去了。王生便与刘氏说知，写下请帖，连夜唤将胡阿虎来，分付道："你可五鼓动身，拿此请帖去请冯先生早来看痘。我家里一面摆着午饭，立等，立等。"胡阿虎应诺去了，当夜无话。次日，王生果然整备了午饭，直等至未申时，杳不见来。不觉的又过了一日，到床前看女儿时，

只是有增无减,挨至三更时分,那女儿只有出的气,没有入的气,告辞父母往阎家里去了。正是:

金风吹柳蝉先觉,暗送无常死不知。

王生夫妻就如失了活宝一般,各各哭得发昏。当时盛殓已毕,就焚化了。

天明以后,到得午牌时分,只见胡阿虎转来回复道:"冯先生不在家里,又守了大半日,故此到今日方回。"王生垂泪道:"可见我家女儿命该如此,如今再也不消说了。"直到数日之后,同伴中说出实话来,却是胡阿虎一路饮酒沉醉,失去请帖,故此直挨至次日方回,造此一场大谎。王生闻知,思念女儿,勃然大怒,即时唤进胡阿虎,取出竹片要打。胡阿虎道:"我又不曾打杀了人,何须如此?"王生闻得这话,一发怒从心上起,恶向胆边生,连忙教家僮扯将下去,一气打了五十多板,方才住手,自进去了。

又是使性之过。狠哉。

胡阿虎打得皮开肉绽,拐呀拐的,走到自己房里来,恨恨的道:"为甚的受这般鸟气?你女儿痘子,本是没救的了,难道是我不接得郎中,绝送了他?不值得将我这般毒打。可恨!可恨!"又想了一回道:"不妨事,大头在我手里,且待我将息棒疮好了,也教他看我的手段。不知还是井落在吊桶里,

吊桶落在井里。如今且不要露风声,等他先做了整备。"正是:

势败奴欺主,时衰鬼弄人。

不说胡阿虎暗生奸计,再说王生自女儿死后,不觉一月有余,亲眷朋友每每备了酒肴与他释泪,他也渐不在心上了。忽一日,正在厅前闲步,只见一班应捕拥将进来,带了麻绳铁索,不管三七二十一,望王生颈上便套。王生吃了一惊,问道:"我是个儒家子弟,怎把我这样凌辱!却是为何?"应捕呸了一呸道:"好个杀人害命的儒家子弟!官差吏差,来人不差。你自到太爷面前去讲。"当时刘氏与家僮妇女听得,正不知甚么事头发了,只好立着呆看,不敢向前。

此时不由王生做主,那一伙如狼似虎的人,前拖后扯,带进永嘉县来,跪在堂下右边,却有个原告跪在左边。王生抬头看时,不是别人,正是家人胡阿虎,已晓得是他怀恨在心出首的了。那知县明时佐开口问道:"今有胡虎首你打死湖州客人姓吕的,这怎么说?"王生道:"青天老爷,不要听他说谎!念王杰弱怯怯的一个书生,如何会得打死人?那胡虎原是小的家人,只为前日有过,将家法痛治一番,为此怀恨,构此大难之端,望爷台照察!"胡阿虎叩头道:"青天爷爷,不要听这一面之词。家主打人自是常事,如何怀得许多恨?如今尸首现在坟茔左侧,万乞老爷差人前去掘取,只看有尸是真,无尸是假。若无尸时,小人情愿认个诬告的罪。"知县依言即便差人押去起尸。胡阿虎又指点了地尺方寸,不逾时,果然抬个尸首到县里来。知县亲自起身相验,说道:"有尸是真，再有何说？"正要将王生用刑，王生道："老爷听我分诉，那尸骸已是腐烂的了，须不是目前打死的。若是打死多时，何不当时就来首告，直待今日？分明是胡虎那里寻这尸首，霹空诬陷小人的。"知县道："也说得是。"胡阿虎道："这尸首实是一年前打死的，因为主仆之情，有所不忍；况且以仆首主，先有一款罪名，故此含藏不发。如今不想家主行凶不改，小的恐怕再做出事来，以致受累，只得重将前情首告。老爷若不信时，只须唤那四邻八舍到来，问去年某月日间，果然曾打死人否？即此便知真伪了。"知县又依言。不多时，邻舍唤到。知县逐一动问，果然说去年某月日间，有个姜客被王家打死，暂时救醒，以后不知何如。王生此时被众人指实，颜色都变了，把言语来左支右吾。知县道："情真罪当，再有何言？这厮不打，如何肯招？"疾忙抽出签来，喝一声："打！"两边皂隶吆喝一声，将王生拖翻，着力打了二十板。可怜瘦弱书生，受此痛棒拷掠。王生受苦不过，只得一一招成。知县录了口词，说道："这人虽是他打死的，只是没有尸亲执命，未可成狱。且一面收监，待有了认尸的，定罪发落。"随即将王生监禁狱中，尸首依旧抬出埋藏，不得轻易烧毁，听后检偿。发放众人散讫，退堂回衙。那胡阿虎道是私恨已泄，甚是得意，不敢回王家见主母，自搬在别处住了。

<small>会说。</small>

<small>如此利害人，岂可与他作私事？王生无知人之哲，宜其及也。</small>

却说王家家僮们在县里打听消息，得知家主已在监中，唬得两耳雪白，奔回来报与主母。刘氏一闻此信，便如失去了三魂，大叫一声，望后便倒：

未知性命何如？先见四肢不动。

丫鬟们慌了手脚，急急叫唤。那刘氏渐渐醒将转来，叫声："官人！"放声大哭，足有两个时辰，方才歇了。疾忙收拾些零碎银子，带在身边，换了一身青衣，教一个丫鬟随了，分付家僮在前引路，径投永嘉县狱门首来。夫妻相见了，痛哭失声。王生又哭道："却是阿虎这奴才，害得我至此！"刘氏咬牙切齿，恨恨的骂了一番。便在身边取出碎银，付与王生道："可将此散与牢头狱卒，教他好好看觑，免致受苦。"王生接了。天色昏黑，刘氏只得相别，一头啼哭，取路回家。胡乱用些晚饭，闷闷上床。思量："昨夜与官人同宿，不想今日遭此祸事，两地分离。"不觉又哭一场，凄凄惨惨睡了，不题。

却说王生自从到狱之后，虽则牢头禁子受了钱财，不受鞭棰之苦，却是相与的都是那些蓬头垢面的囚徒，心中有何快活？况且大狱未决，不知死活如何，虽是有人殷勤送衣送饭，到底不免受些饥寒之苦，身体日渐羸瘦了。刘氏又将银来买上买下，思量保他出去。又道是人命重事，不易轻放，只得在监中耐守。光阴似箭，日月如梭。王生在狱中，又早恹恹的挨过了半年光景，劳苦忧愁，染成大病。刘氏求医送药，百般无效，看看待死。

一日，家僮来送早饭，王生望着监门，分付道："可回去对你主母说，我病势沉重不好，旦夕必要死了；教主母可作急来一看，我从此要永诀了！"家僮回家说知，刘氏心慌胆战，不敢迟延，疾忙雇了一乘轿，飞也似抬到县前来。离了数步，下了轿，走到狱门首，与王生相见了，泪如涌泉，自不必说。王生道："愚夫不肖，误伤人命，以致身陷缧绁，辱我贤妻。今病势有增无减了，得见贤妻一面，死也甘心。但只是胡阿虎这个逆奴，我就到阴司地府，决不饶过他的。"刘氏含泪道："官人不要说这不祥的话！且请宽心调养。人命既是误伤，又无苦主，奴家匡得卖尽田产救取官人出来，夫妻完聚。阿虎逆奴，天理不容，到底有个报仇日子，也不要在心。"王生道："若得贤妻如此用心，使我重见天日，我病体也就减几分了。但恐弱质恹恹，不能久待。"刘氏又劝慰了一番，哭别回家，坐在房中纳闷。

见得透。

　　僮仆们自在厅前斗牌耍子，只见一个半老的人挑了两个盒子，竟进王家里来。放下扁担，对家僮问道："相公在家么？"只因这个人来，有分教：负屈寒儒，得遇秦庭朗镜；行凶诡计，难逃萧相明条。有诗为证：

　　　　湖商自是隔天涯，舟子无端起祸胎。
　　　　指日王生冤可白，灾星换做福星来。

那些家僮见了那人，仔细看了一看，大叫道："有鬼！有鬼！"东逃西窜。你道那人是谁？正是一年前来卖姜的湖州吕客人。那客人忙扯住一个家僮，问道："我来拜你家主，如何说我是鬼？"刘氏听得厅前喧闹，走将出来。吕客人上前唱了个喏，说道："大娘听禀，老汉湖州姜客吕大是也。前日承相公酒饭，又赠我白绢，感激不尽。别后到了湖州，这一年半里边，又到别处做些生意。如今重到贵府走走，特地办些土宜来拜望你家相公。不知你家大官们如何说我是鬼？"旁边一个家僮嚷道："大娘，不要听他，一定得知道大娘要救官人，故此出来现形索命。"刘氏喝退了，对客人说道："这等说起来，你真不是鬼了。你害得我家丈夫好苦！"吕客人吃了一惊道："你家相公在那里？怎的是我害了他？"刘氏便将周四如何撑尸到门，说留绢篮为证，丈夫如何买嘱船家，将尸首埋藏，胡阿虎如何首告，丈夫招承下狱的情由，细细说了一遍。

忠厚人。

吕客人听罢，捶着胸膛道："可怜！可怜！天下有这等冤屈的事！去年别去，下得渡船，那船家见我的白绢，问及来由，我不合将相公打我垂危、留酒赠绢的事情，备细说了一番。他就要买我白绢，我见价钱相应，即时卖了。他又要我的竹篮儿，我就与他作了渡钱。不想他赚得我这两件东西，下这般狠毒之计！老汉不早到温州，以致相公受苦，果然是老汉之罪了。"刘氏道："今日不是老客人来，连我也不知丈夫是冤枉的。那绢儿篮儿是他骗去的了，这死尸却是那里来的？"吕客人想了一回道："是了，是了。前日正在船中说这事时节，只见水面上一个尸骸浮在岸边。我见他注目而视，也只道出于无心，谁知因此就生奸计了。好狠！好狠！如今事不宜迟，请大娘收进了土宜，与老汉同到永嘉县诉冤，救相公出狱，此为上着。"刘氏依言收进盘盒，摆饭请了吕客人。他本是儒家之女，精通文墨，不必假借讼师，就自己写了一纸诉状，雇乘女轿，同吕客人及僮仆等取路投永嘉县来。

忠厚人。

等了一会，知县升晚堂了。刘氏与吕大大声叫屈，递上诉词。知县接上，从头看过。先叫刘氏起来问，刘氏便将丈夫争价误殴，船家撑尸得财，家人怀恨出首的事，从头至尾，一一分割。又说："直至今日姜客重来，才知受枉。"知县又叫吕大起来问，吕大也将被殴始末、卖绢根由，一一说了。知县道："莫非你是刘氏买出来的？"吕大叩头道："爷爷，小的虽是湖州人，在此为客多年，也多有相识的在这里，如何瞒得老爷过？当时若果然将死，何不央船家寻个相识来见一见，托他报信复仇，却将来托与一个船家？这也还道是临危时节，无暇及此了。身死之后，难道湖州再没有个骨肉亲

疑得也是。

戚，见是久出不归，也该有人来问个消息。若查出被殴伤命，就该到府县告理。如何直待一年之后，反是王家家人首告？小人今日才到此地见有此一场屈事。那王杰虽不是小人陷他，其祸都因小人而起，实是不忍他含冤负屈，故此来到台前控诉，乞老爷笔下超生！"知县道："你既有相识在此，可报名来。"吕大屈指头说出十数个，知县一一提笔记了。却到把后边的点出四名，唤两个应捕上来，分付道："你可悄悄地唤他同做证见的邻舍来。"应捕随应命去了。

不逾时，两伙人齐唤了来。只见那相识的四人，远远地望见吕大，便一齐道："这是湖州吕大哥，如何在这里？一定前日原不曾死。"知县又教邻舍人近前细认，都骇然道："我们莫非眼花了！这分明是被王家打死的姜客，不知还是到底救醒了，还是面庞厮像的？"内中一个道："天下那有这般相像的理？我的眼睛一看过，再不忘记。委实是他，没有差错。"此时知县心里已有几分明白了，即便批准诉状，叫起这一干人，分付道："你们出去，切不可张扬。若违我言，拿来重责。"众人唯唯而退。知县随即唤几个应捕，分付道："你们可密访着船家周四，用甘言美语哄他到此，不可说出实情。那原首人胡虎自有保家，俱到明日午后，带齐听审。"应捕应诺，分头而去。知县又发付刘氏、吕大回去，到

<small>知县颇细。</small>

次日晚堂伺候。二人叩头同出。刘氏引吕大到监门前见了王生,把上项事情尽说了。王生闻得,满心欢喜,却似醍醐灌顶,甘露洒心,病体已减去六七分了。说道:"我初时只怪阿虎,却不知船家如此狠毒。今日不是老客人来,连我也不知自己是冤枉的。"正是:

惟其不自知,所以误受诈受祸也。

雪隐鹭鸶飞始见,柳藏鹦鹉语方知。

刘氏别了王生,出得县门,乘着小轿,吕大与僮仆随了,一同径到家中。刘氏自进房里,教家僮们陪客人吃了晚食,自在厅上歇宿。

次日过午,又一同的到县里来。知县已升堂了。不多时,只见两个应捕将周四带到。原来那周四自得了王生银子,在本县开个布店。应捕得了知县的令,对他说:"本县太爷要买布。"即时哄到县堂上来。也是天理合当败露,不意之中,猛抬头见了吕大,不觉两耳通红。吕大叫道:"家长哥,自从买我白绢、竹篮,一别直到今日。这几时生意好么?"周四顿口无言,面如槁木。少顷,胡阿虎也取到了。原来胡阿虎搬在他方,近日偶回县中探亲,不期应捕正遇着他,便上前捣个鬼道:"你家家主人命事已有苦主了,只待原首人来,即便审决。我们那一处不寻得到?"胡阿虎认真欢欢喜喜,随着公人直到县堂跪下。知县指着吕大问道:"你可认得那人?"胡阿虎仔细一看,吃了一惊,心下好生踌躇,委决不下,一时不能回答。

知县将两人光景,一一看在肚里了。指着胡阿虎大骂道:"你这个狼心狗行的奴才!家主有何负你,直得便与船家同谋,觅这假尸诬陷人命?"胡阿虎道:"其实是家主打死的,小人并无虚谬。"知县怒道:"还要口强!吕大既是死了,那堂下跪的是什么人?"喝叫左右夹将起来,"快快招出奸谋便罢!"胡阿虎被夹,大喊道:"爷爷,若说小人不该怀恨在心,首告家主,小人情愿认罪;若要小人招做同谋,便死也不甘的。当时家主不合打倒了吕大,即刻将汤救醒,与了酒饭,赠了白绢,自往渡口去了。是夜二更天气,只见周四撑尸到门,又有白绢、竹篮为证,合家人都信了。家主却将钱财买住了船家,与小人同载至坟茔埋讫;以后因家主毒打,小人挟了私仇,到爷爷台下首告,委实不知这尸真假。今日不是吕客人来,连小人也不知是家主冤枉的。那死尸根由,都在船家身上。"

初首时何不即扯船家为证?

知县录了口语,喝退胡阿虎,便叫周四上前来问。初时也将言语支吾,却被吕大在旁边面对,知县又用起刑来,只得一一招承道:"去年某月某日,吕大怀着白绢下船。偶然问起缘由,始知被殴详细。恰好渡口原有这个死尸在岸边浮着,小的因此生心要诈骗王家,特地买他白绢,又哄他竹篮,就把水里尸首捞在船上了。前到王家,谁想他一说便信。_{误事在此。}以后得了王生银子,将来埋在坟头。只此是真,并无虚话。"知县道:"是便是了,其中也还有些含糊。那里水面上恰好有个流尸?又恰好与吕大厮像?毕竟又从别处谋害来诈骗王生的。"_{疑得也是。}周四大叫道:"爷爷,冤枉!小人若要谋害别人,何不就谋害了吕大?前日因见流尸,故此生出买绢篮的计策。心中也道:'面庞不像,未必哄得信。'小人欺得王生一来是虚心病的,二来与吕大只见得一面,况且当日天色昏了,灯光之下,一般的死尸,谁能细辨明白?三来白绢、竹篮又是王生及姜客的东西,定然不疑,故此大胆哄他一哄。不想果被小人瞒过,并无一个人认得出真假。那尸首的来历,想是失脚落水的。小人委实不知。"吕大跪上前禀道:"小人前日过渡时节,果然有个流尸,这话实是真情了。"知县也录了口语。周四道:"小人本意,只要诈取王生财物,不曾有心害他,乞老爷从轻拟罪。"知县大喝道:"你这没天理的狠贼!你自己贪他银子,便几乎害得他家破人亡。似此诡计凶谋,不知陷过多少人了?我今日也为永嘉县中除了一害。_{所谓情理难容。}那胡阿虎身为家奴,拿着影响之事,背恩卖主,情实可恨!合当重行责罚。"当时喝教把两人扯下,胡阿虎重打四十,周四不计其数,以气绝为止。不想那阿虎近日伤寒病未痊，受刑不起；也只为奴才背主，天理难容，打不上四十，死于堂前。周四直至七十板后，方才昏绝。可怜二恶凶残，今日毙于杖下。

知县见二人死了，责令尸亲前来领尸，监中取出王生，当堂释放。又抄取周四店中布匹，估价一百金，原是王生被诈之物。例该入官，因王生是个书生，屈陷多时，怜他无端，改"赃物"做了"给主"，也是知县好处。坟旁尸首，掘起验时，手爪有沙，是个失水的。无有尸亲，责令仵作埋之义冢。

王生等三人谢了知县出来。到得家中，与刘氏相持痛哭了一场。又到厅前与吕客人重新见礼。那吕大见王生为他受屈，王生见吕大为他辩诬，俱各致个不安，互相感激，这教做不打不成相识，以后遂不绝往来。王生自此戒了好些气性，就是遇着乞儿，也只是一团和气。感愤前情，思想荣身雪耻，闭户读书，不交宾客，十年之中，遂成进士。

所以说为官做吏的人，千万不要草菅人命，视同儿戏。假如王生这一桩公案，惟有船家心里明白，不是姜客重到温州，家人也不知家主受屈，妻子也不知道丈夫受屈，本人也不知自己受屈。何况公庭之上，岂能尽照覆盆？慈祥君子，须当以此为鉴！

乃知天下狱情，冤者多矣！

　　囹圄刑措号仁君，结网罗钳最枉人。
　　寄语昏污诸酷吏，远在儿孙近在身。

卷十二　陶家翁大雨留賓
　　　蔣震卿片言得婦

陶家翁大雨留賓

诗曰：

> 一饮一啄，莫非前定。
> 一时戏语，终身话柄。

话说人生万事，前数已定。尽有一时间偶然戏耍之事，取笑之话，后边照应将来，却像是个谶语响卜，一毫不差。乃知当他戏笑之时，暗中已有鬼神做主，非偶然也。

只如宋朝崇宁年间，有一个姓王的公子，本贯浙西人，少年发科，到都下会试。一日将晚，到延秋坊人家赴席，在一个小宅子前经过，见一女子生得十分美貌，独立在门内，徘徊凝望，却像等候甚么人的一般。王生正注目看他，只见前面一伙骑马的人喝拥而来，那女子避了进去。王生匆匆也行了，不曾问得这家姓张姓李。赴了席，吃得半醉归来，已是初更天气。复经过这家门首，望门内一看，只见门已紧闭，寂然无人声。王生嗟嗟从左傍墙脚下一带走去，意思要看他有后门没有，只见数十步外有空地丈余，小小一扇便门也关着在那里。王生想道："日间美人只在此中，怎能勾再得一见？"看了他后门，正在恋恋不舍，忽然隔墙丢出一片东西来，掉在地下一响，王生几乎被他打着。拾起来看，却是一块瓦片。此时皓月初升，光同白昼。看那瓦片时，有六个字在上面，写道："夜间在此相候！"王生晓得有些蹊跷，又带着几分酒意，笑道："不知是何等人约人做事的？待我耍他一耍。"就在墙上剥下些石灰粉来，写在瓦背上道："三更后可出来。"仍旧望墙里丢了进去，走开十来步，远远地站着，看他有何动静。

等了一会，只见一个后生走到墙边，低着头却像找寻甚么东西的，寻来寻去。寻了一回，不见甚么，对着墙里叹了一口气，有一步没一步的，佯佯走了去。王生在黑影里看得明白，便道："想来此人定是所约之人了，只不知里边甚么人。好歹有个人出来，必要等着他。"等到三更，月色已高，烟雾四合，王生酒意已醒，看看渴睡上来，伸伸腰，打个呵欠。自笑道："睡到不去睡，管别人这样闲事！"正要举步归寓，忽听得墙边小门呀的一响，轧然开了，一个女子闪将出来。月光之下，望去看时，且是娉婷。随后一个老妈，背了一只大竹箱，跟着望外就走。王生迎将上去，看得仔细，正是日间独立门首这女子。那女子看见人来，一些不避，直到当面一看，吃一惊道："不是，不是。"回转头来看老妈，老妈上前，擦擦眼，把王生一认，也道："不是，不是。快进去！"那王生倒将身拦在后门边了，一把扯住道："还思量进去！你是人家闺中女子，约人夜晚间在此相会，可是该的？我今声张起来，拿你见官，丑声传扬，叫你合家做人不成！我偶然在此遇着，也是我与你的前缘，你不如就随了我去。我是在此会试的举人，也不辱没了你。"那女子听罢，战抖抖的泪如雨下，没做道理处。老妈说道："若是声张，果是利害！既然这位官人是个举人，小娘子权且随他到下处再处。而今没奈何了。一会子天明了，有人看见，却了不得！"那女子一头哭，王生一头扯扯拉拉，只得软软地跟他走到了下处，放他在一个小楼上面，连那老妈也就留了他伏侍。

女子性定，王生问他备细。女子道："奴家姓曹，父亲早丧，母亲止生得我一人，甚是爱惜，要将我许聘人家。我有个姑娘的儿子，从小往来，生得聪俊，心里要嫁他。这个老妈，就是我的奶娘。我央他对母亲说知此情，母亲嫌他家里无官，不肯依从。所以叫奶娘通情，说与他了，约他今夜以掷瓦为信，开门从他私奔。他已曾还掷一瓦，叫三更后出来。及至出得门来，却是官人，倒不见他，不知何故。"王生笑把适才戏写掷瓦，及一男子寻觅东西不见，长叹走去的事，说了一遍。女子叹口气道："这走去的，正是他了。"王生笑道："却是我幸得撞着，岂非五百年前姻缘做定了？"女子无计可奈，见王生也自一表非俗，只得从了他，新打上的，恩爱不浅。到得会试过了，榜发，王生不得第，却恋着那女子，正在欢爱头上，不把那不中的事放在心里，只是朝欢暮乐。那女子前日带来竹箱中，多是金银宝物。王生缺用，就拿出来与他盘缠。迁延数月，王生竟忘记了归家。

　　王生父亲在家盼望，见日子已久，不见王生归来。遍问京中来的人，都说道："他下处有一女人，相处甚是得意，那得肯还？"其父大怒，写着严切手书，差着两个管家，到京催他起身。又寄封书与京中同年相好的，叫他遣个马票，兼请逼勒他出京，不许耽延！王生不得已，与女子作别，道："事出无奈，只得且去，得便就来。或者禀明父亲，径来接你，也未可知。你须耐心同老妈在此寓所住着等我。"含泪而别。王生到得家中，父亲升任福建，正要起身，就带了同去。一时未便，不好说得女子之事，闷闷

扫兴，恐亦亏行之报。

可怜。

杀风景。

太草草，王生非忠厚人也。

随去任所,朝夕思念不题。

且说京中女子同奶妈住在寓所守候,身边所带东西,王生在时已用去将有一半,今又两口在寓所食用,有出无入,看看所剩不多,王生又无信息。女子心下着忙,叫老妈打听家里母亲光景,指望重到家来与母亲相会,不想母亲因失了这女儿,终日啼哭,已自病死多时。那姑娘之子,次日见说舅母家里不见了女儿,恐怕是非缠在身上,逃去无踪了。女子见说,大哭了一场,与老妈商量道:"如今一身无靠,汴京到浙西也不多路,趁身边还有些东西,做了盘缠,到他家里去寻他。不然如何了当?"就央老妈雇了一只船,下汴京一路来。

行到广陵地方,盘缠已尽。那老妈又是高年,船上早晚感冒些风露,一病不起。那女子极得无投奔,只是啼哭。元来广陵即是而今扬州府,极是一个繁华之地。古人诗云:"烟花三月下扬州。"又道是:"二十四桥明月夜,玉人何处教吹箫?"从来仕宦官员、王孙公子要讨美妾的,都到广陵郡来拣择聘娶,所以填街塞巷,都是些媒婆撞来撞去。看见船上一个美貌女子啼哭,都攒将拢来问缘故。女子说道:"汴京下来,到浙西寻丈夫,不想此间奶母亡故,盘缠用尽,无计可施,所以啼哭。"内中一个婆子道:"何不去寻苏大商量?"女子道:"苏大是何人?"那婆子道:"苏大是此间好汉,专一替人出闲力的。"女子慌

※ 君非逃去,或者前念未断。

忙之中不知一个好歹，便出口道："有烦指引则个。"

婆子去了一会，寻取一个人来。那人一到船边，问了详细，便去引领一干人来，抬了尸首上岸埋葬，算船钱打发船家。对女子道："收拾行李到我家里，停住几日再处。"叫一乘轿来抬女子。女子见他处置有方，只道投着好人，亦且此身无主，放心随他去。谁知这人却是扬州一个大光棍，当机兵、养娼妓、接子弟的，是个烟花的领袖，乌龟的班头。轿抬到家，就有几个粉头出来相接作伴。女子情知不尴尬，落在套中，无处分诉。自此改名苏媛，做了娼妓了。<small>亦是亏行之报。</small>

王生在福建随任两年，方回浙中。又值会试之期，束装北上，道经扬州。扬州司理乃是王生乡举同门，置酒相待，王生赴席。酒筵之间，官妓叩头送酒。只见内中一人，屡屡偷眼看王生不已。生亦举目细看，心里疑道："如何甚像京师曹氏女子？"及问姓名，全不相同；却再三看来，越看越是。酒半起身，苏媛捧觞上前劝生饮酒，觑面看得较切。口里不敢说出，心中想着旧事，不胜悲伤，禁不住两行珠泪，簌簌的落将下来，堕在杯中。生情知是了，也垂泪道："我道像你，元来果然是你。却是因何在此？"那女子把别后事情，及下汴寻生，盘缠尽了，失身为娼始末根缘，说了一遍，不觉大恸。生自觉惭愧，感伤流泪，力辞不饮，托病而起。随即召女子到自己寓所，各诉情怀，留同枕席。次日，密托扬州司理，追究苏大局良为娼，问了罪名；脱了苏媛乐籍，送生同行。后来与生生子，仕至尚书郎。想着起初只是一时拾得掷瓦，做此戏谑之事；谁知是老大一段姻缘，几乎把女子一生断送了！不亏得后来成了正果。

而今更有一段话文，只因一句戏言，致得两边错认，得了一个老婆，全始全终，比前话更为完美。有诗为证：

戏言偶尔作恢奇，谁道从中遇美妻？
假女婿为真女婿，失便宜处得便宜。

这一本话文乃是国朝成化年间，浙江杭州府余杭县有一个人，姓蒋名霆，表字震卿。本是儒家子弟，生来心性倜傥佻达，顽耍戏浪，不拘小节。最喜游玩山水，出去便是累月累日，不肯呆坐家中。一日想道："从来说山阴道上，千岩竞秀，万壑争流，是个极好去处。此去绍兴府隔得多少路，不去游一游？"恰好有乡里两个客商要过江南去贸易，就便搭了伴同行。过了钱塘江，搭了西兴夜船，一夜到了绍兴府城。两客自去做买卖，他便兰亭、禹穴、蕺山、鉴湖，没处不到，游得一个心满意足。两客也做完了生意，仍旧合伴同归。

韵人也，宜其有韵事。

偶到诸暨村中行走，只见天色看看傍晚，一路

卷十二　陶家翁大雨留宾　蒋震卿片言得妇

是些青畦绿亩，不见一个人家。须臾之间，天上洒下雨点来，渐渐下得密了。三人都不带得雨具，只得慌忙向前奔走，走得一个气喘。却见林子里露出一所庄宅来，三人远望道："好了，好了，且到那里躲一躲则个。"两步挪来一步，走到面前，却是一座双檐滴水的门坊。那两扇门，一扇关着，一扇半掩在那里。蒋震卿便上前，一手就去推门。二客道："蒋兄惯是莽撞，借这里只躲躲雨便了，知是甚么人家，便去敲门打户？"蒋震卿最好取笑，便大声道："何妨得！此乃是我丈人家里。"二客道："不要胡说惹祸！"

过了一会，那雨越下得大了。只见两扇门忽然大开，里头踱出一个老者来。看他怎生打扮：

头带斜角方巾，手持盘头拄拐。方巾内竹箨冠，罩着银丝样几茎乱发；拄拐上虬须节，握着干姜般五个指头。宽袖长衣，摆出浑如鹤步；高跟深履，踱来一似龟行。想来圯上可传书，应是商山随聘出。

元来这老者姓陶，是诸暨村中一个殷实大户。为人梗直忠厚，极是好客尚义认真的人。起初，傍晚正要走出大门来，看人关闭，只听得外面说话响，晓得有人在门外躲雨，故迟了一步。却把蒋震卿取笑的说话，一一听得明白。走进去对妈妈与合家说了，都道："有这样放肆可恶的！不要理他。"而今　关目在此。

见下得雨大,晓得躲雨的没去处,心下过意不去。有心要出来留他们进去,却又怪先前说这讨便宜话的人。踌躇了一回,走出来,见是三个,就问道:"方才说老汉是他丈人的,是那一个?"蒋震卿见问着这话,自觉先前失言,耳根通红。二客又同声将他埋怨道:"原是不该。"老者看见光景,就晓得是他了。便对二客道:"两位不弃老拙,便请到寒舍里面盘桓一盘桓。这位郎君依他方才所说,他是吾子辈,与宾客不同,不必进来,只在此伺候罢。"二客方欲谦逊,被他一把扯了袖子,拽进大门。刚跨进槛内,早把两扇门,扑的关好了。

老者认真崛强,谁知反便宜了他。

二客只得随老者登堂,相见叙坐,各道姓名,及偶过避雨,说了一遍。那老者犹兀自气忿忿的道:"适间这位贵友,途路之中,如此轻薄无状,岂是个全身远害的君子?二公不与他相交得也罢了。"二客替他称谢道:"此兄姓蒋,少年轻肆,一时无心失言,得罪老丈,休得计较!"老者只不释然。须臾,摆下酒饭相款,竟不提起门外尚有一人。二客自己非分取扰,已出望外,况见老者认真着恼,难道好又开口周全得蒋震卿,叫他一发请了进来不成?只得由他,且管自家食用。

那蒋震卿被关在大门之外,想着适间失言,老大没趣。独自一个栖栖在雨檐之下,黑魆魆地靠来靠去,好生冷落。欲待一口气走了去,一来雨黑,

此际难堪。

二来单身不敢前行，只得忍气吞声，耐了心性等着。只见那雨渐渐止了，轻云之中，有些月色上来。侧耳听着门内人声寂静了。便道："他们想已安寝，我却如何痴等？不如趁此微微月色，路径好辨，走了去吧！"又想一想道："那老儿固然怪我，他们两个便直得如此撇下了我，只管自己自在不成？毕竟有安顿我处，便再等他一等。"

正在踌躇不定，忽听得门内有人低低道："且不要去！"蒋震卿心下道："我说他们定不忘怀了我。"就应一声道："晓得了，不去。"过了一会，又听得低低道："有些东西拿出来，你可收拾好。"蒋震卿心下又道："你看他两个，白白里打搅了他一餐，又拿了他的甚么东西，忒煞欺心！"却口里且答应道："晓得了。"站住等着，只见墙上有两件东西扑搭地丢将出来。急走上前看时，却是两个被囊。提一提看，且是沉重；把手捻两捻，累累块块，像是些金银器物之类。蒋震卿恐怕有人开门出来追寻，急负在背上，望前便走。走过百余步，回头看那门时，已离得略远了。站着脚再看动静。远望去，墙上两个人跳将下来。蒋震卿道："他两个也来了。恐有人追，我只索先走，不必等他。"提起脚便走。望后边这两个，也不忙赶，只尾着他慢慢地走。蒋震卿走得少远，心下想道："他两个赶着了，包里东西必要均分。趁他们还在后边，我且开囊看看。总是不义

苦尽甘来了。

之物，落得先藏起他些好的。"立住了，把包囊打开，将黄金重货另包了一囊。把钱布之类，仍旧放在被囊里，提了又走。又望后边两个人，却还未到。元来见他住也住，见他走也走，黑影里远远尾着，只不相近。如此行了半夜，只是隔着一箭之路。

> 却又欺心。

看看天明了，那两个方才脚步走得急促，赶将上来。蒋震卿道："正是来一路走。"直到面前把眼一看，吃了一惊，谁知不是昨日同行的两个客人，到是两个女子。一个头扎临清帕，身穿青绸衫，且是生得美丽；一个散挽头髻，身穿青布袄，是个丫鬟打扮。仔细看了蒋震卿一看，这一惊可也不小，急得忙闪了身子开来。蒋震卿上前，一把将美貌的女子劫住道："你走那里去！快快跟了我去，到有商量；若是不从，我同到你家去出首。"女子低首无言，只得跟了他走。

> 更妙。

走到一个酒馆中，蒋生拣个僻净楼房与他住下了。哄店家道，是夫妻烧香，买早饭吃的。店家见一男一女，又有丫鬟跟随，并无疑心，自去支持早饭上来吃。蒋震卿对女子低声问他来历。那女子道："奴家姓陶，名幼芳，就是昨日主人翁之女。母亲王氏。奴家幼年间许嫁同郡褚家，谁想他双目失明了，我不愿嫁他。有一个表亲之子王郎，少年美貌，我心下有意于他，与他订约日久，约定今夜私奔出来，一同逃去。今日日间不见回音，将到晚时，忽听得爹爹进来大嚷，道是：'门前有个人，口称这里是他丈人家里，胡言乱语，可恶！'我心里暗想：'此必是我所约之郎到了。'急急收并资财，引这丫鬟拾翠为伴，逾墙出来。看见你在前面背囊而走，心里道：'自然是了。'恐怕人看见，所以一路不敢相近。谁知跟到这里，却是差了。而今既已失却那人，又不好归去得，只得随着官人罢。也是出于无奈了。"蒋震卿大喜道："此乃天缘已定，我言有验。且喜我未曾娶妻，你不要慌张！我同你家去便了。"蒋生同他吃了早饭，丫鬟也吃了，打发店钱，独讨一个船，也不等二客，一直同他随路换船，径到了余杭家里。家人来问，只说是路上礼聘来的。

良缘天作合也。

那女子入门，待上接下，甚是贤能，与蒋震卿十分相得。过了一年，已生了一子。却提起父母，便凄然泪下。一日，对蒋震卿道："我那时不欲从那瞽夫，所以做出这些冒礼勾当来。而今身已属君，可无悔恨。但只是双亲年老无靠，失我之后，在家必定忧愁。且一年有余，无从问个消息，我心里一刻不能忘，再如此思念几时，毕竟要生出病来了。我想父母平日爱我如珠似宝，而今便是他知道了，他只以见我为喜，定然不十分嗔怪的。你可计较，怎生通得一个信去？"蒋震卿想了一回道："此间有一个教学的先生，姓阮，叫阮太始，与我相好。他专在诸暨往来，待我与他商量看。"蒋震卿就走去，

孝心不忘，宜有后会。

把这事始末根由，一五一十对阮太始说了。阮太始道："此老是诸暨一个极忠厚的长者，与学生也曾相会几番过的。待学生寻个便，到那里替兄委曲通知，周全其事，决不有误！"蒋震卿称谢了，来回浑家的话不题。

且说陶老是晚款留二客在家歇宿，次日，又拿早饭来吃了。二客千恩万谢，作别了起身。老者送出门来，还笑道："昨日狂生不知那里去宿了，也等他受些恓惶，以为轻薄之戒。"二客道："想必等不得，先去了。容学生辈寻着了他，埋怨他一番。老丈，再不必介怀！"老者道："老拙也是一时耐不得，昨日勾奈何他了，那里还挂在心上？"道罢，各自作别去了。

<small>偏不恓惶也。</small>

老者入得门时，只见一个丫鬟慌慌张张走到面前，喘做一团，道："阿爹，不好了！姐姐不知那里去了！"老者吃了一惊道："怎的说？"一步一撅，忙走进房中来。只见王妈妈儿天儿地的放声大哭，哭倒在地。老者问其详细，妈妈说道："昨晚好好在他房中睡的。今早因外边有客，我且照管灶下早饭，不曾见他起来。及至客去了，叫人请他来一处吃早饭，只见房中箱笼大开，连服侍的丫头拾翠也不见，不知那里去了！"老者大骇道："这却为何？"一个养娘便道："莫不昨日投宿这些人是个歹人，夜里拐的去了？"老者道："胡说！他们都是初到此地的，

那两个宿了一夜，今日好好别了去的，如何拐得？这一个，因是我恼他，连门里不放他进来，一发甚么相干？必是日前与人有约，今因见有客，趁哄打劫的逃去了。你们平日看见姐姐有甚破绽么？"一个养娘道："阿爹此猜十有八九。姐姐只为许了个盲子，心中不乐，时时流泪。惟有王家某郎与姐姐甚说得来，时常叫拾翠与他传消递息的。想必约着跟他走了。"老者见说得有因，密地叫人到王家去访时，只见王郎好好的在家里，并无一些动静。老者没做理会处，自道："家丑不可外扬，切勿令传出去！褚家这盲子，退得便罢，退不得，苦一个丫头不着还他罢了。只是身边没有了这个亲生女儿，好生冷静。"与那王妈妈说着，便哭一个不住。后来褚家盲子死了，感着老夫妻念头，又添上几场悲哭，道："便早死了年把，也不见得女儿如此！"

　　如是一年有多，只见一日门上递个名帖进来，却是余杭阮太始。老者出来接着道："甚风吹得到此？"阮太始道："久疏贵地诸友，偶然得暇，特过江来拜望一番。"老者便教治酒相待。饮酒中间，大家说些江湖上的新闻，也有可信的，也有可疑的。阮太始道："敝乡一年之前，也有一件新闻，这事却是实的。"老者道："何事？"阮太始道："有个少年朋友，出来游耍归去，途路之间，一句戏话上边，得了一个妇人，至今做夫妻在那里。说道这妇人是

<small>偏是不放进门者有相干。</small>

贵乡的人,老丈曾晓得么?"老者道:"可知这妇人姓甚么?"阮太始道:"说道也姓陶。"那老者大惊道:"莫非是小女么?"阮太始道:"小名幼芳,年纪一十八岁;又有个丫头,名拾翠。"老者撑着眼道:"真是吾小女了。如何在他那里?"阮太始道:"老丈还记得雨中叩门,冒称是岳家,老丈闭他在门外,不容登堂的事么?"老者道:"果有这个事。此人平日元非相识,却又关在外边,无处通风。不知那晚小女如何却随了他去了?"阮太始把蒋生所言,一一告诉,说道:"一边妄言,一边发怒,一边误认,凑合成了这事,真是希奇!而今已生子了。老翁要见他么?"老者:"可知要见哩!"

只见王妈妈在屏风后边,听得明明白白,忍不住跳将出来,不管是生是熟,大哭,拜倒在阮太始面前道:"老夫妇只生得此女,自从失去,几番哭绝,至今奄奄不欲生。若是客人果然致得吾女相见,必当重报。"阮太始道:"老丈与孺人固然要见令爱,只怕有些见怪令婿,令婿便不敢来见了。"老者道:"果然得见,庆幸不暇,还有甚么见怪?"阮太始道:"令婿也是旧家子弟,不辱没了令爱的。老丈既不嗔责,就请老丈同到令婿家里去一见便是。"

老者欣然治装,就同阮太始一路到余杭来。到了蒋家门首,阮太始进去,把以前说话备细说了。阮太始同蒋生出来接了老者,那女儿久不见父亲,也直接至中堂。阮太始暂避开了。父女相见,倒在怀中,大家哭倒。老者就要蒋生同女儿到家去。那女儿也要去见母亲,就一同到诸暨村来。母女两个相见了,又抱头大哭道:"只说此生再不得相会了,谁道还有今日?"哭得旁边养娘们个个泪出。哭罢,蒋生拜见丈人丈母,叩头请罪道:"小婿一时与同伴门外戏言，谁知岳丈认了真，致犯盛怒？又谁知令爱认了错，得谐私愿？小婿如今想起来，当初说此话时，何曾有分毫想到此地位的？都是偶然。望岳丈勿罪！"老者大笑道："天教贤婿说出这话，有此凑巧。此正前定之事，何罪之有？"

正说话间，阮太始也封了一封贺礼，到门叫喜。老者就将彩帛银两拜求阮太始为媒，治酒大会亲族，重教蒋震卿夫妇拜天成礼，厚赠妆奁，送他还家，夫妻偕老。当时蒋生不如此戏耍取笑，被关在门外，便一样同两个客人一处儿吃酒了，那里撞得着这老婆来？不知又与那个受用去了。可见前缘分定，天使其然。〔学养子而后嫁者也。〕

此本说话，出在祝枝山《西樵野记》中，事体本等有趣。只因有个没见识的，做了一本《鸳衾记》，乃是将元人《玉清庵错送鸳鸯被》杂剧与嘉定篦工徐达拐逃新人的事，三四件，做了个扭名粮长，弄得头头不了，债债不清。所以今日依着本传，把此话文重新流传于世，使人简便好看。有诗为证：

　　片言得妇是奇缘，此等新闻本可传。
　　扭捏无端殊舛错，故将话本与重宣。

卷十三 赵六老舐犊丧残生
张知县诛枭成铁案

蘧大老斃牆
袁成生

诗曰：

从来父子是天伦，凶暴何当逆自亲？
为说慈乌能反哺，应教飞鸟骂伊人。

话说人生极重的是那"孝"字，盖因为父母的，自乳哺三年，直盼到儿子长大，不知费尽了多少心力。又怕他三病四痛，日夜焦劳。又指望他聪明成器，时刻注想。抚摩鞠育，无所不至。《诗》云："哀哀父母，生我劬劳。欲报之德，昊天罔极。"说到此处，就是卧冰、哭竹、扇枕温衾，也难报答万一。况乃锦衣玉食，归之自己，担饥受冻，委之二亲，漫然视若路人，甚而等之仇敌，败坏彝伦，灭绝天理，真狗彘之所不为也！

如今且说一段不孝的故事，从前寡见，近世罕闻。正德年间，松江府城有一富民姓严，夫妻两口儿过活。三十岁上无子，求神拜佛，无时无处不将此事挂在念头上。忽一夜，严娘子似梦非梦间，只听得空中有人说道："求来子，终没耳；添你丁，减你齿。"严娘子分明听得，次日，即对严公说知，却不解其意。自此以后，严娘子便觉得眉低眼慢，乳胀腹高，有了身孕。怀胎十月，历尽艰辛，生下一子，眉清目秀。夫妻二人，欢喜倍常。万事多不要紧，只愿他易长易成。光阴荏苒，又早三年。那时也倒聪明伶俐，做爷娘的百依百顺，没一事违拗了他。休说是世上有的物事，他要时定要寻来，便是天上的星，河里的月，也恨不得爬上天捉将下来，钻入河捞将出去。似此情状，不可胜数。又道是："棒头出孝子，箸头出忤逆。"为是严家夫妻养娇了这孩儿，到得大来，就便目中无人，天王也似的大了。却是为他有钱财使用，又好结识那一班惨刻狡滑、没天理的衙门中人，此岂□□□。多只是奉承过去，那个敢与他一般见识？却又极好樗蒲，搭着一班儿伙伴，多是高手的赌贼。那些人贪他是出钱施主，当面只是甜言蜜语，谄笑胁肩，赚他上手。他只道众人真心喜欢，且十分帮衬，便放开心地，大胆呼卢，把那黄白之物，无算的暗消了去。严公时常苦劝，却终久溺着一个爱字，三言两语，不听时也只索罢了。岂知家私有数，经不得十博九空。似此三年，渐渐凋耗。

严公原是积攒上头起家的，见了这般情况，未免有些肉痛。一日，有事出外，走过一个赌坊，只见数十来个人团聚一处，在那里喧嚷。严公望见，走近前来伸头一看，却是那众人裹着他儿子讨赌钱。他儿子分说不得，你拖我扯，无计可施。严公看了，恐怕伤坏了他，心怀不忍，挨开众人，将身蔽了孩儿，对众人道："所欠钱物，老夫自当赔偿。众弟兄各自请回，明日到家下拜纳便是。"一头说，一手且

溺爱常态。

必然之势。

扯了儿子，怒愤愤的投家里来。关上了门，采了他儿子头发，硬着心，做势要打，却被他挣扎脱了。严公赶去扯住不放，他掇转身来，望严公脸上只一拳，打个满天星，昏晕倒了。儿子也自慌张，只得将手扶时，元来打落了两个门牙，流血满胸。儿子晓得不好，且望外一溜走了。严公半晌方醒，愤恨之极，道："我做了一世人家，生这样逆子，荡了家私，又几乎害我性命，禽兽也不如了！还要留他则甚？"一径走到府里来，却值知府升堂，写着一张状子，将那打落牙齿为证，告了忤逆。知府准了状，当日退堂，老儿自且回去。

溺爱者看样！

　　却有严公儿子平日最爱的相识，一个外郎，叫做丘三，是个极狡黠奸诈的。那时见准了这状，急急出衙门，寻见了严公儿子，备说前事。严公儿子着忙，恳求计策解救。丘三故意作难。严公儿子道："适带得赌钱三两在此，权为使用，是必打点救我性命则个。"丘三又故意迟延了半晌，道："今日晚了，明早府前相会，我自有话对你说。"严公儿子依言，各自散讫。

此时却用得着。

　　次早，俱到府前相会。严公儿子问："有何妙计？幸急救我！"丘三把手招他到一个幽僻去处，说道："你来，你来。对你说。"严公儿子便以耳接着丘三的口，等他讲话。只听得跂咋一响，严公儿子大叫一声，疾忙掩耳，埋怨丘三道："我百般求你

好计。

解救，如何倒咬落我的耳朵？却不恁地与你干休！"丘三冷笑道："你耳朵原来却恁地值钱？你家老儿牙齿直恁地不值钱？不要慌！如今却真对你说话，你慢些只说如此如此，便自没事。"严公儿子道："好计！虽然受些痛苦，却得干净了身子。"

> 趣语。

随后府公升厅，严公儿子带到。知府问道："你如何这般不孝，只贪赌博，怪父教诲，甚而打落了父亲门牙，有何理说？"严公儿子泣道："爷爷青天在上，念小的焉敢悖伦胡行？小的偶然出外，见赌房中争闹，立定闲看。谁知小的父亲也走将来，便疑小的亦落赌场，采了小的回家痛打。小的吃打不过，不合伸起头来，父亲便将小的毒咬一口，咬落耳朵。老人家齿不坚牢，一时性起，遂至坠落。岂有小的打落之理？望爷爷明镜照察！"知府教上去验看，果然是一只缺耳，齿痕尚新，上有凝血。信他言词是实，微微的笑道："这情是真，不必再问了。但看赌可疑，父齿复坏，责杖十板，赶出免拟。"

> 可听。

严公儿子喜得无恙归家，求告父母道："孩儿愿改从前过失，侍奉二亲。官府已责罚过，任父亲发落。"老儿昨日一口气上到府告官，过了一夜，又见儿子已受了官刑，只这一番说话，心肠已自软了。他老夫妻两个原是极溺爱这儿子的，想起道："当初受孕之时，梦中四句言语说：'求来子，终没耳；添你丁，减你齿。'今日老儿落齿，儿子啮耳，正此验

> 此子犹可教也。

也。这也是天数,不必说了。"自此,那儿子当真守分孝敬二亲,后来却得善终。这叫做改过自新,皇天必宥。

如今再说一个肆行不孝,到底不悛,明彰报应的。

某朝某府某县,有一人姓赵,排行第六,人多叫他做赵六老。家声清白,囊橐肥饶。夫妻两口,生下一子,方离乳哺,是他两人心头的气,身上的肉。未生下时,两人各处许下了偌多杳愿。只此一节上,已为这儿子费了无数钱财。不期三岁上出起痘来,两人终夜无寐,遍访名医,多方觅药,不论资财。只求得孩儿无恙,便杀了己身,也自甘心。两人忧疑惊恐,巴得到痘花回好,就是黑夜里得了明珠,也没得这般欢喜。看看调养得精神完固,也不知服了多少药料,吃了多少辛勤,坏了多少钱物。殷殷抚养,到了六七岁,又要送他上学。延一个老成名师,择日叫他拜了先生,取个学名唤做赵聪。先习了些《神童》《千家诗》,后习《大学》。两人又怕儿子辛苦了,又怕先生拘束他,生出病来,每日不上读得几句书便歇了。那赵聪也到会体贴他夫妻两人的意思,常只是诈病佯疾,不进学堂;两人却是不敢违拗了他。那先生看了这些光景,口中不语,心下思量道:"这真叫做禽犊之爱!适所以害之耳。养成于今日,后悔无及矣。"却只是冷眼旁观,

<small>不明之父母,有此痼疾。犯之者多矣。</small>

任主人家措置。

过了半年三个月，忽又有人家来议亲，却是一家宦户人家，姓殷，老儿曾任太守，故了。赵六老却要扳高，央媒求了口帖，选了吉日，极浓重的下了一付谢允礼。自此聘下了殷家女子。逢时致时，逢节致节，往往来来，也不知费用了多少礼物。

> 也是财主之痼疾。

韶光短浅，赵聪因为娇养，直挨到十四岁上才读完得经书。赵六老还道是他出人头地，欢喜无限。十五六岁，免不得教他试笔作文。六老此时为这儿子面上，家事已弄得七八了。没奈何，要儿子成就，情愿借贷延师，又重币延请一个饱学秀才，与他引导。每年束脩五十金，其外节仪与夫供给之盛，自不必说。那赵聪原是个极贪安宴，十日九不在书房里的，做先生到落得吃自在饭，得了重资，省了气力。为此就有那一班不成才、没廉耻的秀才，便要谋他馆谷；自有那有志向诚实的，往往却之不就。此之谓贤愚不等。

> 不就者难其人矣。

话休絮烦，转眼间又过了一个年头。却值文宗考童生，六老也叫赵聪没张没致的前去赴考。又替他钻刺央人情，又柱自折了银子。考事已过，六老又思量替儿子毕姻，却是手头委实有些窘迫了，又只得央中写契借到某处银四百两。那中人叫做王三，是六老平时专托他做事的。似此借票，已写过了几纸，多只是他居间。其时在刘上户家借了四百银子，交与六老，便将银备办礼物，择日纳采，订了婚期。过了两月，又近吉日，却又欠接亲之费。六老只得东挪西凑，寻了几件衣饰之类，往典铺中解了四十两银子，却也不勾使用，只得又寻了王三，写了一纸票，又往褚员外家借了六十金，方得发迎会亲。殷公子送妹子过门，赵六老极其殷勤谦让，吃了五七日筵席，各自散了。

小夫妻两口恩爱如山，在六老间壁一个小院子里居住，快活过日。殷家女子到百般好，只有些儿毛病，专一恃贵自高，不把公婆看在眼里。且又十分悭吝，一文千贯，惯会唆那丈夫做些惨刻之事。若是殷家女子贤慧时，劝他丈夫学好，也不到得后来惹出这场大事了！

　　自古妻贤夫祸少，应知子孝父心宽。

这是后话。

却说那殷家嫁资丰富，约有三千金财物。殷氏收掌，没一些儿放空。赵六老供给儿媳，惟恐有甚不到处，反十分小心；儿媳两个，到嫌长嫌短的不像意。光阴迅速，又早三年。赵老娘因害痰火病，起不得床，一发把这家事托与那媳妇掌管。殷氏承当了，供养公婆，初时也当像样，渐渐半年三个月，要茶不茶，要饭不饭。两人受淡不过，有时只得开

自贻伊戚。

口，勉强取讨得些。殷氏便发话道："有甚么大家事交割与我？却又要长要短，原把去自当不得？我也不情愿当这样吃苦差使，到终日搅得不清净。"赵六老闻得，忍气吞声。实是没有甚么家计分授与他，如何好分说得？叹了口气，对妈妈说了。妈妈是个积病之人，听了这些声响，又看了儿媳这一番怠慢光景，手中又十分窘迫，不比三年前了。且又索债盈门，箱笼中还剩得有些衣饰，把来偿利，已准过七八了。就还有几亩田产，也只好把与别人做利。赵妈妈也是受用过来的，今日穷了，休说是外人，嫡亲儿媳也受他这般冷淡。回头自思，怎得不恼？一气气得头昏眼花，饮食多绝了。儿媳两个也不到床前去看视一番，也不将些汤水调养病人，每日三餐，只是这几碗黄齑，好不苦恼！挨了半月，痰喘大发，呜呼哀哉，伏维尚飨了。儿媳两个免不得干号了几声，就走了过去。

赵六老跌脚捶胸，哭了一回，走到间壁去，对儿子道："你娘今日死了，实是囊底无物，送终之具，一无所备。你可念母子亲情，买口好棺木盛殓，后日择块坟地殡葬，也见得你一片孝心。"赵聪道："我那里有钱买棺？不要说是好棺木价重买不起，便是那轻敲杂树的，也要二三两一具，叫我那得东西去买？前村李作头家有一口轻敲些的在那里，何不去赊了来？明日再做理会。"六老噙着眼泪，怎敢再说？只得出门到李作头家去了。

且说赵聪走进来对殷氏道："赵家老儿，一发不知进退了，对我说要讨件好棺木盛殓老娘。我回说道：'休说好的，便是歹的，也要二三两一个。'我叫他且到李作头家赊了一具轻敲的来，明日还价。"殷氏便接口道："那个还价？"赵聪道："便是我们舍个头疼，替他胡乱还些罢。"殷氏怒道："你那里有钱来替别人买棺材？

买与自家了不得？要买时，你自还钱！老娘却是没有。我又不曾受你爷娘一分好处，没事便兜揽这些来打搅人！松了一次，便有十次；还他十个没有，怕怎地！"赵聪顿口无言，道："娘子说得是，我则不还便了。"随后，六老雇了两个人，抬了这具棺材到来，盛殓了妈妈。大家举哀了一场，将一杯水酒浇奠了，停柩在家。儿媳两个也不守灵，也不做什么盛羹饭，每日仍只是这几碗黄齑，夜间单留六老一人冷清清的在灵前伴宿。六老有好气没好气，想了便哭。

　　过了两七，李作头来讨棺银。六老道："去替我家小官人讨。"李作头依言去对赵聪道："官人家赊了小人棺木，幸赐价银则个。"赵聪光着眼，啐了一声道："你莫不见鬼了！你眼又不瞎，前日是那个来你家赊棺材，便与那个讨，却如何来和我说？"李作头道："是你家老官来赊的。方才是他叫我来与官人讨。"赵聪道："休听他放屁！好没廉耻！他自有钱买棺材，如何图赖得人？你去时便去，莫要讨老爷怒发！"且背叉着手，自进去了。李作头回来，将这段话对六老说知。六老纷纷泪落，忍不住哭起来。李作头劝住了道："赵老官，不必如此！没有银子，便随分什么东西准两件与小人罢了。"赵六老只得进去，翻箱倒笼，寻得三件冬衣，一根银鐹子，把来准与李作头去了。

口角一般，真一对夫妻也。

迟了。

忽又过了七七四十九。赵六老原也有些不知进退,你看了买棺一事,随你怎么,也不可求他了。到得过了断七,又忘了这段光景,重复对儿子道:"我要和你娘寻块坟地,你可主张则个。"赵聪道:"我晓得甚么主张?我又不是地理师,那晓寻甚么地?就是寻时,难道有人家肯白送?依我说时,只好拣个日子送去东村烧化了,也倒稳当。"六老听说,默然无言,眼中吊泪。赵聪也不再说,竟自去了。六老心下思量道:"我妈妈做了一世富家之妻,岂知死后无葬身之所?罢!罢!这样逆子,求他则甚!再检箱中,看有些少物件解当些来买地,并作殡葬之资。"六老又去开箱,翻前翻后,检得两套衣服,一只金钗,当得六两银子,将四两买了二分地,余二两唤了四个和尚,做些功果,雇了几个扛夫抬出去殡葬了。六老喜得完事,且自归家,随缘度日。

【其子固可恨,其父本是蠢厌之物。非是父,不生是子。】

倏忽间,又是寒冬天道,六老身上寒冷,赊了一斤丝绵,无钱得还,只得将一件夏衣,对儿子道:"一件衣服在此。你要便买了,不要时便当几钱与我。"赵聪道:"冬天买夏衣,正是那得闲钱补抓篱?放着这件衣服,日后怕不是我的,却买他?也不买,也不当。"六老道:"既恁地时,便罢。"自收了衣服不题。

却说赵聪便来对殷氏说了,殷氏道:"这却是你呆了!他见你不当时,一定便将去解铺中解了,日后一定没了。你便将来胡乱当他几钱，不怕没便宜。"赵聪依允，来对六老道："方才衣服，媳妇要看一看，或者当了，也不可知。"六老道："任你将去不妨，若当时只是七钱银子也罢。"赵聪将衣服与殷氏看了，殷氏道："你可将四钱去，说如此时便捉了，要多时回他便罢。"赵聪将银付与六老，六老那里敢嫌多少，欣然接了。赵聪便写一纸短押，上写"限五月没"，递与六老去了。六老看了短押，紫胀了面皮，把纸扯得粉碎，长叹一声道："生前作了罪过，故令亲子报应。天也！天也！"怨恨了一回，过了一夜。次日起身梳洗，只见那作中的王三蓦地走将进来，六老心头吃了一跳，面如土色。正是：

妙。

入门休问荣枯事，观看容颜便得知。

王三施礼了，便开口道："六老莫怪惊动！便是褚家那六十两头，虽则年年清利，却则是些货钱准折，又还得不爽利。今年他家要连本利多楚。小人却是无说话回他，六老遮莫做一番计较，清楚了这一项，也省多少口舌，免得门头不清净。"六老叹口气道："当初要为这逆子做亲，负下了这几主重债，年年增利，囊橐一空。欲待在逆子处挪借来奉还褚家，争奈他两个丝毫不肯放空。便是老夫身衣口食，日常也不能如意，那有钱来清楚这一项银？王兄幸作方

257

便,善为我辞,宽限几时,感恩非浅!"王三变了面皮道:"六老,说那里话?我为褚家这主债,馋唾多分说干了,你却不知他家上门上户,只来寻我中人。我却又不得了几许中人钱,没来由讨这样不自在吃?只是当初做差了事,没摆布了。他家动不动要着人来坐催,你却还说这般懈话!就是你手头来不及时,当初原为你儿子做亲借的,便和你儿子挪借来还,有甚么不是处?我如今不好去回话,只坐在这里罢了。"六老听了这一篇话,眼泪汪汪,无言可答,虚心冷气的道:"王兄见教极是,容老夫和这逆子计议便了。王兄暂请回步,来早定当报命。"王三道:"是则是了,却是我转了背,不可就便放松!又不图你一碗儿茶,半钟儿酒,着甚来历?"摊手摊脚,也不作别,竟走出去了。

不知痛痒之谈。

中人面孔。

　　六老没极奈何,寻思道:"若对赵聪说时,又怕受他冷淡;若不去说时,实是无路可通。老王说也倒是,或者当初是为他借的,他肯挪移也不可知。"要一步,不要一步,走到赵聪处来,只见他们闹闹热热,炊烟盛举。六老问道:"今日为甚事忙?"有人答道:"殷家大公子到来,留住吃饭,故此忙。"六老垂首丧气,只得回身。肚里思量道:"殷家公子在此留饭,我为父的也不值得带挈一带挈?且看他是如何?"停了一会,只见依旧搬将那平时这两碗黄糙饭来,六老看了喉咙气塞,也吃不落。

那日，赵聪和殷公子吃了一日酒，六老不好去唐突，只得歇了。次早走将过去，回说："赵聪未曾起身。"六老呆呆的等了个把时辰，赵聪走出来道："清清早起，有甚话说？"六老倒陪笑道："这时候也不早了。有一句紧要说话，只怕你不肯依我。"赵聪道："依得时便说，依不得时便不必说！有什么依不依？"六老半嗫半嚅的道："日前你做亲时，曾借下了褚家六十两银子，年年清利。今年他家连本要还，我却怎地来得及？本钱料是不能勾，只好依旧上利。我实是手无一文，别样本也不该对你说，却是为你做亲借的，为此只得与你挪借些还他利钱则个。"赵聪怫然变色，摊着手道："这却不是笑话！怎地说时，元来人家讨媳妇多是儿子自己出钱？等我去各处问一问看，是如此时，我还便了。"六老又道："不是说要你还，只是目前挪借些个。"赵聪道："有甚挪借不挪借？若是后日有得还时，他每也不是这般讨得紧了。昨日殷家阿舅有准盒礼银五钱在此，待我去问媳妇，肯时，将去做个东道，请请中人，再挨几时便是。"说罢自进去了。六老想道："五钱银干什么事？况又去与媳妇商量，多分是水中捞月了。"

等了一会，不见赵聪出来，只得回去。却见三王已自坐在那里，六老欲待躲避，早被他一眼瞧见。王三迎着六老道："昨日所约如何？褚家又是三五替人我家来过了。"六老舍着羞脸说道："我家逆子，分毫不肯通融。本钱实是难处，只得再寻些货物，准过今年利钱，容老夫徐图。望乞方便。"一头说，一头不觉的把双膝屈了下去。王三歪转了头，一手扶六老，口里道："怎地是这样！既是有货物准得过时，且将去准了。做我不着，又回他过几时。"六老便走进去，开了箱子，将妈妈遗下这几件首饰衣服，并自己穿的这几件直身，捡一个空，尽数将出来，递与王三。王三宽打料帐，约勾了二分起息十六两之数，连箱子将了去了。六老此后身外更无一物。

<small>中人还好说话。</small>

　　话休絮烦。隔了两日，只见王三又来索取那刘家四百两银子的利钱，一发重大。六老手足无措，只得诡说道："已和我儿子借得两个元宝在此，待将去倾销一倾销，且请回步，来早拜还。"王三见六老是个诚实人，况又不怕他走了那里去，只得回家。六老想道："虽然哄了他去，这疖少不得要出脓，怎赖得过？"又走过来对赵聪道："今日王三又来索刘家的利钱，吾如今实是只有这一条性命了，你也可怜见我生身父母，救我一救！"赵聪道："没事又将这些说话来恐唬人，便有些得替还了不成？要死便死了，活在这里也没干！"六老听罢，扯住赵聪，号天号地的哭。赵聪奔脱了身，竟进去了。有人劝住了六老，且自回去。六老千思万想，若王三来时，怎生措置？人极计生，六老想了半日，忽然的道：

<small>迟了。</small>

"有了，有了。除非如此如此，除了这一件，真便死也没干。"看看天色晚来，六老吃了些夜饭自睡。

却说赵聪夫妻两个，吃罢了夜饭，洗了脚手，吹灭了火去睡。赵聪却睡不稳，_{富相。}清眠在床。只听得房里有些脚步响，疑是有贼，却不做声。元来赵聪因有家资，时常防贼，做整备的。听了一会，又闻得门儿隐隐开响，渐渐有些悉窣之声，将近床边。赵聪只不做声，约莫来得切近，悄悄的床底下拾起平日藏下的一把斧头，趁着手势一劈，只听得扑地一响，望床前倒了。赵聪连忙爬起来，踏住身子，再加两斧，见寂然无声，知是已死。慌忙叫醒殷氏道："房里有贼，已砍死了。"点起火来，恐怕外面还有伴贼，先叫破了地方邻舍。多有人走起来救护，只见墙门左侧老大一个壁洞，已听见赵聪叫道："砍死了一个贼在房里。"一齐拥进来看，果然一个死尸，头劈做了两半。众人看了，有眼快的叫道："这却不是赵六老！"众人仔细齐来相了一回，多道："是也，是也。却为甚做贼偷自家的东西？却被儿子杀了，好蹊跷作怪的事！"有的道："不是偷东西，敢是老没廉耻要扒灰；儿子愤恨，借这个贼名杀了。"那老成的道："不要胡嘈！六老平生不是这样人。"赵聪夫妻实不知是什么缘故，饶你平时奸猾，到这时节不由你不呆了。一头假哭，一头分说道："实不知是我家老儿，只认是贼，为此不问事由杀了。只看这墙洞，须知不是我故意的。"众人道："既是做贼来偷，你夜晚间不分皂白，怪你不得。只是事体重大，免不得报官。"哄了一夜，却好天明。众人押了赵聪到县前去。这里殷氏也心慌了，收拾了些财物暗地到县里打点去使用。

那知县姓张，名晋，为人清廉正直，更兼聪察非常。那时升堂，见众人押这赵聪进来,问了缘故,差人相验了尸首。张晋道:"是以子杀父,该问十恶重罪。"旁边走过一个承行孔目,禀道:"赵聪以子杀父,罪犯宜重;却实是贪夜拒盗,不知是父,又不宜坐大辟。"那些地方里邻也是一般说话。张晋由众人说,径提起笔来判道:

> 此亦公平之论,但非诛心之法。

赵聪杀贼可恕,不孝当诛!_{如镜。}子有余财,而使父贫为盗,不孝明矣!死何辞焉?

> 如此快举,不嫌深文。

判毕,即将赵聪重责四十,上了死囚枷,押入牢里。众人谁敢开口?况赵聪那些不孝的光景,众人一向久慕,见张晋断得公明,尽皆心服。张晋又责令收赵聪家财,买棺殡殓了六老。殷氏纵有扑天的本事,敌国的家私,也没门路可通。只好多使用些银子,时常往监中看觑赵聪一番。不想进监多次,惹了牢瘟,不上一个月死了。赵聪原是受享过来的,怎熬得囹圄之苦?殷氏既死,没人送饭,饿了三日,死在牢中。拖出牢洞,抛尸在千人坑里。这便是那不孝父母之报。

> 天理。

张晋更着将赵聪一应家财入官,那时刘上户、褚员外并六老平日的债主,多执了原契,禀了张晋。一一多派还了,其余所有,悉行入库。他两个刻剥了这一生,自己的父母也不能勾近他一文钱钞,思

量积攒来传授子孙为永远之计。谁知家私付之乌有,并自己也无葬身之所。要见天理昭彰,报应不爽。正是:

　　由来天网恢恢,何曾漏却阿谁?
　　王法还须推勘,神明料不差池。

卷十四

酒谋财于郊肆恶

鬼对案杨化借尸

鬼對案楊化借屍

诗曰:

从来人死魂不散，况复生前有宿冤！
试看鬼能为活证，始知明晦一般天。

话说山东有一个耕夫，不记姓名。因耕自己田地，侵犯了邻人墓道。邻人与他争论，他出言不逊，就把他毒打不休，须臾身死。家间亲人把邻人告官。检厂有致命重伤，问成死罪，已是一年。忽一日，右首邻家所生一子，口里才能说话，便话得前生事体出来。道："我是耕者某人，为邻人打死。死后见阴司，阴司怜我无罪误死，命我复生。说我尸首已坏，就近托生为右邻之子。即命二鬼送我到右邻房榥外，见一妇人踞床将产，二鬼道：'此即汝母，汝从囟门入！'说罢，二鬼即出。二鬼在外，不听见里头孩子哭声，二鬼回身进来看，说道：'走了，走了。'其时吾躲在衣架之下，被二鬼寻出，复送入囟门。一会就生下来。"历历述说平生事，无一不记。又到前所耕地界处，再三辨悉。那些看的人及他父母，明知是耕者再世，叹为异事。

喧传此话到狱中，那前日抵罪的邻人便当官诉状道："吾杀了耕者，故问死罪。今耕者已得再生，吾亦该放条活路。若不然，死者到得生了，生者到要死了，吾这一死还是抵谁的？"官府看见诉语希

奇想。

奇，吊取前日一干原被犯证里邻问他，他们众口如一，说道："果是重生。"并取小孩儿问他，他言语明明白白，一些不误。官府虽则断道："一死自抵前生，岂以再世幸免？"不准其诉，然却心里大是惊怪。因晓得：人身四大，乃是假合，形有时尽，神则常存。何况屈死冤魂，岂能遽散？

所以国朝嘉靖年间，有一桩异事。乃是一个山东人，唤名丁戍。客游北京，途中遇一壮士，名唤卢疆，见他意气慷慨，性格轩昂，两人觉道说得着，结为兄弟。不多时，卢疆盗情事犯，系在府狱。丁戍到狱中探望，卢疆对他道："某不幸犯罪，无人救答。承兄平日相爱，有句心腹话，要与兄说。"丁戍道："感蒙不弃，若有见托，必当尽心。"卢疆道："得兄应允，死亦瞑目。吾有白金千余，藏在某处，兄可去取了，用些手脚，营救我出狱。万一不能勾脱，只求兄照管我狱中衣食，不使缺乏。他日死后，只要兄葬埋了我，余多的东西，任凭兄取了罢。只此相托，再无余言。"说罢，泪如雨下。丁戍道："且请宽心！自当尽力相救。"珍重而别。

元来人心本好，见财即变。自古道得好："白酒红人面，黄金黑世心！"丁戍见卢疆倾心付托时，也是实心应承，无有虚谬。及依他到所说的某处取得千金在手，却就转了念头道："不想他果然为盗，

杀身之根。

透世语。

积得许多东西在此。造化落在我手里，是我一场小富贵，也勾下半世受用了。总是不义之物，他取得，我也取得，不为罪过。既到了手，还要救他则甚？"又想一想道："若不救他，他若教人问我，无可推托得。惹得毒了，他万一攀扯出来，得也得不稳。何不了当了他？到是口净。"正是转一念，狠一念。从此遂与狱吏两个通同，送了他三十两银子，摆布杀了卢㑇。自此丁戍白白地得了千金，又无人知他来历，摇摇摆摆，在北京受用了三年。用过七八了，因下了潞河，搭船归家。

> 人之作恶，多自转念得来。

丁戍到了船中，与同船之人正在舱里，大家说些闲话，你一句，我一句，只见丁戍忽然跌倒了。一会儿扒起来，睁起双眸，大叫道："我乃北京大盗卢㑇也。丁戍天杀的！得我千金，反害我命，而今须索填还我来！"同船之人，见他声口与先前不同，又说出这话来，晓得丁戍有负心之事，冤魂来索命了。各各心惊，共相跪拜，求告他道："丁戍自做差了事，害了好汉，须与吾辈无干。今好汉若是在这船中索命，杀了丁戍，须害我同船之人不得干净，要吃没头官司了。万望好汉息怒！略停几时，等我众人上了岸，凭好汉处置他罢。"只见丁戍口中作鬼语道："罢，罢。我先到他家等他罢。"说毕，复又倒地。须臾，丁戍醒转，众人问他适才的事，一些也不知觉，众人遂俱不道破,随路分别上岸去了。

丁戍到家三日,忽然大叫,又说起船里的说话来。家人正在骇异,只见他走去,取了一个铁锤,望口中乱打牙齿。家人慌忙抱住了,夺了他的铁锤。又走去拿把厨刀在手,把胸前乱砍,家人又来夺住了。他手中无了器皿,就把指头自挖双眼,眼珠尽出,血流满面。家人慌张惊喊,街上人听见,一齐跑进来看。递传出去,弄得看的人填街塞巷。又有日前同舟回来之人,有好事的来打听消息,恰好瞧着。只见丁戍一头自打,一头说卢彊的话,大声价骂。有大胆的走向前问他道:"这事有几年了?"附丁戍的鬼道:"三年了。"问的道:"你既有冤欲报,如此有灵,为何直等到三年?"附丁戍的鬼道:"向我关在狱中,不得报仇;近来遇赦,方出得在外来了。"说罢又打,直打到丁戍气绝,遂无影响。于时隆庆改元大赦,要知狱鬼也随阳间例,放了出来,方得报仇。乃信阴阳一理也。正是:

明不独在人,幽不独在鬼。

阳世与阴间,似隔一层纸。

若还显报时,连纸都彻起。

看官,你道在下为何说出这两段说话?只因世上的人,瞒心昧己做了事,只道暗中黑漆漆,并无人知觉的;又道是死无对证,见个人死了,就道天大的事也完了。谁知道冥冥之中,却如此昭然不爽!说到了这样转世说出前生,附身活现花报,恰像人原不曾死,只在面前一般。随你欺心的硬胆的人,思之也要毛骨悚然。

却是死后托生，也是常事，附身索命，也是常事，世人各宜警醒。古往今来，说不尽许多。而今更有一个希奇作怪的，乃是被人害命，附尸诉冤，竟做了活人活证，直到缠过多少时节，经过多少衙门，成狱方休，实为罕见！

这段话，在山东即墨县于家庄。有一人唤名于大郊，乃是个军籍出身。这于家本户，有兴州右屯卫顶当祖军一名。那见在彼处当军的，叫做于守宗。元来这名军是祖上洪武年间传留下来的，虽则是嫡支嫡派承当允伍，却是通族要帮他银两，叫做"军装盘缠"，约定几年来取一度，是个旧规。其时乃万历二十一年，守宗在卫，要人到祖籍讨这一项钱粮。有个家丁叫做杨化，就是蓟镇人，他心性最梗直，多曾到即墨县走过遭把的，守宗就差他前来。杨化与妻子别了，骑了一只自喂养的蹇驴，不则一日，行到即墨，一径到于大郊屋里居住宿歇了。各家去派取，按着支系派去，也有几分的，也有上钱的，陆续零星讨将来。先凑得二两八钱，在身边藏着。是年正月二十六日，大郊走来对杨化道："今日鳌山卫集，好不热闹，我要去趁赶，同你去要要来。"杨化道："咱家也坐不过，要去走走。"把个缠袋束在腰里了，骑了驴同大郊到鳌山卫来。只因此一去，有分教：雄边壮士，强做了一世冤魂；寒舍村姑，硬当了几番鬼役。正是：

　　猪羊入屠户之家，一步步来寻死路。

却说杨化与于大郊到鳌山集上，看了一回，觉得有些肚饥了，对大郊道："咱们到酒店上呷碗烧刀子去。"大郊见说，就拉他到卫城内一个酒家尹三家来饮酒。山东酒店，没甚嗄饭下酒，无非是两碟大蒜、几个馍馍。杨化是个北边穷军，好的是烧刀子。这尹三店中是有名最狠的黄烧酒，正中其意，大碗价筛来吃。于大郊又在旁相劝，灌得烂醉。到天晚了，杨化手垂脚软，行走不得。大郊勉强扶他上了驴，用手搀着他走路。杨化骑一步，躘一躘，几番要撅下来。到了卫北石桥子沟，杨化一个盹，叫声："阿呀！"一交翻下驴来。于大郊道："骑不得驴了，且在此地下睡睡再走。"杨化在草坡上一交放翻身子，不知一个天高地下，鼾声如雷，一觉睡去了。

元来于大郊见杨化零零星星收下好些包数银子，却不知有多少，心中动了火，思想要谋他的。欺他是个单身穷军，人生路不熟，料没有人晓得他来踪去迹。亦且这些族中人，怕他蒿恼，巴不得他去的，若不见了他，大家干净，必无人提起。却不这项银子落得要了？所以故意把这样狠酒灌醉了他。杨化睡至一个更次，于大郊呆呆在旁边候着。你道平日若是软心的人，此时纵要谋他银两，乘他酒醉，腰里摸了他的，走了去。明日杨化酒醒，只道醉后失了，就是疑心大郊，没个实据，可以抵赖，事也易处。何致定要害他性命？谁知北人手辣心硬，一不做，二不休，

> 能有几何？亦以谩藏诲盗乎？可怜，可怜。

叫得先打后商量。不论银钱多少，只是那断路抢衣帽的小小强人，也必了了性命，然后动手的。风俗如此，心性如此。看着一个人性命，只当掐个虱子，不在心上。当日见杨化不醒，四旁无人，便将杨化驴子上缰绳解将下来，打了个扣儿，将杨化的脖项套好了。就除下杨化帽儿，塞住其口，把一只脚踏住其面，两手用力将缰绳扯起来一勒，可怜杨化一个穷军，能有多少银子？今日死于非命！

于大郊将手去按杨化鼻子底下，已无气了。就于腰间搜劫前银，连缠袋取来，缠在自己腰内。又想道："尸首在此，天明时有人看见，须是不便。"随抱起杨化尸首，驮在驴背上，赶至海边，离于家庄有三里地远了，扑通一声，掼入海内。牵了驴儿转回来，又想一想道："此是杨化的驴，有人认得。我收在家里，必有人问起，难以遮盖，弃了他罢。"当将此驴赶至黄铺舍漫坡散放了，任他自去。那驴散了缰辔，随他打滚，好不自在。次日不知那个收去了。是夜于大郊悄悄地回家，无人知道。

至二月初八日，已死过十二日了。于大郊魂梦里，也道此时死尸不知漂去几千几万里了。你道可杀作怪！那死尸潮上潮下，退了多日，一夜乘潮逆流上来，恰恰到于家庄本社海边，停着不去。本社保正上良等看见，将情报知即墨县。那即墨县李知县查得海潮死尸，不知何处人氏，何由落水，其故难明，亦且颈有绳痕，中间必有冤抑。除责令地方一面收贮，一面访拿外，李知县斋戒了到城隍庙虔诚祈祷，务期报应，以显灵佑不题。

本月十三日有于大郊本户居民于得水妻李氏，正与丈夫碾米，忽然跌倒在地。得水慌忙扶住叫唤。将及半个时辰，猛可站将起来，紧闭双眸，口中吓道："于大郊，还我命来！还我命来！"于得水惊诧问道："你是何处神鬼，辄来作怪？"李氏口里道："我是讨军装杨化，在鳌山集被于大郊将黄烧酒灌醉，扶至石桥子沟，将缰绳把我勒死，抛尸海中。我恐大郊逃走，官府连累无干，以此前来告诉。我家中还有亲兄杨大，又有妻张氏，有二男二女，俱远在蓟州，不及前来执命。可怜！可怜！故此自来，要与大郊质对，务要当官报仇。"于得水道："此冤仇却与我无干，如何缠扰着我家里？"李氏口里道："暂借贤妻贵体，与我做个凭依，好得质对。待完成了事，我自当去，不来相扰。烦你与我报知地方则个。你若不肯，我也不出你的门。"于得水当时无奈，只得走去通知了保正于良。于良不信，到得水家中看个的确。只见李氏再说那杨化一番说话，明明白白，一些不差。于良走去报知老人邵强与地方牌头小甲等，都来看了，前后说话，都是一样。

<small>化亦强鬼也。</small>

　　于良、邵强遂同地方人等，一拥来到于大郊家里，叫出大郊来道："你干得好事！今有冤魂在于得水家中，你可快去面对。"大郊心里有病，见说着这话，好不心惊！却又道："有甚么冤魂在得水家里？可又作怪，且去看一看，怕做甚么！"违不得众人，只得软软随了去。到得水家，只见李氏大喝道："于大郊，你来了么？我与你有甚么冤仇？你却谋我东西，下此毒手！害得我好苦！"大郊犹兀自道无人知证，口强道："呸！那个谋你甚么？见鬼了！"李

氏口里道："还要抵赖？你将驴缰勒死了我，又将驴驮我海边，丢尸海中了。藏着我银子二两八钱，打点自家快活。快拿出我的银子来，不然，我就打你，咬你的肉，泄我的恨！"大郊见他说出银子数目相对，已知果是杨化附魂，不敢隐匿，遂对众吐称："前情是实。却不料阴魂附人，如此显明，只索死去休！"

于良等听罢，当即押了大郊回家，将原劫杨化缠袋一条内盛军装银二两八钱，于本家灶锅烟笼里取出。于良等道："好了，好了。有此赃物，便可报官定罪，了这海上浮尸的公案。若只是阴魂鬼话，万一后边本人醒了，阴魂去了，我们难替他担错。"就急急押了于大郊，连赃送县。大郊想道："罪无可逃了。坐在监中，无人送饭，须索多攀本户两个，大家不得安闲。等他们送饭时，须好歹也有些及我。"就对于良道："这事须有本户于大豹、于大敖、于大节三人与我同谋的，如何只做我一人不着？"于良等并将三人拘集。三人口称无干，这里也不听他，一齐送到县来首明。

知县准了首词，批道："情似真而事则诡。必李氏当官证之！"随拘李氏到官。李氏与大郊面质，句句是杨化口谈，咬定大郊谋死真情。知县看那诉词上面，还有几个名字，问："这于大豹等几人，却是怎的？"李氏道："止是大郊一个，余人并不相干。正恐累及平人，故不避幽明，特来告陈。"知县厉声问大郊道："你怎么说？"大郊此时已被李氏附魂活灵活现的说，惊得三魂俱不在体了，只得叩头道："爷爷，今日才晓得鬼神难昧，委系自己将杨化勒死图财是实，并与他人无干。小的该死！"

知县看系谋杀人命重情，未经检验，当日亲押大郊等到海边潮上杨化尸所相验。拘取一班仵作，相得杨化身尸，颈子上有绳子交匝之伤,的系生前被人勒死。取了伤单,回到县中,将一干人犯口词取了,问成于大郊死罪。众人在官的多画了供,连李氏也画了一个供。又分付他道:"此事须解上司,你改不得口!"李氏道:"小的不改口,只是一样说话。"元来知县只怕杨化魂灵散了,故如此对李氏说。不知杨化真魂,只说自家的说话,却如此答。知县就把文案叠成,连人解府。知府看了招卷,道是希奇,心下有些疑惑,当堂亲审,前情无异。题笔判云:

看得杨化以边塞贫军,跋涉千里;银不满三两,于大郊辄起毒心;先之酒醉,继之绳勒,又继之驴驮,丢尸海内。彼以为葬鱼腹,求之无尸,质之无证,已可私享前银,宴然无事。孰意天道昭彰,鬼神不昧!尸入海而不沉,魂附人而自语。发微瞬之奸,褫凶人之魄。至于'咬肉泄恨'一语,凛然斧钺;'恐连累无干'数言,赫然公平。化可谓死而灵,灵而正直,不以死而遂泯者。孰谓人可谋杀,又可漏网哉?该县祷神有应,异政足录。拟斩情已不枉,缘系面鞫,杀劫魂附情真,理合解审。抚按定夺。

府中起了解批,连人连卷,解至督抚军门孙某案下告投。

孙军门看了来因,好些不然。疑道:"李氏一个

不由人不疑。

妇人，又是人作鬼语，如何做得杀人定案？安知不有诡诈？"就当堂逐一点过面审。点到李氏，便住了笔，问道："你是那里人？"李氏道："是蓟州人。"又叫地方上来，问："李氏是那里人？"地方道："是即墨人。"孙军门道："他如何说是蓟州人？"地方道："李氏是即墨人，附尸的杨化是蓟州人。"孙军门又唤李氏问道："你叫甚么名字？"李氏道："小的杨化，是兴州右屯卫于守宗名下余丁。"遂把讨军装被谋死，是长是短，说了一遍。宛然是个北边男子声口，并不像妇女说话，亦不是山东说话。孙军门问得明白，点一点头，笑道："果有此等异事！"遂批卷上道：

杨化魂附诉冤，面审俱蓟镇人语，诚为甚异。仰按察司覆审详报！

按察司转发本府带管理刑厅刘同知覆审。解官将一干人犯仍带至府中，当堂回销解批。只见李氏之夫于得水哭禀知府道："小的妻子李氏久为杨化冤魂所附，真性迷失。又且身系在官，展转勘问，动辄经旬累月，有子失乳，母子不免两伤。望乞爷台做主，救命超生！"知府见他说得可怜，点头道："此原不是常理，如何可久假不归？却是鬼神之事，我亦难处。"便唤李氏到案前道："你是李氏，还是杨化？"李氏道："小的是杨化。"知府道："你的冤已雪了。"李氏道："多谢老爷天恩！"知府道："你虽是杨化，你身却是李氏，你晓得么？"李氏道："小的晓得。却是小的冤虽已报，无家可归，住在此罢。"知府大怒道："胡说！你冤既雪，只该依你体骨去，为何耽阁人妻子？你可速去，不然痛打你一顿。"李氏见说要打,却像有些怕的一般,连连叩头道:"小的去了就是。"说罢,李氏站起就走。知府又叫人拉他转来道:"我自叫杨化去,李氏待到那里去?"李氏仍做杨化的声口,叩头道:"小人自去。"起身又走。知府拍桌大喝,叫他转来道:"这样糊涂可恶!杨化自去,须留下李氏身子。如何三回两转,违我言语?皂隶与我着实打!"皂隶发一声喊,把满堂竹片尽撇在地,震得一片价响。只见李氏一交跌倒,叫皂隶唤他,不应,再叫他杨化,也不应,眼睛紧闭,面色如灰。于是水慌了手脚,附着耳朵连声呼之,只是不应。也不管公堂之上,大声痛哭。知府也没法处得。得水捧着李氏,只见四肢摇战,汗下如雨。有一个多时辰,忽然张开眼睛,看见公堂虚敞,满前面生人众,打扮异样,大惊道:"吾李氏女,何故在此?"就把两袖紧遮其面。知府晓得其真性已回,问他一向知道甚么。说道:"在家碾米,不知何故在此。"并过了许多时日也不知道。知府便将朱笔大书"李氏元身"四字镇之,取印印其背,令得水扶归调养。

次日,刘同知提审,李氏名尚未销。得水见妻子出惯了官的,不以为意,谁知李氏这回着实羞怯,不肯到衙门来。得水把从前话一一备细说与李氏知道,李氏哭道:"是睡梦里,不知做此出丑勾当,一向没处追悔了,今既已醒,我自是女人,岂可复到公庭?"得水道:"罪案已成,太爷昨日已经把你发

※ 此时须提醒得明白。

※ 知府亦能人。

放过了。今日只是覆审一次，便可了事。"李氏道："覆审不覆审与我何干？"得水道："若不去时，须累及我。"李氏没奈何，只得同到衙门里来。比及刘同知问时，只是哭泣，并不晓得说一句说话。同知唤其夫得水问他，得水把向来杨化附魂证狱，昨日太爷发放，杨化已去，今是元身李氏，与前日不同缘故说了。就将太爷朱笔亲书并背上印文验过。刘同知深叹其异，把文书申详上司道："杨化冤魂已散，理合释放李氏宁家，免其再提。于大郊自有真赃，不必别证。秋后处决。"

一日晚间，于得水梦见杨化来谢道："久劳贤室，无可为报。止有叫驴一头，一向散缰走失，被人收去。今我引他到你家门首，你可收用，权为谢意。"得水次日开门出去，果遇一驴在门，将他拴鞴起来骑用，方知杨化灵尚未泯。从来说鬼神难欺，无如此一段话本，最为真实骇听。

了蹇驴之案。

　　人杀人而成鬼，鬼借人以证人。
　　人鬼公然相报，冤家宜结宜分。

卷十五 卫朝奉狠心盘贵产
陈秀才巧计赚原房

衛朝奉狠心置荀祭

卷十五　卫朝奉狠心盘贵产　陈秀才巧计赚原房

诗曰：

> 人生碌碌饮贪泉，不畏官司不顾天。
> 何必广斋多忏悔？让人一着最为先。

这一首诗，单说世上人贪心起处，便是十万个金刚也降不住；明明的刑宪陈设在前，也顾不的。子列子有云："不见人，徒见金。"盖谓当这点念头一发，精神命脉，多注在这一件事上，那管你行得也行不得？

话说杭州府有一贾秀才，名实，家私巨万，心灵机巧，豪侠好义，专好结识那一班有义气的朋友。若是朋友中有那未娶妻的，家贫乏聘，他便捐资助其完配；有那负债还不起的，他便替人赔偿。又且路见不平，专要与那瞒心昧己的人作对。假若有人恃强，他便出奇计以胜之。种种快事，未可枚举。如今且说他一节助友赎产的话。

钱塘人有个姓李的人，虽习儒业，尚未游庠。家极贫窭，事亲至孝。与贾秀才相契，贾秀才时常周济他。一日，贾秀才邀李生饮酒。李生到来，心下怏怏不乐。贾秀才疑惑，饮了数巡，忍耐不住，开口问道："李兄有何心事，对酒不欢？何不使小弟相闻？或能分忧万一，未可知也。"李生叹口气道："小弟有些心事，别个面前也不好说，我兄垂问，敢不实言！小弟先前曾有小房一所，在西湖口昭庆寺左侧，约值三百余金。为因负了寺僧慧空银五十两，积上三年，本利共该百金。那和尚却是好利的先锋，趋势的元帅，终日索债。小弟手足无措，只得

> 是和尚皆然，不止慧空。

将房子准与他，要他找足三百金之价。那和尚知小弟别无他路，故意不要房子，只顾索银。小北只得短价将房准了，凭众处分，找得三十两银。才交得过，和尚就搬进去住了。小弟自同老母搬往城中，赁房居住。今因主家租钱连年不楚，他家日来催小弟出屋，老母忧愁成病，以此烦恼。"贾秀才道："元来如此。李兄何不早说？敢问所负彼家租价几何？"李生道："每年四金，今共欠他三年租价。"贾秀才道："此事一发不难。今夜且尽欢，明早自有区处。"当日酒散相别。

> 谁肯？

次日，贾秀才起个清早，往库房中取天平，兑勾了一百四十二两之数，着一个仆人跟了，径投李生处来。李生方才起身，梳洗不迭，忙叫老娘煮茶。没柴没火的，弄了一早起，煮不出一个茶。贾秀才会了他每的意，忙叫仆人请李生出来，讲一句话就行。李生出来道："贾兄有何见教，俯赐宠临？"贾秀才叫仆人将过一个小手盒，取出两包银子来，对李生道："此包中银十二两，可偿此处主人。此包中银一百三十两，兄可将去与慧空长老赎取原屋居住，省受主家之累，且免令堂之忧，并兄栖身亦有定所，此小弟之愿也。"李生道："我兄说那里话！小弟不才，一母不能自赡，贫困当自受之。屡承周给，已出望外，复为弟无家可依，乃累仁兄费此重资，赎取原屋，即使弟居之，亦不安稳。荷兄高谊，敢领租价一十二金；赎屋之资，断不敢从命。"贾秀才道："我兄差矣！我两人交契，专以义气为重，何乃以财利介意？兄但收之，以复故业，不必再却。"说罢，将银放在桌上，竟自出门去了。

〔领则可以俱领，否则一毫不可，不在多少也。〕

李生慌忙出来，叫道："贾兄转来，容小弟作谢。"贾秀才不顾，竟自去了。李生心下想道："天下难得这样义友，我若不受他的，他心决反不快。且将去取赎了房子，若有得志之日，必厚报之！"当下将了银子，与母亲商议了，前去赎屋。

到了昭庆寺左侧旧房门首，进来问道："慧空长老在么？"长老听得，只道是什么施主到来，慌忙出来迎接。却见是李生，把这足恭身分，多放做冷淡的腔子，半吞半吐的施了礼请坐，也不讨茶。李生却将那赎房的说话说了。慧空便有些变色道："当初卖屋时，不曾说过后来要取赎。就是要赎，原价虽只是一百三十两，如今我们又增造许多披屋，装折许多材料，值得多了。今官人须是补出这些帐来，任凭取赎了去。"这是慧空分明晓得李生拿不出银子，故意勒揩他，实是何曾添造什么房子？又道是"人穷志窄"，李生听了这句话，便认为真。心下想道："难道还又去要贾兄找足银子取赎不成？我原不愿受他银子赎屋，今落得借这个名头，只说和尚索价太重，不容取赎，还了贾兄银子，心下也到安稳。"即便辞了和尚，走到贾秀才家里来，备细述

〔其人可交，贾生所以厚施也。〕

了和尚言语。贾秀才大怒道:"叵耐这秃厮恁般可恶!僧家四大俱空,反要瞒心昧己,图人财利。当初如此卖,今只如此赎,缘何平白地要增价银?钱财虽小,情理难容!撞在小生手里,待作个计较处置他,不怕他不容我赎!"当时留李生吃了饭,别去了。

贾秀才带了两个家僮,径走到昭庆寺左侧来,见慧空家门儿开着,踅将进去。问着个小和尚,说道:"师父陪客吃了几杯早酒,在楼上打盹。"贾秀才叫两个家僮住在下边,信步走到胡梯边,悄悄蓦将上去。只听得鼾齁之声;举目一看,看见慧空脱下衣帽熟睡。楼上四面有窗,多关着。贾秀才走到后窗缝里一张,见对楼一个年少妇人坐着做针指,看光景是一个大户人家。贾秀才低头一想道:"计在此了。"便走过前面来,将慧空那僧衣僧帽穿着了,悄悄地开了后窗,嘻着脸与那对楼的妇人百般调戏,直惹得那妇人焦燥,跑下楼去。贾秀才也仍复脱下衣帽,放在旧处,悄悄下楼,自回去了。

且说慧空正睡之际,只听得下边乒乓之声,一直打将进来。十来个汉子,一片声骂道:"贼秃驴,敢如此无状!公然楼窗对着我家内楼,不知回避,我们一向不说;今日反大胆把俺家主母调戏!送到官司,打得他逼直,我们只不许他住在这里罢了!"慌得那慧空手足无措。霎时间,众人赶上楼来,将家火什物打得雪片,将慧空浑身衣服扯得粉碎。慧空道:"小僧何曾敢向宅上看一看?"众人不由分说,夹嘴夹面只是打,骂道:"贼秃!你只搬去便罢;不然时,见一遭打一遭。莫想在此处站一站脚!"将慧空乱叉出门外去。慧空晓得那人家是郝上户家,不敢分说,一溜烟进寺去了。

贾秀才探知此信，知是中计，暗暗好笑。过了两日，走去约了李生，说与他这些缘故，连李生也笑个不住。贾秀才即便将了一百三十两银子，同了李生，寻见了慧空，说要赎屋。慧空起头见李生一身，言不惊人，貌不动众，另是一般说话。今见贾秀才是个富户，带了家僮到来，况刚被郝家打慌了的，自思："留这所在，料然住不安稳，不合与郝家内楼相对，必时常要来寻我不是。由他赎了去，省了些是非罢。"便一口应承。兑了原银一百三十两，还了原契，房子付与李生自去管理。那慧空要讨别人便宜，谁知反吃别人弄了。此便是贪心太过之报。

后来贾生中了，直做到内阁学士；李生亦得登第做官。两人相契，至死不变。正是：

量大福也大，机深祸亦深。
慧空空昧己，贾实实仁心！

这却还不是正话。如今且说一段故事，乃在金陵建都之地，鱼龙变化之乡。那金陵城傍着石山筑起，故名石头城。城从水门而进，有那秦淮十里楼台之盛。那湖是昔年秦始皇开掘的，故名秦淮湖。水通着扬子江，早晚两潮，那大江中百般物件，每每随潮势流将进来。湖里有画舫名妓，笙箫嘹亮，士女喧哗。两岸柳荫夹道，隔湖画阁争辉。花栏竹架，常凭韵客联吟；绣户珠帘，时露娇娥半面。酒馆十三四处，茶坊六七八家。端的是繁华盛地，富贵名邦。

说话的，只说那秦淮风景，没些来历。看官有所不知，在下就中单表近代一个有名的富郎陈秀才，名玠，在秦淮湖口居住，娶妻马氏，极是贤德，治家勤俭。陈秀才有两个所在：一所庄房，一所住居，都在秦淮湖口。庄房却在对湖。那陈秀才专好结客，又喜风月，逐日呼朋引类，或往青楼嫖妓，或落游船饮酒。帮闲的不离左右，筵席上必有红裙。清唱的时供新调，修痒的百样腾挪。送花的日逐荐鲜，司厨的多方献异。又道是："利之所在，无所不趋。"为因那陈秀才是个撒漫的都总管，所以那些众人多把做一场好买卖，齐来趋奉他。若是无钱悭吝的人，休想见着他每的影。那时南京城里没一个不晓得陈秀才的。陈秀才又吟得诗，作得赋，做人又极温存帮衬，合衖衕中姊妹，也没一个不喜欢陈秀才的。好不受用！好不快乐！果然是朝朝寒食，夜夜元宵。

　　光阴如隙驹，陈秀才风花雪月了七八年，将家私弄得干净快了。马氏每每苦劝，只是旧性不改。今日三，明日四，虽不比日前的松快容易，手头也还掤凑得来。又花费了半年把，如今却有些急迫了。马氏倒也看得透，道："索性等他败完了，倒有个住场。"所以再不去劝他。陈秀才燥惯了脾胃，一时那里变得转？却是没银子使用，众人撺掇他写了一纸文契，往那三山街开解铺的徽州卫朝奉处借银三百两。那朝奉又是一个不爱财的魔君，终是陈秀才的名头还大，卫朝奉不怕他还不起，遂将三百银子借

是大见，若不识机而强争，徒多闹吵耳。

卷十五　卫朝奉狠心盘贵产　陈秀才巧计赚原房

与，三分起息。陈秀才自将银子依旧去花费，不题。

却说那卫朝奉平素是个极刻剥之人。初到南京时，只是一个小小解铺，他却有百般的昧心取利之法。假如别人将东西去解时，他却把那九六七银子，充作纹银，又将小小的等子称出，还要欠几分兑头。后来赎时，却把大大的天平兑将进去，又要你找足兑头，又要你补勾成色，少一丝时，他则不发货。又或有将金银珠宝首饰来解的，他看得金子有十分成数，便一模二样，暗地里打造来换了；粗珠换了细珠，好宝换了低石。如此行事，不能细述。那陈秀才这三百两债务，卫朝奉有心要盘他这所庄房，等闲再不叫人来讨。巴巴的盘到了三年，本利却好一个对合了，卫朝奉便着人到陈家来索债。陈秀才那时已弄得瓮尽杯干，只得收了心，在家读书，见说卫家索债，心里没做理会处。只得三回五次回说："不在家，待归时来讨。"又道是"怕见的是怪，难躲的是债"，是这般回了几次，他家也自然不信了。卫朝奉逐日着人来催逼，陈秀才则不出头。卫朝奉只是着人上门坐守，甚至以浊语相加，陈秀才忍气吞声。

<small>放债者心术如此。</small>

　　正是有钱神也怕，到得无钱鬼亦欺。
　　早知今日来忍辱，却悔当初太燥脾。

陈秀才吃搅不过，没极奈何，只得出来与那原中说道："卫家那注银子，本利共该六百两，我如今一时间委实无所措置，隔湖这一所庄房，约值千余金之价，我意欲将来准与卫家，等卫朝奉找足我千金之数罢了。列位与我周全此事，自当相谢。"众人料道无银得还，只得应允了，去对卫朝奉说知。卫朝奉道："我已曾在他家庄里看过。这所庄子怎便值得这一千银子？也亏他开这张大口。就是只准那六百两，我也还道过分了些，你们众位怎说这样话？"原中道："朝奉，这座庄居，六百银子也不能勾得他。乘他此时窘迫之际，胡乱找他百把银子，准了他的庄，极是便宜。倘若有一个出钱主儿买了去，要这样美产就不能勾了。"卫朝奉听说，紫胀了面皮道："当初是你每众人总承我这样好主顾，放债，放债，本利丝毫不曾见面，反又要我拿出银子来。我又不等屋住，要这所破落房子做甚么？若只是这六百两时，便认亏些准了；不然时，只将银子还我。"就叫伴当每随了原中去说。

放债者口谈如此。

众人一齐多到陈家来，细述了一遍，气得那陈秀才目睁口呆。却待要发话，实是自己做差了事，又没对付银子处，如何好与他争执？只得赔个笑面道："若是千金不值时，便找勾了八百金也罢。当初创造时，实费了一千二三百金之数，今也论不得了。再烦列位去通小生的鄙意则个。"众人道："难，难，难！方才我们只说得百把银子，卫朝奉兀自变了脸道：'我又不等屋住！若要找时，只是还我银子。'这般口气，相公却说个'八百两'三字，一万世也不成！"陈秀才又道："财产重事，岂能一说便决？卫朝奉见头次索价太多，故作难色，今又减了二百之数，难道还有不愿之理？"众人吃央不过，只得又来对卫朝奉说了。卫朝奉也不答应，迸起了面皮，竟走进去。唤了四五个伴当出来，对众人道："朝奉叫我每陈家去讨银子，准房之事，不要说起了。"

众人觉得没趣，只得又同了伴当到陈家来。众人也不回话，那几个伴当一片声道："朝奉叫我们来坐在这里，等兑还了银子方去。"陈秀才听说，满面羞惭，敢怒而不敢言。只得对众人道："可为我婉款了他家伴当回去，容我再作道理。"众人做歉做好，劝了他们回去。众人也各自散了。

陈秀才一肚皮的鸟气，没处出豁，走将进来，捶台拍凳，短叹长吁。马氏看了他这般光景，心下已自明白。故意道："官人何不去花街柳陌，楚馆秦楼，畅饮酣酒，通宵遣兴？却在此处咨嗟愁闷，也觉得少些风月了。"陈秀才道："娘子直恁地消遣小生。当初只为不听你的好言，忒看得钱财容易，致今日受那徽狗这般呕气。欲将那对湖庄房准与他，要他找我二百银子，叵耐他抵死不肯，只顾索债。又着数个伴当住在吾家坐守，亏得众人解劝了去，

放债者身分如此。

此时可劝矣，真知机妇人也。

明早一定又来。难道我这所庄房止值得六百银子不成？如今却又没奈何了。"马氏道："你当初撒漫时节，只道家中是那无底之仓，长流之水，上千的费用了去，谁知到得今日，要别人找这一二百银子却如此烦难。既是他不肯时，只索准与他罢了，闷做甚的？若像三年前时，再有几个庄子也准去了，何在乎这一个！"陈秀才被马氏数落一顿，嘿嘿无言。当夜心中不快，吃了些晚饭，洗了脚手睡了。又道是欢娱嫌夜短，寂寞恨更长。陈秀才有这一件事在心上，翻来覆去，巴不到天明。及至五更鸡唱，身子困倦，朦胧思睡。只听得家僮三五次进来说道："卫家来讨银子一早起了。"陈秀才忍耐不住，一骨碌扒将起来，请拢了众原中，写了一纸卖契：将某处庄卖到某处银六百两。将出来交与众人。众人不比昨日，欣然接了去，回覆卫朝奉。陈秀才虽然气愤不过，却免了门头不清净，也只索罢了。那卫朝奉也不是不要庄房，也不是真要银子，见陈秀才十分窘迫，只是逼债，不怕那庄子不上他的手。如今陈秀才果然吃逼不过，只得将庄房准了。卫朝奉称心满意，已无话说。

却说陈秀才自那准庄之后，心下好不懊恨，终日眉头不展，废寝忘餐。时常咬牙切齿道："我若得志，必当报之！"马氏见他如此，说道："不怨自己，反恨他人！别个有了银子，自然千方百计要寻出便益来，谁像你将了别人的银子用得落得，不知曾干了一节什么正经事务，平白地将这样美产贱送了。难道是别人央及你的不成？"陈秀才道："事到如今，我岂不知自悔？但作过在前，悔之无及耳。"马氏道："说得好听，怕口里不像心里，'自悔'两字，也是极难的。又道是：'败子若收心，犹如鬼变人。'这时节手头不足，只好缩了头坐在家里怨恨；有了一百二百银子，又好去风流撒漫起来。"陈秀才叹口气道："娘子兀自不知我的心事！人非草木，岂得无知！我当初实是不知稼穑，被人鼓舞，朝欢暮乐，耗了家私。今已历尽凄凉，受人冷淡，还想着'风月'两字，真丧心之人了！"马氏道："恁地说来，也还有些志气。我道你不到乌江心不死，今已到了乌江，这心原也该死了。我且问你，假若有了银子，你却待做些甚么？"陈秀才道："若有银子，必先恢复了这庄居，羞辱那徽狗一番，出一口气。其外或开个铺子，或置些田地，随缘度日，以待成名，我之愿也。若得千金之资，也就勾了。却那里得这银子来？只好望梅止渴，画饼充饥。"说罢往桌上一拍，叹一口气。

马氏微微的笑道："若果然依得这一段话时，想这千金有甚难处之事？"陈秀才见说得有些来历，连忙问道："银子在那里？还是去与人那借，还是去与朋友们结会？不然银子从何处来？"马氏又笑道："若那借时，又是一个卫朝奉了。世情看冷暖，人面逐高低。见你这般时势，那个朋友肯出银与你结会？还是求着自家屋里，或者有些活路，也不可知。"陈秀才道："自家屋里求着兀谁的是？莫非娘子有甚扶助小生之处？望乞娘子提掇指点小生一条路头，真莫大之恩也！"马氏道："你平时那一班同欢同赏、知音识趣的朋友，怎没一个来瞅睬你一

道尽人情。

瞅睬？元来今日原只好对着我说什么提掇也不提掇。我女流之辈，也没甚提掇你处。只要与你说一说过。"陈秀才道："娘子有甚说话？任凭措置。"马氏道："你如今当真收心务实了么？"陈秀才道："娘子，怎还说这话？我陈珩若再向花柳丛中着脚时，永远前程不吉，死于非命！"马氏道："既怎地说时，我便赎这庄子还你。"

说罢，取了钥匙直开到厢房里一条黑弄中，指着一个皮匣，对陈秀才道："这些东西，你可将去赎庄；余来的，可原还我。"陈秀才喜自天来，却还有些半信不信，揭开看时，只见雪白的摆着银子，约有千余金之物。陈秀才看了，不觉掉下泪来。马氏道："官人为何悲伤？"陈秀才道："陈某不肖，将家私荡尽，赖我贤妻熬清守淡，积攒下偌多财物，使小生恢复故业，实是枉为男子，无地可自容矣！"马氏道："官人既能改过自新，便是家门有幸。明日可便去赎取庄房，不必迟延了。"陈秀才当日欢喜无限，过了一夜。次日，着人请过旧日这几个原中去对卫朝奉说，要兑还六百银子，赎取庄房。卫朝奉却是得了便宜的，如何肯便与他赎？推说道："当初准与我时，多是些败落房子，荒芜地基；我如今添造房屋，修理得锦锦簇簇，周回花木，栽植得整整齐齐。却便原是这六百银子赎了去，他倒安稳！若要赎时，如今当真要找足一千银子，便赎了去。"

<small>此泪出，悔心之征也。</small>

众人将此话回覆了陈秀才。陈秀才道："既是恁地，必须等我亲看一看，果然添造修理，估值几何，然后量找便了。"便同众人到庄里来，问说："朝奉在么？"只见一个养娘说道："朝奉却才解铺里去了。我家内眷在里面，官人们没事不进去罢。"众人道："我们略在外边踏看一看不妨。"养娘放众人进去看了一遭，却见原只是这些旧屋，不过补得几处地板，筑得一两处漏点，修得三四根折栏杆，多是有数，看得见的，何曾添个甚么？

陈秀才回来，对众人道："庄居一无所增，如何却要我找银子？当初我将这庄子抵债，要他找得二百银子，他乘我手中窘迫，贪图产业，百般勒揢，上了他手，今日又要反找！将猫儿食伴猫儿饭，天理何在？我陈某当初软弱，今日不到得与他作弄。众位可将这六百银子交与他，教他出屋还我。只这等，他已得了三百两利钱了。"众人本也不敢去对卫朝奉说，却见陈秀才搬出好些银子，已自酥了半边，把那旧日的奉承腔子重整起来，都应道："相公说的是，待小人们去说。"众人将了银子去交与卫朝奉。卫朝奉只说少，不肯收，却是说众人不过，只得权且收了，却只不说出屋日期。众人道他收了银子，大头已定，取了一纸收票来，回覆了陈秀才，俱各散讫。

过了几日，陈秀才又着人去催促出房。卫朝奉却道："必要找勾了修理改造的银子便去，不然时，决不搬出。"催了几次，只是如此推托。陈秀才愤恨之极，道："这厮恁般恃强！若与他经官动府，虽是理上说我不过，未必处得畅快。慢慢地寻个计较处置他，不怕你不搬出去。当初呕了他的气，未曾泄得，他今日又来欺负人，此恨如何消得！"那时正是十月中旬天气，月明如昼，陈秀才偶然走出湖房上来步月，闲行了半晌。又道是无巧不成话，只见秦淮湖里上流头，黑洞洞滉将一件物事来。陈秀才注目一看，吃了一惊。元来一个死尸，却是那扬子江中流入来的。那尸却好流近湖房边来，陈秀才正为着卫朝奉一事踌躇，默然自语道："有计了！有计了！"便唤了家僮陈禄到来。

那陈禄是陈秀才极得用的人，为人忠直，陈秀才每事必与他商议。当时对他说道："我受那卫家狗奴的气，无处出豁，他又不肯出屋还我，怎得个计较摆布他便好？"陈禄道："便是官人也是富贵过来的人，又不是小家子，如何受这些狗蛮的气！我们看不过，常想与他性命相搏，替官人泄恨。"陈秀才道："我而今有计在此，你须依着我，如此如此而行，自有重赏。"陈禄不胜之喜，道："好计！好计！"唯唯从命，依计而行。当夜各自散了。次日，陈禄穿了一身宽敞衣服，央了平日与主人家往来得好的陆三官做了媒人，引他望对湖去投靠卫朝奉。卫朝奉见他人物整齐，说话伶俐，收纳了，拨一间房与他歇落。叫他穿房入户使用，且是勤谨得用。过了月余，忽一日，卫朝奉早起寻陈禄叫他买柴，却见房门开着，看时不见在里面。到各处寻了一会，则不见他；又着人四处找寻，多回说不见。卫朝奉也不曾费了什么本钱在他身上，也不甚要紧。正要寻原媒来问他，只见陈秀才家三五个仆人到卫家说道："我家一月前，逃走了一个人，叫做陈禄，闻得陆三官领来投靠你家。快叫他出来随我们去，不要藏匿过了。我家主见告着状哩！"卫朝奉道："便是一月前一个人投靠我，也不晓得是你家的人。不知何故，前夜忽然逃去了，委是没这人在我家。"众人道："岂有又逃的理？分明是你藏匿过了，哄骗我们。既不在时，除非等我们搜一搜看。"卫朝奉托大道："便由你们搜，搜不出时，吃我几个面光。"众人一拥入来，除了老鼠穴中不搜过。卫朝奉正待发作，只见众人发声喊道："在这里了！"卫朝奉不知是甚事头，近前来看，元来在土松处翻出一条死人腿。卫朝奉惊得目睁口呆。众人一片声道："已定是卫朝奉将我家这人杀害了，埋这腿在这里。去请我家相公到来，商量去出首。"

一个人慌忙去请了陈秀才到来。陈秀才大发雷霆，嚷道："人命关天，怎便将我家人杀害了！不去府里出首，更待何时！"叫众人提了人腿便走。卫朝奉扢搭搭地抖着，拦住了道："我的爷，委实我不曾谋害人命。"陈秀才道："放屁！这个人腿那里来的？你只到官分辨去！"那富的人，怕的是见官，况是人命？只得求告道："且慢慢商量，如今凭陈相公怎地处分，饶我到官罢！怎吃得这个没头官司？"陈秀才道："当初图我产业，不肯找我银子的是你！今日占住房子，要我找价的也是你！恁般强横，今日又将我家人收留了，谋死了他！正好公报私仇，却饶不得！"卫朝奉道："我的爷，是我不是。情愿出屋还相公。"陈秀才道："你如何谎说添造房屋？你如今只将我这三百两利钱出来还我，修理庄居，写一纸伏辨与我，我们便净了口，将这只脚烧化了，此事便泯然无迹。不然时今日天清日白，在你家里搜出人腿来，众目昭彰，一传出去，不到得轻放过

平日心术、口谈、身分安在？

了你。"卫朝奉冤屈无伸，却只要没事，只得写了伏辨，递与陈秀才。又逼他兑还三百银子，催他出屋。卫朝奉没奈何，连夜搬往三山街解铺中去。这里自将腿藏过了。陈秀才那一口气，方才消得。你道卫家那人腿是那里来的？元来陈秀才十月半步月之夜，偶见这死尸腿来，却叫家僮陈禄取下一条腿。次日只做陈禄去投靠卫家，却将那只腿悄地带入。乘他每不见，却将腿去埋在空处停当，依旧走了回家。这里只做去寻陈禄，将那人腿搜出，定要告官，他便慌张，没做理会处，只得出了屋去。又要他白送还这三百银子利钱，此陈秀才之妙计也。

陈秀才自此恢复了庄，便将余财十分作家，竟成富室。后亦举孝廉，不仕而终。陈禄走在外京多时，（也是要的）方才重到陈家来。卫朝奉有时撞着，情知中计，却是房契已还，当日一时急促中事，又没个把柄，无可申辨处。又毕竟不知人腿来历，到底怀着鬼胎，只得忍着罢了。这便是"陈秀才巧计赚原房"的话。有诗为证：

　　撒漫虽然会破家，欺贪克剥也难夸！
　　试看横事无端至，只为生平种毒赊。

卷十六

张溜儿熟布迷魂局

陆蕙娘立决到头缘

張滿兒瀑布
走馬觀局

诗曰：

深机密械总徒然，诡计奸谋亦可怜。
赚得人亡家破日，还成捞月在空川。

话说世间最可恶的是拐子。世人但说是盗贼，便十分防备他；不知那拐子，便与他同行同止也识不出弄喧捣鬼，没形没影的，做将出来，神仙也猜他不到，倒在怀里信他。直到事后晓得，已此追之不及了。这却不是出跳的贼精，隐然的强盗？

今说国朝万历十六年，浙江杭州府北门外一个居民，姓扈，年已望六。妈妈新亡，有两个儿子，两个媳妇，在家过活。那两个媳妇，俱生得有些颜色，且是孝敬公公。一日，爷儿三个多出去了，只留两个媳妇在家，闭上了门，自在里面做生活。那一日大雨淋漓，路上无人行走。日中时分，只听得外面有低低哭泣之声，十分凄惨悲咽，却是妇人声音。从日中哭起，直到日没，哭个不住。两个媳妇听了半日，忍耐不住，只得开门同去外边一看。正是：

闭门家里坐，祸从天上来。

若是说话的与他同时生，并肩长，便劈手扯住，不放他两个出去，纵有天大的事，也惹他不着。元来大凡妇人家，那闲事切不可管，动止最宜谨慎。丈夫在家时还好，若是不在时，只宜深闺静处，便自高枕无忧，若是轻易揽着个事头，必要缠出些不妙来。

> 好话，妇女宜听。

那两个媳妇，当日不合开门出来，却见是一个中年婆娘，人物也到生得干净。两个见是个妇人，无甚妨碍，便动问道："妈妈何来？为甚这般苦楚？可对我们说知则个。"那婆娘掩着眼泪道："两位娘子听着：老妾在这城外乡间居住，老儿死了，止有一个儿子和媳妇。媳妇是个病块，儿子又十分不孝，动不动将老身骂詈，养赡又不周全，有一顿，没一顿的。今日憋口气，与我的兄弟相约了去县里告他忤逆，他叫我前头先走，随后就来。谁想等了一日，竟不见到。雨又落得大，家里又不好回去，枉被儿子媳妇耻笑，左右两难。为此想起这般命苦，忍不住伤悲，不想惊动了两位娘子。多承两位娘子动问，不敢隐瞒，只得把家丑实告。"他两个见那婆娘说得苦恼，又说话小心，便道："如此，且在我们家里坐一坐，等他来便了。"两个便扯了那婆子进去。说道："妈妈宽坐一坐，等雨住了回去。自亲骨肉虽是一时有些不是处，只宜好好宽解，不可便经官动府，坏了和气，失了体面。"那婆娘道："多谢两位相劝，老身且再耐他几时。"一递一句，说了一回，天色早

> 到底堕其小心术中。

黑将下来。婆娘又道："天黑了，只不见来，独自回去不得，如何好？"两个又道："妈妈，便在我家歇一夜何妨？粗茶淡饭，便吃了餐把，那里便费了多少？"那婆娘道："只是打搅不当。"那婆娘当时就裸起双袖，到灶下去烧火，又与他两人量了些米煮夜饭。揩台抹凳，担汤担水，一揽包收，多是他上前替力。两个道："等媳妇们伏侍，甚么道理到要妈妈费气力？"妈妈道："在家里惯了，是做时便倒安乐，不做时便要困倦。娘子们但有事，任凭老身去做不妨。"当夜洗了手脚，就安排他两个睡了，那婆娘方自去睡。次日清早，又是那婆娘先起身来，烧热了汤，将昨夜剩下米煮了早饭，拂拭净了椅桌。力力碌碌，做了一朝，七了八当。两个媳妇起身，要东有东，要西有西，不费一毫手脚，便有七八分得意了。便两个商议道："那妈妈且是熟分肯做，他在家里不像意，我们这里正少个人相帮。公公常说要娶个晚婆婆，我每劝公公纳了他，岂不两便？只是未好与那妈妈启得齿。但只留着他，等公公来再处。"

俱是小心处。

多事。

不一日，爷儿三个回来了，见家里有这个妈妈，便问媳妇缘故。两个就把那婆娘家里的事，依他说了一遍。又道："这妈妈且是和气，又十分勤谨。他已无了老儿，儿子又不孝，无所归了。可怜！可怜！"就把妯娌商量的见识，叫两个丈夫说与公公知道。扈老道:"知他是甚样人家?便好如此草草!且留他住几时着。"口里一时不好应承,见这婆娘干净,心里也欲得的。又过了两日,那老儿没搭煞,黑暗里已自和那婆娘摸上了。媳妇们看见了些动静,对丈夫道:"公公常是要娶婆婆,何不就与这妈妈成了这事?省得又去别寻头脑,费了银子。"儿子每也道:"说得是。"多去劝着父亲。媳妇们已自与那婆娘说通了,一让一个肯。摆个家筵席儿,欢欢喜喜,大家吃了几杯,两口儿成合了。

> 还是婆娘摸上了老儿。

过得两日,只见两个人问将来。一个说是妈妈的兄弟,一个说是妈妈的儿子。说道:"寻了好几日,方问得着是这里。"妈妈听见走出来,那儿子拜跪讨饶,兄弟也替他请罪。那妈妈怒色不解,千咒万骂。扈老从中好言劝开。兄弟与儿子又劝他回去。妈妈又骂儿子道:"我在这里吃口汤水,也是安乐的,倒回家里在你手中讨死吃?你看这家媳妇,待我如何孝顺?"儿子见说这话,已此晓得娘嫁了这老儿了。扈老便整酒留他两人吃。那儿子便拜扈老道:"你便是我继父了。我娘喜得终身有托,万千之幸。"别了自去。似此两三个月中,往来了几次。

忽一日,那儿子来道:"孙子明日行聘,请爹娘与哥嫂一门同去吃喜酒。"那妈妈回言道:"两位娘子怎好轻易就到我家去?我与你爷、两位哥哥同来便了。"次日,妈妈同他父子去吃了一日喜酒,欢欢喜喜，醉饱回家。又过了一个多月，只见这个孙子又来登门，说道："明日毕姻，来请阖家尊长同观花烛。"又道："是必求两位大娘同来光辉一光辉。"两个媳妇巴不得要认妈妈家里，还悔道前日不去得，堆下笑来应承。

> 多事。

次日盛妆了，随着翁妈丈夫一同到彼。那妈妈的媳妇出来接着，是一个黄瘦有病的。日将下午，那儿子请妈妈同媳妇迎亲，又要请两位嫂子同去。说道："我们乡间风俗，是女眷都要去的。不然只道我们不敬重新亲。"妈妈对儿子道："汝妻虽病，今日已做了婆婆了，只消自去，何必烦劳二位嫂子？"儿子道："妻子病中，规模不雅，礼数不周，恐被来亲轻薄。两位嫂子既到此了，何惜往迎这片时，使我们好看许多。"妈妈道："这也是。"那两个媳妇，也是巴不得去看看耍子的。妈妈就同他自己媳妇，四人作队儿，一伙下船去了。更余不见来，儿子道："却又作怪！待我去看一看来。"又去一回。那孙子穿了新郎衣服，也说道："公公宽坐，孙儿也出门望望去。"摇摇摆摆，跸了出来，只剩得爷儿三个在堂前灯下坐着。等候多时，再不见一个来了。肚里又饥，心下疑惑，两个儿子走进灶下看时，清灰冷火，全不像个做亲的人家。出来对父亲说了，拿了堂前之灯，到里面一照，房里空荡荡，并无一些箱笼衣衾之类，止有几张椅桌，空着在那

> 故为郑重，所以示无疑也。

> 金蝉脱壳，绝无痕迹，真是高手。

里。心里大惊道:"如何这等?"要问邻舍时,夜深了,各家都关门闭户了。三人却像热地上蝼蚁,钻出钻入。乱到天明,才问得个邻舍道:"他每一班何处去了?"邻人多说不知。又问:"这房子可是他家的?"邻人道:"是城中杨衙里的,五六月前,有这一家子来租他的住,不知做些甚么。你们是亲眷,来往了多番,怎么倒不晓得细底,却来问我们?"问了几家,一般说话。有个把有见识的道:"定是一伙大拐子,你们着了他道儿,把媳妇骗的去了。"父子三人见说,忙忙若丧家之狗,踉踉跄跄,跑回家去,分头去寻,那里有个去向?只得告了一纸状子,出个广捕,却是渺渺茫茫的事了。那扈老儿要讨晚婆,他道是白得的,十分便宜。谁知到为这婆子白白里送了两个后生媳妇!这叫做"贪小失大",所以为人切不可做那讨便宜苟且之事。正是:

此时难过。

莫信直中直,须防仁不仁。
贪看天上月,失却世间珍。

这话丢过一边。如今且说一个拐儿,拐了一世的人,倒后边反着了一个道儿。这本话,却是在浙江嘉兴府桐乡县内。有一秀才,姓沈名灿若,年可二十岁,是嘉兴有名才子。容貌魁峨,胸襟旷达。娶妻王氏,姿色非凡,颇称当对。家私丰裕,多亏那王氏守把。两个自道佳人才子,一双两好,端的是如鱼似水,如胶似漆价相得。只是王氏生来娇怯,恹恹弱病尝不离身的。灿若十二岁上进学,十五岁超增补廪,少年英锐,自恃才高一世,视一第何啻拾芥!平时与一班好朋友,或以诗酒娱心,或以山水纵目,放荡不羁。其中独有四个秀才,情好更笃。自古道:"惺惺惜惺惺,才子惜才子。"却是嘉善黄平之,秀水何澄,海盐乐尔嘉,同邑方昌,都一般儿你羡我爱,这多是同郡朋友。那他州外府与灿若往来的,不计其数,大约不过是并时的才人。那本县知县姓稽,单讳一个清宁,常州江阴县人。平日敬重斯文,喜欢才士,也道灿若是个青云决科之器,与他认了师生,往来相好。是年正是大比之年,有了科举。灿若归来打叠衣装,上杭应试,与王氏话别。王氏挨着病躯,整顿了行李,眼中流泪道:"官人前程远大,早去早回。奴未知有福分能勾与你同享富贵与否?"灿若道:"娘子说那里话?你有病在身,我去后须十分保重!"也不觉掉下泪来。二人执手分别,王氏送出门外,望灿若不见,掩泪自进去了。

  灿若一路行程,心下觉得不快。不一日,到了杭州,寻客店安下。匆匆的进过了三场,颇称得意。一日,灿若与众好朋友游了一日湖,大醉,回来睡了。半夜,忽听得有人扣门,披衣而起。只见一人高冠敞袖,似是道家妆扮。灿若道:"先生夤夜至此,何以教我?"那人道:"贫道颇能望气,亦能断人阴阳祸福。偶从东南来此,暮夜无处投宿,因扣尊扃,多有惊动!"灿若道:"既先生投宿,便同榻何妨。先生既精推算,目下榜期在迩,幸将贱造推算,未知功名有分与否,愿决一言。"那人道:"不必推命,只须望气。观君丰格,功名不患无缘,但必须待尊阃天年之后,便得如意。

我有两句诗,是君终身遭际,君切记之:鹏翼抟时歌六忆,鸾胶续处舞双凫。"灿若不解其意,方欲再问,外面猫儿捕鼠,扑地一响,灿若吃了一跳,却是南柯一梦。灿若道:"此梦甚是诧异!那道人分明说,待我荆妻亡故,功名方始称心。我情愿青衿没世也罢,割恩爱而博功名,非吾愿也。"两句诗又明明记得,翻来覆去睡不安稳。又道:"梦中言语,信他则甚!明日倘若榜上无名,作速回去了便是。正想之际,只听得外面叫喊连天,锣声不绝,扯住讨赏,报灿若中了第三名经魁。灿若写了票,众人散讫。慌忙梳洗上轿,见座主,会同年去了。那座师却正是本县稽清知县,那时解元何澄,又是极相知的朋友。黄平之、乐尔嘉、方昌多已高录,俱各欢喜。灿若理了正事,天色傍晚,乘轿回寓。只见那店主赶着轿,慌慌的叫道:"沈相公,宅上有人到来,有紧急家信报知,候相公半日了。"灿若听了"紧急家信"四字,一个冲心,忽思量着梦中言语,却似十五个吊桶打水,七上八落。正是:

青龙白虎同行,吉凶全然未保。

到得店中下轿,见了家人沈文穿一身素净衣服,便问道:"娘子在家安否?〔要紧〕谁着你来寄信?"沈文道:"不好说得,是管家李公着寄信来。官人看书便是。"灿若接过书来,见封筒逆封,心里有如刀割。拆开看罢,方知是王氏于二十六日身故,灿若惊得呆了。却似:

分开八片顶阳骨,倾下半桶雪水来。

半晌做声不得,蓦然倒地。众人唤醒,扶将起来。灿若咽住喉咙,千妻万妻的哭,哭得一店人无不流泪。道:"早知如此,就不来应试也罢,谁知便如此永诀了!"问沈文道:"娘子病重,缘何不早来对我说?"沈文道:"官人来后,娘子只是旧病恹恹,不为甚重。不想二十六日,忽然晕倒不醒,为此星夜赶来报知。"灿若又哽咽了一回,疾忙叫沈文雇船回家去,也顾不得他事了。暗思一梦之奇,二十七日放榜,王氏却于二十六日间亡故,正应着那"鹏翼抟时歌六忆"这句诗了。

伤心。

当时整备离店,行不多路,却遇着黄平之抬将来。二人又是同门,相见罢,黄平之道:"观兄容貌,十分悲惨,未知何故?"灿若噙着眼泪,将那得梦情由,与那放榜报丧、今赶回家之事,说了一遍。平之嗟叹不已道:"尊兄且自宁耐,毋得过伤。待小弟见座师与众同袍为兄代言其事,兄自回去不妨。"两人别了。

灿若急急回来,进到里面,抚尸恸哭,几次哭得发昏。择时入殓已毕,停柩在堂。夜间灿若只在灵前相伴。不多时,过了三、四七。众朋友多来吊唁,就中便有说着会试一事的,灿若漠然不顾,道:"我多因这蜗角虚名,赚得我连理枝分,同心结解,如今就把一个会元撇在地下,我也无心去拾他了。"这是王氏初丧时的说话。转眼间,又过了断七。众亲

有情人。

友又相劝道："尊阃既已夭逝，料无起死回生之理。兄枉自灰其志，竟亦何益？况在家无聊，未免有孤栖之叹，同到京师，一则可以观景舒怀，二则众同袍剧谈竟日，可以解愠。岂可为无益之悲，误了终身大事？"灿若吃劝不过，道："既承列位佳意，只得同走一遭。"那时就别了王氏之灵，嘱付李主管照管羹饭、香火，同了黄、何、方、乐四友登程，正是那十一月中旬光景。

五人夜住晓行，不则一日，来到京师。终日成群挈队，诗歌笑傲，不时往花街柳陌，闲行遣兴。只有灿若没一人看得在眼里。韶华迅速，不觉的换了一个年头，又早上元节过，渐渐的桃香浪暖。那时黄榜动，选场开，五人进过了三场，人人得意，个个夸强。沈灿若始终心下不快，草草完事。过不多时揭晓，单单奚落了灿若，他也不在心上。黄、何、方、乐四人自去传胪，何澄是二甲，选了兵部主事，带了家眷在京。黄平之到是庶吉士，乐尔嘉选了太常博士，方昌选了行人。稽清知县已行取做刑科给事中，各守其职不题。

灿若又游乐了多时回家，到了桐乡，灿若进得门来，在王氏灵前拜了两拜，哭了一场，备羹饭浇奠了。又隔了两月，请个地理先生，择地殡葬了王氏已讫，那时便渐渐有人来议亲。灿若自道是第一流人品，王氏恁地一个娇妻，兀自无缘消受，再那

（旁批：早知如此，只该伴灵。）

里寻得一个厮对的出来？必须是我目中亲见，果然像意，方才可议此事。以此多不着紧。

光阴似箭，日月如梭。有话即长，无话即短。却又过了三个年头，灿若又要上京应试，只恨着家里无人照顾。又道是"家无主，屋倒竖"。灿若自王氏亡后，日间用度，箸长碗短，十分的不像意。也思量道："须是续弦一个掌家娘子方好。只恨无其配偶。"心中闷闷不已。仍把家事，且付与李主管照顾，收拾起程。那时正是八月间天道，金风乍转，时气新凉，正好行路。夜来皓魄当空，澄波万里，上下一碧，灿若独酌无聊，触景伤怀，遂尔口占一曲：

露滴野塘秋，下帘笼不上钩，徒劳明月穿窗牖。鸳衾远丢，孤身远游，浮槎怎得到阳台右？漫凝眸，空临皓魄，人不在月中留。——词寄《黄莺儿》

吟罢，痛饮一醉，舟中独寝。

话休絮烦，灿若行了二十余日，来到京中。在举厂东边，租了一个下处，安顿行李已好。一日同几个朋友到齐化门外饮酒。只见一个妇人，穿一身缟素衣服，乘着蹇驴，一个闲的，挑了食榼随着，恰像那里去上坟回来的。灿若看那妇人，生得：

敷粉太白，施朱太赤，加一分太长，减一分太短。十相具足，是风流占尽无余；一味温柔，差丝毫便不厮称！巧笑倩兮，笑得人魂灵颠倒；美目盼兮，盼得你心意痴迷。假使当时逢妒妇，也言"我见且犹怜"。

灿若见了此妇,却似顶门上丧了三魂,脚底下荡了七魄。他就撇了这些朋友,也雇了一个驴,一步步赶将去,呆呆的尾着那妇人只顾看。那妇人在驴背上,又只顾转一对秋波过来看那灿若。走上了里把路,到一个僻静去处,那妇人走进一家人家去了。灿若也下了驴,心下不舍,钉住了脚在门首呆看。看了一晌,不见那妇人出来。正没理会处,只见内里走出一个人来道:"相公只望门内观看,却是为何?"灿若道:"适才同路来,见个白衣小娘子走进此门去。不知这家是甚等人家?那娘子是何人?无个人来问问。"那人道:"此妇非别,乃舍表妹陆蕙娘,新近寡居在此,方才出去辞了夫墓,要来嫁人。小人正来与他作伐。"灿若道:"足下高姓大名?"那人道:"小人姓张,因为做事是件顺溜,为此人起一个混名,只叫小人张溜儿。"灿若道:"令表妹要嫁何等样人?肯嫁在外方去否?"溜儿道:"只要是读书人后生些的便好了,地方不论远近。"灿若道:"实不相瞒,小生是前科举人,来此会试。适见令表妹丰姿绝世,实切想慕,足下肯与作媒,必当重谢。"溜儿道:"这事不难,料我表妹见官人这一表人才,也决不推阻的,包办在小人身上,完成此举。"灿若大喜道:"既如此,就烦足下往彼一通此情。"在袖中摸出一锭银子,递与溜儿道:"些小薄物,聊表寸心。事成之后,再容重谢。"溜儿推逊了一回,随即

此时此看,有意耶?无意耶?

接了。见他出钱爽快，料他囊底充饶，道："相公，明日来讨回话。"灿若欢天喜地回下处去了。

次日，又到郊外那家门首来探消息，只见溜儿笑嘻嘻的走将来道："相公喜事上头，恁地出门的早哩！昨日承相公分付，即便对表妹说知。俺妹子已自看上了相公，不须三回五次，只说着便成了。相公只去打点纳聘做亲便了。表妹是自家做主的，礼金不计论，但凭相公出得手罢了。"灿若依言，取二十两银了，折了衣饰送将过去。那家也不争多争少，就许定来日过门。

谁知便为真语。

意不在礼金也。

灿若看见事体容易，心里到有些疑惑起来。又想是北方再婚，说是鬼妻，所以如此相应。至日鼓吹灯轿，到门迎接陆蕙娘。蕙娘上轿，到灿若下处来做亲。灿若灯下一看，正是前日相逢之人，不觉大喜过望，方才放下了心。拜了天地，吃了喜酒，众人俱各散讫。两人进房，蕙娘只去椅上坐着。约莫一更时分，夜阑人静，灿若久旷之后，欲火燔灼，便开话道："娘子请睡了罢。"蕙娘啭莺声吐燕语道："你自先睡。"灿若只道蕙娘害羞，不去强他，且自先上了床，那里睡得着？又歇了半个更次，蕙娘兀自坐着。灿若只得又央及道："娘子日来困倦，何不将息将息？只管独坐，是甚意思？"蕙娘又道："你自睡。"口里一头说，眼睛却不转的看那灿若。灿若怕新来的逆了他意，依言又自睡了一会。又起来款

未得放心。

此看非前日之看。

款问道："娘子为何不睡？"蕙娘又将灿若上上下下仔细看了一会，开口问道："你京中有甚势要相识否？"*此问亦奇。*灿若道："小生交游最广。同袍、同年，无数在京，何论相识？"蕙娘道："既如此，我而今当真嫁了你罢。"*更奇。*灿若道："娘子又说得好笑，小生千里相遇，央媒纳聘，得与娘子成亲，如何到此际还说个当真当假？"蕙娘道："官人有所不知，你却不晓得此处张溜儿是有名的拐子。妾身岂是他表妹？便是他浑家。为是妾身有几分姿色，故意叫妾赚人到门，他却只说是表妹寡居，要嫁人，就是他做媒。多有那慕色的，情愿聘娶妾身，他却不受重礼，只要哄得成交，就便送妾做亲。叫妾身只做害羞，不肯与人同睡，因不受人点污。到了次日，却合了一伙棍徒，图赖你奸骗良家女子，连人和箱笼尽抢将去。那些被赚之人，客中怕吃官司，只得忍气吞声，明受火囤，如此也不止一个了。昨日妾身哭母墓而归，原非新寡。天杀的撞见官人，又把此计来使。妾每每自思，此岂终身道理？有朝一日惹出事来，并妾此身付之乌有。况以清白之身，暗地迎新送旧，虽无所染，情何以堪！几次劝取丈夫，他只不听。以此妾之私意，只要将计就计，倘然遇着知音，愿将此身许他，随他私奔了罢。今见官人*立志可取，宜有后福。*态度非凡，抑且志诚软款，心实欢羡；但恐相从奔走，或被他找着，无人护卫，反受其累。今君既交游满京邸，愿以微躯托之官人。官人只可连夜便搬往别处好朋友家谨密所在去了，方才娶得妾安稳。此是妾身自媒以从官人，官人异日弗忘此情！"　　有识之妇。

灿若听罢，呆了半晌道："多亏娘子不弃，见教小生。不然，几受其祸。"连忙开出门来，叫起家人打叠行李，把自己喂养的一个蹇驴驮了蕙娘，家人挑箱笼，自己步行。临出门，叫应主人道："我们有急事回去了。"晓得何澄带家眷在京，连夜敲开他门，细将此事说与。把蕙娘与行李都寄在何澄寓所。那何澄房尽空阔，灿若也就一宅两院做了下处，不题。

却说张溜儿次日果然纠合了一伙破落户，前来抢人。只见空房开着，人影也无。忙问下处主人道："昨日成亲的举人那里去了？"主人道："相公连夜回去了。"众人各各呆了一回，大家嚷道："我们随路追去。"一哄的望张家湾乱奔去了。却是偌大所在，何处找寻？元来北京房子，惯是见租与人住，来来往往，主人不来管他东西去向，所以但是搬过了，再无处跟寻的。灿若在何澄处看了两月书，又早是春榜动，选场开。灿若三场满志，正是专听春雷第一声。果然金榜题名，传胪三甲。灿若选了江阴知县，却是稽清的父母。不一日领了凭，带了陆蕙娘起程赴任。却值方昌出差苏州，竟坐了他一只官船到任。陆蕙娘平白地做了知县夫人，这正是"鸢胶续处舞双凫"之验也。灿若后来做到开府而止。蕙娘生下一子，后亦登第，至今其族繁盛。有诗为证：

女侠堪夸陆蕙娘，能从萍水识檀郎。
巧机反借机来用，毕竟强中手更强。

卷十七 西山观设箓度亡魂
　　　 开封府备棺追活命

西山觀發䑕 廿七回

诗曰：

三教从来有道门，一般鼎足在乾坤。
只因装饰无殊异，容易埋名与俗浑。

说这道家一教，乃是李老君青牛出关，关尹文始真人恳请，留下《道德真经》五千言，传流至今。这家教门，最上者冲虚清净，出有入无，超尘俗而上升，同天地而不老。其次者，修真炼性，吐故纳新，筑坎离以延年，煮铅汞以济物。最下者，行持符箓，役使鬼神，设章醮以通上界，建考召以达冥途。这家学问却是后汉时张角，能作五里雾，人欲学他的，先要五斗米为贽见礼，故叫得"五斗米道"。后来其教盛行。那学了与民间祛妖祛害的，便是正法；若是去为非作歹的，只叫得妖术。虽是邪正不同，却也是极灵验难得的。流传至今，以前两项高人，绝世不能得有。只是符箓这家，时时有人习学，颇有高妙的在内。却有一件作怪：学了这家术法，一些也胡乱做事不得了。尽有奉持不谨，反取其祸的。 注意。

宋时乾道年间福建福州有个太常少卿任文荐的长子，叫做任道元。少年慕道，从个师父，是欧阳文彬，传授五雷天心正法，建坛在家，与人行持，甚著效验。他有个妻侄，姓梁名鲲，也好学这法术。一日有永福柯氏之子，因病发心，投坛请问，尚未来到任家。那任道元其日与梁鲲同宿斋舍，两人同见神将来报道："如有求报应者，可书'香'字与之，教他速速归家。"任道元听见，即走将起来，点起灯烛写好了，封押停当，依然睡觉。明早柯子已至，道元就把夜间所封的递与他，叫他急急归家去。柯子还家，十八日而死。盖"香"字乃是"一十八日"也。由此远近闻名，都称他做法师。

后来少卿已没，道元袭了父任，出仕在外。官府事体烦多，把那奉真香火之敬，渐渐疏懒。每日清晨，在神堂边过，只在门外略略瞻礼，叫小童进去炷香完事，自己竟不入门。家人每多道："老爷一向奉道虔诚，而今有些懈怠，恐怕神天嗔怪！"道元体贵心骄，全不在意，由家人每自议论，日逐只是如此。

淳熙十三年正月十五日上元之夜，北城居民相约纠众在于张道者庵内，启建黄箓大醮一坛，礼请任道元为高功，主持坛事。那日观看的人，何止挨山塞海！内中有两个女子，双鬟高髻，并肩而立，丰神绰约，宛然并蒂芙蓉。任道元抬头起来看见，惊得目眩心花，魄不附体，〖魔障到了。〗那里还顾什么醮坛不醮坛，斋戒不斋戒？便开口道："两位小娘子请稳便，到里面来看一看。"两女道："多谢法师。"正轻移莲步走进门来，道元目不转睛看上看下，口里诌道："小娘子提起了襕裙。"盖是福建人叫女子抹胸做襕裙。提起了，是要摸他双乳的意思，乃彼处乡谈讨便宜的说话。内中一个女子正色道："法师做醮，如何却说恁地话？"拉了同伴，转身便走。道元又笑道："既来看法事，便与高功法师结个缘何妨？"两女耳根通红，口里喃喃微骂而去。到得醮事已毕，道元便觉左耳后边有些作痒，又带些疼痛。叫家人看看，只见一个红蓓蕾如粟粒大，将指头按去，痛不可忍。次日归家，情绪不乐。隔数日，对妻侄梁鲲道："夜来神将见责，得梦甚恶。我大数已定，密书于纸，待请商日宣法师考照。"商日宣法师到了，看了一看，说道："此非我所能辨，须圣童至乃可决。"少顷门外一村童到来，即跳升梁间，作神语道："任道元，诸神保护汝许久，汝乃不谨香火，贪淫邪行，罪在不赦！"道元深悼前非，磕头谢罪。神语道："汝十五夜的说话说得好。"道元百拜乞命，愿从今改过自新。神语道："如今还讲甚么？吾亦不欠汝一个奉事。当以为奉法弟子之戒！且看你日前分上，宽汝二十日日期。"说罢，童子坠地醒来，懵然一毫无知。梁鲲拆开道元所封之书与商日宣看，内中也是"二十日"三个字。 利害！

　　道元是夜梦见神将手持铁鞭来追逐，道元惊惶奔走，神将赶来，环绕所居九仙山下一匝，被他赶着，一鞭打在脑后，猛然惊觉。自此疮越加大了，头胀如栲栳。每夜二鼓叫呼，宛若被鞭之状。到得二十日将满，梁鲲在家，梦见神将对他道："汝到五更初，急到任家看吾扑道元。"鲲惊起，忙到任家来。道元一见哭道："相见只有此一会了。"披衣要下床来，忽然跌倒。七八个家人共扶将起来，暗中恰像一只大手拽出，扑在地上。仔细看看，已此无气了。梁鲲送了他的终，看见利害，自此再不敢行法。看官,你道任道元奉的是正法,行持了半世,只为一时间心中懈怠,口内亵渎,又不曾实干了甚么污亵法门之事,便受显报如此;何况而今道流专一做邪淫不法之事的,神天岂能容恕?所以幽有神谴,明有王法,不到得被你瞒过了。但是邪淫不法之事,偏是道流容易做,只因和尚服饰异样,先是光着一个头,好些不便。〖也不见得。〗道流打扮起来,簪冠着袍,方才认得是个道士;若是卸下装束,仍旧巾帽长衣,分毫与俗人没有两样,性急看不出破绽来。况且还有火居道士,原是有妻小的,一发与俗人无异了。所以做那奸淫之事,比和尚十分便当。

而今再说一个道流,借着符箓醮坛为由,拐上一个妇人,弄得死于非命。说来与奉道的人,做个鉴戒。有诗为证:

坎离交垢育婴儿,只在身中相配宜。
生我之门死我户,请无误读守其雌。

这本话文,乃是宋时河南开封府,有个女人吴氏,十五岁嫁与本处刘家。所生一子,名唤刘达生。达生年一十二岁上,父亲得病身亡。母亲吴氏,年纪未满三十,且是生得聪俊飘逸,早已做了个寡妇。上无公姑,下无族党,是他一个主持门户,守着儿子度日。因念亡夫恩义,〖便自不妥。〗〖他日便不肯念了。〗

思量做些斋醮功果超度他。本处有个西山观，乃是道流修真之所。内中有个道士，叫做黄妙修，符箓高妙，仪容俊雅，众人推他为知观。是日正在观中与人家书写文疏，忽见一个年小的妇人，穿着一身缟素，领了十一二岁的孩子走进观来。俗语说得好：若要俏，带三分孝。那妇人本等生得姿容美丽，更兼这白衣衣髻，越显得态度潇洒。早是在道观中，若是僧寺里，就要认做白衣送子观音出现了。走到黄知观面前插烛也似拜了两拜，〔闲话好。〕知观一眼瞅去，早已魂不附体。连忙答拜道："何家宅眷？甚事来投？"妇人道："小妾是刘门吴氏，因是丈夫新亡，欲求渡拔，故率领亲儿刘达生，〔小冤家。〕母子虔诚，特求法师广施妙法，利济冥途。"黄知观听罢，便怀着一点不良之心，答道："既是贤夫新亡求荐，家中必然设立孝堂。此须在孝堂内设箓行持，方有专功实际。若只在观中，大概附醮，未必十分得益。凭娘子心下如何？"吴氏道："若得法师降临茅舍，此乃万千之幸！小妾母子不胜感激。回家收拾孝堂，专等法师则个。"知观道："几时可到宅上？"吴氏道："再过八日，就是亡夫百日之期。意要设建七日道场，须得明日起头，恰好至期为满。得法师侵早下降便好。"知观道："一言已定，必不失期。明日准造宅上。"吴氏袖中取出银一两，先奉做纸札之费，别了回家，一面收拾打扫，专等来做法事。

元来吴氏请醮荐夫，本是一点诚心，原无邪意。谁知黄知观是个色中饿鬼，观中一见吴氏姿容，与他说话时节，恨不得就与他做起光来。吴氏虽未就想到邪路上去，却见这知观丰姿出众，语言爽朗，也暗暗地喝采道："好个齐整人物！如何却出了家？且喜他不妆模样，见说做醮，便肯轻身出观，来到我家，也是个出热的人。"心里也就有几分欢喜了。〔缘之所在，业之所在。〕

次日清早，黄知观领了两个年少道童，一个火工道人，挑了经箱卷轴之类，一径到吴氏家来。吴氏只为儿子达生年纪尚小，一切事务都是自家支持。与知观拜见了，接进孝堂。知观与同两个道童、火工道人，张挂三清、众灵，铺设齐备，动起法器。免不得宣扬大概，启请、摄召、放赦、招魂，闹了一回。吴氏出来上香朝圣，那知观一眼估定，越越卖弄精神。同两个道童齐声朗诵经典毕，起身执着意旨，跪在圣像面前毯上宣白，叫吴氏也一同跪着通诚。跪的所在，与吴氏差不得半尺多路。吴氏闻得知观身上衣服扑鼻薰香，不觉偷眼瞧他。知观有些觉得，一头念着，一头也把眼回看。你觑我，我觑你，恨不得就移将拢来，搅作一团。念毕各起。吴氏又到各神将面前上香稽首，带眼看着道场。只见两个道童，黑发披肩，头戴着小冠，且是生得唇红齿白，清秀娇嫩。吴氏心里想道："这些出家人到如此受用，这两个大起来，不知怎生标致哩！"自此动了一点欲火，按捺不住，只在堂中孝帘内频频偷看外边。

元来人生最怕的是眼里火。一动了眼里火，随你左看右看，无不中心像意的。真是：长有长妙，短有短强；壮的丰美，瘦的俏俏，无有不妙。况且妇人家阴性专一，看上了一个人，再心里打撇不下的。那吴氏在堂中把知观看了又看，只觉得风流可喜。他少年新寡，春心正盛，转一个念头，把个脸儿红了又白，白了又红。只在孝帏前踅来踅去，或露半面，或露全身，恰像要道士晓得他的意思一般。那黄知观本是有心的，岂有不觉？碍着是头一日来到，不敢就造次，只好眉梢眼角做些功夫，未能勾入港。那儿子刘达生未知事体，正好去看神看佛，弄钟弄鼓，那里晓得母亲这些关节？看看点上了灯，吃了晚斋，吴氏收拾了一间洁净廊房，与他师徒安歇。那知观打发了火工道人回观，自家同两个道童一床儿宿了，打点早晨起来朝真，不题。

说透人情。

　　却说吴氏自同儿子达生房里睡了。上得床来，心里想道："此时那道士毕竟搂着两个标致小童，干那话儿了；我却独自个宿。"想了又想，阴中火发，着实难熬。嗼了一嗼，把牙齿咬得𪘂𪘂的响，出了一身汗。刚刚朦胧睡去，忽听得床前脚步响，抬头起看，只见一个人揭开帐子，飕的钻上床来。吴氏听得声音，却是日里的知观，轻轻道："多蒙娘子秋波示意，小道敢不留心？趁此夜深人静，娘子作成好事则个。"就将黄瓜般一条玉茎塞将过去，吴氏并不推辞，慨然承受。正到酣畅之处，只见一个小道童也揭开帐来寻师父，见师父干事兴头，喊道："好内眷！如何偷出家人？做得好事！与我捉个头，便不声张。"就伸只手去吴氏腰里乱摸。知观喝道:"我在此,不得无礼!"吴氏被道士弄得爽快,正待要丢了,吃此一惊,飒然觉来,却是南柯一梦。把手摸摸阴门边,只见两腿俱湿,连蓆上多有了阴水,忙把手帕抹净,叹了一口气道:"好个梦!怎能勾如此侥幸?"一夜睡不安稳。

_{此梦后来应验。}

天明起来,外边钟鼓响,叫丫鬟担汤担水,出去伏侍道士。那两个道童倚着年小,也进孝堂来讨东讨西,看看熟分了。吴氏正在孝堂中坐着,只见一个道童进来讨茶吃。吴氏叫住问他道:"你叫甚么名字?"道童道:"小道叫做太清。"吴氏道:"那一位大些的?"道童道:"叫做太素。"吴氏道:"你两个昨夜那一个与师父做一头睡?"道童道:"一头睡,便怎么?"吴氏道:"只怕师父有些不老成。"道童嘻嘻的笑道:"这大娘到会取笑。"说罢,走了出去,把适间所言,私下对师父一一说了。不由这知观不动了心,想道:"说这般话的,定是有风情的,只是虽在孝堂中,相离咫尺,却分个内外,如何好大大撩拨他撩拨?"以心问心,忽然道:"有计了。"须臾,吴氏出来上香,知观一手拿着铃杵,一手执笏,急急走去并立着,口中唱着《浪淘沙》。词云:

稽首大罗天,法眷姻缘。如花玉貌正当年。帐冷帷空孤枕畔,枉自熬煎。　为此建斋筵,追荐心虐。亡魂超度意无牵。急到蓝桥来解渴，同做神仙。

这知观把此词朗诵，分明是打动他自荐之意。那吴氏听得，也解其意，微微笑道："师父说话，如何夹七夹八？"知观道："都是正经法门，当初前辈神仙遗下美话，做吾等榜样的。"吴氏老大明白，晓得知观有意于他了。进去剥了半碗细果，烧了一壶好清茶，叫丫鬟送出来与知观吃。分付丫鬟对知观说："大娘送来与师父解渴的。"把这句话与知观词中之语，暗地照应，只当是写个"肯"字。知观听得，不胜之喜，不觉手之舞之，足之蹈之。那里还管甚么《灵宝道经》《紫霄秘箓》？一心只念的是风月机关、洞房春意。密叫道童打听吴氏卧房，见说与儿子同房歇宿，有丫鬟相伴，思量不好竟自闯得进去。

到晚来与两个道童上床宿了。一心想着吴氏日里光景，且把道童太清出出火气，弄得床桯格格价响。搂着背脊，口里说道："我的乖！我与你两个商量件事体：我看主人娘子，十分有意于我，若是弄得到手，连你们也带挈得些甜头不见得。只是内外隔绝，他房中有儿子，有丫鬟，我这里须有你两个不便，如何是好？"太清接口道："我们须不妨事。"知观道："他初起头，也要避生人眼目。"太素道："我见孝堂中有张魂床，且是帐褥铺设得齐整。此处非内非外，正好做偷情之所。"知观道："我的乖！说得有理，我明日有

太素所以亦受阴报。

计了。"对他两个耳畔说道:"须是如此如此。"太清太素齐拍手道:"妙,妙!"说得动火,知观便与太清完了事,弄得两个小伙子兴发难遏,没出豁,各放了一个手铳。一夜无词。次日天早起来,与吴氏相见了。对吴氏道:"今日是斋坛第三日了。小道有法术摄召,可以致得尊夫亡魂来与娘子相会一番,娘子心下如何?"吴氏道:"若得如此,可知好哩!只不知法师如何作用?"知观道:"须用白绢作一条桥在孝堂中,小道摄召亡魂渡桥来相会。却是只好留一个亲人守着,人多了阳气盛,便不得来。又须关着孝堂,勿令人窥视,泄了天机。"吴氏道:"亲人只有我与小儿两人。儿子小,不晓得甚么,就会他父亲也无干。奴家须是要会丈夫一面。待奴家在孝堂守着,看法师作用罢。"知观道:"如此最妙。"吴氏到里边箱子里,取出白绢二匹与知观。知观接绢在手,叫吴氏扯了一头,他扯了一头,量来量去,东折西折,只管与吴氏调眼色。交着手时,便轻轻把指头弹着手腕,吴氏也不做声。知观又指拨把台桌搭成一桥,恰好把孝堂路径塞住,外边就看帘里边不着了。知观出来分付两个道童道:"我闭着孝堂,召请亡魂,你两个须守着门,不可使外人窥看,破了法术。"两人心照,应声"晓得了"。吴氏也分付儿子与丫鬟道:"法师召请亡魂与我相会,要秘密寂静,你们只在房里,不可出来啰唣!"那儿子达生见说召得父亲魂,口里嚷道:"我也要见见爹爹。"吴氏道:"我的儿,法师

孝子之心。

说：'生人多了，阳气盛，召请不来。'故此只好你母亲一个守灵。你要看不打紧，万一为此召不来，空成画饼。且等这番果然召得爹爹来，以后却教你相见便是。"吴氏心里也晓得知观必定是托故，有些蹊跷，把甜言美语稳住儿子，又寻好些果子与了他，把丫鬟同他反关住在房里了，出来进孝堂内坐着。

知观扑地把两扇门拴上了，假意把令牌在桌上敲了两敲，口里不知念了些甚么，笑嘻嘻对吴氏道："请娘子魂床上坐着。只有一件：亡魂虽召得来，却不过依稀影响，似梦里一般，与娘子无益。"吴氏道："但愿亡魂会面，一叙苦情，论甚有益无益！"知观道："只好会面，不能勾与娘子重叙平日被窝的欢乐，所以说道无益！"吴氏道："法师又来了，一个亡魂，只指望见见也勾了，如何说到此话？"知观道："我有本事弄得来与娘子重欢重乐。"吴氏失惊道："那有这事？"知观道："魂是空虚的，摄来附在小道身上，便好与娘子同欢乐了。"吴氏道："亡魂是亡魂，法师是法师，这事如何替得？"知观道："从来我们有这家法术，多少亡魂来附体相会的。"吴氏道："却怎生好干这事？"知观道："若有一些不像尊夫，凭娘子以后不信罢了。"_{妙话}吴氏骂道："好巧言的贼道，到会脱骗人！"知观便走去一把抱定，挽倒在魂床上，笑道："我且权做尊夫一做。"吴氏此时已被引动了兴，两个就在魂床上面弄将起来：

一个玄门聪俊，少尝闺阁家风；一个空室娇姿，近旷衾裯事业。风雷号令，变做了握雨携云；冰蘖贞操，翻成了残花破蕊。满堂圣像，本属虚无；一脉亡魂，还归冥漠。噙着的，呼吸元精而不歇；撺着的，出入玄牝以无休。寂寂朝真，独鸟来时丹路滑；殷殷慕道，百花深处一僧归。个中味，真夸美，玄之又玄；色里身，不耐烦，寡之又寡。

两个云雨才罢，真正弄得心满意足。知观对吴氏道："比尊夫手段有差池否？"吴氏啐了一口道："贼禽兽！羞答答的，只管提起这话做甚？"〔亦知羞了。〕知观才谢道："多承娘子不弃，小道粉身难报。"吴氏道："我既被你哄了，如今只要相处得情长则个。"知观道："我和你须认了姑舅兄妹，才好两下往来，瞒得众人过。"吴氏道："这也有理。"知观道："娘子今年尊庚？"吴氏道："二十六岁了。"知观道："小道长一岁，叨认做你的哥哥罢。我有道理。"爬起来，又把令牌敲了两敲，把门开了。对着两个道童道："方才召请亡魂来，元来主人娘子是我的表妹，一向不晓得，到是亡魂明白说出来的。问了详细，果然是。而今是至亲了。"道童笑嘻嘻道："自然是至亲了。"吴氏也叫儿子出来，把适才道士捣鬼的说话，也如此学与儿子听了，道："这是你父亲说的，你可过来认了舅舅。"那儿子小，晓得甚么好歹？此后依话只叫舅舅。〔韵语。〕

从此日日推说召魂，就弄这事。晚间，吴氏

卷十七　西山观设箓度亡魂　开封府备棺追活命

出来，道士进来，只把孝堂魂床为交欢之处，一发亲密了。那儿子但听说"召魂"，便道："要见爹爹。"只哄他道："你是阳人，见不得的。"儿子只得也罢了。心里却未免有些疑心道："如何只却了我？"到了七昼夜，坛事已完，百日孝满，吴氏谢了他师徒三众，收了道场，暗地约了相会之期，且瞒生眼，到观去了。吴氏就把儿子送在义学堂中先生处，仍旧去读书，早晨出去，晚上回来。吴氏日间自有两个道童常来通信，或是知观自来，只等晚间儿子睡了，便开门放进来，恣行淫乐。只有丫鬟晓得风声，已自买嘱定了。如此三年，竟无间阻，不题。

且说刘达生年纪渐渐大了，情窦已开，这事情也有些落在眼里了。他少年聪慧，知书达礼，晓得母亲有这些手脚，心中常是忧闷，不敢说破。一日在书房里有同伴里头戏谑，称他是小道士，他脸儿通红。走回家来对母亲道："有句话对娘说，这个舅舅不要他上门罢，有人叫儿子做小道士，须是被人笑话。"吴氏见说罢，两点红直从耳根背后透到满脸，把儿子凿了两个栗暴道："小孩子不知事！舅舅须是你娘的哥哥，就往来谁人管得？那个天杀的对你讲这话？等娘寻着他，骂他一个不歇！"达生道："前年未做道场时，不曾见说有这个舅舅。就果是舅舅，娘只是与他兄妹

透极。

331

相处，外人如何有得说话？"吴氏见道着真话，大怒道："好儿子！几口气养得你这等大，你听了外人的说话，嘲拨母亲，养这忤逆的做甚！"反敲台拍凳哭将起来。达生慌了，跪在娘面前道："是儿子不是了，娘饶恕则个！"吴氏见他讨饶，便住了哭道："今后切不要听人乱话。"达生忍气吞声，不敢再说。心里想道："我娘如此口强，须是捉破了他，方得杜绝。我且冷眼张他则个。"

一夜人静后，达生在娘房睡了一觉，醒来，只听得房门响，似有人走了出去的模样。他是有心的，轻轻披了衣裳，走起来张看，只见房门开了，料道是娘又去做歹勾当了。转身到娘床里一摸，果然不见了娘。他也不出来寻，心生一计，就把房门闩好，又掇张凳子顶住了，自上床去睡觉。元来是夜吴氏正约了知观黄昏后来，堂中灵座已除，专为要做这勾当，床仍铺着，这所在反加些围屏，围得紧簇。知观先在里头睡好了，吴氏却开了门出来就他，两个颠鸾倒凤，弄这一夜。到得天色将明，起来放了他出去，回进房来。每常如此放肆惯了，不以为意。谁知这夜走到房前，却见房门关好，推着不开，晓得是儿子知风，老大没趣。呆呆坐着，等他天亮，默默的咬牙切齿的恨气，却无说处。直到天大明了，达生起来开了门，见了娘，故意失惊道："娘如何反在房门外坐地？"吴氏只得说个谎道："昨夜外边脚步响，恐怕有贼，所以开门出来看看。你却如何把门关了？"达生道："我也见门开了，恐怕有贼，所以把门关好了，又顶得牢牢的，只道娘在床上睡着，如何反在门外？既然娘在外边，如何不叫开了门？却坐在这里这一夜，是甚意思？"吴氏见他说了，自想一想，无言可答，只得罢了。心 透极。
里想道："这个业种，须留他在房里不得了。"

忽然一日对他说道："你年纪长成，与娘同房睡，有些不雅相。堂中这张床铺得好好的，你今夜在堂中睡罢。"吴氏意思打发了他出来，此后知观来只须留在房里，一发安稳像意了。谁知这儿子是个乖觉的，点头会意，就晓得其中就里。一面应承，日里仍到书房中去，晚来自在堂中睡了，越加留心察听。其日，道童来到，吴氏叫他回去说前夜被儿子关在门外的事，又说："因此打发儿子另睡，今夜来只须小门进来，竟到房中。"到夜知观来了。达生虽在堂中，却不去睡，各处挨着看动静。只听得小门响，达生躲在黑影里头，看得明白，晓得是知观进门了。随后丫鬟关好了门，竟进吴氏房中，掩上了门睡了。达生心里想道："娘的奸事，我做儿子的不好捉得，只去炒他个不安静罢了。"过了一会，听得房里已静，连忙寻一条大索，把那房门扣得紧紧的。心里想道："眼见得这门拽不开，贼道出去不得了，必在窗里跳出，我且蒿恼他则个。"走到庭前去掇一个尿桶，一个半破了的屎缸，量着跳下的所在摆着，自却去堂里睡了。那知观淫荡了一夜，听见鸡啼了两番，恐怕天明，披衣走出，把房门拽了又拽，再拽不开。不免叫与吴氏知道，吴氏自家也来帮拽，只

333

拽得门响，门外似有甚么缚住的。吴氏道："却又作怪，莫不是这小业畜又来弄手脚？既然拽不开，且开窗出去了，_{不出所料。}明早又处。而今看看天亮，迟不得了。"知观朦胧着两眼，走来开了窗，扑的跳下来。只听得扑通的一响，一只右脚早踹在尿桶里了，这一只左脚，做不得力，头轻脚重，又躐在屎缸里。忙抽起右脚待走，尿桶却深，那时着了慌，连尿桶拌倒了，一交跌去，尿屎污了半身，嘴唇也磕绽了，_{不知曾尝些否？}却不敢声高，忍着痛，捂着鼻，急急走去，开了小门，一道烟走了。_{此景佳无限。}

吴氏看见拽门不开，已自着恼，及至开窗出去了，又听得这劈扑之响，有些疑心，自家走到窗前看时，此时天色尚黑，但只满鼻闻得些臭气，正不知是甚么缘故，憋着一肚闷气，又上床睡去了。达生直等天大明了，起来到房门前，仍把绳索解去。看那窗前时满地尿屎，桶也倒了，肚里又气，又忍不住好笑。趁着娘未醒，他不顾污秽，轻轻把屎缸、尿桶多搬过了。又一会吴氏起来开门，却又一开就是，反疑心夜里为何开不得，想是性急了些。及至走到窗前，只见满地多是尿屎，一路到门，是湿印的鞋迹。叫儿子达生来问道："这窗前尿屎是那里来的？"达生道："不知道。但看这一路湿印，多是男人鞋迹，想必是个人急出这些尿屎来的。"_{谑语有致。}吴氏对口无言，脸儿红了又白，不好回得一句，着实忿恨。

自此怪煞了这儿子，一似眼中之钉，恨不得即时拔去了。

却说那夜黄知观吃了这一场亏，香喷喷一身衣服，没一件不污秽了，闷闷在观中洗净整治。又是嘴唇跌坏，有好几日不到刘家来走。吴氏一肚子恼恨，正要见他分诉商量，却不见到来，又想又气。一日，知观叫道童太素来问信。吴氏对他道："你师父想是着了恼不来？"太素道："怕你家小官人利害，故此躲避几日。"吴氏道："他日里在学堂中，到不如日间请你师父过来商量句话。"那太素是个十八九岁的人，晓得吴氏这些行径，也自丢眉丢眼来挑吴氏道："十分师父不得工夫，小道童权替遭儿也使得。"吴氏道："小奴才！你也来调戏我，我对你师父说了，打你下截。"太素笑道："我的下截须与大娘下截一般，师父要用的，料不舍得打。"吴氏道："没廉耻小奴才，亏你说！"吴氏一了见他标致，动火久了，只是还嫌他小些，而今却长得好了，见他说风话，不觉有意，便一手勾他拢来做一个嘴，伸手去摸，太素此物翘然，却待要扯到床上干那话儿，不匡黄知观见太素不来，又叫太清来寻他，到堂中叫唤。太素听得声音，恐怕师父知道嗔怪，慌忙住了手，冲散了好事。两个同到观中，回了师父。

韵哉太素，宜其动火也。

好事多磨。

次日，果然知观日间到刘家来。吴氏关了大门，接进堂中坐了。问道："如何那夜一去了再无消息，直到昨日才着道童过来?"知观道:"你家儿子刁钻异常,他日渐渐长大,好不利害!我和你往来不便,这件事弄不成了。"吴氏正贪着与道士往来,连那两个标致小道童一鼓而擒之,却见说了这话,心里怫然,便道:"我无尊人拘管,只碍得这个小业畜!不问怎的结果了他,狠哉!等我自由自在。这几番我也忍不过他的气了。"知观道:"是你亲生儿子,怎舍得结果他?"吴氏道:"亲生的正在乎知疼着热,才是儿子;妙语。却如此拗别搅炒,何如没有他倒干净!"知观道:"这须是你自家发得心尽,我们不好撺掇得,恐有后悔。"吴氏道:"我且再耐他一两日,你今夜且放心前来快活。就是他有些知觉,也顾不得他,随他罢了。他须没本事奈何得我!"你一句,我一句,说了大半日话,知观方去,等夜间再来。

这日达生那馆中先生要归去,散学得早。路上撞见知观走来,料是在他家里出来,早上了心。却当面勉强叫声"舅舅",作了个揖。知观见了,一个忡心,还了一礼,不讲话,竟去了。达生心里想道:"是前日这番,好两夜没动静。今日又到我家,今夜必然有事。我不好屡次捉破,只好防他罢了。"一路回到家里。吴氏问道:"今日如何归得恁早?"达生道:"先生回家了,我须有好几日不消馆中去得。"吴氏心里暗暗不悦,勉强问道:"你可要些点心吃?"达生道:"我正要点心吃了睡觉去,连日先生要去,积趱读书辛苦,今夜图早睡些个。"吴氏见说此句,便有些像意了,叫他去吃了些点心。果然达生到堂中床里,一觉睡了。吴氏暗暗地放了心,安排晚饭自吃了,收拾停当。暂且歇息,叫丫鬟半掩了门,专等知观来。谁知达生假意推睡,听见人静了,却轻轻走起来。前后门边一看，只见前门锁着，腰门从内关着。他撬开了，走到后边小门一看，只见门半掩着不关，他就轻轻把栓拴了，掇张凳子紧紧在旁边坐地。坐了更余，只听得外边推门响，又不敢重用力，或时把指头弹两弹。达生只不做声，看他怎地。忽对门缝里低言道："我来了，如何却关着？可开开。"达生听得明白，假意捏着口气道："今夜来不得了，回去罢，莫惹是非！"从此不听见外边声息了。吴氏在房里悬悬盼望偷期，欲心如火，见更余无动静，只得叫丫鬟到小门边看看。丫鬟走来黑处，一把摸着达生，吓了一跳。达生厉声道："好贼妇！此时走到门边来，做甚勾当？"惊得丫鬟失声而走，进去对吴氏道："法师不见来，倒是小官人坐在那里，几乎惊杀！"吴氏道："这小业畜一发可恨了！他如何又使此心机来搅破我事？"磨拳擦掌的气，却待发作，又是自家理短，只得忍耐着。又恐怕失了知观期约，使他空返，徬徨不宁，那里得睡？

妙甚。

达生见半晌无声息，晓得去已久了，方才自上床去睡了。吴氏再叫丫鬟打听，说："小官人已不在门口了。"寂地开出外边，走到街上，东张西望，那里得有个人？回覆了吴氏。吴氏倍加扫兴，忿怒不已，眼不交睫，直至天明。见了达生，不觉发话道："小孩子家晚间不睡，坐在后门口做甚？"达生道："又不做甚歹事，坐坐何妨？"吴氏胀得面皮通红，

细。

骂道:"小杀才!难道我又做甚歹事不成!"达生道:"谁说娘做歹事?只是夜深无事,儿子便关上了门,坐着看看,不为大错。"吴氏只好肚里恨,却说他不过。只得强口道:"娘不到得逃走了,谁要你如此监守?"含着一把眼泪,进房去了,再待等个道童来问这夜的消息。却是这日达生不到学堂中去,只在堂前摊本书儿看着,又或时前后行走。看见道童太清走进来,就拦住道:"有何事到此?"太清道:"要见大娘子。"达生道:"有话我替你传说。"吴氏里头听得声音,知是道童,连忙叫丫鬟唤进。怎当得达生一同跟了进去,不走开一步。太清不好说得一句私语,只大略道:"师父问大娘子、小官人的安。"达生接口道:"都是安的,不劳记念!请回罢了。"太清无奈,四目相觑,怏怏走出去了。吴氏越加恨毒。从此一连十来日,没处通音耗。又一日,同窗伴伙传言来道:"先生已到馆。"达生辞了母亲,又到书堂中去了。吴氏只当接得九重天上赦书。

　　元来太清、太素两个道童,不但为师父传情,自家也指望些滋味,时常穿梭也似在门首往来探听的。前日吃了达生这场淡,打听他在家,便不进来。这日达生出去,吴氏正要传信,太清也来了。吴氏经过儿子几番道儿,也该晓得谨慎些,只是色胆迷天,又欺他年小,全不照顾。又约他:"叫知观今夜到来,

当局者迷。

反要在大门里来，他不防备的。只是要夜深些。"期约已定。达生回家已此晚了，同娘吃了夜饭。吴氏领了丫鬟，故意点了火，把前后门关锁好了，叫达生去睡，他自进房去了。达生心疑道："今日我不在家，今夜必有勾当，如何反肯把门关锁？也只是要我不疑心。我且不要睡着，必有缘故。"坐到夜深，悄自走去看看，腰门掩着不拴，后门原自关好上锁的。达生想道："今夜必在前边来了。"闪出堂前黑影里蹲着。看时，星光微亮，只见母亲同丫鬟走将出来。母亲立住中堂门首，意是防着达生。丫鬟走去门边听听，只听得弹指响，轻轻将锁开了，拽开半边门。一个人早闪将入来，丫鬟随关好了门。三个人做一块，侮手侮脚的走了进去。达生连忙开了大门，就把挂在门内警夜的锣捞在手里，筛得一片价响，口中大喊："有贼。"元来开封地方，系是京都旷远，广有偷贼，所以官司立令：每家门内各置一锣，但一家有贼，筛得锣响，十家俱起救护，如有失事，连坐赔偿，最是严紧的。这里知观正待进房，只听得本家门首锣响，晓得不尴尬，惊得魂不附体，也不及开一句口，掇转身望外就走。去开小门时，_{走惯了的}是夜却是锁了的。急望大门奔出，且喜大门开的，恨不得多生两只脚跑。达生也只是赶他，怕娘面上不好看，原无意捉住他，见他奔得慌张，却去拾起一块石头，尽力打将去，正打在腿上。_趣把腿一缩，一只履鞋，早脱掉了，那里还有工夫敢来拾取？拖了袜子走了。比及有邻人

（达生非第多智，且多捷智。）

（筛锣抛石，童子戏也。达生用之以拒奸，绰绰有余。）

走起来问，达生只回说："贼已逃去了。"带了一只履鞋，仍旧关了门进来。

这吴氏正待与知观欢会，吃那一惊也不小，同丫鬟两个抖做了一团。只见锣声已息，大门已关，料道知观已去，略略放心。达生故意走进来问道："方才赶贼，娘受惊否？"吴氏道："贼在那里？如此大惊小怪！"达生把这只鞋提了，道："贼拿不着，拿得一只鞋在此，明日须认得出。"吴氏已知儿子故意炒破的，愈加忿恨，又不好说得他。此后，知观不敢来了，吴氏想着他受惊，好生过意不去。又恨着儿子，要商量计较摆布他。却提防着儿子，也不敢再约他来。

过了两日，却是亡夫忌辰。吴氏心生一计，对达生道："你可先将纸钱到你爹坟上打扫，我随后备着羹饭，抬了轿就来。"达生心里想道："忌辰何必到坟上去？且何必先要我去？此必是先打发了我出门，自家私下到观里去。我且应允，不要说破。"达生一面对娘道："这等，儿子自先去，在那里等候便是。"口里如此说了，一径出门，却不走坟上，一直望西山观里来了。走进观中，黄知观见了，吃了一惊。你道为何？还是那夜吓坏了的。定了性，问道："贤甥何故到此？"达生道："家母就来。"知观心里怀着鬼胎道："他母子两个几时做了一路？若果然他要来，岂叫儿子先到？这事又蹊跷了。"似信不信的，只见观门外一乘轿来，抬到跟前下了。正是刘家吴氏。（不出所料。）才走出轿，猛抬头，只见儿子站在面前，道："娘也来了。"吴氏那一惊，又出不意，心里道："这冤家如何先在此？"只得捣个鬼道："我想今日是父亲忌日，必得符篆超拔，故此到观中见你舅舅。"达生道："儿子也是这般想，忌日上坟无干，

340

不如来央舅舅的好,所以先来了。"吴氏好生怀恨,却没奈他何。知观也免不得陪茶陪水,假意儿写两道符箓,_{精扯淡!}通个意旨,烧化了,却不便做甚手脚。乱了一回,吴氏要打发儿子先去,达生不肯道:"我只是随着娘轿走。"吴氏不得已,只得上了轿去了。枉奔波了一番,一句话也不说得。在轿里一步一恨,这番决意要断送儿子了。

节节见达生妙用,然而惹衅亦在此矣。

那轿走得快,达生终究年纪小,赶不上,又肚里要出恭,他心甲道:"前面不过家去的路,料无别事,也不必跟随得。"就住在后面了。也是合当有事,只见道童太素在前面走将来,吴氏轿中看见了,问轿夫道:"我家小官人在后面么?"轿夫道:"跟不上,还在后头,望去不见。"吴氏大喜,便叫太素到轿边来,轻轻说道:"今夜我用计遣开了我家小业畜,是必要你师父来商量一件大事则个。"太素道:"师父受惊多次,不敢进大娘的门了。"吴氏道:"若是如此,今夜且不要进门,只在门外,以抛砖为号,我出来门边相会说话了,再看光景进门,万无一失。"又与太素丢个眼色。太素眼中出火,恨不得就在草地里做半点儿事,只碍着轿夫。吴氏又附耳叮嘱道:"你夜间也来,管你有好处。"太素颠头耸脑的去了。

吴氏先到家中,打发了轿夫。达生也来了。天色将晚,吴氏是夜备了些酒果,在自己房中,叫儿子同吃夜饭。好言安慰他道:"我的儿,你爹死了,我只看得你一个。你何苦凡事与我别强？"达生道："专为爹死了，娘须立个主意，撑持门面；做儿子的敢不依从？只为外边人有这些言三语四，儿子所以不伏气。"吴氏回嗔作喜道："不瞒你说，我当日实是年纪后生，有了些不老成，故见得外边造出作业的话来，今年已三十来了，懊悔前事无及。如今立定主意，只守着你清净过日罢。"达生见娘是悔过的说话，便堆着笑道："若得娘如此，儿子终身有幸。"吴氏满斟一杯酒与达生道："你不怪娘，须满饮此杯。"达生吃了一惊，想道："莫不娘怀着不好意，把这杯酒毒我？"接在手，不敢饮。吴氏见他沉吟，晓得他疑心，便道："难道做娘的有甚歹意不成？"接他的酒来，一饮而尽。达生知是疑心差了，好生过意不去，连把壶来自斟道："该罚儿子的酒。"一连吃了两三杯。吴氏道："我今已自悔，故与你说过。你若体娘的心，不把从前事体记怀，你陪娘吃个尽兴。"达生见娘如此说话，心里也喜欢，斟了就吃，不敢推托。元来吴氏吃得酒，达生年小吃不得多，所以吴氏有意把他灌醉。已此呵欠连天，只思倒头去睡了。吴氏又灌了他几杯，达生只觉天旋地转，支持不得。吴氏叫丫头扶他在自己床上睡了。出来把门上了锁，口里道："惭愧！也有日着了我的道儿！"

正出来静等外边消息，只听得屋上瓦响，晓得是外边抛砖进来，连忙叫丫鬟开了后门。只见太素走进来道："师父在前门外，不敢进来，大娘出去则个。"吴氏叫丫鬟看守定了房门，与太素暗中走到前边来。太素将吴氏一抱，吴氏回转身抱着道："小奴才！我有意久了。前日不曾成得事，今且先勾了帐。"就同他走到儿子平日睡的堂前空床里头，云雨起来。

一个是未试的真阳，一个是惯偷的老手。新簇簇小伙，偏是这一番极景堪贪；老辣辣淫精，更有那十分骚风自快。这里小和尚且冲头水阵，由他老道士拾取下风香。　　　　　　　　　　知味之语。

事毕，整整衣服，两个同走出来，开了前门。果然知观在门外，呆呆立着等候。

吴氏走出来叫他进去，知观迟疑不肯。吴氏道："小业畜已醉倒在我房里了。我正要与你算计，趁此时了帐他，快进来商量。"知观一边随了进来，一边道："使不得！亲生儿子，你怎下得了帐他？"吴氏道："为了你，说不得！况且受他的气不过了！"知观道："就是做了这事，有人晓得，后患不小。"吴氏道："我是他亲生母，就是故杀了他，没甚大罪。"知观道："我与你的事，须有人晓得。若摆布了儿子，你不过是'故杀子孙'；倘有对头根究到我同谋，我须偿他命去。"吴氏道："若如此怕事，留着他没收场，怎得像意？"知观道："何不讨一房媳妇与他？我们同弄他在混水里头一搅，贪他便做不得硬汉，管不得你了。"吴氏道："一发使不得。取来的未知心性如何，倘不与我同心合意，反又多了一个做眼的了，更是不便。只是除了他的是高见。没有了他，我虽是不好嫁得你出家人，只是认做兄妹往来，谁禁得我？这便可以日久岁长的了。"知观道："若如此，我有一计:当官做罢。"天意也,使从吴氏之计,达生死矣。吴氏道:"怎的计较?"知观道:"此间开封官府,平日最恨的是忤逆之子,告着的不是打死,便是问重罪坐牢。你如今只出一状,告他不孝,他须没处辨!你是亲生的,又不是前亲晚后,自然是你说的话是,别无疑端。就不得他打死,等他坐坐监,也就性急不得出来,省了许多碍眼。况且你若舍得他,执意要打死,官府也无有不依做娘的说话的。"吴氏道:"倘若小业畜极了,说出这些事情来,怎好?"知观道:"做儿子怎好执得娘的奸?他若说到那些话头,你便说是儿子不才,污口横蔑。官府一发怪是真不孝了,谁肯信他?况且捉奸捉双,我和你又无实迹凭据,随他说长说短,官府不过道是拦词抵辨,决不反为了儿子究问娘奸情的。这决然可以放心!"吴氏道:"今日我叫他去上父坟,他却不去,反到观里来。只这件不肯拜父坟,便是一件不孝实迹,就好坐他了。只是要瞒着他做。"知观道:"他在你身边,不好弄手脚。我与衙门人厮熟,我等暗投文时,设法准了状,差了人径来拿他,那时你才出头折证,神鬼不觉。"吴氏道:"必如此方停当。只是我儿子死后,你须至诚待我,凡百要像我意才好。倘若有些好歹,却不枉送了亲生儿子?"知观道:"你要如何像意?"吴氏道:"我夜夜须要同睡,不得独宿。"知观道:"我观中还有别事,怎能勾夜夜来得?"吴氏道:"你没工夫,随分着个徒弟来相伴,

明察者岂执一偏以枉人哉!愚人狃之,所以为此不孝之告,然要亦天败之耳。

算无遗策,自谓可万全矣。

我耐不得独自寂寞。"〔淫心同矣，自无不依之理。〕知观道："这个依得，我两个徒弟都是我的心腹，极是知趣的。你看得上，不要说叫他来相伴，就是我来时节，两三个混做一团，通同取乐，岂不妙哉！"吴氏见说，淫兴勃发，就同到堂中床上极意舞弄了一回，娇声细语道："我为你这冤家，儿子都舍了，不要忘了我。"知观罚誓道："若负了大娘此情，死后不得棺殓。"〔后来竟得棺殓，还算不负。〕知观弄了一火，已觉倦怠。吴氏兴还未尽，对知观道："何不就叫太素来试试？"知观道："最妙。"知观走起来，轻轻拽了太素的手道："吴大娘叫你。"太素走到床边，知观道："快上床去相伴大娘。"那太素虽然已干过了一次，他是后生，岂怕再举？托地跳将上去又弄起来。知观坐在床沿上道："作成你这样好处，却不知已是第二番了。"吴氏一时应付两个，才觉心满意足。对知观道："今后我没了这小业种，此等乐事可以长做，再无拘碍了。"〔未必稳。〕

事毕，恐怕儿子酒醒，打发他两个且去："明后日专等消息，万勿有误！"千叮万嘱了，送出门去。知观前行，吴氏又与太素捻手捻脚的暗中抱了一抱，又做了一个嘴，方才放了去，关了门进来。丫鬟还在房门口坐着打盹，开进房时，儿子兀自未醒，他自到房中床里睡了。明日达生起来，见在娘床里，吃了一惊道："我昨夜直恁吃得醉！细思娘昨夜的话，不知是真是假，莫不乘着我醉，又做别事了？"吴氏见了〔此日后致死之本。〕

达生,有心与他寻事,骂道:"你噇醉了,不知好歹,倒在我床里了,却叫我一夜没处安身。"达生甚是过意不去,不敢回答。

> 违心之谈。

又过了一日,忽然清早时分,有人在外敲得门响,且是声高。达生疑心,开了门,只见两个公人一拥入来,把条绳子望达生脖子上就套。达生惊道:"上下,为甚么事?"公人骂道:"该死的杀囚,你家娘告了你不孝,见官便要打死的。还问是甚么事!"达生慌了,哭将起来道:"容我见娘一面。"公人道:"你娘少不得也要到官的。"就着一个押了进去。吴氏听见敲门,又闻得堂前嚷起,孩子哭声,已知是这事了,急走出来。达生抱住哭道:"娘,儿子虽不好,也是娘生下来的,如何下得此毒手?"吴氏道:"谁叫你凡事逆我,也叫你看看我的手段!"达生道:"儿子那件逆了母亲?"吴氏道:"只前日叫你去拜父坟,你如何不肯去?"达生道:"娘也不曾去,怎怪得儿子?"公人不知就里,在旁边插嘴道:"拜爹坟,是你该去,怎么推得娘?我们只说是前亲晚后,今见说是亲生的,必然是你不孝。没得说,快去见官。"就同了吴氏,一齐拖到开封府来。正值府尹李杰升堂。

那府尹是个极廉明聪察的人,他生平最怪的是忤逆人。见是不孝状词,人犯带到,作了怒色待他,及到跟前,却是十五六的孩子。心里疑道:"这小小年纪,如何行径,就惹得娘告不孝?"敲着气拍问道:

"你娘告你不孝，是何理说？"达生道："小的年纪虽小，也读了几行书，岂敢不孝父母？只是生来不幸，既亡了父亲，又失了母亲之欢，以致兴词告状，即此就是小的罪大恶极！凭老爷打死，以安母亲。小的别无可理说。"说罢，泪如雨下。府尹听说了这一篇，不觉恻然，心里想道："这个儿子会说这样话的，岂是个不孝之辈？必有缘故。"又想道："或者是个乖巧会说话的，也未可知。"随唤吴氏，只见吴氏头兜着手帕，袅袅婷婷走将上来，揭去了帕。府尹叫抬起头来，见是后生妇人，又有几分颜色，先自有些疑心了。且问道："你儿子怎么样不孝？"吴氏道："小妇人丈夫亡故，他就不由小妇人管束。凡事自做自主。小妇人开口说他，便自恶言怒骂。小妇人道是孩子家，不与他一般见识。而今日甚一日，管他不下，所以只得请官法处治。"府尹又问达生道："你娘如此说你，你有何分辨？"达生道："小的怎敢与母亲辨？母亲说的就是了。"府尹道："莫不你母亲有甚偏私处？"达生道："母亲极是慈爱，况且是小的一个，有甚偏私？"府尹又叫他到桌案前，密问道："中间必有缘故，你可直说，我与你做主。"达生叩头道："其实别无缘故，多是小的不是。"府尹道："既然如此，天下无不是底父母，母亲告你，我就要责罚了。"达生道："小的该责。"府尹见这般形状，心下愈加狐疑，却是免不得体面，喝叫打着，

听此，途人亦泪下矣。

他到不必管束。

当下拖翻打了十竹篦。^{冤哉！}府尹冷眼看吴氏时节，见他面上毫无不忍之色，反跪上来道："求老爷一气打死罢！"府尹大怒道："这泼妇！此必是你夫前妻或妾出之子，你做人不贤，要做此忍心害理之事么？"吴氏道："爷爷，实是小妇人亲生的，问他就是。"府尹就问达生道："这敢不是你亲娘？"达生大哭道："是小的生身之母。怎的不是？"府尹道："却如何这等恨你？"达生道："连小的也不晓得。只是依着母亲打死小的罢！"府尹心下着实疑惑，晓得必有别故，反假意喝达生道："果然不孝，不怕你不死！"吴氏见府尹说得利害，连连叩头道："只求老爷早早决绝，小妇人也得干净。"府尹道："你还有别的儿子，或是过继的否？"吴氏道："并无别个。"府尹道："既只是一个，我戒诲他一番，留他性命，养你后半世也好。"吴氏道："小妇人情愿自过日子，不情愿有儿子了。"府尹道："死了不可复生，你不可有悔。"吴氏咬牙切齿道："小妇人不悔！"府尹道："既没有悔，明日买一棺木，当堂领尸。今日暂且收监。"就把达生下在牢中，打发了吴氏出去。

吴氏喜容满面，望外就走。^{忍哉！}府尹直把眼看他出了府门，忖道："这妇人气质，是个不良之人，必有隐情。那小孩子不肯说破，是个孝子。我必要剖明这一件事。"随即叫一个眼明手快的公人，分

^{神君也，亦仁君也。}

付道："那妇人出去，不论走远走近，必有个人同他说话的。你看何等样人物，说何说话。不拘何等，有一件报一件。说得的确，重重有赏，倘有虚伪隐瞒，我知道了，致你死地！"〔此分付亦要紧。〕那府尹威令素严，公人怎敢有违？密地尾了吴氏走去。只见吴氏出门数步，就有个道士接着，〔太急亦太躁，皆狃于府尹之好谀不孝也。〕问道："事怎么了？"吴氏笑嘻嘻的道："事完了。只要你替我买具棺材，明日领尸。"道士听得，拍手道："好了！好了！棺材不打紧，明日我自着人抬到府前来。"两人做一路，说说笑笑去了。〔是夜可知，然亦是长别筵也。〕公人却认得这人是西山观道士，密将此话细细报与李府尹。李府尹道："果有此事。可知要杀亲子，略无顾惜。可恨！可恨！"就写一纸付公人道："明日妇人进衙门，我喝叫：'抬棺木来！'此时可拆开，看了行事！"

次日升堂，吴氏首先进来，禀道："昨承爷爷分付，棺木已备，来领不孝子尸首。"府尹道："你儿子昨夜已打死了。"〔妙妙。〕吴氏毫无戚容，叩头道："多谢爷爷做主！"府尹道："快抬棺木进来！"公人听见此句，连忙拆开昨日所封之帖一看，乃是朱票，写道："立拿吴氏奸夫，系道士看抬棺者，不得放脱！"那公人是昨日认杀的，那里肯差？亦且知观指点扛棺的，正在那里点手画脚时节，公人就一把擒住了，把朱笔帖与他看。知观挣扎不得，只得随来见了府尹。府尹道："你是道士，何故与人买棺材，又替他雇人扛抬？"知观一时赖不得，只得说道："那妇人是小道姑舅兄妹，央浼小道，所以帮他。"府尹道："亏了你是舅舅，所以帮他杀外甥。"知观道："这是他家的事，与小道无干。"府尹道："既是亲戚，他告状时你却调停不得，取棺木时你就帮衬有余？却不是你有奸与谋的？这奴才死有余辜！"喝教取夹棍来夹起，严刑拷打，要他招出真情。

349

知观熬不得，一一招了。府尹取了亲笔画供，供称是："西山观知观黄妙修，因奸唆杀是实。"吴氏在庭下看了，只叫得苦。府尹随叫："取监犯！"把刘达生放将出来。

达生进监时，道府尹说话好，料必不致伤命。及至经过庭下，见是一具簇新的棺木摆着，心里慌了道："终不成今日当真要打死我？"战兢兢地跪着。只见府尹问道："你可认得西山观道士黄妙修？"达生见说着就里，假意道："不认得。"府尹道："是你仇人，难道不认得？"达生转头看时，只见黄知观被夹坏了，在地下哼，吃了一惊，正不知个甚么缘故。只得叩头道："爷爷青天神见，小的再不敢说。"府尹道："我昨日再三问你，你却不肯说出，这还是你孝处。岂知被我一一查出了！"又叫吴氏起来得："还你一个有尸首的棺材。"吴氏心里还认做打儿子，只见府尹喝叫："把黄妙修拖翻，加力行杖。"打得肉绽皮开，看看气绝。叫几个禁子将来带活放在棺中，用钉钉了。吓得吴氏面如土色，战抖抖的牙齿捉对儿厮打。

府尹看钉了棺材，就喝吴氏道："你这淫妇！护了奸夫，忍杀亲子，这样人留你何用？也只是活敲死你。皂隶拿下去，着实打！"皂隶似鹰拿燕雀把吴氏向阶下一摔。正待用刑，那刘达生见要打娘，慌忙走去横眠在娘的背上了。口里连连喊道："小的

畅极！胜任道元之铁鞭。

代打！小的代打！"皂隶不好行杖，添几个走来着力拖开。达生只是吊紧了娘的身子，大哭不放。府尹看见如此真切，叫皂隶且住了。唤达生上来道："你母亲要杀你，我就打他几下，你正好出气，如何如此护他？"达生道："生身之母，怎敢记仇？况且爷爷不责小的不孝，反责母亲，小的至死心里不安。望爷爷台鉴！"叩头不止。府尹唤吴氏起来，道："本该打死你，看你儿子分上，留你性命。此后要去学好，倘有再犯，必不饶你。"吴氏起初见打死了道士，心下也道是自己不得活了；见儿子如此要替，如此讨饶，心里悲伤，还不知怎地。听得府尹如此分付，念着儿子好处，不觉吊下泪来，对府尹道："小妇人该死，良心发矣。负了亲儿，今后情愿守着儿子成人，再不敢非为了。"府尹道："你儿子是个成器的，不消说。吾正待表扬其孝。"达生叩头道："若如此，是显母之失，以彰己之名，小的至死不敢。"吴氏见儿子说罢，母子两个就在府堂上相抱了，大哭一场。府尹发放宁家去了。

　　随出票唤西山观黄妙修的本房道众来领尸棺。观中已晓得这事，推那太素、太清两个道童出来。公人领了他进府堂，府尹抬眼看时，见是两个美丽少年，心里道："这些出家人引诱人家少年子弟，遂其淫欲。这两个美貌的，他日必更累人家妇女出丑。"随唤公人押令两个道童领棺埋讫，即令还归

（眉批：
却是便宜了他。

始知从前之用计杜奸，无非孝也。

天性露矣。人皆可以为善者，此也。）

俗家父母，永远不许入观，讨了收管回话。其该观道士另行申敕，不题。

且说吴氏同儿子归家，感激儿子不尽。此后把他看待得好了。儿子也自承颜顺旨，不敢有违，再无说话。又且道士已死，道童已散，吴氏无奈，也只得收了心过日。只是思想前事，未免悒悒不快，又有些惊悸成病，不久而死。刘达生将二亲合葬已毕，孝满了，娶了一房媳妇，且是夫妻相敬，门风肃然。已后出去求名，却又得府尹李杰一力抬举，仕宦而终。

现说那太素、太清当日押出，两个一路上共话这事。太清道："我昨夜梦见老君对我道：'你师父道行非凡，我与他一个官做，你们可与他领了。'我心里想来，师父如此胡行，有甚道行？且那里有官得与他做，却叫我们领？谁知今日府中叫去领棺木？却应在这个棺上了。"太素道："师父受用得多了，死不为枉。只可惜师父没了，连我们也断了这路。"太清道："师父就在，你我也只好干咽唾。"太素道："我到不干，已略略沾些滋味了。"便将前情一一说与太清知道。太清道："一同跟师父，偏你打了偏手，而今喜得还了俗，大家寻个老小解解馋罢了。"两个商量，共将师父尸棺安在祖代道茔上了，各自还俗。

太素过了几时，想着吴氏前日之情，业心不断，

旁批：美政也。若今世必强之作门子矣。

旁批：至此不鉴前车，尚鸣得意，宜其死也。

旁批：知足不辱。

再到刘家去打听,乃知吴氏已死,好生感伤。此后恍恍惚惚,合眼就梦见吴氏来与他交感,又有时梦见师父来争风。染成遗精梦泄痨瘵之病,未几身死。太清此时已自娶了妻子,闻得太素之死,自叹道:"今日方知道家不该如此破戒。师父胡做,必致杀身,太素略染,也得病死。还亏我当日侥幸,不曾有半点事,若不然时,我也一同做枉死之鬼了。"自此安守本分,为良民而终。可见报应不爽。

这本话文,凡是道流,俱该猛省!后人有诗咏着黄妙修云:

西山符箓最高强,能摄生人岂度亡?
直待盖棺方事定,元来魔祟在裈裆。 谑语实至言。

又有诗咏着吴氏云:

腰间仗剑岂虚词,贪着奸淫欲杀儿。
妖道捐生全为此,即同手刃亦何疑! 究竟自杀亦在此。

又有诗咏着刘达生云:

不孝由来是逆伦,堪怜难处在天亲。
当堂不肯分明说,始信孤儿大孝人。 真切可涕。

又有诗咏着太素、太清二道童云：

后庭本是道家妻，又向闺房作媚姿。
毕竟无侵能幸脱，一时染指岂便宜？

关风化不小。

又有诗单赞李杰府尹明察云：

黄堂太守最神明，忤逆加诛法不轻。
偏为鞫奸成反案，从前不是浪施刑。

若概以不孝杀人，冤者多矣。

卷十八 丹客半黍九还 富翁千金一笑

丹容半夹
九還

卷十八　丹客半黍九还　富翁千金一笑

诗曰：

> 破布衫巾破布裙，逢人惯说会烧银。
> 自家何不烧些用？担水河头卖与人。

这四句诗，乃是国朝唐伯虎解元所作。世上有这一伙烧丹炼汞之人，专一设立圈套，神出鬼没，哄那贪夫痴客，道能以药草炼成丹药，铅铁为金，死汞为银，名为"黄白之术"，又叫得"炉火之事"。只要先将银子为母，后来觑个空儿，偷了银子便走，叫做"提罐"。曾有一个道人将此术来寻唐解元，说道："解元仙风道骨，可以做得这件事。"解元贬驳他道："我看你身上蓝缕，你既有这仙术，何不烧些来自己用度，却要作成别人？"道人道："贫道有的是术法，乃造化所忌；却要寻个大福气的，承受得起，方好与他作为。贫道自家却没这些福气，所以难做。看见解元正是个大福气的人，来投合伙，我们术家，叫做'访外护'。"唐解元道："这等，与你说过：你的法术施为，我一些都不管，我只管出着一味福气帮你；等丹成了，我与你平分便是。"道人见解元说得蹊跷，晓得是奚落他，不是主顾，飘然而去了。所以唐解元有这首诗，也是点明世人的意思。

千古破疑祛惑之言。

却是这伙里的人，更有花言巧语，如此说话说他不倒的。却是为何？他们道："神仙必须度世，妙法不可自私。毕竟有一种具得仙骨，结得仙缘的，方可共炼共修，内丹成，外丹亦成。"有这许多好说话。这些说话，何曾不是正理？就是炼丹，何曾不是仙法？却是当初仙人留此一种丹砂化黄金之法，只为要广济世间的人。尚且纯阳吕祖虑他五百年后复还原质，误了后人，原不曾说道与你置田买产，畜妻养子，帮做人家的。只如杜子春遇仙，在云台观炼药将成，寻他去做"外护"，只为一点爱根不断，累他丹鼎飞败。如今这些贪人，拥着娇妻美妾，求田问舍，损人肥己，掂斤播两，何等肚肠！寻着一伙酒肉道人，指望炼成了丹，要受用一世，遗之子孙，岂不痴了？只叫他把"内丹成，外丹亦成"这两句想一想，难道是掉起内养工夫，单单弄那银子的？只这点念头，也就万万无有炼得丹成的事了。

看官，你道小子说到此际，随你愚人，也该醒悟这件事没影响，做不得的。却是这件事，偏是天下一等聪明的，要落在圈套里，不知何故！

<small>唯聪明人才有痴想，自恃不致为人所愚也。</small>

今小子说一个松江富翁，姓潘，是个国子监监生。胸中广博，极有口才，也是一个有意思的人。却有一件癖性，酷信丹术。俗语道："物聚于所好。"果然有了此好，方士源源而来。零零星星，也弄掉了好些银子，受过了好些丹客的骗。他只是一心不悔，只说："无缘遇不着好的，从古有这家法术，岂

<small>是博览之累。</small>

有做不来的事？毕竟有一日弄成了，前边些小所失，

何足为念？"把这事越好得紧了。这些丹客，我传与你，你传与我，远近尽闻其名。左右是一伙的人，推班出色，没一个不思量骗他的。

一日秋间，来到杭州西湖上游赏，赁一个下处住着。只见隔壁园亭上歇着一个远来客人，带着家眷，也来游湖。行李甚多，仆从齐整。那女眷且是生得美貌，打听来是这客人的爱妾。日日雇了天字一号的大湖船，摆了盛酒，吹弹歌唱俱备。携了此妾下湖，浅斟低唱，觥筹交举。满桌摆设酒器，多是些金银异巧式样，层见迭出。晚上归寓，灯火辉煌，赏赐无算。潘富翁在隔壁寓所，看得呆了。想道："我家里也算是富的，怎能勾到得他这等挥霍受用？此必是个陶朱、猗顿之流，第一等富家了。"心里艳慕，渐渐教人通问，与他往来相拜。通了姓名，各道相慕之意。

既算是富的，怨做甚？只是贪心重。

富翁乘间问道："吾丈如此富厚，非人所及。"那客人谦让道："何足挂齿！"富翁道："日日如此用度，除非家中有金银高北斗，才能像意；不然，也有尽时。"客人道："金银高北斗，若只是用去，要尽也不难。须有个用不尽的法儿。"富翁见说，就有些着意了，问道："如何是用不尽的法？"客人道："造次之间，不好就说得。"富翁道："毕竟要请教。"客人道："说来吾丈未必解，也未必信。"富翁见说得蹊跷，一发殷勤求恳，必要见教。客人屏去左右从人，附耳道："吾有'九还丹'，可以点铅汞为黄金。只要炼得丹成,黄金与瓦砾同耳,何足贵哉!"富翁见说是丹术,一发投其所好,欣然道:"元来吾丈精于丹道,学生于此道最是心契,求之不得。若吾丈果有此术,学生情愿倾家受教。"客人道:"岂可轻易传得?小小试看,以取一笑则可。"便教小童炽起炉炭,将几两铅汞熔化起来。身边腰袋里摸出一个纸包,打开来都是些药末,就把小指甲挑起一些些来,弹在罐里,倾将出来,连那铅汞不见了,都是雪花也似的好银。

看官,你道药末可以变化得铜铅做银,却不是真法了?元来这叫得"缩银之法",他先将银子用药炼过,专取其精,每一两直缩做一分少些。今和铅汞在火中一烧,铅汞化为青气去了,遗下糟粕之质,见了银精,尽化为银。不知元是银子的原分量,不曾多了一些。丹客专以此术哄人,人便死心塌地信他,道是真了。

富翁见了,喜之不胜,道:"怪道他如此富贵受用!原来银子如此容易。我炼了许多时,只有折了的。今番有幸遇着真本事的了,是必要求他去替我炼一炼则个。"遂问客人道:"这药是如何炼成的?"客人道:"这叫做母银生子。先将银子为母,不拘多少,用药锻炼,养在鼎中。须要九转,火候足了,先生了黄芽,又结成白雪。启炉时,就扫下这些丹头来。只消一黍米大,便点成黄金白银。那母银仍旧分毫不亏的。"富翁道:"须得多少母银?"客人道:"母银越多,丹头越精。若炼得有半合许丹头,

设骗之语也。

卷十八　丹客半黍九还　富翁千金一笑

富可敌国矣。"富翁道："学生家事虽寒，数千之物还尽可办。若肯不吝大教，拜迎到家下，点化一点化，便是生平愿足。"客人道："我术不易传人，亦不轻与人烧炼。今观吾丈虔心，又且骨格有些道气，难得在此联寓，也是前缘，不妨为吾丈做一做。但见教高居何处，异日好来相访。"富翁道："学生家居松江，离此处只有两三日路程。老丈若肯光临，即此收拾，同到寒家便是。若此间别去，万一后会不偶，岂不当面错过了？"客人道："在下是中州人，家有老母在堂，因慕武林山水佳胜，携了小妾，到此一游。空身出来，游资所需，只在炉火，所以乐而忘返。今遇吾丈知音，不敢自秘。但直须带了小妾回家安顿，兼就看看老母，再赴吾丈之期，未为迟也。"富翁道："寒舍有别馆园亭，可贮尊眷。何不就同携到彼住下，一边做事，岂不两便？家下虽是看待不周，决不致有慢尊客，使尊眷有不安之理。只求慨然俯临，深感厚情。"客人方才点头道："既承吾丈如此真切，容与小妾说过，商量收拾起行。"

若果如此，是真仙至乐，还要小妾何用？

富翁不胜之喜，当日就写了请帖，请他次日下湖饮酒。到了明日，殷殷勤勤，接到船上。备将胸中学问，你夸我逞，谈得津津不倦，只恨相见之晚，宾主尽欢而散。又送着一桌精洁酒肴，到隔壁园亭上去，请那小娘子。来日客人答席，分外丰盛。酒器家伙都是金银，自不必说。

到底是学问误之。

两人说得好着，游兴既阑，约定同到松江。在关前雇了两个大船，尽数搬了行李下去，一路相傍同行。那小娘子在对船舱中，隔帘时露半面。富翁偷眼看去，果然生得丰姿美艳，体态轻盈。只是：

盈盈一水间，脉脉不得语。

又裴航赠同舟樊夫人诗云：

同舟吴越犹怀想，况遇天仙隔锦屏。
但得玉京相会去，愿随鸾鹤入青冥。

此时富翁在隔船，望着美人，正同此景，所恨无一人通音问耳。

话休絮烦，两只船不一日至松江。富翁已到家门首，便请丹客上岸。登堂献茶已毕，便道："此是学生家中，往来人杂不便。离此一望之地，便是学生庄舍，就请尊眷同老丈至彼安顿，学生也到彼外厢书房中宿歇。一则清净，可以省烦杂；二则谨密，可以动炉火。尊意如何？"丹客道："炉火之事，最忌俗器，又怕外人触犯。况又小妾在身伴，一发宜远外人。若得在贵庄住止，行事最便了。"富翁便指点移船到庄边来，自家同丹客携手步行。

来到庄门口，门上一匾，上写"涉趣园"三字。进得园来，但见，

古木干霄，新篁夹境。榱题虚厂，无非是月榭风亭；栋宇幽

卷十八　丹客半黍九还　富翁千金一笑

深，饶有那曲房邃室。叠叠假山数仞，可藏太史之书；层层岩洞几重，疑有仙人之策。若还奏曲能招凤，在此观棋必烂柯。

丹客观玩园中景致，欣然道："好个幽雅去处，正堪为修炼之所，又好安顿小妾，在下便可安心与吾丈做事了。看来吾丈果是有福有缘的。"富翁就叫人接了那小娘子起来。那小娘子乔妆了，带着两个丫头，一个唤名春云，一个唤名秋月，摇摇摆摆，走到园亭上来。富翁欠身回避，丹客道："而今是通家了，就等小妾拜见不妨。"就叫那小娘子与富翁相见了。富翁对面一看，真个是沉鱼落雁之容，闭月羞花之貌。天下凡是有钱的人，再没一个不贪财好色的。富翁此时好像雪狮子向火，不觉软瘫了半边，炼丹的事又是第二着了。便对丹客道："园中内室尽宽，凭尊嫂拣个像意的房子住下了。人少时，学生还再去唤几个妇女来伏侍。"丹客就同那小娘子去看内房了。

　　富翁急急走到家中，取了一对金钗，一双金手镯，到园中奉与丹客道："些小薄物，奉为尊嫂拜见之仪。望勿嫌轻鲜。"丹客一眼估去，见是金的，反推辞道："过承厚意，只是黄金之物，在下颇为易得，老丈实为重费，于心不安，决不敢领。"富翁见他推辞，一发不过意道："也知吾丈不希罕此些微

着眼。

老面皮。

之物，只是尊嫂面上，略表芹意，望吾丈鉴其诚心，乞赐笑留。"丹客道："既然这等美情，在下若再推托，反是自外了。只得权且收下，容在下竭力炼成丹药，奉报厚惠。"笑嘻嘻走入内房，叫个丫头捧了进去，又叫小娘子出来，再三拜谢。富翁多见得一番，又破费这些东西，也是心安意肯的。口里不说，心中想道："这个人有此丹法，又有此美姬，人生至此，可谓极乐。且喜他肯与我修炼，丹成料已有日。不稳。只是见放着这等美色在自家庄上，不知可有些缘法否？若一发勾搭得上手，方是心满意足的事。而今拼得献些殷勤，做工夫不着，磨他去，不要性急。且一面打点烧炼的事。"便对丹客道："既承吾丈不弃，我们几时起手？"丹客道："只要有银为母，不论早晚，可以起手。"富翁道："先得多少母银？"丹客道："多多益善，母多丹多，省得再费手脚。"富翁道："这等，打点将二千金下炉便了。今日且偏陪，在家下料理。明日学生搬过来，一同做事。"是晚就具酌在园亭上款待过，尽欢而散。又送酒肴内房中去，殷殷勤勤，自不必说。

次日，富翁准准兑了二千金，将过园子里来，一应炉器家伙之类，家里一向自有，只要搬将来。富翁是久惯这事的，颇称在行，铅汞药物，一应俱备，来见丹客。丹客道："足见所好。足见主翁留心，便在下尚有秘妙之诀，与人不同，炼起来便见。"富翁道：

"正是秘妙之诀,要求相传。"丹客道:"在下此丹,名为九转还丹,每九日火候一还,到九九八十一日开炉,丹物已成。那时节主翁大福到了。"富翁道:"全仗提携则个。"丹客就叫跟来一个家僮,依法动手,炽起炉火,将银子渐渐放将下去,取出丹方与富翁看了,将几件希奇药料放将下去,烧得五色烟起,就同富翁封住了炉。又唤这跟来几个家人分付道:"我在此将有三个月日担阁,你们且回去回覆老奶奶一声再来。"这些人只留一二个惯烧炉的在此,其余都依话散去了。从此家人日夜烧炼,丹客频频到炉边看火色,却不开炉。闲了却与富翁清谈,饮酒下棋。宾主相得,自不必说。又时时送长送短到小娘子处讨好,小娘子也有时回敬几件知趣的东西,彼此致意。

如是二十余日,忽然一个人,穿了一身麻衣,浑身是汗,闯进园中来。众人看时,却是前日打发去内中的人。见了丹客,叩头大哭道:"家里老奶奶没有了,快请回去治丧!"丹客大惊失色,哭倒在地。富翁也一时惊惶,只得从旁劝解道:"令堂天年有限,过伤无益,且自节哀。"家人催促道:"家中无主,作速起身!"丹客住了哭,对富翁道:"本待与主翁完成美事,少尽报效之心,谁知遭此大变,抱恨终天!今势既难留,此事又未终,况是间断不得的,实出两难。小妾虽是女流,随侍在下已久,

那得此副急泪!

炉火之候，尽已知些底里，留他在此看守丹炉才好。只是年幼，无人管束，须有好些不便处。"富翁道："学生与老丈通家至交，有何妨碍？只须留下尊嫂在此，此炼丹之所，又无闲杂人来往，学生当唤几个老成妇女前来陪伴，晚间或是接到拙荆处一同寝处。学生自在园中安歇看守，以待吾丈到来，有何不便？至于茶饭之类，自然不敢有缺。"丹客又踌躇了半晌，说道："今老母已死，方寸乱矣！想古人多有托妻寄子的，既承高谊，只得敬从。留他在此看看火候；在下回去料理一番，不日自来启炉。如此方得两全其事。"

富翁见说肯留妾，心里恨不得许下了半般的天，满面笑容应承道："若得如此，足见有始有终。"丹客又进去与小娘子说了来因，并要留他在此看炉的话，一一分付了，就叫小娘子出来再见了主翁，嘱托与他了。叮咛道："只好守炉，万万不可私启。倘有所误，悔之无及！"富翁道："万一尊驾来迟，误了八十一日之期，如何是好？"丹客道："九还火候已足，放在炉中多养得几日，丹头愈生得多，就迟些开也不妨的。"丹客又与小娘子说了些衷肠密话，忙忙而去了。

这里富翁见丹客留下了美妾，料他不久必来，丹事自然有成，不在心上；却是趁他不在，亦且同住园中，正好勾搭，机会不可错过。时时亡魂失魄，

※ 何如自家陪伴寝处之便！

※ 恐未必有终。

※ 锦囊遗计。

只思量下手。方在游思妄想，可可的那小娘子叫个丫头春云来道："俺家娘请主翁到丹房看炉。"富翁听得，急整衣巾，忙趋到房前来请道："适才尊婢传命，小子在此伺候尊步同往。"那小娘子啭莺声、吐燕语道："主翁先行，贱妾随后。"只见袅袅娜娜走出房来，道了万福。富翁道："娘子是客，小子岂敢先行？"小娘子道："贱妾女流，怎好僭妄？"推逊了一回，单不扯手扯脚的相让，已自觌面谈唾相接了一回，有好些光景。毕竟富翁让他先走了，两个丫头随着。富翁在后面看去，真是步步生莲花，不由人不动火。来到丹房边，转身对两个丫头道："丹房忌生人，你们只在外住着，单请主翁进来。"主翁听得，三脚两步跑上前去。同进了丹房，把所封之炉，前后看了一回。富翁一眼估定这小娘子，恨不得寻口水来吞他下肚去，那里还管炉火的青红皂白？可惜有这个烧火的家僮在房，只好调调眼色，连风话也不便说得一句。直到门边，富翁才老着脸皮道："有劳娘子尊步。尊夫不在，娘子回房须是寂寞。"那小娘子口不答应，微微含笑，此番却不推逊，竟自冉冉而去。

　　富翁愈加狂荡，心里想道："今日丹房中若是无人，尽可撩拨他的。只可惜有这个家僮在内。明日须用计遣开了他，然后约那人同出看炉，此时便可用手脚了。"是夜即分付从人："明日早上备一桌酒

便知趣了。

如此淫性，乃望丹成乎？

可以销魂。

饭,请那烧炉的家僮,说道一向累他辛苦了,主翁特地与他浇手。要灌得烂醉方住。"分付已毕,是夜独酌无聊,思量美人只在内室,又念着日间之事,心中痒痒,徬徨不已。乃吟诗一首道:

名园富贵花,移种在山家。
不道栏杆外,春风正自赊。

走至堂中,朗吟数遍,故意要内房里听得。只见内房走出一个丫头秋月来,手捧一盏茶来送道:"俺家娘听得主翁吟诗,恐怕口渴,特奉清茶。"富翁笑逐颜开,再三称谢。秋月进得去,只听得里边也朗吟道:

名花谁是主?飘泊任春风。
但得东君惜,芳心亦自同。

富翁听罢,知是有意,却不敢造次闯进去。又只听里边关门响,只得自到书房睡了,以待天明。

此夜难过。

次日早上,从人依了昨日之言,把个烧火的家僮请了去。他日逐守着炉灶边,原不耐烦,见了酒杯,那里肯放?吃得烂醉,就在外边睡着了。富翁已知他不在丹房了,却走到内房前,自去请看丹炉。那小娘子听得,即便移步出来,一如昨日在前先走。走到丹房门边,丫头仍留在外,止是富翁紧随入门去了。到得炉边看时,不见了烧火的家僮。小娘子假意失惊道:"如何没人在此,却歇了火?"富翁笑道:"只为小子自家要动火,故叫他暂歇了火。"小娘子只做不解道:"这火须是断不得的。"富翁道:"等小子与娘子坎离交媾,以真火续将起来。"小娘子正色道:"炼丹学道之人,如何兴此邪念,说此邪话?"富翁道:"尊夫在这里,与小娘子同眠同起,少不得也要炼丹,难道一事不做,只是丁夫妻不成?"小娘子无言可答,道:"一场正事,如此歪缠!"富翁道:"小子与娘子夙世姻缘,也是正事。"一把抱住,双膝跪将下去。小娘子扶起道:"拙夫家训颇严,本不该乱做的,承主翁如此殷勤,贱妾不敢自爱,容晚间约着相会一话罢。"富翁道:"就此恳赐一欢,方见娘子厚情。如何等得到晚?"小娘子道:"这里有人来,使不得。"富翁道:"小子专为留心要求小娘子,已着人款住了烧火的了。别的也不敢进来。况且丹房邃密,无人知觉。"小娘子道:"此间须是丹炉,怕有触犯,悔之无及。决使不得!"富翁此时兴已勃发,那里还顾什么丹炉不丹炉!只是紧紧抱住道:"就是要了小子的性命,也说不得了。只求小娘子救一救!"不由他肯不肯,辩到一只醉翁椅上,扯脱裤儿,就舞将进去。此时快乐何异登仙?但见:

原未尝学道。

埋根。

原忍不住。

道家所谓乱动了主人公也。

独弦琴一翁一张，无孔箫统上统下。红炉中拨开邪火，玄关内走动真铅。舌搅华池，满口馨香尝玉液；精穿牝屋，浑身酥快吸琼浆。何必丹成入九天？即此魂销归极乐。

两下云雨已毕，整了衣服。富翁谢道："感谢娘子不弃，只是片时欢娱，晚间愿赐通宵之乐。"扑的又跪下去。小娘子急抱起来道："我原许下你晚间的，你自喉急等不得。那里有丹鼎旁边就弄这事起来？"富翁道："错过一时，只恐后悔无及。还只是早得到手一刻，也是见成的了。"小娘子道："晚间还是我到你书房来，你到我卧房来？"富翁道："但凭娘子主见。"小娘子道："我处须有两个丫头同睡，你来不便；我今夜且瞒着他们自出来罢。待我明日叮嘱丫头过了，然后接你进来。"

是夜，果然人静后，小娘子走出堂中来，富翁也在那里伺候，接至书房，极尽衾枕之乐。以后或在内，或在外，总是无拘无管。

富翁以为天下奇遇，只愿得其夫一世不来，丹炼不成也罢了。绸缪了十数宵，忽然一日，门上报说："丹客到了。"_{忒快}富翁吃了一惊。接进寒温毕，他就进内房来见了小娘子，说了好些说话。出外来对富翁道："小妾说丹炉不动。而今九还之期已过，丹已成了，正好开看。今日匆匆，明日献过了神启

（批注：料必不成，落得且弄。）

炉罢。"富翁是夜虽不得再望欢娱，却见丹客来了，明日启炉，丹成可望。还赖有此，心下自解自乐。

> 还是望欢娱未为痴，自解乐却太痴也。

到得明日，请了些纸马福物，祭献了毕，丹客同富翁刚走进丹房，就变色沉吟道："如何丹房中气色恁等的有些诧异？"便就亲手启开鼎炉一看，跌足大惊道："败了！败了！真丹走失，连银母多是糟粕了！此必有做交感污秽之事，触犯了的。"富翁惊得面如土色，不好开言。又见道着真相，一发慌了。丹客懊怒，咬得牙齿趷趷的响，问烧火的家僮道："此房中别有何人进来？"家僮道："只有主翁与小娘子，日日来看一次，别无人敢进来。"丹客道："这等如何得丹败了？快去叫小娘子来问。"家僮走去，请了出来。丹客厉声道："你在此看炉，做了甚事？丹俱败了！"小娘子道："日日与主翁来看，炉是原封不动的，不知何故？"丹客道："谁说炉动了封？你却动了封了！"又问家僮道："主翁与娘子来时，你也有时节不在此么？"家僮道："止有一日，是主翁怜我辛苦，请去吃饭，多饮了几杯，睡着在外边了。只这一日，是主翁与小娘子自家来的。"丹客冷笑道："是了！是了！"忙走去行囊里抽出一根皮鞭来，对小娘子道："分明是你这贱婢做出事来了！"一鞭打去，小娘子闪过了，哭道："我原说做不得的，主人翁害了奴也！"富翁直着双眼，无言可答，恨没个地洞钻了进去。丹客怒目直视富翁道："你前

> 好科分。

日受托之时，如何说的？我去不久，就干出这样昧心的事来，元来是狗彘不直的！如此无行的人，如何妄思烧丹炼药？是我眼里不识人。我只是打死这贱婢罢，羞辱门庭，要你怎的！"拿着鞭一赶赶来，小娘子慌忙走进内房。亏得两个丫头拦住，劝道："官人耐性。"每人接了一皮鞭，却把皮鞭摔断了。

〔倒是真话。〕

富翁见他性发，没收场，只得跪下去道："是小子不才，一时干差了事。而今情愿弃了前日之物，只求宽恕罢！"丹客道："你自作自受，你干坏了事，走失了丹，是应得的，没处怨怅。我的爱妾可是与你解馋的？受了你点污，却如何处？我只是杀却了，不怕你不偿命！"富翁道："小子情愿赎罪罢。"即忙叫家人到家中拿了两个元宝，跪着讨饶。丹客只是佯着眼不瞧道："我银甚易，岂在乎此！"富翁只是磕头，又加了二百两道："如今以此数，再娶了一位如夫人也勾了。实是小子不才，望乞看平日之面，宽恕尊嫂罢。"丹客道："我本不希罕你银子，只是你这样人，不等你损些己财，后来不改前非。我偏要拿了你的，将去济人也好。"就把三百金拿去，装在箱里了，叫齐了小娘子与家僮、丫头等，急把衣装行李尽数搬出，下在昨日原来的船里，一径出门。口里喃喃骂道："受这样的耻辱！可恨！可恨！"骂詈不止，开船去了。

〔亏他慷慨。〕

〔此二千金之兑头加赠也。〕

〔改了前非，公等何处生活？〕

富翁被他吓得魂不附体，恐怕弄出事来。虽

卷十八　丹客半黍九还　富翁千金一笑

是折了些银子，得他肯去，还自道侥幸。至于炉中之银，真个认做触犯了他，丹鼎走败。但自悔道："忒性急了些！便等丹成了，多留他住几时，再图成此事，岂不两美？再不然，不要在丹房里头弄这事，或者不妨也不见得。多是自己莽撞了，枉自破了财物也罢，只是遇着真法，不得成丹，可惜！可惜！"又自解自乐道："只这一个绝色佳人受用了几时，也是风流话柄，赏心乐事，不必追悔了。"却不知多是丹客做成圈套。当在西湖时，原是打听得潘富翁上杭，先装成这些行径来炫惑他的。及至请他到家，故意要延缓，却像没甚要紧。后边那个人来报丧之时，忙忙归去，已自先把这二千金提了罐去了。留着家小，使你不疑。后来勾搭上场，也都是他教成的计较，把这堆狗屎堆在你鼻头上，等你开不得口，只好自认不是，没工夫与他算账了。那富翁是破财星照，堕其计中。先认他是巨富之人，必有真丹点化，不知那金银器皿都是些铜铅为质，金银汁粘裹成的。酒后灯下，谁把试金石来试？一时不辨，都误认了。此皆神奸诡计也。

直痴到底。

　　富翁遭此一骗，还不醒悟，只说是自家不是，当面错了，越好那丹术不已。一日，又有个丹士到来，与他谈着炉火，甚是投机，延接在家。告诉他道："前日有一位客人，真能点铁为金，当面试过，他已此替我烧炼了。后来自家有些得罪于他，不成而去，

373

真是可惜。"这丹士道："吾术岂独不能？"便叫把炉火来试，果然与前丹客无二：些少药末，投在铅汞里头，尽化为银。富翁道："好了，好了。前番不着，这番着了。"又凑千金与他烧炼。丹士呼朋引类，又去约了两三个帮手来做。富翁见他银子来得容易，放胆大了，一些也不防他，岂知一个晚间，提了罐走了。次日又捞了个空。

> 前船即后船样。

富翁此时连被拐去，手中已窘，且怒且羞道："我为这事费了多少心机，弄了多少年月，前日自家错过，指望今番是了，谁知又遭此一闪？我不问那里寻将去，他不过又往别家烧炼，或者撞得着也不可知。纵不然，或者另遇着真正法术，再得炼成真丹，也不见得。"自此收拾了些行李，东游西走。

> 痴心不断。

忽然一日，在苏州阊门人丛里劈面撞着这一伙人。正待开口发作，这伙人不慌不忙，满面生春，却像他乡遇故知的一般，一把邀了那富翁，邀到一个大酒肆中，一副洁净座头上坐了，叫酒保烫酒取嗄饭来，殷勤谢道："前日有负厚德，实切不安。但我辈道路如此，足下勿以为怪！今有一法与足下计较，可以偿足下前物，不必别生异说。"富翁道："何法？"丹士道："足下前日之银，吾辈得来随手费尽，无可奉偿。今山东有一大姓，也请吾辈烧炼，已有成约。只待吾师到来，才交银举事。奈吾师远游，急切未来。足下若权认作吾师，等他交银出来，便取来先还了足下前物，直如反掌之易！不然，空寻吾辈也无干。足下以为何如？"富翁道："尊师是何人物？"丹士道："是个头陀。今请足下略剪去了些头发，□奇。我辈以师礼事奉，径到彼处便了。"

富翁急于得银，便依他剪发做一齐了。彼辈殷殷勤勤，直侍奉到山东。引进见了大姓，说道是他师父来了。大姓致敬，迎接到堂中，略谈炉火之事。*又是一个。* 富翁是做惯了的，亦且胸中原博，高谈阔论，尽中机宜。大姓深相敬服，是夜即兑银二千两，约在明日起火。只管把酒相劝，吃得酩酊，扶去另在一间内书房睡着。到得天明，商量安炉。富翁见这伙人科派，自家晓得些，也在里头指点。当日把银子下 *此是数千金学。* 炉烧炼，这伙人认做徒弟守炉。大姓只管来寻师父去请教，攀话饮酒，不好却得。这些人看个空儿，又提了罐，各各走了，单撇下了师父。

大姓只道师父在家不妨，岂知早辰一伙都不见了，就拿住了师父，要去送在当官，捉拿余党。富翁只得哭诉道："我是松江潘某，元非此辈同党。只因性好烧丹，前日被这伙人拐了。路上遇见他，说道在此间烧炼，得来可以赔偿。又替我剪发，叫我妆做他师父来的。指望取还前银，岂知连宅上多骗了，又撇我在此？"说罢大哭。大姓问其来历详细，说得对科，果是松江富家，与大姓家有好些年谊的。知被骗是实，不好难为得他，只得放了。一路无了盘缠，倚着头陀模样，沿途乞化回家。

<small>虽被骗去头发，却也有此便宜处。</small>

到得临清码头上，只见一只大船内，帘下一个美人，揭着帘儿，露面看着街上。富翁看见，好些面染，仔细一认，却是前日丹客所带来的妾与他偷情的。疑道："这人缘何在这船上？"走到船边。细细访问，方知是河南举人某公子包了名娼，到京会试的。富翁心里想道："难道当日这家的妾毕竟卖了？"又疑道："敢是面庞相像的？"不离船边，走来走去只管看。忽见船舱里叫个人出来，问他道："官舱里大娘问你可是松江人？"富翁道："正是松江。"又问道："可姓潘否？"富翁吃了一惊道："怎晓得我的姓？"只见舱里人说："叫他到船边来。"富翁走上前去。帘内道："妾非别人，即前日丹客所认为妾的便是，实是河南妓家。前日受人之托，不得不依他嘱付的话，替他捣鬼，有负于君。君何以流落至此？"富翁大恸，把连次被拐，今在山东回来之由，诉说一遍。帘内人道："妾与君不能无情，当赠君盘费，作急回家。此后遇见丹客，万万勿可听信。妾亦是骗局中人，深知其诈。君能听妾之言，是即妾报君数宵之爱也。"言毕，着人拿出三两一封银子来递与他，富翁感谢不尽，只得收了。自此方晓得前日丹客美人之局，包了娼妓做的，今日却亏他盘缠。

<small>妓家情义，胜丹客多矣。</small>

到得家来，感念其言，终身不信炉火之事。<small>迟了。</small>

却是头发纷披,亲友知其事者,无不以为笑谈。奉劝世人好丹术者,请以此为鉴:

> 丹术须先断情欲,尘缘岂许相驰逐?
> 贪淫若是望丹成,阴沟洞里天鹅肉。

卷十九 李公佐巧解梦中言
谢小娥智擒船上盗

謝小娥智擒
船上盜

赞云：

> 士或巾帼，女或弁冕。
> 行不逾阈，谟能致远。
> 睹彼英英，惭斯谫谫。

这几句赞是赞那有智妇人，赛过男子。假如有一种能文的女子，如班婕妤、曹大家、鱼玄机、薛校书、李季兰、李易安、朱淑真之辈，上可以并驾班、扬，下可以齐驱卢、骆。有一种能武的女子，如夫人城、娘子军、高凉冼氏、东海吕母之辈，智略可方韩、白，雄名可赛关、张。有一种善能识人的女子，如卓文君、红拂妓、王浑妻钟氏、韦皋妻母苗氏之辈，俱另具法眼，物色尘埃。有一种报仇雪耻女子，如孙翊妻徐氏、董昌妻申屠氏、庞娥亲、邹仆妇之辈，俱中怀胆智，力歼强梁。又有一种希奇作怪、女扮为男的女子，如秦木兰、南齐东阳娄逞、唐贞元孟妪、五代临邛黄崇嘏，俱以权济变，善藏其用，窜身仕宦，既不被人识破，又能自保其身，多是男子汉未必做得来的，算得是极巧极难的了。而今更说一个遭遇大难、女扮男身、用尽心机、受尽苦楚、又能报仇、又能守志、一个绝奇的女人，真是千古罕闻。有诗为证：

> 侠概惟推古剑仙，除凶雪恨只香烟。
> 谁知估客生奇女，只手能翻两姓冤。

这段话文，乃是唐元和年间，豫章郡有个富人姓谢，家有巨产,隐名在商贾间。他生有一女,名唤小娥,生八岁,母亲早丧。小娥虽小,身体壮硕如男子形。父亲把他许了历阳一个侠士,姓段名居贞。那人负气仗义,交游豪俊,却也在江湖上做大贾。谢翁慕其声名,虽是女儿尚小,却把来许下了他。两姓合为一家,同舟载货,往来吴楚之间。两家弟兄、子侄、童仆等众,约有数十余人,尽在船内。贸易顺济,辎重充盈。如是几年,江湖上多晓得是谢家船,昭耀耳目。_{祸始于此。}

此时小娥年已十四岁,方才与段居贞成婚。未及一月,忽然一日,舟行至鄱阳湖口,遇着几只江洋大盗的船,各执器械,团团围住。为头的两人,当先跳过船来,先把谢翁与段居贞一刀一个,结果了性命。以后众人一齐动手,排头杀去。总是一个船中,躲得在那里?间有个把慌忙奔出舱外,又被盗船上人拿去杀了;或有得跳在水中,只好图得个全尸,湖水溜急,总无生理。谢小娥还亏得溜撒,乘众盗杀人之时,忙自去撑在舵上,一个失脚,跌下水去了。众盗席卷舟中财宝金帛一空,将死尸尽抛在湖中,弃船而去。

小娥在水中漂流,恍惚之间,似有神明护持,流到一只渔船边。渔人夫妻两个,捞救起来,见是一个女人,心头尚暖,知是未死,拿几件破衣破袄替他换下湿衣,放在舱中眠着。小娥口中泛出无数清水，不多几时，醒将转来。见身在渔船中，想着父与夫被杀光景，放声大哭。渔翁夫妇问其缘故，小娥把湖中遇盗、父夫两家人口尽被杀害情由，说了一遍。元来谢翁与段侠士之名著闻江湖上，渔翁也多曾受他小惠过的，听说罢，不胜惊异，就权留他在船中。调理了几日，小娥觉得身子好了。他是个点头会意的人，晓得渔船上生意淡薄，便想道："我怎好搅扰得他？不免辞谢了他，我自上岸，一路乞食，再图安身立命之处。"

小娥从此别了渔翁夫妇，沿途抄化。到建业上元县，有个妙果寺，内是尼僧。有个住持尼净悟，见小娥言语伶俐，说着遭难因由，好生哀怜，就留他在寺中，心里要他做个徒弟。小娥也情愿出家，道："一身无归，毕竟是皈依佛门，可了终身。但父夫被杀之仇未复，不敢便自落发，且随缘度日，以待他年再处。"小娥自此日间在外乞化，晚间便归寺中安宿。晨昏随着净悟做功果，稽首佛前，心里就默祷，祈求报应。

其志已坚。

只见一个夜间，梦见父亲谢翁来对他道："你要晓得杀我的人姓名，有两句谜语，你牢牢记着：'车中猴，门东草。'"说罢，正要再问，父亲撒手而去。大哭一声，飒然惊觉。梦中之语，明明记得，只是不解。隔得几日，又梦见丈夫段居贞来对他说："杀我的人姓名，也是两句谜语：'禾中走，一日夫。'"

> 亡灵多事，作此谜语。然非此无以见小娥之坚心。

小娥连得了两梦，便道："此是亡灵未泯，故来显应。只是如何不竟把真姓名说了，却用此谜语？想是冥冥之中，天机不可轻泄，所以如此。如今既有这十二字谜语，必有一个解说。虽然我自家不省得，天下岂少聪明的人？不问好歹，求他解说出来。"

遂走到净悟房中，说了梦中之言。就将一张纸，写着十二字，藏在身边了。对净悟道："我出外乞食，逢人便拜求去。"净悟道："此间瓦官寺有个高僧，法名齐物，极好学问，多与官员士大夫往来。你将此十二字到彼求他一辨，他必能参透。"小娥依言，径到瓦官寺求见齐公。稽首毕，便道："弟子有冤在身，梦中得十二字谜语，暗藏人姓名，自家愚憨，参解不出，拜求老师父解一解。"就将袖中所书一纸，双手递与齐公。齐公看了，想着一会，摇首道："解不得，解不得。但老僧此处来往人多，当记着在此，逢人问去。倘遇有高明之人解得，当以相告。"小娥又稽首道："若得老师父如此留心，感谢不尽。"自此谢小娥沿街乞化，逢人便把这几句请问。齐公

> 齐公亦有心人。

有客来到，便举此谜相商；小娥也时时到寺中问齐公消耗。如此多年，再没一个人解得出。说话的，若只是这样解不出，那两个梦不是枉做了？看官，不必性急，凡事自有个机缘。此时谢小娥机缘未到，所以如此。机缘到来，自然遇着巧的。

却说元和八年春，有个洪州判官李公佐，在江

卷十九　李公佐巧解梦中言　谢小娥智擒船上盗

西解任，扁舟东下，停泊建业，到瓦官寺游耍。僧齐公一向与他相厚，出来接陪了，登阁眺远，谈说古今。语话之次，齐公道："檀越博闻阅览，今有一谜语，请檀越一猜！"李公佐笑道："吾师好学，何至及此稚子戏？"齐公道："非是作戏，有个缘故。此间孀妇谢小娥示我十二字谜语，每来寺中求解，说道中间藏着仇人名姓。老僧不能辨，遍示来往游客，也多懵然，已多年矣。故此求明公一商之。"李公佐道："是何十二字？且写出来，我试猜看。"齐公就取笔把十二字写出来，李公佐看了一遍道："此定可解，何至无人识得？"遂将十二字念了又念，把头点了又点。靠在窗槛上，把手在空中画了又画。默然凝想了一会，拍手道："是了，是了！万无一差。"齐公速要请教，李公佐道："且未可说破，快去召那个孀妇来，我解与他。"齐公即叫行童到妙果寺将谢小娥来。齐公对他道："可拜见了此间官人。此官人能解谜语。"小娥依言，上前拜见了毕。公佐开口问道："你且说你的根由来。"小娥呜呜咽咽哭将起来，好一会说话不出。良久，才说道："小妇人父及夫，俱为江洋大盗所杀。以后梦见父亲来说道：'杀我者，车中猴，门东草。'又梦见夫来说道：'杀我者，禾中走，一日夫。'自家愚昧，解说不出。遍问旁人，再无能省悟。历年已久，不识姓名，报冤无路，衔恨无穷！"说罢又哭。李公佐笑道："不

可怜。

385

须烦恼。依你所言，下官俱已审详在此了。"小娥住了哭，求明示。李公佐道："杀汝父者是申兰；杀汝夫者，是申春。"小娥道："尊官何以解之？"李公佐道："'车中猴'，'车（車）'中去上下各一画，是'申'字；申属猴，故曰'车中猴'。'草'下有'门'，'门'中有'东'，乃'兰（蘭）'字也。又'禾中走'是穿田过；'田'出两头，亦是'申'字也。'一日夫'者，'夫'上更一画，下一'日'，是'春'字也。杀汝父，是申兰；杀汝夫，是申春，足可明矣。何必更疑？"

齐公在旁听解罢，抚掌称快道："数年之疑，一旦豁然，非明公聪鉴盖世，何能及此？"小娥愈加恸哭道："若非尊官，到底不晓仇人名姓，冥冥之中，负了父夫。"再拜叩谢。就向齐公借笔来，将"申兰、申春"四字写在内襟一条带子上了，拆开里面，反将转来，仍旧缝好。李公佐道："写此做甚？"小娥道："既有了主名，身虽女子，不问那里，誓将访杀此二贼，以复其冤！"李公佐向齐公叹道："壮哉！壮哉！然此事却非容易。"齐公道："'天下无难事，只怕有心人。'此妇坚忍之性，数年以来，老僧颇识之，彼是不肯作浪语的。"小娥因问齐公道："此间尊官姓氏宦族，愿乞示知，以识不忘。"齐公道："此官人是江西洪州判官李二十三郎也。"小娥再三顶礼念诵，流涕而去。

可畏。

卷十九　李公佐巧解梦中言　谢小娥智擒船上盗

　　李公佐阁上饮罢了酒，别了齐公，下船解缆，自往家里。

　　话分两头。却说小娥自得李判官解辨二盗姓名，便立心寻访。自念身是女子，出外不便，心生一计，将累年乞施所得，买了衣服，打扮做男子模样，改名谢保。又买了利刃一把，藏在衣襟底下。想道："在湖里遇的盗，必是原在江湖上走，方可探听消息。"日逐在埠头伺候，看见船上有雇人的，就随了去，佣工度日。在船上时，操作勤谨，并不懈怠，人都喜欢雇他。他也不拘一个船上，是雇着的便去。商船上下往来之人，看看多熟了。水火之事，小心谨秘，并不露一毫破绽出来。但是船到之处，不论那里，上岸挨身察听体访。如此年余，竟无消耗。

　　一日，随着一个商船到浔阳郡，上岸行走，见一家人家竹户上有纸榜一张，上写道："雇人使用，愿者来投。"小娥问邻居之人："此是谁家要雇用人？"邻人答道："此是申家，家主叫得申兰，是申大官人。时常要到江湖上做生意，家里止是些女人，无个得力男子看守，所以雇唤。"小娥听得"申兰"二字，触动其心，心里便道："果然有这个姓名！莫非正是此贼？"随对邻人说道："小人情愿投赁佣工，烦劳引进则个。"邻人道："申家急缺人用，一说便成的；只是要做个东道谢我。"小娥道："这个自然。"

可畏。

皆是有心处。

邻人问了小娥姓名地方，就引了他，一径走进申家。只见里边踱出一个人来，你道生得如何？但见：

伛兜怪脸，尖下颏，生几茎黄须；突兀高颧，浓眉毛，压一双赤眼。出言如虎啸，声撼半天风雨寒；行步似狼奔，影摇千尺龙蛇动。远观是丧船上方相，近觑乃山门外金刚。

皆是有心处。

小娥见了吃了一惊，心里道："这个人岂不是杀人强盗么？"便自十分上心。只见邻人道："大官人要雇人，这个人姓谢名保，也是我们江西人，他情愿投在大官人门下使唤。"申兰道："平日作何生理的？"小娥答应道："平日专在船上趁工度日，埠头船上多有认得小人的。大官人去问问看就是。"申兰家离埠头不多远，三人一同走到埠头来。问问各船上，多说着谢保勤紧小心、志诚老实许多好处。申兰大喜。小娥就在埠头一个认得的经纪家里，借着纸墨笔砚，自写了佣工文契，写邻人做了媒人，交与申兰收着。申兰就领了他，同邻人到家里来，取酒出来请媒，就叫他陪待。小娥就走到厨下，掇长掇短，送酒送肴，且是熟分。申兰取出二两工银，先交与他了。又取二钱银子，做了媒钱。小娥也自梯己秤出二钱来，送那邻人。邻人千欢万喜，作谢自去了。

申兰又领小娥去见了妻子蔺氏。自此小娥只在申兰家里佣工。

小娥心里看见申兰动静，明知是不良之人，想着梦中姓名，必然有据，大分是仇人。然要哄得他喜欢亲近，方好探其真确，乘机取事。故此千唤千应，万使万当，毫不逆着他一些事故。也是申兰冤业所在，自见小娥，便自分外喜欢。又见他得用，日加亲爱，时刻不离左右，没一句说话不与谢保商量，没一件事体不叫谢保营干，没一件东西不托谢保收拾，已做了申兰贴心贴腹之人。因此，金帛财宝之类，尽在小娥手中出入。看见旧时船中掠去锦绣衣服、宝玩器具等物，都在申兰家里。正是：见鞍思马，睹物思人。每遇一件，常自暗中哭泣多时。方才晓得梦中之言有准，时刻不忘仇恨。却又怕他看出，愈加小心。

又听得他说有个堂兄弟叫做二官人，在隔江独树浦居住。小娥心里想道："这个不知可是申春否？父梦既应，夫梦必也不差。只是不好问得姓名，怕惹疑心。如何得他到来，便好探听。"却是小娥自到申兰家里，只见申兰口说要到二官人家去，便去了经月方回，回来必然带好些财帛归家，便分付交与谢保收拾，却不曾见二官人到这里来。也有时口说要带谢保同去走走，小娥晓得是做私商勾当，只推家里脱不得身；申兰也放家里不下，要留谢保看

妙用在此。

南塘出。

家，再不提起了。但是出外去，只留小娥与妻兰氏，与同一两个丫鬟看守，小娥自在外厢歇宿照管。若是兰氏有甚差遣，无不遵依停当。合家都欢喜他，是个万全可托得力的人了。说话的，你差了。小娥既是男扮了，申兰如何肯留他一个寡汉伴着妻子在家？岂不疑他生出不伶俐事来？看官，又有一说，申兰是个强盗中人，财物为重，他们心上有甚么闺门礼法？况且小娥有心机，申兰平日毕竟试得他老实头，小心不过的，不消虑得到此。所以放心出去，再无别说。

且说小娥在家多闲，乘空便去交结那邻近左右之人，时时买酒买肉，破费钱钞在他们身上。这些人见了小娥，无不喜欢契厚的。若看见有个把豪气的，能事了得的，更自十分倾心结纳，或周济他贫乏，或结拜做弟兄，总是做申兰这些不义之财不着。申兰财物来得容易，又且信托他的，那里来查他细帐？落得做人情。小娥又报仇心重，故此先下工夫，结识这些党羽在那里。只为未得申春消耗，恐怕走了风，脱了仇人。故此申兰在家时，几番好下得手，小娥忍住不动，且待时至而行。

如此过了两年有多。忽然一日，有人来说："江北二官人来了。"只见一个大汉同了一伙拳长臂大之人，走将进来，问道："大哥何在？"小娥应道："大官人在里面，等谢保去请出来。"小娥便去对申

各处布置得细细密密。

更细，更狠。

兰说了。申兰走出堂前来道："二弟多时不来了，甚风吹得到此？况且又同众兄弟来到，在何话说？"二官人道："小弟申春，今日江上获得两个二十斤来重的大鲤鱼，不敢自吃，买了一坛酒来，与大哥同享。"申兰道："多承二弟厚意。如此大鱼，也是罕物！我辈托神道福佑多年，我意欲将此鱼此酒再加些鸡肉果品之类，赛一赛神，以谢覆庇，然后我们同散福受用方是；不然只一味也不好下酒。况列位在此，无有我不破钞，反吃白食的。二弟意下何如？"众人都拍手道："有理，有理。"申兰就叫谢保过来见了二官人，道："这是我家雇工，极是老实勤紧可托的。"就分付他，叫去买办食物。小娥领命走出，一霎时就办得齐齐整整，摆列起来。申春道："此人果是能事，怪道大哥出外，放得家里下，元来有这样得力人在这里。"众人都赞叹一番。申兰叫谢保把福物摆在一个养家神道前了。申春道："须得写众人姓名，通诚一番。我们几个都识字不透，这事却来不得。"申兰道："谢保写得好字。"申春道："又会写字，难得，难得。"小娥就走去，将了纸笔，排头写来，少不得申兰、申春为首，其余各报将名来，一个个写。小娥一头写着，一头记着，方晓得果然这个叫得申春。

是何神耶？

可畏。

　　献神已毕，就将福物收去整理一整理，重新摆出来。大家欢哄饮啖，却不提防小娥是有心的，急把其余名字一个个都记将出来，写在纸上，藏好了。私自叹道："好个李判官！精悟玄鉴，与梦语符合如此！此乃我父夫精灵不泯，天启其心。今日仇人都在，我志将就了。"急急走来伏侍，只拣大碗频频斟与兰、春二人。二人都是酒徒，见他如此殷勤，一发喜欢，大碗价只顾吃，那里猜他有甚别意？天色将晚，众贼俱已酣醉。各自散去。只有申春留在这里过夜，未散。小娥又满满斟了热酒，奉与申春道："小人谢保，到此两年，不曾伏侍二官人，今日小人借花献佛，多敬一杯。"又斟一杯与申兰道："大官人请陪一陪。"申春道："好个谢保，会说会劝！"申兰道："我们不要辜负他孝敬之意，尽量多饮一杯才是。"又与申春说谢保许多好处。小娥谦称一句，就献一杯，不干不住。两个被他灌得十分酩酊。元来江边苦无好酒，群盗只吃的是烧刀子；这一坛是他们因要尽兴，买那真正滴花烧酒，是极狠的。况吃得多了，岂有不醉之理？

　　申兰醉极苦热，又走不动了，就在庭中袒了衣服眠倒了。申春也要睡，还走得动；小娥就扶他到一个房里，床上眠好了。走到里面看时，元来蔺氏在厨下整酒时，闻得酒香扑鼻，因吃夜饭，也自吃了碗把，两个丫鬟递酒出来，各各偷些尝尝。女人家经得多少浓味？一个个伸腰打盹，却像着了孙行者瞌睡虫的。小娥见如此光景，想道："此时不下

果然好个谢保。

手,更待何时?"又想道:"女人不打紧,只怕申春这厮未睡得稳,却是利害。"就拿把锁,把申春睡的房门锁好了。走到庭中,衣襟内拔出佩刀,把申兰一刀断了他头。欲待再杀申春,终究是女人家,见申春起初走得动,只怕还未甚醉,不敢轻惹他。忙走出来邻里间,叫道:"有烦与我出力,拿贼则个!"邻人多是平日与他相好的,听得他的声音,都走将拢来,问道:"贼在那里?我们帮你拿去。"小娥道:"非是小可的贼,乃是江洋杀人的大强盗,赃证都在。今被我灌醉,锁住在房中,须赖众力擒他。"小娥平日结识的好些好事的人在内,见说是强盗,都摩拳擦掌道:"是甚么人?"小娥道:"就是小人的主人与他兄弟,惯做强盗。家中货财千万,都是赃物。"内中也有的道:"你在他家中,自然知他备细不差;只是没有被害失主,不好卤莽得。"小娥道:"小人就是被害失主。小人父亲与一个亲眷,两家数十口,都被这伙人杀了。而今家中金银器皿上还有我家名字记号,须认得出。"一个老成的道:"此话是真。那申家踪迹可疑,身子常不在家,又不做生理,却如此暴富。我们只是不查得他实迹,又怕他凶暴,所以不敢发觉。今既有谢小哥做证,我们助他一臂,擒他兄弟两个送官,等他当官追究为是。"小娥道:"我已手杀一人,只须列位助擒得一个。"

众人见说已杀了一人,晓得事体必要经官,又

> 更细。

> 从前之结交,岂徒然哉?

且与小娥相好的多,恨申兰的也不少,一齐点了火把,望申家门里进来,只见申兰已挺尸在血泊里。开了房门,申春鼾声如雷,还在睡梦。众人把索子捆住,申春还挣扎道:"大哥不要取笑。"众人骂他:"强盗!"他兀自未醒。众人捆好了,一齐闯进内房来。那蔺氏饮酒不多,醒得快。惊起身来,见了众人火把,只道是强盗上了,口里道:"终日去打劫人,今日却有人来打劫了。"众人听得,一发道是谢保之言为实。喝道:"胡说!谁来打劫你家?你家强盗事发了。"也把蔺氏与两个丫环拴将起来。蔺氏道:"多是丈夫与叔叔做的事,须与奴家无干。"众人道:"说不得,自到当官去对。"此时小娥恐怕人多抢散了赃物,先已把平日收贮之处安顿好了,锁闭着。明请地方加封,告官起发。

　　闹了一夜,明日押进浔阳郡来。浔阳太守张公升堂,地方人等解到一干人犯;小娥手执首词,首告人命强盗重情。此时申春宿酒已醒,明知事发,见对理的却是谢保,晓得哥哥平日有海底眼在他手里,却不知其中就里,乱喊道:"此是雇工人背主,假捏出来的事。"小娥对张太守指着申春道:"他兄弟两个为首,十年前杀了豫章客谢、段二家数十人,如何还要抵赖?"太守道:"你敢在他家佣工,同做此事,而今待你有些不是处,你先出首了么?"小娥道:"小人在他家佣工,止得二年。此是他十年前

此养家神道有灵,而附蔺氏言之也。

又细。

事。"太守着:"这等,你如何晓得?有甚凭据?"小娥道:"他家中所有物件,还有好些是谢、段二家之物,即此便是凭据。"太守道:"你是谢家何人?却认得是?"小娥道:"谢是小人父家,段是小人夫家。"太守道:"你是男子,如何说是夫家?"小娥道:"爷爷听禀:小妇人实是女人,不是男子。只因两家都被二盗所杀,小妇人撺入水中,遇救得活。后来父、夫托梦,说杀人姓名乃是十二个字谜,解说不出。遍问识者,无人参破。幸有洪州李判官,解得是申兰、申春。小妇人就改妆作男子,遍历江湖,寻访此二人。到得此郡,有出榜雇工者,问是申兰,小妇人有心,就投了他家。看见他出没踪迹,又认识旧物,明知他是大盗,杀父的仇人。未见申春,不敢动手。昨日方才同来饮酒,故此小妇人手刃了申兰,叫破地方同擒了申春。只此是实。"太守见说得希奇,就问道:"那十二字谜语如何的?"小娥把十二字念了一遍。太守道:"如何就是申兰、申春?"小娥又把李公佐所解之言,照前述了一遍。太守连连点头道:"是,是,是。快哉李君,明悟若此!他也与我有交,这事是真无疑。但你既是女人扮作男子,非止一日,如何得不被人看破?"小娥道:"小妇人冤仇在身,日夜提心吊胆,岂有破绽露出在人眼里?若稍有泄漏,冤仇怎报得成?"太守心中叹道:"有志哉,此妇人也!"

_{难得李公为证见。}

又唤地方人等起来，问着事由。地方把申家向来踪迹可疑，及谢保两年前雇工，昨夜杀了申兰，协同擒了申春并他家属，今日解府的话，备细述了一遍。太守道："赃物何在？"小娥道："赃物向托小妇人掌管，昨夜眼同地方，封好在那里。"太守即命公人押了小娥，与同地方到申兰家起赃。金银财货，何止千万！小娥俱一一登有簿籍，分毫不爽，即时送到府堂。太守见金帛满庭，知盗情是实，把申春严刑拷打，蔺氏亦加拶指：都抵赖不得，一一招了。太守又究余党，申春还不肯说，只见小娥袖中取出所抄的名姓，呈上太守道："这便是群盗的名了。"太守道："你如何知得恁细？"小娥道："是昨日叫小妇人写了连名赛神的。小妇人嘿自抄记，一人也不差。"太守一发叹赏他能事。便唤申春研问着这些人住址，逐名注明了。先把申春下在牢里，蔺氏、丫环讨保官卖。然后点起兵快，登时往各处擒拿。正似瓮中捉鳖，没有一个走得脱的。齐齐擒到，俱各无词。太守尽问成重罪，同申春下在死牢里。乃对小娥道："盗情已真，不必说了。只是你不待报官，擅行杀戮，也该一死。"小娥道："大仇已报，立死无恨。"太守道："法上虽是如此，但你孝行可嘉，志节堪敬，不可以常律相拘。待我申请朝廷，讨个明降，免你死罪。"小娥叩首称谢。太守叫押出讨保。小娥禀道："小妇人而今事迹已明，不可复与男子混

莫非小娥妙用。

处,只求发在尼庵,听候发落为便。"太守道:"一发说得是。"就叫押在附近尼庵,讨个收管,一面听候圣旨发落。

太守就备将情节奏上。内云:

谢小娥立志报仇,梦寐感通,历年乃得。明系父仇,又属真盗。不惟擅杀之条,原情可免;又且矢志之事,核行可旌!云云。

元和十二年四月

明旨批下:"谢小娥节行异人,准奏免死,有司旌表其庐。申春即行处斩。"不一日,到浔阳郡府堂开读了毕。太守命牢中取出申春等死囚来,读了犯由牌,押付市曹处斩。小娥此时已复了女装,穿了一身素服,法场上看斩了申春,再到府中拜谢张公。张公命花红鼓乐,送他归本里。小娥道:"父死夫亡,虽蒙相公奏请朝廷恩典,花红鼓乐之类,决非孀妇敢领。"太守越敬他知礼,点一官媪,伴送他到家,另自差人旌表。

此时哄动了豫章一郡,小娥父夫之族,还有亲属在家的,多来与小娥相见问讯。说起事由,无不悲叹惊异。里中豪族慕小娥之名,央媒求聘的殆无虚日。小娥誓心不嫁,道:"我混迹多年,已非得已;若今日嫁人,女贞何在?宁死不可!"争奈来缠的

如此女人,恐亦难为夫。

人越多了。小娥不耐烦分诉，心里想道："昔年妙果寺中，已愿为尼，只因冤仇未报，不敢落发。今吾事已毕，少不得皈依三宝，以了终身。不如趁此落发，绝了众人之愿。"小娥遂将剪子先将髻子剪下，然后用剃刀剃净了，穿了褐衣，做个行脚僧打扮，辞了亲属出家访道，竟自飘然离了本里。里中人愈加叹诵，不题。

更难。

且说元和十三年六月，李公佐在家被召，将上长安，道经泗滨，有善义寺尼师大德，戒律精严，多曾会过。信步往谒。大德师接入客座，只见新来操戒的弟子数十人，俱净发鲜披，威仪雍容，列侍师之左右。内中一尼，仔细看了李公佐一回，问师道："此官人岂非是洪州判官李二十三郎？"师点头道："正是。你如何认得？"此尼即泣下数行道："使我得报家仇，雪冤耻，皆此判官恩德也！"即含泪上前，稽首拜谢。李公佐却不认得，惊起答拜，道："素非相识，有何恩德可谢？"此尼道："某名小娥，即向年瓦官寺中乞食孀妇也。尊官其时以十二字谜语辨出申兰申春二贼名姓，尊官岂忘之乎？"李公佐想了一回，方才依稀记起，却记不全。又问起是何十二字，小娥再念了一遍，李公佐豁然省悟道："一向已不记了，今见说来，始悟前事。后来果访得有此二人否？"小娥因把扮男子，投申兰，擒申春并余党，数年经营艰苦之事，从前至后，备细告诉

好看。

了毕。又道："尊官恩德，无可以报，从今惟有朝夕诵经保佑而已。"李公佐问道："今如何恰得在此处相会？"小娥道："复仇已毕，其时即剪发披褐，访道于牛头山，师事大士庵尼将律师。苦行一年，今年四月始受具戒于泗州开元寺，所以到此。岂知得遇恩人，莫非天也！"李公佐道："既已受戒，是何法号？"小娥道："不敢忘本，只仍旧名。"李公佐叹息道："天下有如此至心女子！我偶然辨出二盗姓名，岂知誓志不舍，毕竟访出其人，复了冤仇。又且佣保杂处，无人识得是个女人，岂非天下难事！我当作传以旌其美。"小娥感泣，别了李公佐，仍归牛头山。扁舟泛淮，云游南国，不知所终。李公佐为撰《谢小娥传》，流传后世，载入《太平广记》。诗云：

  匕首如霜铁作心，精灵万载不销沉。
  西山木石填东海，女子衔仇分外深。

又云：

  梦寐能通造化机，天教达识剖玄微。
  姓名一解终能报，方信双魂不浪归。

卷二十　李克让竟达空函
　　　刘元普双生贵子

李克讓克建宣畫

诗曰：

全婚昔日称裴相，助殡千秋慕范君。
慷慨奇人难屡见，休将仗义望朝绅！

这一首诗，单道世间人周急者少，继富者多。为此，达者便说："只有锦上添花，那得雪中送炭？"只这两句话，道尽世人情态。比如一边有财有势，那趋财慕势的多只向一边去。这便是俗语叫做"一帆风"，又叫做"鹁鸽子旺边飞"。若是财利交关，自不必说。至于婚姻大事，儿女亲情，有贪得富的，便是王公贵戚，自甘与团头作对；有嫌着贫的，便是世家巨族，不得与甲长联亲。自道有了一分势要，两贯浮财，便不把人看在眼里。况有那身在青云之上，拔人于淤泥之中，重捐己资，曲全婚配。恁般样人，实是从前寡见，近世罕闻。冥冥之中，天公自然照察。元来那"夫妻"二字，极是郑重，极宜斟酌，报应极是昭彰，世人决不可戏而不戏，胡作乱为。或者因一句话上成就了一家儿夫妇，或者因一纸字中拆散了一世的姻缘。就是陷于不知，因果到底不爽。

且说南直长洲有一村农，姓孙，年五十岁，娶下一个后生继妻。前妻留下一个儿子，一房媳妇，且是孝顺。但是爹娘的说话，不论好歹真假，多应在骨里的信从。那老儿和儿子，每日只是锄田耙地，出去养家过活。婆媳两个在家绩麻拈苎，自做生理。却有一件奇怪：元来那婆子虽数上了三十多个年头，十分的不长进，又道是"妇人家入土方休"，见那老子是个养家经纪之人，不恁地理会这些勾当，所以闲常也与人做了些不伶俐的身分，几番几次，漏在媳妇眼里。那媳妇自是个老实勤谨的，只以孝情为上，小心奉事翁姑，那里有甚心去捉他破绽？谁知道无心人对着有心人，那婆子自做了这些话把，被媳妇每每冲着，虚心病了，自没意思；却恐怕有甚风声吹在老子和儿子耳朵里头，颠倒在老子面前搬斗。又道是："枕边告状，一说便准。"那老子信了婆子的言语，带水带浆的羞辱毁骂了儿子几次。那儿子是个孝心的人，听了这些话头，没个来历，直摆布得夫妻两口终日合嘴合舌，甚不相安。

看官听说：世上只有一夫一妻，一竹竿到底的，始终有些正气，自不甘学那小家腔派。独有最狠毒、最狡猾、最短见的是那晚婆，大概不是一婚两婚人，便是那低门小户、减剩货与那不学好为夫所弃的这几项人，极是"老唧溜"，也会得使人喜，也会得使人怒，弄得人死心塌地，不敢不从。元来世上妇人除了那十分贞烈的，说着那话儿，无不着紧。男子汉到中年筋力渐衰，那娶晚婆的大半是中年人做的事，往往男大女小，假如一个老苍男子娶了水也似一个娇嫩妇人，纵是千箱万斛尽你受用，却是那话儿有些支吾不过，自觉得过意不去。随你有万分不是处，也只得依顺了他。所以那家庭间，每每被这些人炒得十清九浊。*极中世人之病。*

这闲话且放过，如今再接前因。话说吴江有个秀才萧王宾，胸藏锦绣，笔走龙蛇，因家贫，在近

卷二十　李克让竟达空函　刘元普双生贵子

处人家处馆，早出晚归。主家间壁是一座酒肆，店主唤做熊敬溪，店前一个小小堂子，供着五显灵官。那王宾因在主家出入，与熊店主厮熟。忽一夜，熊店主得其一梦，梦见那五位尊神对他说道："萧状元终日在此来往，吾等见了坐立不安，可为吾等筑一堵短壁儿，在堂子前遮蔽遮蔽。"店主醒来，想道："这梦甚是跷蹊。说甚么萧状元，难道便是在间壁处馆的那个萧秀才？我想怎般一个寒酸措大，如何便得做状元？"心下疑惑，却又道："除了那个姓萧的，却又不曾与第二个姓萧的识熟。'凡人不可貌相，海水不可斗量'。况是神道的言语，宁可信其有，不可信其无。"次日起来，当真在堂子前面堆起一堵短墙，遮了神圣，却自放在心里不题。

隔了几日，萧秀才往长洲探亲。经过一个村落人家，只见一伙人聚在一块，在那里喧嚷。萧秀才挨在人丛里看一看，只见众人指着道："这不是一位官人？来得凑巧，是必央及这官人则个。省得我们村里人去寻门馆先生。"连忙请萧秀才坐着，将过纸笔道："有烦官人写一写，自当相谢。"萧秀才道："写个甚么？且说个缘故。"只见一个老儿与一个小后生走过来道："官人听说，我们是这村里人，姓孙。爷儿两个，一个阿婆，一房媳妇。叵耐媳妇十分不学好，到终日与阿婆斗气，我两个又是养家经纪人，一年到头，没几时住在家里。这样妇人，若留着他，到底是个是非堆。为此，今日将他发还娘家，任从别嫁。他每众位多是地方中见。为是要写一纸休书，这村里人没一个通得文墨。见官人经过，想必是个有才学的，因此相烦官人替写一写。"萧秀才道："原来如此，有甚难处？"便逞着一时见识，举笔一挥，写了一纸休书交与他两个。他两个便将五钱银子送秀才作润笔之资。秀才笑道："这几

_{正自不易。}

行字值得甚么？我却受你银子！"再三不接，拂着袖子，撇开众人，径自去了。

这里自将休书付与妇人。那妇人可怜勤勤谨谨，做了三四年媳妇，没缘没故的休了他，咽着这一口怨气，扯住了丈夫，哭了又哭，号天拍地的不肯放手。口里说道："我委实不曾有甚歹心负了你，你听着一面之词，离异了我。我生前无分辨处，做鬼也要明白此事！今世不能和你相见了，便死也不忘记你。"这几句话，说得旁人俱各掩泪。他丈夫也觉得伤心，忍不住哭起来。却只有那婆子看着，恐怕儿子有甚变卦，流水和老儿两个拆开了手，推出门外。那妇人只得含泪去了，不题。

> 即此便见萧生罪业。

> 狠哉。

再说那熊店主，重梦见五显灵官对他说道："快与我等拆了面前短壁，拦着十分郁闷。"店主梦中道："神圣前日分付小人起造，如何又要拆毁？"灵官道："前日为萧秀才时常此间来往，他后日当中状元，我等见了他坐立不便，所以教你筑墙遮蔽。今他于某月某日，替某人写了一纸休书，拆散了一家夫妇，上天鉴知，减其爵禄。今职在吾等之下，相见无碍，以此可拆。"那店主正要再问时，一跳惊醒。想道："好生奇异！难道有这等事？明日待我问萧秀才，果有写休书一事否，便知端的。"

明日当真先去拆了壁，却好那萧秀才踱将来，店主邀住道："官人，有句说话。请店里坐地。"入

卷二十　李克让竟达空函　刘元普双生贵子

到里面坐定吃茶,店主动问道:"官人曾于某月某日与别人代写休书么?"秀才想了一会道:"是曾写来,你怎地晓得?"店主遂将前后梦中灵官的说话,一一告诉了一遍。秀才听罢目睁口呆,懊悔不迭。后来果然举了孝廉,只做到一个知州地位。那萧秀才因一时无心失误上,白送了一个状元。世人做事,决不可不检点!曾有诗道得好:

> 人生常好事,作者不自知。
> 起念埋根际,须思决局时。
> 动止虽微渺,干连已弥滋。
> 昏昏罹天网,方知悔是迟。

试看那拆人夫妇的,受祸不浅,便晓得那完人夫妇的,获福非轻。如今单说前代一个公卿,把几个他州外族之人,认做至亲骨肉,撮合了才子佳人,保全了孤儿寡妇,又安葬了朽骨枯骸,如此阴德,又不止是完人夫妇了。所以后来受天之报,非同小可。

这话文出在宋真宗时,西京洛阳县有一官人,姓刘,名弘敬,字元普,曾任过青州刺史,六十岁上告老还乡。继娶夫人王氏,年尚未满四十。广有家财,并无子女。一应田园、典铺,俱托内侄王文用管理。自己只是在家中广行善事,仗义疏财,挥

（旁批：此亦继娶也,而贤不贤判矣。）

金如土。从前至后，已不知济过多少人了，四方无人不闻其名。只是并无子息，日夜忧心。

时遇清明节届，刘元普分付王文用整备了牲牷酒醴，往坟茔祭扫。与夫人各乘小轿，仆从在后相随。不逾时，到了坟上，浇奠已毕，元普拜伏坟前，口中说着几句道：

堪怜弘敬年垂迈，不孝有三无后大。
七十人称自古稀，残生不久留尘界。
今朝夫妇拜坟茔，他年谁向坟茔拜？
膝下萧条未足悲，从前血食何容艾？
天高听远实难凭，一脉宗亲须悯爱。
诉罢中心泪欲枯，先灵英爽知何在？

可怜。

当下刘元普说到此处，放声大哭。旁人俱各悲凄。那王夫人极是贤德的，拭着泪上前劝道："相公请免愁烦，虽是年纪将暮，筋力未衰，妾身纵不能生育，当别娶少年为妾，子嗣尚有可望，徒悲无益。"刘元普见说，只得勉强收泪，分付家人送夫人乘轿先回，自己留一个家僮相随，闲行散闷，徐步回来。

将及到家之际，遇见一个全真先生，手执招牌，上写道"风鉴通神"。元普见是相士，正要卜问子嗣，便延他到家中来坐。吃茶已毕，元普端坐，求先生细相。先生仔细相了一回，略无忌讳，说道："观使君气色，非但无嗣，寿亦在旦夕矣。"元普道："学生年近古稀，死亦非夭。子嗣之事，至此暮年，亦是水中捞月了。但学生自想，生平虽无大德；济弱扶倾，矢心已久。不知如何罪业，遂至殄绝祖宗之祀？"先生微笑道："使君差矣！自古道：'富者怨之丛。'使君广有家私，岂能一一综理？彼任事者只顾肥家，不存公道，大斗小秤，侵剥百端，以致小民愁怨。使君纵然行善，只好功过相酬耳，恐不能获福也。使君但当悉杜其弊，益广仁慈；多福多寿多男，特易易耳。"元普闻言，默然听受。先生起身作别，不受谢金，飘然去了。

元普知是异人，深信其言，遂取田园、典铺帐目一一稽查，又潜往街市、乡间，各处探听，尽知其实。遂将众管事人一一申饬，并妻侄王文用也受了一番呵叱。自此益修善事，不题。

却说汴京有个举子李逊，字克让，年三十六岁。亲妻张氏，生子李彦青，小字春郎，年方十七。本是西粤人氏，只为与京师窎远，十分孤贫，不便赴试。数年前挈妻携子流寓京师，却喜中了新科进士，除授钱塘县尹，择个吉日，一同到了任所。李克让看见湖山佳胜，宛然神仙境界，不觉心中爽然。谁想贫儒命薄，到任未及一月，犯了个不起之症。正是：

浓霜偏打无根草，祸来只奔福轻人。

那张氏与春郎请医调治，百般无效，看看待死。

一日李克让唤妻子到床前，说道："我苦志一生，得登黄甲，死亦无恨。但只是无家可奔，无族可依，撇下寡妇孤儿，如何是了？可痛！可怜！"说罢，泪如雨下。张氏与春郎在旁劝住。克让想道："久闻洛阳刘元普仗义疏财，名传天下，不论识认不识认，但是以情相求，无有不应。除是此人，可以托妻寄子。"便叫："娘子，扶我起来坐了。"又叫儿子春郎取过文房四宝，正待举笔，忽又停止。心中好生踌躇道："我与他从来无交，难叙寒温。这书如何写得？"疾忙心生一计，分付妻儿取汤取水，把两个人都遣开了。及至取得汤水来时，已自把书重重封固，上面写十五字，乃是"辱弟李逊书呈洛阳恩兄刘元普亲拆"。把来递与妻儿收好，说道："我有个八拜为交的故人，乃青州刺史刘元普，本贯洛阳人氏。此人义气干霄，必能济汝母子。将我书前去投他，料无阻拒。可多多拜上刘伯父，说我生前不及相见了。"随分付张氏道："二十载恩情，今长别矣。倘蒙伯父收留，全赖小心相处。必须教子成名，补我未逮之志。你已有遗腹两月，倘得生子，使其仍读父书；若生女时，将来许配良人。我虽死而瞑目。"又分付春郎道："汝当事刘伯父如父，事刘伯母如母，又当孝敬母亲，励精学业，以图荣显，我死犹生。如违我言，九原之下，亦不安也！"两人垂泪受教。又嘱付道："身死之后，权寄棺木浮丘寺中，俟投过刘伯父，徐图殡葬。但得安土埋藏，不须重到西粤。"说罢，心中哽咽，大叫道："老天！老天！我李逊如此清贫，难道要做满一

※ 此亦奇人也。

个县令，也不能勾！"当时蓦然倒在床上，已自叫唤不醒了。正是：

君恩新荷喜相随，谁料天年已莫追！
休为李君伤夭逝。四龄已可傲颜回。

张氏、春郎各各哭得死而复苏。张氏道："撇得我孤孀二人好苦！倘刘君不肯相容，如何处置？"春郎道："如今无计可施，只得依从遗命。我爹爹最是识人，或者果是好人也不见得。"张氏即将囊橐检点，那曾还剩分文？元来李克让本是极孤极贫的，做人甚是清方。到任又不上一月，虽有些少，已为医药废尽了。还亏得同僚相助，将来买具棺木盛殓，停在衙中。母子二人朝夕哭奠，过了七七之期，依着遗言寄柩浮丘寺内。收拾些少行李盘缠，带了遗书，饥餐渴饮，夜宿晓行，取路投洛阳县来。

却说刘元普一日正在书斋闲玩古典，只见门上人报道："外有母子二人，口称西粤人氏，是老爷至交亲戚，有书拜谒。"元普心下着疑，想道："我那里来这样远亲？"便且叫请进。母子二人，走到跟前，施礼已毕。元普道："老夫与贤母子在何处识面？实有遗忘，伏乞详示。"李春郎答道："家母、小侄，其实不曾得会。先君却是伯父至交。"元普便请姓名。春郎道："先君李逊，字克让，母亲张氏。

若不清贫，未必不前程远大，老天原自势利。

自然。

小侄名彦青，字春郎。本贯西粤人氏。先君因赴试，流落京师，以后得第，除授钱塘县尹，一月身亡。临终时怜我母子无依，说有洛阳刘伯父，是幼年八拜至交，特命亡后赍了手书，自任所前来拜恳。故此母子造宅，多有惊动。"元普闻言，茫然不知就里。春郎便将书呈上，元普看了封签上十五字，好生诧异。及至拆封看时，却是一张白纸。吃了一惊，默然不语，左思右想了一回，猛可里心中省悟道："必是这个缘故无疑，我如今不要说破，只教他母子得所便了。"张氏母子见他沉吟，只道不肯容纳，岂知他却是天大一场美意！

谁肯？

元普收过了书，便对二人说道："李兄果是我八拜至交，指望再得相会，谁知已作古人？可怜！可怜！今你母子就是我自家骨肉，在此居住便了。"便叫请出王夫人来说知来历，认为妯娌。春郎以子侄之礼自居，当时摆设筵席款待二人。酒间说起李君灵柩在任所寺中，元普一力应承殡葬之事。王夫人又与张氏细谈，已知他有遗腹两月了。酒散后，送他母子到南楼安歇。家伙器皿无一不备，又拨几对僮仆服侍。每日三餐，十分丰美。张氏母子得他收留，已自过望，谁知如此殷勤，心中感激不尽。过了几时，元普见张氏德性温存，春郎才华英敏，更兼谦谨老成，愈加敬重。又一面打发人往钱塘去扶柩了。

卷二十　李克让竟达空函　刘元普双生贵子

忽一日，正与王夫人闲坐，不觉掉下泪来。夫人忙问其故，元普道："我观李氏子，仪容志气，后来必然大成。我若得这般一个儿子，真可死而无恨。今年华已去，子息杳然，为此不觉伤感。"夫人道："我屡次劝相公娶妾，只是不允。如今定为相公觅一侧室，管取宜男。"元普道："夫人休说这话，我虽垂暮，你却尚是中年。若是天不绝我刘门，难道你不能生育？若是命中该绝，纵使姬妾盈前，也是无干。"说罢，自出去了。

达甚。

夫人这番却主意要与丈夫娶妾。晓得与他商量，定然推阻，便私下叫家人唤将做媒的薛婆来，说知就里，又嘱付道："直待事成之后，方可与老爷得知。必用心访个德容兼备的，或者老爷才肯相爱。"薛婆一一应诺而去。过不多日，薛婆寻了几头来说，领来看了，没一个中夫人的意。薛婆道："此间女子，只好恁样。除非汴梁帝京五方杂聚去处，才有出色女子。"恰好王文用有别事要进京，夫人把百金密托了他，央薛婆与他同去寻觅。薛婆也有一头媒事要进京，两得其便，就此起程，不题。

谁肯？

如今再表一段缘因，话说汴京开封府祥符县有一进士，姓裴名习，字安卿，年登五十，夫人郑氏早亡。单生一女，名唤兰孙，年方二八，仪容绝世。裴安卿做了郎官几年，升任襄阳刺史。有人对他说道："官人向来清苦，今得此美任，此后只愁富贵不愁贫

413

了。"安卿笑道:"富自何来?每见贪酷小人,惟利是图,不过使这几家治下百姓卖儿贴妇,充其囊橐。此真狼心狗行之徒!天子教我为民父母,岂是教我残害子民?我今此去,惟吃襄阳一杯淡水而已。贫者人之常,叨朝廷之禄,不至冻馁足矣,何求富为!"裴安卿立心要做个好官,选了吉日,带了女儿起程赴任。不则一日,到了襄阳。莅任半年,治得那一府物阜民安,词清讼简。民间造成几句谣词,说道:

襄阳府前一条街,一朝到了裴天台。

六房吏书去打盹,门子皂隶去砍柴。

光阴荏苒,又早六月炎天。一日,裴安卿与兰孙吃过午饭,暴暑难当。安卿命汲井水解热,霎时井水将到。安卿吃了两盅,随后叫女儿吃。兰孙饮了数口,说道:"爹爹,恁样淡水,亏爹爹怎生吃下偌多!"安卿道:"休说这般折福的话!你我有得这水吃时,也便是神仙了,岂可嫌淡!"兰孙道:"爹爹,如何便见得折福?这样时候,多少王孙公子雪藕调冰,浮瓜沉李,也不为过。爹爹身为郡侯,饮此一杯淡水,还道受用,也太迂阔了!"安卿道:"我儿不谙事务,听我道来。假如那王孙公子,倚傍着祖宗的势耀,顶戴着先人积攒下的浮财,不知稼穑,又无甚事业,只图快乐,落得受用。却不知乐极悲生,也终有马死黄金尽的时节;纵不然,也是他生来有这些福气。你爹爹贫寒出身,又叨朝廷民社之责,须不能勾比他。还有那一等人,假如当此天道,为将边庭,身披重铠,手执戈矛,日夜不能安息,又且死生朝不保暮;更有那荷锸农夫,经商工役，辛勤陇陌，奔走泥涂，雨汗通流，还禁不住那当空日晒。你爹爹比他不已是神仙了？又有那下一等人，一时过误，问成罪案，困在囹圄，受尽鞭棰，还要肘手镣足，这般时节，拘于那不见天日之处，休说冷水，便是泥汁也不能勾。求生不得生，求死不得死，父娘皮肉，痛痒一般，难道偏他们受得苦起？你爹爹比他岂不是神仙？今司狱司中见有一二百名罪人，吾意欲散禁他每在狱，日给冷水一次，待交秋再作理会。"兰孙道："爹爹未可造次。狱中罪人，皆不良之辈，若轻松了他，倘有不测，受累不浅。"安卿道："我以好心待人，人岂负我？我但分付牢子紧守监门便了。"也是合当有事。只因这一节，有分教：

如此安分之人不宜及祸。

正未必然也。

　　应死囚徒俱脱网，施仁郡守反遭殃。

次日，安卿升堂，分付狱吏将囚人散禁在牢，日给凉水与他，须要小心看守。狱卒应诺了。当日便去牢里，松放了众囚，各给凉水。牢子们紧紧看守，不致疏虞。过了十来日，牢子们就懈怠了。

　　忽又是七月初一日，狱中旧例：每逢月朔便献一番利市。那日烧过了纸，众牢子们都去吃酒散福。从下午吃起，直吃到黄昏时候，一个个酩酊烂醉。

　　那一干囚犯，初时见狱中宽纵，已自起心越牢。

内中有几个有亲识的,密地教对付些利器暗藏在身边。当日见众人已醉,就便乘机发作。约莫到二更时分,狱中一片声喊起,一二百罪人,一齐动手。先将那当牢的禁子杀了,打出牢门,将那狱吏牢子一个个砍翻,撞见的,多是一刀一个。有的躲在黑暗里听时,只听得喊道:"太爷平时仁德,还有公道。我每不要杀他!"直反到各衙,杀了几个佐贰官。那时正是清平时节,城门还未曾闭,众人呐声喊,一哄逃走出城。正是:

　　鳌鱼脱却金钩去,摆尾摇头再不来。

那时裴安卿听得喧嚷,在睡梦中惊觉,连忙起来,早已有人报知。裴安卿听说,却正似顶门上失了三魂,脚底下荡了七魄,连声只叫得苦,悔道:"不听兰孙之言,以至于此!谁知道将仁待人,被人不仁!"一面点起民壮,分头追捕。多应是海底捞针,那寻一个?

　　次日,这桩事早报与上司知道,少不得动了一本。不上半月已到汴京,奏章早达天听,天子与群臣议处。若是裴安卿是个贪赃刻剥、阿谀谄佞的,朝中也还有人喜他。只为平素心性刚直,不肯趋奉权贵,况且一清如水,俸资之外,毫不苟取,那有钱财夤缘势要? 所以无一人与他辨冤。多道:"纵囚越狱,典守者不得辞其责。又且杀了佐贰,独留刺

世道如此。

史，事属可疑，合当拿问。"天子准奏，即便批下本来，着法司差官扭解到京。那时裴安卿便是重出世的召父，再生来的杜母，也只得低头受缚。却也道自己素有政声，还有辨白之处，叫兰孙收拾了行李，父女两个同了押解人起程。

　　不则一日，来到东京。那裴安卿旧日住居，已奉圣旨抄没了。僮仆数人，分头逃散，无地可以安身。还亏得郑夫人在时，与清真观女道往来，只得借他一间房子与兰孙住下了。次日，青衣小帽，同押解人到朝候旨。奉圣旨：下大理狱鞫审。即刻便自进牢。兰孙只得将了些钱钞，买上告下，去狱中传言寄语，担茶送饭。元来裴安卿年衰力迈，受了惊惶，又受了苦楚，日夜忧虞，饮食不进。兰孙设处送饭，枉自费了银子。

　　一日，见兰孙正到狱门首来，便唤住女儿说道："我气塞难当，今日大分必死。只为为人慈善，以致召祸，累了我儿。虽然罪不及孥，只是我死之后，无路可投；作婢为奴，定然不免！"那安卿说到此处，好如万箭钻心，长号数声而绝。还喜未及会审，不受那三木囊头之苦。兰孙跌脚搥胸，哭得个发昏章第十一。欲要领取父亲尸首，又道是"朝廷罪人，不得擅便"，当时兰孙不顾死生利害，闯进大理寺衙门，哭诉越狱根由，哀感旁人。幸得那大理寺卿，还是个有公道的人，见了这般情状，恻然不忍。随

正亦可怜。

即进一道表章，上写着：

大理寺卿臣某，勘得襄阳刺史裴习，抚字心劳，提防政拙。虽法禁多疏，自干天谴，而反情无据，可表臣心。今已毙囹圄，宜从宽贷。伏乞速降天恩，赦其遗尸归葬，以彰朝廷优待臣下之心。臣某惶恐上言。

那真宗也是个仁君，见裴习已死，便自不欲苛求，即批准了表章。

兰孙得了这个消息，还算是黄连树下弹琴——苦中取乐。将身边所剩余银，买口棺木，雇人抬出尸首，盛殓好了，停在清真观中，做些羹饭浇奠了一番，又哭得一佛出世。那裴安卿所带盘费，原无几何，到此已用得干干净净了。虽是已有棺木，殡葬之资，毫无所出。兰孙左思右想道："只有个舅舅郑公见任西川节度使，带了家眷在彼，却是路途险远，万万不能搭救。真正无计可施。"

事到头来不自由，只得手中拿个草标，将一张纸写着"卖身葬父"四字，到灵柩前拜了四拜，祷告道："爹爹阴灵不远，保奴前去得遇好人。"拜罢起身，噙着一把眼泪，抱着一腔冤恨，忍着一身羞耻，沿街喊叫。可怜裴兰孙是个娇滴滴的闺中处子，见了一个蓦生人，也要面红耳热的，不想今日出头

难哉。

露面！思念父亲临死言词，不觉寸肠俱裂。正是：

> 天有不测风云，人有旦夕祸福。
> 生来运蹇时乖，只得含羞忍辱。
> 父兮桎梏亡身，女兮街衢痛哭。
> 纵教血染鹃红，彼苍不念茕独。

又道是天无绝人之路，正在街上卖身，只见一个老妈妈走近前来，欠身施礼，问道："小娘子为着甚事卖身？又怎般愁容可掬？"仔细认认，吃了一惊道："这不是裴小姐？如何到此地位？"原来那妈妈，正是洛阳的薛婆。郑夫人在时，薛婆有事到京，常在裴家往来的，故此认得。兰孙抬头见是薛婆，就同他走到一个僻静所在，含泪把上项事说了一遍。那婆子家最易眼泪出的，听到伤心之处，不觉也哭起来道："原来尊府老爷遭此大难！你是个宦家之女，如何做得以下之人？若要卖身，虽然如此娇姿，不到得便为奴作婢，也免不得是个偏房了。"兰孙道："今日为了父亲，就是杀身，也说不得，何惜其他？"薛婆道："既如此，小姐请免愁烦。洛阳县刘刺史老爷，年老无儿，夫人王氏要与他取个偏房，前日曾嘱付我，在本处寻了多时，并无一个中意的，如今因为洛阳一个大姓央我到京中相府求一头亲事，夫人乘便嘱付亲侄王文用带了身价，同我前来遍访。也是有缘，遇着小姐。王夫人原说要个德容两全的，今小姐之貌，绝世无双，卖身葬父，又是大孝之事。这事十有九分了。那刘刺史仗义疏财，王夫人大贤大德，小姐到彼，虽则权时落后，尽可快活终身。未知尊意何如？"兰孙道："但凭妈妈主张，只是卖身为妾，玷辱门庭，千万莫说出真情，只认做民家之女罢了。"薛婆点头道是，随引了兰孙小姐一同到王文用寓所来。薛婆就对他说知备细。

王文用远远地瞟去，看那小姐已觉得倾国倾城，便道："有如此绝色佳人，何怕不中姑娘之意！"正是：

踏破铁鞋无觅处，得来全不费工夫。

当下一边是落难之际，一边是富厚之家，并不消争短论长，已自一说一中。整整兑足了一百两雪花银子，递与兰孙小姐收了，就要接他起程。兰孙道："我本为葬父，故此卖身，须是完葬事过，才好去得。"薛婆道："小娘子，你孑然一身，如何完得葬事？何不到洛阳成亲之后，那时浼刘老爷差人埋葬，何等容易！"兰孙只得依从。

<small>然则要此百金何用？</small>

那王文用是个老成才干的人，见是要与姑夫为妾的，不敢怠慢。教薛婆与他作伴同行，自己常在前后。东京到洛阳只有四百里之程，不上数日，早已到了刘家。王文用自往解库中去了。薛婆便悄悄地领他进去，叩见了王夫人。夫人抬头看兰孙时，果然是：

脂粉不施，有天然姿格；梳妆略试，无半点尘纷。举止处，态度从容；语言时，声音凄婉。双蛾频蹙，浑如西子入吴时；两颊含愁，正似王嫱辞汉日。可怜妩媚清闺女，权作追随宦室人！

当时王夫人满心欢喜，问了姓名，便收拾一间房子，安顿兰孙，拨一个养娘服事他。

次日，便请刘元普来，从容说道："老身今有一言，相公幸勿嗔怪！"刘元普道："夫人有话即说，何必讳言？"夫人道："相公，你岂不闻人生七十古来稀？今你寿近七十，前路几何？并无子息。常言道：'无病一身轻，有子万事足。'久欲与相公纳一侧室，一来为相公持正，不好妄言；二来未得其人，姑且隐忍。今娶得汴京裴氏之女，正在妙龄，抑且才色两绝，愿相公立他做个偏房，或者生得一男半女，也是刘门后代。"刘元普道："老夫只恐命里无嗣，不欲耽误人家幼女。谁知夫人如此用心，而今且唤他出来见我。"当下兰孙小姐移步出房，倒身拜了。刘元普看见，心中想道："我观此女仪容动止，决不是个以下之人。"便开口问道："你姓甚名谁？是何等样人家之女？为甚事卖身？"兰孙道："贱妾乃汴京小民之女，姓裴，小名兰孙。父死无资，故此卖身殡葬。"口中如此说，不觉暗地里偷弹泪珠。刘元普相了又相道："你定不是民家之女，不要哄我！我看你愁容可掬，必有隐情。可对我一一

只此一念，有后福也。

直言，与你作主分忧便了。"兰孙初时隐讳，怎当得刘元普再三盘问，只得将那放囚得罪缘由，从前至后，细细说了一遍，不觉泪如涌泉。刘元普大惊失色，也不觉泪下道："我说不像民家之女，夫人几乎误了老夫！可惜一个好官，遭此屈祸！"忙向兰孙小姐连称："得罪！"又道："小姐身既无依，便住在我这里，待老夫选择地基，殡葬尊翁便了。"兰孙道："若得如此周全，此恩惟天可表！相公先受贱妾一拜。"刘元普慌忙扶起，分付养娘："好生服事裴家小姐，不得有违！"当时走到厅堂，即刻差人往汴京迎裴使君灵柩。不多日，扶柩到来，却好钱塘李县令灵柩一齐到了。刘元普将来共停在一个庄厅之上。备了两个祭筵拜奠。张氏自领了儿子，拜了亡夫；元普也领兰孙拜了亡父。又延了一个有名的地理师，拣寻了两块好地基，等待腊月吉日安葬。

一日，王夫人又对元普说道："那裴氏女虽然贵家出身，却是落难之中，得相公救拔他的。若是流落他方，不知如何下贱去了。相公又与他择地葬亲，此恩非小，他必甘心与相公为妾的。既是名门之女，或者有些福气，诞育子嗣，也不见得。若得如此，非但相公有后，他也终身有靠，未为不可。望相公思之。"夫人不说犹可，说罢，只见刘元普勃然作色道："夫人说那里话！天下多美妇人，我欲娶妾，自可别图，岂敢污裴使君之女！刘弘敬若有此心，神天鉴察！"夫

仁人君子之言。

人听说，自道失言，顿口不语。

刘元普心里不乐，想了一回道："我也太呆了。我既无子嗣，何不索性认他为女，断了夫人这点念头？"便叫丫鬟请出裴小姐来，道："我叨长尊翁多年，又同为刺史之职。年华高迈，子息全无。小姐若不弃嫌，欲待螟蛉为女。意下何如？"兰孙道："妾蒙相公、夫人收养，愿为奴婢，早晚服事。如此厚待，如何敢当？"刘元普道："岂有此理！你乃宦家之女，偶遭挫折，焉可贱居下流？老夫自有主意，不必过谦。"兰孙道："相公、夫人正是重生父母，虽粉骨碎身，无可报答。既蒙不鄙微贱，认为亲女，焉敢有违！今日就拜了爹妈。"刘元普欢喜不胜，便对夫人道："今日我以兰孙为女，可受他全礼。"当下兰孙插烛也似的拜了八拜。自此便叫刘相公、夫人为爹爹、母亲，十分孝敬，倍加亲热。夫人又说与刘元普道："相公既认兰孙为女，须当与他择婿。侄儿王文用青年丧偶，管理多年，才干精敏，也不辱莫了女儿。相公何不与他成就了这头亲事？"刘元普微微笑道："内侄继娶之事，少不得在老夫身上。今日自有个主意，你只管打点妆奁便了。"夫人依言。元普当时便拣下了一个成亲吉日，到期宰杀猪羊，大排筵会，遍请乡绅亲友，并李氏母子，内侄王文用一同来赴庆喜华筵。众人还只道是刘公纳宠，王夫人也还只道是与侄儿成婚。正是：

更有见。

妇人之见。

尽是肉眼愚人。

万丈广寒难得到，嫦娥今夜落谁家？

看看吉时将及，只见刘元普教人捧出一套新郎衣饰，摆在堂中。刘元普拱手向众人说道："列位高亲在此，听弘敬一言：敬闻'得人之色不仁，乘人之危不义'。襄阳裴使君以枉事系狱身死，有女兰孙，年方及笄。荆妻欲纳为妾，弘敬宁乏子嗣，决不敢污使君之清德。内侄王文用虽有综理之才，却非仕宦中人，亦难以配公侯之女。唯我故人李县令之子彦青者，既出望族，又值青年，貌比潘安，才过子建，诚所谓'窈窕淑女，君子好逑'者也，今日特为两人成其佳偶。诸公以为何如？"众人异口同声，赞叹刘公盛德。李春郎出其不意，却待推逊，刘元普那里肯从？便亲手将新郎衣巾与他穿带了。次后笙歌鼎沸，灯火莹煌，远远听得环佩之声，却是薛婆做喜娘，几个丫鬟一同簇拥着兰孙小姐出来。二位新人，立在花毡之上，交拜成礼。真是说不尽那奢华富贵，但见：

"粉孩儿"对对挑灯，"七娘子"双双执扇。观看的是"风检才""麻婆子"，夸称道"鹊桥仙"并进"小蓬莱"；伏侍的是"好姐姐""柳青娘"，帮衬道"贺新郎"同入"销金帐"。做娇客的磨枪备箭，岂宜重问"后庭花"？做新妇的，半喜还忧，此夜定然"川拨棹"。"脱布衫"时欢未

有主意。

艾,"花心动"处喜非常。

当时张氏和春郎魂梦之中,也不想得到此,真正喜自天来。兰孙小姐灯烛之下,觑见新郎容貌不凡,也自暗暗地欢喜。只道嫁个老人星,谁知却嫁了个文曲星!行礼已毕,便伏侍新人上轿。刘元普亲自送到南楼,结烛合卺,又把那千金妆奁,一齐送将过来。刘元普自回去陪宾,大吹大擂,直饮至五更而散。这里洞房中一对新人,真正佳人遇着才子,那一宵欢爱,端的是如胶似漆,似水如鱼。枕边说到刘公大德,两下里感激深入骨髓。

> 即此便见阴德非小。

次日天明起来,见了张氏,张氏又同他夫妇拜见刘公,十万分称谢。随后张氏就办些祭物,到灵柩前,叫媳妇拜了公公,儿子拜了岳父。张氏抚棺哭道:"丈夫生前为人正直,死后必有英灵。刘伯父周济了寡妇孤儿,又把名门贵女做你媳妇,恩德如天,非同小可!幽冥之中,乞保佑刘伯父早生贵子,寿过百龄!"春郎夫妻也各自默默地祷祝,自此上和下睦,夫唱妇随,日夜焚香保刘公冥福。

不觉光阴荏苒,又是腊月中旬,茔葬吉期到了。刘元普便自聚起匠役人工,在庄厅上抬取一对灵柩,到坟茔上来。张氏与春郎夫妻,各各带了重孝相送。当下埋棺封土已毕,各立一个神道碑:一书"宋故襄阳刺史安卿裴公之墓",一书"宋故钱塘县尹克

> 哀自何来？

> 更难。

让李公之墓"。只见松柏参差，山水环绕，宛然二冢相连。刘元普设三牲礼仪，亲自举哀拜奠。张氏三人放声大哭，哭罢，一齐望着刘元普拜倒在荒草地上不起。刘元普连忙答拜，只是谦让无能，略无一毫自矜之色。随即回来，各自散讫。

是夜，刘元普睡到三更，只见两个人幞头象简，金带紫袍，向刘元普扑地倒身拜下，口称"大恩人"。刘元普吃了一惊，慌忙起身扶住道："二位尊神何故降临？折杀老夫也！"那左手的一位，说道："某乃襄阳刺史裴习，此位即钱塘县令李公克让也。上帝怜我两人清忠，封某为卞都城隍，李公为大曹府判官之职。某系狱身死之后，幼女无投，承公大恩，赐之佳婿，又赐佳城，使我两人冥冥之中，遂为儿女姻眷。恩同天地，难效涓涘。已曾合表上奏天庭，上帝鉴公盛德，特为官加一品，寿益三旬，子生双贵。幽明虽隔，敢不报知？"那右手的一位，又说道："某只为与公无交，难诉衷曲。故此空函寓意，不想公一见即明，慨然认义，养生送死，已出殊恩。淑女承祧，尤为望外。虽益寿添嗣，未足报洪恩之万一。今有遗腹小女凤鸣，明早已当出世，敢以此女奉长郎君箕帚。公与我媳，我亦与公媳，略尽报效之私。"言讫，拱手而别。刘元普慌忙出送，被两人用手一推，瞥然惊觉。却正与王夫人睡在床上，便将梦中所见所闻，一一说了。夫人道："妾身亦慕相公大德，古今罕有，自然得福非轻，神明之言，谅非虚谬。"刘元普道："裴、李二公，生前正直，死后为神。他感我嫁女婚男，故来托梦，理之所有。但说我'寿增三十'，世间那有百岁之人？又说赐我二子，我今年已七十，虽然精力不减少时，那七十岁生子，却也难得，恐未必然。"

<small>此时即宜与夫人种子矣。</small>

次日早晨，刘元普思忆梦中言语，整了衣冠，步到南楼。正要说与他三人知道，只见李春郎夫妇出来相迎，春郎道："母亲生下小妹，方在坐草之际。昨夜我母子三人各有异梦，正要到伯父处报知贺喜，岂知伯父已先来了。"刘元普见说张氏生女，思想梦中李君之言，好生有验，只是自己不曾有子，不好说得。当下问了张氏平安，就问："梦中所见如何？"李春郎道："梦见父亲岳父俱已为神，口称伯父大德，感动天庭，已为延寿添子。"三人所梦，总是一样。刘元普暗暗称奇，便将自己梦中光景，一一对两人说了。春郎道："此皆伯父积德所致，天理自然，非虚幻也。"刘元普随即回家，与夫人说知，各各骇叹，又差人到李家贺喜。不逾时，又及满月。张氏抱了幼女来见伯父伯母。元普便问："令爱何名？"张氏道："小名凤鸣，是亡夫梦中所嘱。"刘元普见与己梦相符，愈加惊异。

话休絮烦。且说王夫人当时年已四十岁了，只觉得喜食咸酸，时常作呕。刘元普只道中年人病发，延医看脉,没一个解说得出。就有个把有手段的忖道:"像是有喜的气脉。"却晓得刘元普年已七十,王夫人年已四十,从不曾生育的,为此都不敢下药。只说道:"夫人此病不消服药,不久自瘳。"刘元普也道这样小病,料是不妨,自此也不延医,放下了心。只见王夫人又过了几时,当真病好。但觉得腰肢日重,裙带渐短,眉低眼慢,乳胀腹高。刘元普半信半疑道:"梦中之言,果然不虚么?"日月易过,不觉又及产期。刘元普此时不由你不信是有孕,提防分娩,一面唤了收生婆进来,又雇了一个奶子。

忽一夜,夫人方睡,只闻得异香扑鼻,仙音嘹亮。夫人便觉腹痛,众人齐来服侍分娩。不上半个时辰,生下一个孩儿。香汤沐浴过了,看时,只见眉清目秀,鼻直口方,十分魁伟,夫妻两人欢喜无限。元普对夫人道:"一梦之灵验如此,若如裴、李二公之言,皆上天之赐也。"就取名刘天祐,字梦祯。此事便传遍洛阳一城,把做新闻传说。百姓们编出四句口号道:

刺史生来有奇骨,为人专好积阴骘。
嫁了裴女换刘儿,养得头生做七十。

转眼间,又是满月,少不得做汤饼会。众乡绅亲友,齐来庆贺,真是宾客填门,吃了三五日筵席。春郎与兰孙,自梯己设宴贺喜,自不必说。

且说李春郎自从成婚葬父之后,一发潜心经史,希图上进,以报大恩,又得刘元普扶持,入了国子学,正与伯父、母、妻商量到京赴学,以待试期。只见汴京有个公差到来,说是郑枢密府中所差，前来接取裴小姐一家的。元来那兰孙的舅舅郑公，数月之内，已自西川节度内召为枢密院副使。还京之日，已知姊夫被难而亡。遂到清真观问取甥女消息，说是卖在洛阳。又遣人到洛阳探问，晓得刘公仗义全婚，称叹不尽。因为思念甥女，故此欲接取他姑嬉、夫婿，一同赴京相会。春郎得知此信，正是两便。兰孙见说舅舅回京，也自十分欢喜。当下禀过刘公夫妇，就要择个吉日，同张氏和凤鸣起程。到期刘元普治酒饯别，中间说起梦中之事，刘元普便对张氏说道："旧岁，老夫梦中得见令先君，说令爱与小儿有婚姻之分。前日小儿未生，不敢启齿。如今倘蒙不鄙，愿结葭莩。"张氏欠身答道："先夫梦中曾言，又蒙伯伯不弃，大恩未报，敢惜一女？只是母子孤寒如故，未敢仰攀。倘得犬子成名，当以小女奉郎君箕帚。"当下酒散，刘公又嘱付兰孙道："你丈夫此去，前程万里。我两人在家安乐，孩儿不必挂怀。"诸人各各流涕，恋恋不舍。临行，又自再三下拜，感谢刘公夫妇盛德。然后垂泪登程去了。洛阳与京师却不甚远，不时常有音信往来，不必细说。

再表公子刘天祐，自从生育，日往月来，又早周岁过头。一日，奶子抱了小官人，同了养娘朝云，往外边耍子。那朝云年十八岁，颇有姿色。随了奶子出来顽耍了一晌，奶子道："姐姐，你与我略抱一抱，怕风大，我去将衣服来与他穿。"朝云接过抱了，奶子进去了一回出来，只听得公子啼哭之声；着了忙，两步当一步，走到面前，只见朝云一手抱了，一手伸在公子头上揉着。奶子疾忙近前看时，只见跌起老大一个跧踏，便大怒发话道："我略转得一转背，便把他跌了。你岂不晓得他是老爷、夫人的性命？若是知道，须连累我吃苦！我便去告诉老爷、夫人，看你这小贱人逃得过这顿责罚也不！"说罢，抱了公子，气愤愤的便走。朝云见他势头不好，一时性发，也接应道："你这样老猪狗！倚仗公子势利，便欺负人，破口骂我！不要使尽了英雄！莫说你是奶子，便是公子，我也从不曾见有七十岁的养头生。知他是拖来也是抱来的人？却为这一跌便凌辱我！"朝云虽是口强，却也心慌，不敢便走进来。不想那奶子一五一十竟将朝云说话对刘元普说了。元普听罢，忻然说道："这也怪他不得。七十生子，原是罕有，他一时妄言，何足计较？"当时奶子只道搬斗朝云一场，少也敲个半死，不想元普如此宽容，把一片火性化做半杯冰水，抱了公子自进去了。

> 此妇人本色。

却说元普当夜与夫人吃夜饭罢，自到书房里去安歇。分付女婢道："唤朝云到我书房里来！"众女婢只道为日里事发，要难为他，到替他担着一把干系，疾忙鹰拿燕雀的把朝云拿到。可怜朝云怀着鬼胎，战兢兢的立在刘元普面前，只打点领责。元普分付众人道："你们多退去，只留朝云在此。"众人领命，一齐都散，不留一人。元普便叫朝云闭上了门，朝云正不知刘元普胡芦内卖出甚么药来。只见刘元普叫他近前，说道："人之不能生育，多因交会之际，精力衰微，浮而不实，故艰于种子。若精力健旺，虽老犹少。你却道老年人不能生产，便把那抱别姓、借异种这样邪说疑我。我今夜留你在此，

> 刘公释疑之虑甚是，非好色也。

正要与你试一试精力，消你这点疑心。"原来刘元普初时只道自己不能生儿，所以不肯轻纳少年女子。如今已得过头生，便自放胆大了。又见梦中说尚有一子，一时间不觉通融起来。那朝云也是偶然失言，不想到此分际，却也不敢违拗，只得伏侍元普解衣同寝。但见：

一个似八百年彭祖的长兄，一个似三十岁颜回的少女。尤云殢雨，宓妃倾洛水，浇着寿星头；似水如鱼，吕望持钓竿，拨动杨妃舌。乘牛老君，搂住捧珠盘的龙女；骑驴果老，搭着执筅篱的仙姑。骨靡藤缠定牡丹花，绿毛龟采取芙蕖蕊。太白金星淫性发，上青玉女欲情来。

刘元普虽则年老，精神强悍。朝云只得忍着痛苦承受，约莫弄了一个更次，阳泄而止。

是夜刘元普便与朝云同睡。天明，朝云自进去了。刘元普起身对夫人说知此事，夫人只是笑。众女婢和奶子多道："老爷一向极有正经，而今到恁般老没志气。"谁想刘元普和朝云只此一宵，便受了娠。刘元普也是一时要他不疑，卖弄本事，也不道如此快杀。夫人便铺个下房，劝相公册立朝云为姜。刘元普应允了，便与朝云戴笄，纳为后房，不时往朝云处歇宿。朝云想起当初一时失言，到得这一个

好个夫人。

好地位。那刘元普与朝云戏语道："你如今方信公子不是拖来抱来的了么？"朝云耳红面赤，不敢言语。转眼之间，又已十月满了。一日，朝云腹痛难禁，也觉得异香满室，生下一个儿子，方才落地，只听得外边喧嚷，刘元普出来看时，却是报李春郎状元及第的。刘元普见侄儿登第，不辜负了从前仁义之心，又且正值生子之时，也是个大大吉兆，心下不胜快乐。当时报喜人就呈上李状元家书。刘元普拆开看道：

> 侄子母孤孀，得延残息足矣。赖伯父保全终始，遂得成名，皆伯父之赐也。迩来二尊人起居，想当佳胜。本欲给假，一候尊颜，缘侍讲东宫，不离朝夕，未得如心。姑寄御酒二瓶，为伯父颐老之资；宫花二朵，为贤郎鼎元之兆。临风神往，不尽鄙忱。

刘元普看毕，收了御酒宫花，正进来与夫人说知。只见公子天祐走将过来，刘元普唤住，递宫花与他道："哥哥在京得第，特寄宫花与你，愿我儿他年琼林赐宴，与哥哥今日一般。"公子欣然接了，向头上乱插，望着爹娘唱了两个深喏，引得那两个老人家欢喜无限。刘元普随即修书贺喜，并说生次子之事。打发京中人去讫，便把皇封御酒祭献裴李二公，然

此句要紧。

后与夫人同饮，从此又将次子取名天锡，表字梦符。兄弟日渐长成，十分乖觉。刘元普延师训诲，以待成人。又感上天祐庇，一发修桥砌路，广行阴德。裴、李二墓每年春秋祭扫不题。

再表李状元在京之事，那郑枢密与夫人魏氏，止生一幼女，名曰素娟，尚在襁褓。他只为姐夫、姐姐早亡，甚是爱重甥女，故此李氏一门在他府中，十分相得。李状元自成名之后，授了东宫侍讲之职，深得皇太子之心。自此十年有余，真宗皇帝崩了，仁宗皇帝登位，优礼师傅，便超升李彦青为礼部尚书，进阶一品。那刘元普仗义之事情，自仁宗为太子时，已自几次奏知。当日便进上一本，恳赐还乡祭扫，并乞褒封。仁宗颁下诏旨："钱塘县尹李逊追赠礼部尚书；襄阳刺史裴习追复原官，各赐御祭一筵；青州刺史刘弘敬以原官加升三级；礼部尚书李彦青给假半年，还朝复职。"

李尚书得了圣旨，便同张老夫人、裴夫人、凤鸣小姐，谢别了郑枢密，驰驿回洛阳来。一路上车马旌旗，炫耀数里，府县官员出郭迎接。那李尚书去时尚是弱冠，来时已作大臣，却又年止三十。洛阳父老，观者如堵，都称叹刘公不但有德，抑且能识好人。当下李尚书家眷，先到刘家下马。刘元普夫妇闻知，忙排香案迎接圣旨，山呼已毕，张老夫人、李尚书、裴夫人俱各红袍玉带，率了凤鸣小姐，齐齐拜倒在地，称谢洪恩。刘元普扶起尚书，王夫人扶起夫人、小姐，就唤两位公子出来相见婶婶、兄嫂，众人看见兄弟二人，相貌魁梧，又酷似刘元普模样，无不欢喜。都称叹道："大恩人生此双璧，无非积德所招。"随即排着御祭，到裴李二公坟茔，焚香奠酒。张氏等四人，各各痛哭一场，撤祭而回。刘元普开筵贺喜。食供三套，酒行数巡。刘元普起身对尚书母子说道："老

433

夫有一衷肠之话，含藏十余年矣，今日不敢不说。令先君与老夫，生平实无一面之交。当贤母子来投，老夫茫然不知就里，及至拆书看时，并无半字。初时不解其意，仔细想将起来，必是闻得老夫虚名，欲待托妻寄子，却是从无一面，难叙衷情，故把空书藏着哑谜。老夫当日认假为真，虽妻子跟前不敢说破，其实所称八拜为交，皆虚言耳。今日喜得贤侄功成名遂，耀祖荣宗。老夫若再不言，是埋没令先君一段苦心也。"言毕，即将原书递与尚书母子展看。尚书母子号恸感谢。众人直至今日，才晓得空函认义之事，十分称叹不止。正是：

<注：所以为难。>
<注：非虚名。>

故旧托孤天下有，虚空认义古来无。
世人尽效刘元普，何必相交在始初？

当下刘元普又说起长公子求亲之事，张老夫人欣然允诺。裴夫人起身说道："奴受爹爹厚恩，未报万一。今舅舅郑枢密生一表妹，名曰素娟，正与次弟同庚。奴家愿为作伐，成其配偶。"刘元普称谢了，当日无话。

刘元普随后就与天祐聘了李凤鸣小姐。李尚书一面写表转达朝廷，奏闻空函认义之事；一面修书与郑公说合。不逾时，仁宗看了表章，龙颜大喜，惊叹刘弘敬盛德，随颁恩诏，除建坊旌表外，特以李彦青之官封之，以彰殊典。那郑公素慕刘公高义，求婚之事，无有不从。李尚书既做了天祐舅舅。又做了天赐中表联襟，亲上加亲，十分美满。以后天祐状元及第，天锡进士出身，兄弟两人，青年同榜。刘元普直看二子成婚，各各生子，然后忽一夜梦见裴使君来拜道："某任都城隍已满，乞公早赴瓜期，上帝已有旨矣。"次日无疾而终，恰好百岁。王夫人也自寿过八十。李尚书夫妇痛哭倍常，认作亲生父母，心丧六年。虽然刘氏自有子孙，李尚书却自年年致祭，这教做知恩报恩。唯有裴公无后，也是李氏子孙世世拜扫。自此世居洛阳，看守先茔，不回西粤。裴夫人生子，后来也出仕贵显。那刘天祐直做到同平章事，刘天锡直做到御史大夫。刘元普屡受褒封，子孙蕃衍不绝。此阴德之报也。

这本话文，出在《空缄记》，如今依传编成演义一回，所以奉劝世人为善。有诗为证：

阴阳总一理，祸福唯自求。
莫道天公远，须看刺史刘。